闽南师范大学学术著作出版专项经费资助

福建省社会科学规划项目

美国浪漫主义文学生态伦理思想研究

吴伟萍 著

图书在版编目（CIP）数据

美国浪漫主义文学生态伦理思想研究 / 吴伟萍著. -- 厦门：厦门大学出版社，2023.12
 ISBN 978-7-5615-9275-5

Ⅰ.①美… Ⅱ.①吴… Ⅲ.①浪漫主义-文学研究-美国 Ⅳ.①I712.06

中国国家版本馆CIP数据核字(2023)第251906号

责任编辑　高奕欢
美术编辑　李嘉彬
技术编辑　许克华

出版发行　*厦门大学出版社*

社　　址　厦门市软件园二期望海路39号
邮政编码　361008
总　　机　0592-2181111　0592-2181406（传真）
营销中心　0592-2184358　0592-2181365
网　　址　http://www.xmupress.com
邮　　箱　xmup@xmupress.com
印　　刷　厦门市金凯龙包装科技有限公司

开本　　720 mm×1 020 mm　1/16
印张　　18.75
插页　　2
字数　　340 千字
版次　　2023 年 12 月第 1 版
印次　　2023 年 12 月第 1 次印刷
定价　　75.00 元

本书如有印装质量问题请直接寄承印厂调换

厦门大学出版社
微信二维码

厦门大学出版社
微博二维码

目 录

绪 论 …………………………………………………………… 1
  第一节　生态批评论述 ………………………………………… 1
  第二节　生态伦理学和文学的跨学科研究 …………………… 7
  第三节　美国浪漫主义文学价值的重新审视 ………………… 13

第一章　美国浪漫主义文学产生的背景及其发展 …………… 17
  第一节　人类与自然和谐关系的逐渐丧失 …………………… 17
  第二节　工业革命和美国西部大开发对环境的影响 ………… 24
  第三节　清教思想对美国浪漫主义文学的影响 ……………… 31
  第四节　美国浪漫主义文学的发展 …………………………… 35

第二章　生态视野下的美国浪漫主义文学 …………………… 46
  第一节　回归自然生态意识的倡导 …………………………… 46
  第二节　生态整体主义意识的萌芽 …………………………… 94
  第三节　精神生态意识的显现 ………………………………… 114

第三章　美国浪漫主义文学生态伦理内涵 …………………… 134
  第一节　生态伦理学的发展及影响 …………………………… 134
  第二节　敬畏生命之生态伦理的思考 ………………………… 143
  第三节　朗费罗的生态伦理意识 ……………………………… 178
  第三节　大地伦理思想的阐释 ………………………………… 186
  第四节　科技文明的伦理反思 ………………………………… 192
  第五节　超验主义自然观之生态伦理意蕴 …………………… 226
  第六节　生态中心主义生态伦理观的思考 …………………… 232

第四章　美国浪漫主义文学对环境保护的影响 …………… 255
　第一节　环境观念的转变 …………………………………… 255
　第二节　生态伦理的关切 …………………………………… 269

结　语 ………………………………………………………… 287

参考文献 ……………………………………………………… 292

绪　论

第一节　生态批评论述

1866年,德国学者恩斯特·海克尔(Ernst Haeckel)第一次提出了"生态学"的概念。他认为,需要通过生物学有机体和无机体的交互关系来从事能量流动的研究。美国生态科学家尤金·普莱森兹·奥德姆(Eugene Pleasants Odum)是20世纪生态学界最有影响力的人物,他在生态系统生态学领域做出了开创性的贡献,极大促进了人们对生态系统的动态认识,也首先探讨了生态学和文学进行交叉学科研究的可能性。他的《生态学:科学与社会之间的桥梁》(Ecology: A Bridge Between Science and Society)一书将生态学在社会中重新定位。他认为,生态学是一门连接生命、环境和人类社会的有关可持续发展的科学,他将生态学视为"第三种文化",即联系科学与社会的桥梁。为此,奥德姆极力主张生态学应该成为社会的一门基础性和整合性的科学。

欧洲第一次工业革命发生于18世纪60年代,社会生产力获得极大的提高,然而生态环境因遭受前所未有的挑战而出现危机。文学是书写人类对社会现实体验的一种感受和反思,根据表达体裁分类,包括小说、散文、诗歌、剧本、报告文学、游记等。生态文本的形成往往是对现实环境主题题材进行编码和加工的过程。生态文学的起源、发展和繁荣的推动力是日益恶化的生态危机。具有生态责任感的作家真实记录了日益严峻的生态恶化现实带来的触目惊心的自然生态惨状,旨在警示人类重新正视自然、正视生态危机和环境问题,倡导人类与自然的和谐共处。之后,基于文学文本的研究作品中蕴含的生态思想以及文学与环境的关系已成为学术界持续关注的一个领域。文学文本研究的视角不断得到开拓,如敬畏生命伦理学、大地伦理学、浅层生态学、深层生态学、动物解放论、生态中心主义等。无论是作家还是评论家都为人类面临的生存与发展的忧患而呼吁,为环境保护主义运动的兴起和推动做出了积极贡献。人类与自然的和谐共生无疑成为文学领域的一个关注热点。在这样的背景下,以环境和生态为主题的自然科学、社会科学,甚至人文学科也逐渐进入人们的研究视野。这种交叉领域的研究为跨学科的发展开拓了新的空间。

20世纪末,西方不少批评家呼吁摆脱理论对文学研究的负面影响,极力倡导审美式的批评。之后,一种新的文学批评理论悄然诞生,这就是文学达尔文主义,其代表人物是美国密苏里州立大学的英语教授、文学批评家约瑟夫·卡罗尔(Joseph Carroll)。他将进化生物学、进化心理学、进化社会学理论引入文学研究,致力于创建一种文学批评的新范式"文学达尔文主义",以突破后结构主义以来各种后学理论的思想框架,为文学研究提供新的批评话语和视角。文学达尔文主义是近20年来西方出现的一种截然不同的文学理论流派,在西方学术界产生了一定的影响。卡罗尔的《进化与文学理论》(*Evolution and Literary Theory*)、《文学达尔文主义:进化、人性与文学》(*Literary Darwinism: Evolution, Human Nature, and Literature*)以及《阅读人性:文学达尔文主义理论与实践》(*Reading Human Nature: Literary Darwinism in Theory and Practice*)三本著作集中探讨了跨学科研究的可能性与意义,被认为是文学达尔文主义的奠基之作,代表着文学研究新时代的到来。卡罗尔提出:"知识是一个生物学的现象,文学是知识的一种形式,因此文学本身是一个生物学的现象。"[①]为了用一种研究自然科学的范式取代当下居于主导地位的文学阐释范式,卡罗尔改进了文学研究的传统模式而采用了创新模式。他以科学统一论为指导,把达尔文的进化论思想直接运用于批评理论的建构,以期从根本上革新传统的人文主义批评,使其与现代生物学及生命科学相整合,使其相当大程度上能够体现出科学精神和人文精神的融合。这种以生态学为取向的文学研究创新模式特别强调人文学科的感性思维和科学经验主义二者的有机融合。

生态批评在20世纪兴起和发展的主要动力来自生态危机的现实压力和迫切需要。在愈演愈烈的生态灾难危及整个自然和整个人类生存的当下,世界范围内的生态思潮越来越波澜壮阔。生态批评研究文学与自然环境的关系,以一种以地球为中心的方法研究作品。生态批评作为文学批评的一种方法是一种

[①] Carroll, J., *Evolution and Literary Theory*, Columbia: University of Missouri Press, 1995, p.1.

基于生态视角观察文学艺术的批评模式,它从生态学的角度研究和审视文学与自然、社会、人类个体的精神状态的关系。生态文学批评概念的出现可以追溯到20世纪70年代。1972年,约瑟夫·米克(Joseph W. Meeker)在《生存的喜剧:文学生态学研究》(The Comedy of Survival: Studies in Literary Ecology)中第一次提到"文学生态学"的概念,他这样界定:"生态文学批评旨在对文学作品中的生物主题进行研究。"①威廉·鲁克特(William Rueckert)发表了《文学与生态学:生态批评的实验》("Literature and Ecology: An Experiment in Ecocriticism"),他第一次使用了"生态批评"(ecocriticism)这个概念对文学与生态学的关系进行了阐述。他如此解释:"生态文学批评把生态学以及和生态学有关的概念运用到文学研究中去。"②他明确提倡将文学与生态学结合起来,倡导文学批评家构建出一个比较系统的生态诗学体系,进一步开拓生态学视野。随后,"生态诗学"(eco-poetics)、"环境文学批评"(environmental literary criticism)、"绿色研究"(green studies)等术语先后出现。

1985年,弗雷德利克·瓦格(Frederick O. Waage)出版了《讲授环境文学:资料、方法和文献资源》(Teaching Environmental Literature: Materials, Methods, Resources)一书,目的在于引导人们加深对生态文学的了解和认识。1989年,刊物《美国自然文学创作通信》(The American Nature Writing Newsletter)成功创办,相关学者先后在此发表生态文学领域的文章、书评等。之后,一批专门探讨人文学科的学术刊物也相继成立,开辟了生态文学批评的增刊或专刊。《印第安纳州评论》《俄亥俄州评论》是当时著名的专门探讨生态文学批评的学术刊物。同时,美国的一些大学开始把生态文学批评理论列入课程,成为现当代文论的一部分,并且作为必修课程之一,受到了学生们的普遍欢迎,显示了生态文学批评研究的接受性和活力。

1992年,在美国文学协会专题报告会上,格伦·A.洛夫(Glen A. Love)主持了题为"美国自然作品的创作:新环境,新方法"(American Nature Writing: New Contexts, New Approaches)的专题讨论会。同年,"文学与环境研究学会"(ASLE, Association for the Study of Literature and Environment)正式成立,学会宗旨是"促进人们在文学思想与文学信息方面的交流。同时,积极鼓励

---

① Meeker, J. W., The Comedy of Survival: Studies in Literary Ecology, New York: Scribner's, 1972, p.9.
② Rueckert, W., "Literature and Ecology: An Experiment in Ecocriticism," Iowa Review, 1978, Vol. 9, No. 1, pp.71-86.

自然文学创作,大力推动基于传统的以及创新的环境文学研究的学术方法以及跨学科的生态环境研究"。① 1993年,第一届生态批评研究会在美国科罗拉多州举办。与此同时,第一份正式的生态文学研究刊物《文学与环境跨学科研究》(ISLE, Interdisciplinary Studies in Literature and Environment)刊出第一篇文章。该刊物目标定为"为从生态环境视角进行文学艺术批评的平台创建提供服务,研究包括生态理论、环境保护主义、自然及对自然进行描述的思想、人与自然二分法及其他的相关理论"。② 该刊物为推进生态文学的研究发挥了极其重要的作用。

20世纪90年代中期,一批关于生态文学批评的著作相继出版。彻丽尔·格罗费尔蒂(Cheryll Glotfelty)和哈罗德·费罗姆(Harold Fromm)主编的《生态批评读本:文学生态学的里程碑》(The Ecocriticism Reader: Landmarks in Literary Ecology)一书分别从三个部分阐述了生态学及生态文学理论、文学的生态批评和生态文学的批评。1998年,洛兰·安德森(Lorraine Anderson)、斯科特·斯洛维克(Scott P. Slovic)和约翰·奥格雷迪(John O'Grady)主编的《文学与环境:自然与文化读本》(Literature and the Environment: A Reader on Nature and Culture)一书收集了一百多篇文章,以小说、诗歌、散文、传记等不同体裁论述了人类与动物、人类与居住环境、经济与生态等众多主题,在学术界引起强烈反响。2000年,劳伦斯·库帕(Laurence Coupe)主编的《绿色研究读本:从浪漫主义到生态批评》(The Green Studies Reader: From Romanticism to Ecocriticism)一书阐述了生态文学批评的渊源与发展历程,其中涉及的"绿色传统""绿色理论""绿色读物"三个概念一直被沿用至今。伦纳德·西格杰(Leonard M. Scigaj)在《持续的诗篇:四位美国生态诗人》(Sustainable Poetry: Four American Ecopoets)中严厉批评了西方哲学中一度倡导的人类与自然二元论的思想,强调应该以德国哲学家马丁·海德格尔(Martin Heidegger)和法国哲学家梅洛-庞蒂(Maurice Merleau-Ponty)的思想作为生态诗学的理论构建的基础。同时,西格杰还进一步强调,如今全球高度信息化、科技化以及社会经济环境不平衡,在此形势之下,生态诗学的首要任务就是要探讨如何面对全球生态环境恶化这一基本事实,生态诗学要做的是努力倡导人类的生产实践要以

---

① Glotfelty, C., & H. Fromm, *The Ecocriticism Reader: Landmarks in Literary Ecology*, Athens: The University of Georgia Press, 1996, p.18.
② Glotfelty, C., & H. Fromm, *The Ecocriticism Reader: Landmarks in Literary Ecology*, Athens: The University of Georgia Press, 1996, p.35.

人的生存和发展的意识为本的观念。西格杰还试图基于梅洛-庞蒂有关现象学的学说去探索生态诗学的理论基础。

乔纳森·贝特(Jonathan Bate)的《浪漫主义生态学：华兹华斯和环境传统》(Romantic Ecology: Wordsworth and the Environmental Tradition)集中阐述了浪漫主义生态诗学的构建方法和理论。2000年，他在《大地之歌》(The Song of the Earth)一书中运用了现象学的批评原理进一步完善了浪漫主义生态诗学的构建理念。作为生态批评界的领军人物，帕特里克·墨菲(Patrick D. Murphy)以独特的视角、敏锐的感受力以及先锋的姿态出版了一系列著作，如《文学、自然与他者：生态女性主义批评》(Literature, Nature, and Other: Ecofeminist Critiques)、《自然取向的文学研究之广阔领域》(Farther Afield in the Study of Nature-Oriented Literature)、《文学与文化研究的生态批评探索》(Ecocritical Explorations in Literary and Cultural Studies)、《横截性生态批评实践：理论问题、文学分析以及文化批评》(Transversal Ecocritical Praxis: Theoretical Arguments, Literary Analysis and Cultural Critique)、《劝导性美学生态批评实践：气候变化、生存之道以及不确定的未来》(Persuasive Aesthetic Ecocritical Praxis: Climate Change, Subsistence, and Questionable Futures)等，不断地将生态批评理论与实践推向新的高度和广度，为推动生态批评的发展做出了卓越的贡献。为了调整当今生态批评界的一些不平衡的做法，在《自然取向的文学研究之广阔领域》中，墨菲鼓励学者尝试从跨学科的视角去构建生态诗学理论。同时，他指出，美国生态批评界忽视了美国少数裔生态作家。此外，其他国家生态作家及生态文学经典也较少得到关注。目前，生态批评家评论的文本作品大多集中在非小说作品上。在某种程度上，那些涉及生态环境主题的小说反而被置于边缘地位，这种研究情况应该得到扭转。总体上，非小说作品一定程度上能够发挥环境保护方面的宣传和警示性的作用。同样，叙事性小说在环境保护方面也能发挥它应有的作用。未来十年，生态文学批评研究的重点应该放在努力发展基于叙事性小说文本的研究领域。不少现当代小说家的叙事小说中或多或少涉及了探讨尊重自然和保护环境方面的主题。因此，在理论上，叙事小说在宣传环境保护方面丝毫不亚于纯自然作品所发挥的作用。

劳伦斯·布伊尔(Lawrence Buell)在《为濒临危险的地球写作》(Writing for an Endangered World: Literature, Culture and Environment in the U.S. and Beyond)中认为，生态批评研究的未来方向应该从自然与文化的关系入手。

此外,他还明确强调自然与文化的内在关联性。因此,布伊尔希望生态文学研究的视角与之前相比应该有所突破。除了出版生态批评的专著之外,布伊尔还积极筹办召开了有关生态文学批评的会议。如,2000年6月在爱尔兰举行的议题为"环境的价值"的多学科国际学术研讨会、2002年3月在英国举行的议题为文学与环境研究学会国际学术研讨会,讨论生态批评的最新发展和未来研究的方向。作为美国生态批评领域最具影响力和代表性的学者之一,布伊尔为推动生态批评研究做出了极大的贡献。2003年6月,在美国波士顿大学举行了文学与环境研究学会第三届年会,会议的主题为"海洋—城市—水池—园林"(sea-city-pond-garden),此次会议把生态文学批评理论研究推向了一个新的发展阶段。

之后,诸多具有生态责任感的文学评论家都积极加入了推动生态文学批评发展的队伍中。"生态文学批评"的界定先后被讨论和修改了多次。王诺教授在《欧美生态批评》一书中对国外学者所提出的有关"生态文学批评"的概念进行了整理并借鉴了诸多生态文学批评讨论中利弊优缺的经验,最终为生态文学批评拟出了相对较全面的定义。他认为,生态文学批评是在生态主义思想,特别是生态整体主义思想指导下,探讨文学与自然之关系的文学批评。生态文学批评的目的在于揭示生态文学作品所蕴含的生态思想以及生态危机的思想文化根源。同时,生态文学批评也需要探索文学作品的生态审美及其艺术表现形式。这一定义首先揭示了生态文学批评的思想特征,即生态整体主义思想。生态整体主义思想应该贯穿于生态文学批评的始终。生态整体主义中的生态是由人与自然构成的整体,人与自然二者地位平等。人类需要将生态的整体利益和生态系统的和谐、稳定与发展而不是人类的自我利益作为一切行动的出发点和落脚点。1967年,美国历史学家林恩·怀特(Lynn White)在《科学》杂志上发表《我们生态危机的历史根源》("The Historical Roots of Our Ecologic Crisis")一文,他强调人类对自然所做的一切取决于人类对人与自然关系总的看法。具有生态意识的文学评论家不仅要关注自然保护,还要从人类思想文化层面去探寻影响并导致生态危机的深层次的文化根源。只有转变人类对待自然的思维方式,才能转变人们的生活方式以及社会发展模式,也才能有利于人们不断地增强人类在自然保护方面的生态责任感和使命感,从而最终实现人类与自然的和谐共处。生态文学批评从诞生以来就一直不断地拓展文学与自然环境关系研究的新空间。生态文学批评关注的内容、视角和理论方法也在不断变化发展中。生态文学批评涉及了对自然的描述、人类与自然的关系、正确确立人类自身在自然中的位置、自然与文化的内在关联、生态文学批评的跨学科研究等视角。20世纪90年代中期,生态文学批评发展趋势开始转向并成为当时的研究热点。人们在经历了反思现代性的过程后认识到,后现代是一个彰显生态智慧的时代,唯有生态智慧才是帮助人类走出生态危机困境的出路。生态批评家的任务是用生态的眼光看待人与自然,同时,也自发地用生态的眼光看待生态文学创作。美国经济学教授乔纳森·莱文(Jonathan Levin)指出:"根据近年来美国出版的生态专著,美国的生态批评家出现了两大派系。一是现实主义生态批评家,二是社会建构主义生态批评家。"[1]莱文对生态批评家的区分对于认清生态批评的未来的发展趋势有着重要的意义。当下生态文学批评研究的理论基础主要是传统的西方哲学思想以及现当代西方哲学理论,并从中找寻批评的灵感。在生态哲学思想的启示下,把生态文学批评置于自然—社会—文化这个系统下进行全面的考察,以建构起一种既展示文学批评目的又能体现综合性的观念。

总体上,生态批评关注的领域经历了从最初的自然书写到与社会、与文化甚至与人类的精神领域相结合的不同研究阶段。生态文学批评家以生态的眼光审视文学作品必然要重新审视自然、社会、文化甚至人类的精神的相互影响对文学文本创作的本源性意义。

第二节 生态伦理学和文学的跨学科研究

生态学和生态伦理学是两门不同的学科,各自是由不同的文化建构模式发展而成的。然而,人类认识自然世界的工具既包括文学和生态学,也包括生态伦理学等其他学科。随着文化进化论理论的诞生,生态伦理学为促进生态学与文学跨学科研究提供了可能性。

罗伯特·奥恩斯坦(Robert Ornstein)和保罗·埃利希(Paul Ehrlich)在论著《新世界新思想》(*New World New Mind*)中提出,生态学的核心思想应该作为人类文化研究和讨论的前沿思想。跨学科的发展有时会受到不同学科之间

---

[1] Levin, J., "Beyond Nature: Recent Work in Ecocriticism," *Contemporary Literature*, 2002, Vol. 43, No. 1, pp.175-183.

的壁垒的妨碍。目前我们需要做的是要将生态伦理的思想的重要性提到首要日程上,并且把跨学科的研究方法以及促进跨学科的研究发展都纳入这个首要日程。《新世界新思想》中的见解对环境研究为导向的跨学科研究的开展具有直接的推动力。之后,美国一些大学开设了一些与生态伦理学和生态学完美结合的学科,如心理美学、生态政治学、生态经济学、建筑生态学、城市规划美学等。

由于生态问题和环境危机的出现以及日趋严重,人们开始从道德的角度关注生态环境现象,开始提出生态伦理道德的概念,指出人类在处理人与自然关系时所应遵循的行为准则和规范。当下,生态伦理观念日益受到人们的关注。从文学和生态伦理学发展的未来来看,以文学文本为素材的生态伦理研究是将来获得进一步发展的途径。国内生态批评学者鲁枢元教授认为,注重实证的自然科学思维活动是抽象和单一的,而文学艺术呈现的是形象的、主观的、直觉的,甚至是模糊的。自然科学和文学艺术二者的思维方式不同,可以恰到好处进行相互弥补、相得益彰,从而在一定程度上更加有助于提升人们对自然世界的认知。

人类是自然的一部分,人类与自然的关系密切不可分。远古时代,人类生存高度依赖自然,大自然给人类提供物质生活资料的同时也让人类面临着各种挑战和遭受各种灾害,如寒潮、洪涝、暴雪、龙卷风、火山喷发、地震、海啸、雷电等,这给人类生活环境带来了危害,给人类的生存带来了威胁。彼时,人类无法理解种种自然现象的发生。随着科学的发展,人类改变了生产方式,开始利用大自然、改造大自然。然而,人类中心主义思想造成自然资源被不合理开发,生物种群数量骤减,环境污染严重等,人类与自然的关系走向二元对立。人类要生存和发展下去,就必须思考和处理自身在发展过程中面临的各种自然灾害频发和生态环境持续恶化的现实问题。原先的"经济增长论"和"经济社会协调发展论"的社会发展模式已经无法适应新时代环境保护的诉求,应该退出工业文明历程的舞台而转向"可持续发展"模式。生态环境保护成效已被列为衡量经济发展水平的一个不可或缺的综合指标。保护生态环境及其重要已上升为全球的共识。不少国家的政府和民间相继成立国际和国内的环境保护组织,其宗旨是加强环境保护,促进绿色发展与繁荣,共同谋求构建一个人类与自然和谐共生的"地球生态圈"。当生态学无法从自身学科的角度来有效地解决生态危机的时候,生态学与其他学科,如哲学、社会学、文学等的融合无疑成为一种必然的趋势。

生态伦理与文学的跨学科研究虽时间还不长,但其意义重大。这种新的研究范式为探讨人类与大自然和谐相处的议题开拓了新的空间。在全球面临生态危机和环境问题的背景之下,以生态为主题的文学研究方兴未艾。从生态批评和生态伦理角度研究文学作品将会随着生态伦理学理论的不断成熟而获得坚实的支撑。

随着人类文明迈入 20 世纪,源自工业革命的生态环境问题已经越来越凸显。20 世纪西方文学作品中的生态伦理研究主要探讨人类与自然、科技与人类关系的主题。各种因素的存在促使学者开始尝试文学经典与生态伦理的交叉研究。这种跨学科研究始于 20 世纪初,这一时期研究的特点是多样性和不确定性,研究内容大多局限于挖掘文本中隐含的生态意识。研究对生态伦理意识的探讨虽然有所涉及,但是总体上缺乏比较系统的理论和观点。具有典型田园色彩的文学作品成为这个时期主要的研究对象。20 世纪初,学者的研究对象转向英国的浪漫主义作家的作品,他们分析了作品中隐含的生态伦理思想。这一时期的研究主要探讨了文本中呈现的作家内心世界与自然生态景观之间的互动。这个阶段的早期研究中,致力于生态文学的研究者局限于采用叙事艺术与文学文本再现的手法,从而折射现实主义的真实性。这一时期的环境写作对社会问题的观察还是相当有限的。

进入 20 世纪 20 年代,一些学者相继出版了关于文学文本中的生态的研究论著,为文学与生态的交叉研究提供了理论基础。如,美国"新人文主义"文学批评的代表人物诺曼·福斯特(Norman Foerster)于 1923 年出版的《美国文学创作中的自然》(*Nature in American Literature*: *Studies in the Modern View of Nature*)首先阐述了文学与生态结合的概念和意义,引领了新一轮跨学科研究。

根据美国生态批评的领军人物之一布伊尔的定义,对具有"致力于环境实践之精神"的文学作品中的生态伦理问题的研究开始于 20 世纪 60 年代。这时期的研究不再受制于实践和分析方法的规约,更加关注文本,使研究模式变得多样化了。诸多系统化理论,如生态哲学、生态美学、生态伦理学等的先后诞生,都为文学中的生态伦理主题研究提供了理论基础。这一研究的核心是对环境的责任感(commitment to environmentality),为生态伦理主题的研究开拓了更为广阔的视野空间。在美国生物学家蕾切尔·卡森(Rachel Carson)的环境保护名著《寂静的春天》(*Silent Spring*)对环境危机日益恶化的问题进行揭示的背景下,美国生态批评家格伦·A. 洛夫(Glen A. Love)提出并分析了"后寂静的春天"的生态问题。随后,一些文学研究者和植物生态学家相继探讨了这个问题。这一时期的美国文学批评家利奥·马克斯的(Leo Marx)《花园里的机器:美国的技术与田园理想》(The Machine in the Garden: Technology and the Pastoral Ideal in America)一书对给自然带来深层破坏的根源之一科技征服自然的力量的问题进行了反思。他指出,从纳撒尼尔·霍桑(Nathaniel Hawthorne)到斯科特·菲茨杰拉德(Scott Fitzgerald)的美国作家的小说将自身经历与独特的、被科技入侵摧毁的和田园诗理想的美国经历联系起来,揭示了西部从荒野到花园转型的叙述之下隐藏的根深蒂固的不安。在边疆地区,荒野与文明相遇,可想而知的后果便是荒野的消失,融合了荒野和文明两者要素的边疆社会将取而代之。通过对"花园与机器"现象的审视,该书反思科学技术与文化关系的研究路径和视野,启示着生态批评的发生甚至转向的空间。

当马克斯关注科技与自然之间产生的矛盾时,英语世界最重要的马克思主义文化批评家雷蒙·威廉斯(Raymond Williams)也在关注自然、科技与人类生存的矛盾。威廉斯通过经典文学作品阐述了田园文学中所探讨的自然环境与人类生存的关系。他的《乡村与城市》(The Country and the City in the Modern Novel)一书着眼于揭示英国文学评论中关于乡村与城市见解的谬误,标志着生态学与文学跨学科研究的开端。威廉斯指出,所谓"快乐的英格兰往日乡村"只存在于人们的想象之中,真实的乡村充满着苦难,但也并非与城市相对立般的愚昧,城市也并不完全等同于进步与幸福。乡村与城市的不同意象和阐释代表了不同阶层和立场的人们对剧变中的社会产生的不同反应。只有理解了这个事实,才能正确理解处在历史流变中的乡村与城市以及它们二者之间的相互关系,以及身处历史流变中的人们该采取何种方式应对社会剧变带来的种种挑战。对于乡村,威廉斯重在于揭开掩盖在其上的温情面纱,意在还原一个真实历史中的充满苦难的乡村。对于城市,他侧重于讲述其与乡村千丝万缕的联系。除此以外,威廉斯还关注人们做出不同的阐释的理由以及其中的联系。在他看来,乡村与城市的矛盾与张力实质上是资本主义工业文明的危机所引起的,因此,在更大程度上必须首先克服现代工业文明盲目发展。

约瑟夫·米克的《生存的喜剧:文学生态学研究》基于生态伦理和生态学跨学科研究的视角重新审视文学作品,是文学与生态伦理学交叉研究正式形成的重要标志。然而,米克第一次尝试将生态伦理学与文学结合进行跨学科研究并未受到广泛关注。1975年,20世纪70年代最杰出的女性主义学者安妮特·科罗德尼(Annette Kolodny)出版了《地势:美国生活与文学中作为经验与历史的隐喻》(*The Lay of the Land: Metaphor as Experience and History in American Life and Letters*)一书,进一步推进了文学与生态伦理学的交叉学科研究。

20世纪80年代末至21世纪初,生态伦理与文学的跨学科研究进入了一个新的阶段。这时期的研究特点是通过生态伦理解读经典作品,打破了历史上文学作品研究的方法论。研究侧重于文学文本环境思维和表达的语言所倡导的和谐共处和环境正义的价值观。显然,注重生态伦理理论和文学的跨学科研究成为这一时期的主要研究内容。在形式上注重建立课题组,力图拓展普及以扩大影响力,由此,生态伦理学应用于文学批评的模式逐渐形成。美国由于工业化普及得最早,工业文明程度最高,工业文明带来的生态危机和环境问题最为明显,因此,美国也就成为这一新兴批评模式的一支重要力量。随着美国面临的生态危机和环境问题的日益突出,更多学者致力于生态文学的研究,生态伦理学与文学的跨学科研究尤其成为美国学术界一个热门的研究方式。20世纪美国著名的环保主义者加里·斯奈德(Gary Snyder)、爱德华·艾比(Edward Abbey)等作家在作品中关注日益突出的工业生产废物排放、水污染、物种濒危等生态环境问题。

21世纪之后,在前人研究的成果和实践经验的支撑和推动之下,文学作品生态伦理研究获得长足发展并且进入了比较成熟的研究阶段。洛夫的《实用生态批评:文学、生物学及环境》(*Practical Ecocriticism: Literature, Biology and the Environment*)、布伊尔的《环境批评的未来:环境危机与文学想象》(*The Future of Environmental Criticism: Environmental Crisis and Literary Imagination*)和美国生态文学批评领军人物斯科特·斯洛维克(Scott Slovic)的《走出去思考:入世、出世及生态批评的职责》(*Going Away to Think: Engagement, Retreat and Ecocritical Responsibility*)成为这一成熟阶段的代表作。他们从多领域和跨学科的角度阐述了文学文本中生态伦理主题研究的不同方法,并且明确指出:改变环境价值观、环境感知和环境意识是文学创作者和研究者需要考虑的问题和责任。跨学科对文学阐释的研究需要有选择、有针对性地利用科学研究的成果。在洛夫看来,回归人类与自然和谐共处的主题是跨学科研究的最终理想。斯洛维克的研究主要是基于对自然作家寓言进行分析的理论框架,探讨重塑大众对大自然的观念和生态伦理的意识,从而引导人们思考人类自身在大自然中的正确位置、需求以及欲望。斯洛维克希望文学能够发挥文化触角的功能,引导人们进一步认识自然环境变化与人类生存和可持续发展的内在联系,培养人们对人类与自然关系的敏感度,为人类文明的推进提供正确的生态伦理维度导向。

自从18世纪60年代第一次工业革命以来,生态环境经历了前所未有的挑战和危机。人类是自然之子,人类在大自然面前要始终保持一份应有的敬畏和谦卑,人类要彻底摒弃"人类中心主义""科技至上主义""唯发展主义"的观念,重新审视自然,从而回归自然,真正修复人类文明导致的自然生态失衡的创伤,让大自然重新回归和谐、稳定和完整的生态模式。真正重返与自然和谐共生的轨道,这才是人类与自然相处的最佳方式。随着生态危机和环境问题的凸显,传播生态伦理思想,促使人们树立生态伦理意识,无疑开拓了文学研究的一个新领域。生态伦理学的诞生,终将为人类道德伦理的探讨和理性的建构增添生态学的维度,相信不久的将来,它会进一步得到发展,直至成熟完善。生态伦理学在既有关系之外,引申出人类与自然、人类与生物圈内的其他生命体之间的生态道德范式,并且倡导在这种全新的关系中,作为自然界中道德主体的人的精神境界需要不断得到提升。地球是人类生命和非人类生命的共同家园,除了人类,非人类生命在大自然中也同样具有自身的内在价值和生存权利。科学技术的发展越来越深入人类与自然关系的核心系统,对生物圈的整个自然生态系统的破坏方式似乎更加隐蔽。因而,它对人类自身的生存和可持续发展以及非人类生命的生存和发展无疑都构成了极大的威胁。文学的使命之一应该是基于对生命的敬畏之上去书写大自然,承载着人类对大自然的崇尚和尊重的情感,承载着人类对自然、社会和自我的一种严肃思考,启发人们重新审视人类与大自然的关系,从而不断激发人们自觉地做出环保行动,进而促进人类与大自然紧张、对立关系的和解,最终实现人类与大自然和谐相处的理想。

生态伦理学和文学的跨学科研究显然不只是为了建立解读文学与自然环境之间关系的一种批评方法,其最终的目的是发挥文学的新内涵,改变人们的自然观和价值观,进而拯救自然和拯救人类自身。基于敬畏生命的伦理、大地伦理、深层生态学、动物解放论、自然价值论、生态中心主义、生物中心论等理论,可以从不同视角探讨文学作品中蕴含的生态伦理思想,这对于扭转人类对待自然的方式和观念,自觉树立生态责任和生态道德意识,从而真正实现与大自然的和谐共生关系无疑具有重要的意义。

第三节　美国浪漫主义文学价值的重新审视

综观美国文学发展史可以发现,自然在文学等一批作品中打下了深刻的烙印。人类的生产和生活离不开大自然,与大自然构成了密不可分的关系,因此,人类社会的经验总体上来源于与大自然深入而广泛的接触。美国文学从殖民时期便开始涉及自然这个概念。"存在着一种广义的倾向,一种与地理环境紧密结合的文学。在作品中,我们第一次感受到自我与大自然的融合。"①美国殖民时期一个重要的文学流派是自然文学(nature writing),它源于17世纪,呈现出丰富多元的文学形式,种类繁多,包括小说、诗歌、散文、随笔、札记等抒写原始自然的文学体裁,采用写实的手法记录了早期欧洲移民初到北美新大陆的感受,基调是乐观和自信的,感情是真挚的,充满了对北美这片广袤荒野的希望。这批移民摆脱了欧洲传统的精神束缚,摆脱了欧洲宗教的迫害,面对北美新大陆充满的无限的机遇和挑战,焕发出坚韧不拔、开拓进取和勇于冒险的精神。这一时期的自然文学的创作的目的更多在于发挥社会宣传的功能,呈现出浓厚的功利主义的色彩。自然文学主要向世人展示北美新大陆的自然环境以及原住民印第安人的文化和生活方式,以异域风情吸引欧洲人的关注,以此获得欧洲当政者人力和财力的支持,进一步开疆拓土,实现在荒野上建立"山巅之城"的美国梦。

约翰·史密斯(John Smith)的《新英格兰记》(*A Description of New England*)、威廉·布拉德福德(William Bradford)的《普利茅斯开拓史》(*History of Plymouth Plantation*)、亚历山大·威尔逊(Alexander Wilson)的《美洲鸟类学》(*American Ornithology*)等是自然文学的代表作品。自然文学作家无法掩饰自身对大自然深切的关注、热爱和独特的感悟,作品展示着自然荒野的独特魅力和召唤,唤起了人们对大自然的崇尚和热爱,开创了以人类与自然关系为母体的创作传统,也引发了人们早期对大自然的思考。自然文学在当时还未能揭示人类中心主义思想对自然的危害,然而,在人类的意识与大自然

---

① [美]埃利奥特:《哥伦比亚美国文学史》,朱伯通,译,成都:四川辞书出版社,1994年,第18页。

的审美的结合之中,已经触及人类对大自然产生的精神体验。大自然不再是纯粹为人类提供生活和生产资料、独立于人类的意识之外的客观存在体,它还能给人类的精神世界带来美的感受以及心智上的启迪,构成了人类重要精神审美活动的对象和参照,强调大自然与人类精神世界之间的密切关联。自然文学流派的诞生标志着具有本土意识的美国民族文学向着精神文化的第一次崛起,为之后生态文学的正式形成和发展提供了极其重要的前提和基础。

18世纪,西方浪漫主义运动开始兴起,回归自然是浪漫主义运动的宗旨。法国18世纪启蒙思想家和浪漫主义文学流派的开创者让-雅克·卢梭(Jean-Jacques Rousseau)提出,人类应该遵循自然规律以及人类的发展应该限制在自然所能承载的范围内。这是西方浪漫主义作家对工业化发展带来的喧嚣的一种回应,体现了对人类与自然关系深入和敏锐的观察,促使人们从人类社会层面进行反思,探索重返人类与大自然和谐共处状态的方式和途径。西方浪漫主义运动的思潮孕育了诸多的生态文学作品,其主旨在于追求人类与自然的和谐相处,表达人类诗意地栖居的美好理想,歌颂自然之美和自然万物的生生不息的生命力,这些都深刻地影响着热爱自然、热爱人类自身以及关注人类未来的人们。

美国浪漫主义文学作为美国文学的一个重要流派是美国文学所特有的文学表现形式,也是世界文学宝库中的重要内容。由于美国文化发展的特殊性以及美国曾经的工业化和西部大开发等原因,美国浪漫主义作家更为清醒地意识到环境保护对人类自身生存和发展的重要性。美国浪漫主义文学不仅是自然主义的延续,也是自然主义的超越。美国浪漫主义作家创作视角独特,他们从以往的社会命题中进行前所未有的探索,围绕人类与自然关系进行表述和阐释,旨在不断反思人类自身的活动,揭示其对自然的破坏性,彰显强烈的生态责任感和社会使命感,开拓了一个新的创作领域,展示其独特的创作理念。当人们提及科幻小说的鼻祖,自然会想到埃德加·爱伦·坡(Edgar Allan Poe);当人们提及对海洋生态的关注,自然会想到赫尔曼·麦尔维尔(Herman Melville);而当提及环境保护的先驱者,自然会想到亨利·大卫·梭罗(Henry David Thoreau)。无疑,他们是一批富有生态责任感的浪漫主义文学的标志性作家。美国浪漫主义文学书写自然,在作家笔下,大自然不仅仅是一个物化的自然,它还具有内在的道德内涵,也蕴含着和人类相似的精神。否则,人类的生存和发展是无根的。

美国浪漫主义文学用生态整体主义的眼光看待自然,强调人类不再是大自然的主宰,大自然的利益和人类的利益始终是一致的。人类应该以理性客观的态度地善待自然、尊重自然,扭转以人类需求和利益至上的秩序取代原生的自然秩序的局面,消解人类中心主义造成的人类对待自然的自负和盲目的意识,明白善待自然万物如同善待自身一样。同时,人们应该树立生态忧患意识,从而重塑生态道德感、生态责任感以及最终确立生态伦理意识,重新认识人类生命与非人类生命之间的内在联系的重要性和意义。敬畏生命,敬畏自然,回归到自然给人类提供的精神家园,才能最终找到人类与自然和谐共生之路。希望对美国浪漫主义文学生态伦理思想的研究能够转化为一种生态伦理的力量以警示世人,促使人们重新认识人类与自然的关系,以更加宽广的眼光洞察自然万物之美,以更加深厚的生态情怀敬畏生命、尊重自然和敬畏自然,重新摆正人类自身在大自然中的位置以及人类在生态伦理秩序中的地位,全面认清人类中心主义思想逆历史潮流的危害,最终真正实现从精神层面上树立生态伦理和生态责任意识到行为上善待自然和保护自然的转变,回归人类与自然和谐共生的状态,这对人类自身的生存和可持续发展意义重大。

美国浪漫主义文学的生态伦理主题在思想性方面具有诸多超出以往文学之处。美国浪漫主义文学作品将生态思想和生态伦理思想融入具体的作品之中,这是当今世界普遍提倡的文学创作方式。这对生态文学作品的艺术境界的提高产生了极大的促进作用,也极大地提升了美国浪漫主义文学作品本身的思想性。人类的生存与可持续发展必须基于人类与自然和谐共生的关系之上,研究美国浪漫主义文学中的生态伦理思想主题无疑可以揭示这样一个客观真理。美国浪漫主义文学揭示了人类与自然关系的不和谐的状态,强调人类与自然是不可分割的关系,人类在地球上的生存和发展显然离不开自然的各种支撑。此外,美国浪漫主义文学呼吁在生态危机存在的背景之下人类必须谋求人类与自然的和谐共处,其目的是激发人们内心深处的共情。因为,人们在有深刻同感的情怀之下能够自发地改变自身不合理的行为方式和观念,从而正确、合理、科学地对待自然,树立正确的生态伦理意识,培养生态道德和生态责任感,积极谋求人类与自然的和谐共生。在当代人类面临环境危机的大背景下,探讨美国生态文学中的生态伦理主题,无疑将有助于人们重新正确认识人类与自然的关系。科学解决生态危机和环境问题已经摆上日程,成为全球共同面临的课题之一。人类与自然的关系、自然的价值、环境危机的根源、当代人类应有的自然价值观等主题是美国浪漫主义文学集中呈现的主题,是对西方工业化文明和人类中心主义思想进行反思的重要成果,引发了人们对自身生存环境和价值观的忧思和关切。浪漫主义文学富有启发性的探索和揭示,促进人们关注自然、爱护自然,形成尊重自然和敬畏生命的生态保护意识,真正体悟到大自然是所有生命生存的根基和家园,从而不断调整人类自身的自然观和价值观取向,对于解决生态危机和环境问题具有重要的借鉴价值。

美国最有影响的环境史学家之一唐纳德·沃斯特(Donald Worster)认为,今天人类所面临的全球性生态危机的起因在于文化系统和价值观体系的不合理,而不在于生态系统自身。沃斯特教授指出了生态危机和环境问题的根源。人类只有尽可能清楚地认识到自身对大自然的影响,才能有效解决这一危机。人类必须重新认识自身的文化和价值观体系中存在的缺陷,这对正确认识自身对大自然的伤害而言是极其重要的方面。只有正确理解文化和价值观体系,才能科学、有针对性地对存在的缺陷进行调整和改革。文学作品无法对文化体系进行的改革负起直接的责任,但是,它们能够促使人们重新审视存在的弊端和理解改革的意义以及重要性,而这种理解恰恰为文化领域的改革提供了前提。从这个意义上看,美国浪漫主义文学考察、反映和表现自然生态环境,也就是探讨人类与自然之间关系的文学,尤其是注重探索导致生态危机和环境问题的社会根源和思想文化根源,具有深刻的现实针对性和批判性,唤醒了人类的生态良知和生态责任意识。此外,美国浪漫主义文学将一种有利于人类和自然整体利益的生态伦理思想努力转化为人们的生存价值观,彰显出关怀人类的生存和发展的价值指向,表达了人类与自然和谐相处的理想。因此,它不仅超越了人类认识的历史局限,而且超越了人类自身利益尺度。随着人们环境保护意识的不断增强,美国浪漫主义文学的生态价值将进一步显现出来。

第一章　美国浪漫主义文学产生的背景及其发展

第一节　人类与自然和谐关系的逐渐丧失

人类自诞生之日起就与大自然有着必然的联系。人类为了满足自身生存和发展的需要而不断地向大自然索取资源。同时,人类在一定的阶段里不断发展,人口数量扩大,这直接导致人类与大自然之间的关系更加密切。人类作为大自然的产物,既是大自然的适应者、消费者和依附者,同时也是大自然的改造者。人类会发生与自然对立和冲突的事件,与自然形成了二元对立的局面,原因是人类片面追求自身的生存和发展,这显然是一种客观上的需求。通过生产劳动实践,人类改造自然的能力极大提高了,使"非人化的自然转变为人化的自然"成为现实。人类在将自然改造成人化自然的同时,也逐渐加深了对大自然的认识,不可避免地产生各种错综复杂的人类与自然的关系。

在人类社会发展之初的原始社会,人类与大自然的关系是纯粹的,是一种原始的、和谐的、共生的关系。狩猎和采集是当时社会两种主要的生产方式,这是当时社会生产力水平低下决定的,二者协调一致。依赖大自然提供必要的生活资料成为人类获取基本生存所需的一种重要方式。显然,狩猎和采集的生产方式体现出人类改造大自然的能力非常低下,客观上,人类的生存直接受到大自然的制约和威胁。大自然神秘而无限,人类与大自然的关系非常狭隘又纯粹。在这一点上,马克思做出如此评价:"自然最初呈现出一种完全异己的、无限的、不可战胜的力量,人类当初还无法支配它,于是,人类与大自然形成了一种最初级的对立关系。动物与自然的关系是完全服从大自然力量的安排,当时,人类与大自然的关系也不例外。因此,这对当时的人类来说显然是以一种纯粹的类似自然动物意识的状态生存着。"①在此阶段，大自然是人类的主宰，人类对待大自然的情感是复杂的，既有畏惧又有崇敬。人类努力维持着自身依赖自然和顺应自然的原始平衡状态，这显然是当时人类与大自然关系的基本状况。从认识论角度看来，人类和自然的关系是主体和客体的对立统一关系，它是在劳动过程中随着人类从自然界中分离出来而逐渐演化并形成的。人类通过劳动的方式有目的地改造着自然物，使人类的主体活动能动地作用于自然界，造成自然物的形态变化，以满足人类自身的生存和发展的需要，从而突破了大自然对于人类生存和发展的局限。主客体融合的模糊状态是人类与大自然的关系最明显的一个特征。显然，那时的人类只能依靠大自然馈赠的生活资料延续生存，完全没有能力主宰大自然，人类在大自然中的地位与自然界中的其他动物相似。人类在认识大自然的长期过程中，不断增强敬畏自然的意识，逐渐与大自然和谐共生的状态。此时，为了满足自身的基本生存需要，人类主要依靠简陋的生产方式与多变的自然环境展开抗衡，以获取各种生活资料和能源，人类依赖这种生活方式生存了相当长的一段时间。同时，人类对自然现象的认识水平有限，对自然有着强烈的依赖性，如出现狂风暴雨天气时，人们根本无法进行打猎，当时的人类必须遵循大自然的运行规律从事生产活动。因此，人类对风雨雷电这种自然物必定会产生敬畏之心。原始社会时代存在的图腾崇拜现象真实地反映了人类对自然万物的依赖和敬畏的一段历史，真实地说明了人类直接就是大自然的存在物，人类需要完全依赖大自然而生存。此时的人类与大自然的关系是原始的、协调的、低层次而又和谐的。

在人类进化的过程中，人类逐渐学会了认识自然和改造自然。人们会发明制造一些简单的工具，从事农耕以及驯化野生动植物的活动，这是人类开始不完全依赖大自然馈赠而获得生活资料和能源的重要标志之一。人类学会了夜观天象，根据自然规律来预测天气状况，还学会了利用风车产生力，给自身的生活带来了便利。人类就是这样推动了生产力的一步步发展，纵然这个发展过程相当缓慢。人类文明发展史上的第一个重要转折便是人类社会进入了农业社会，从而开启了农业文明时代。此时，人类改变大自然、影响大自然的能力逐渐增强。农牧业的不断发展促成了以农业为基础的城邦社会的出现，引起了人类与大自然关系的第一次重要变化。这个时期，人类开始毁林开荒，以获得足够

---

① [德]马克思、恩格斯：《马克思恩格斯选集（第二卷）》，中共中央编译局，译，北京：人民出版社，1995年，第35页。

的食物和能源。由于人口数量较少,人类的生产方式主要是农牧业为主,交通运输尚未发展,人类活动的区域相当有限。因此,虽然一些地区的自然环境受到了局部破坏,但是人类对自然的破坏程度和影响力总体上相对较小。这一时期人类与自然仍然处于和谐共生的状态。中国农业文明时代留下来的思想遗产中,上法天道、下循地理的观念具有深远价值,这与当下倡导的"绿色意识"的环保理念是相通的。

17世纪,欧洲新教世界里相对宽容的宗教氛围,相应地催生出一种叛逆的新时代精神,即理性主义。欧洲哲学和科学兴盛,一种清新的理性主义精神得到了大力弘扬,一种普遍的怀疑精神和经验立场得到了大力推崇,17世纪俨然成为一个经验主义和实验科学至上的时代。当时的基督教信条和经院哲学理论建立在超自然的信仰和形式主义推理之上,而近代哲学和科学则与之大为不同——把经验作为出发点,在经验观察的基础上,实验的方法被确立为最基本的研究方法,理性则被当作判断一切真假正误的唯一标准。人们对理性的崇拜构成了18至20世纪社会意识形态的主旋律,这极大促进了科学的发展,使现代工业文明时代的到来成为必然,其影响是深远的。科学技术使人类认识自然、利用自然以及改造自然的能力极大提高了。当人类走出野蛮和半野蛮状态,跨过了现代工业文明的门槛,意味着人类走出一个混沌的自然世界,完全迈入了一个由自己创造的人为的自然世界。在这个过程中,人类渐渐地疏远和隔绝了那些曾经与之相互依存的山川、草木、虫鱼、鸟兽等自然物。人类凭借科学技术发明了诸多人造物,把自身围绕起来,与有机自然分离开来。借助围绕与分离的方法,人类便开始凌驾于自然万物之上,支配自然,肆意掠夺自然资源。自然界生态平衡的逐渐被打破成为这个时期人类与自然关系的一个明显状况。人类与自然曾经和谐相处的状况改变了,人类从此站在了大自然的反面,两者形成二元对立的关系,这种关系随着现代工业文明的步步推进越来越清晰。随着人类能动性和创造性的发展,人类征服自然的欲望膨胀,迅速发展为大自然的主宰者。在人类与自然的关系中,自然只是人类主宰的客体,不具有主体价值,具有意识的人类才是唯一的至高无上的主体。人类对自然的一切活动都要以人类的生存和发展为出发点和归宿,这成为当时人们对待自然的行动指南,其实质是"一切以人为中心,一切为人的利益服务,一切从人的利益出发"。[①] 可以认为,人类征服和统治自然的思想根源是"人类中心主义"。

---

① 余谋昌:《惩罚中的醒悟:走向生态伦理》,广州:广东教育出版社,1995年,第185页。

柏拉图的《泰阿泰德篇》(Theaetetus)记载了希腊智者的主要代表人物普罗泰戈拉关于人类与自然关系的一句话,即人是万物的尺度,是存在物存在的尺度,也是不存在物不存在的尺度。古希腊文学鼓励人们以统治者的态度对待自然,这是"人类中心主义"最深远的思想根源。具体说来,人类社会的一切事务都要以人自身的利益为出发点和衡量的标准,由人来支配,即"人自身是大自然万物的尺度";而人类的生产和实践活动不是倚靠神,顺从神的旨意,受神的支配,即"以神为万物的尺度",也不能"顺从自然,按自然规律办事",即"以自然为万物的尺度"。从此,人类萌生了自然万物都应以人为中心,以人为本位的思想。这种思想是引起人类与自然关系持续恶化的主要原因,为人与自然的二元对立埋下了隐患。农耕文明时期,人类受到宗教自然观的支配,人类按照神的旨意开展生产活动,同时人类高于自然。公元5世纪至11世纪,基督教教义成为塑造人类意识形态的主要力量。人类的思维以及对待自然的方式都带上了浓厚的宗教神学色彩。宗教教义宣扬,无所不在和无所不能的上帝创造了人类和自然万物,人类的地位是凌驾于其他自然万物之上的。英国文艺复兴时期的散文家、唯物主义哲学家弗朗西斯·培根提出了"知识就是力量"的断言,倡导人类统治自然就必须先认识自然。这冲击着那些盲目对待自然的无知者的心灵,成为当时人们在自然实践中信奉的至理名言。人类认识自然和征服自然的重要工具无疑是科学技术,这种观念深入人心。科学技术的发展为人类征服自然保驾护航,极大加速了人类征服自然的步伐和增强了人类的勇气。世界著名的科学家、哲学家和数学家勒内·笛卡尔的实践哲学成为人们公认的可以帮助人类成为自然的主人和统治者的一种意识形态。德国古典哲学的创始人伊曼努尔·康德提出了人为自然立法以及人是自然的最高立法者的著名命题。他的直接观点便是"人是目的",即人应该是自身目的而不是工具。人是自己立法自己遵守的自由人,人也是自然的立法者。这些观点的影响力表明了人类中心主义思想在理性主义观念的催化下不断被认可的一种必然趋势。在人类中心主义占主导地位的情况下,人类可以无视自然法则,按照自身的需要和欲望掠夺自然资源、改造自然,这被认为是一件不容置疑的事情。这就直接造成了人类与自然关系的紧张,引发了人类与自然关系的多层面危机。

在西方社会,人们自从古希腊以来就把人类中心主义思想奉为推动人类文明发展和进步的主导力量。特别是随着现代工业文明的兴起,社会经济的加速发展超过以往年代。在物质利益至上和资本决定一切的资本主义社会,人们把人类中心主义价值观当成一种至高无上的信仰。从此,人类与大自然的和谐关系被彻底扭曲,科学技术越发展,人类对自然的掠夺活动就越加猖狂。人们为科技和经济的飞速发展而欢欣鼓舞,人类文明进入了最辉煌的时代。向大自然宣战和征服大自然的口号曾经辉煌一时,人类开始了大规模的征服自然和改造自然的活动,大自然直接成为人类主宰和征服的对象,而不是人类保护和善待的对象。这种意识观念大概起源于原始农业为主的社会向工业文明社会过渡的时期,一直延续至20世纪。没有人质疑过这种观念的偏颇之处,那是因为人类社会的发展就是建立在这种意识形态的基础之上。卡森的《寂静的春天》一书开启了世界环境保护运动的序幕。她痛心指出:"当人类朝着征服自然的目标进军时,却写下了毁灭自然的痛苦记录。这种破坏不仅直接危及人类生存的地球,也危及与人类共享自然的其他生命。"[1]该书第一次质疑了人类中心主义思想的合理性,挑战了人类曾经对待自然的根深蒂固的态度和方式,极大地提升了人类环境保护的意识,为人们重新认识环境保护的重要性点亮了一盏明灯。此后,人们开始意识到,在地球生态圈中,人类必须与自然界的其他生命和谐相处,人类能够凭自己的力量征服自然和战胜一切物种的观念完全是认识论的错误。美国19世纪环境危机实质是人类一度奉行人类中心主义思想而漠视自然法则引起的。人类与自然关系的错位是人类自身行为导致的错误,19世纪美国经济的高速发展是以人类与自然关系的恶化为代价的。

人类与自然和谐相处是和谐可持续福祉社会的基本特征之一。要实现人类与自然和谐相处,首先就必须正确认识人类与自然的关系。19世纪中期,恩格斯曾对人类与自然的关系进行了深入的研究和大量的论述,其基本观点在如今看来仍然是正确的。其论述已经成为经典,对于当代人正确认识和处理人类与自然的关系具有重要的指导意义。

随着人类智慧的积累,人类的自信心开始空前膨胀,"人定胜天"的观念应运而生,从远古就开始存在的人类与自然对立的观点就越来越深入人心了。特别是到了近代社会,人们改造自然的能力迅速增强,往往把自己的位置摆在自然的对立面,战胜和征服自然的口号曾经流行一时。针对这种认知,恩格斯明确指出:"我们连同自身的肉、血和头脑都是属于自然界和存在于自然之中的。随着自然科学的发展和推进,我们越来越有可能学会认识并因而控制那些至少是由我们的最常见的生产活动行为所引起的自然后果。同时,随着这种事情发生得越多,我们就越是不仅再次感觉到,而且也认识到自身和自然界的一体性。

---

[1] Carson, R., *Silent Spring*, Boston: Houghton Mifflin Harcourt, 2002, p.98.

对于那种关于精神和物质、人类和自然、灵魂和肉体之间是对立的荒谬的、反自然的观点,也就越不可能成立了。"①恩格斯认为,人类绝不是处于自然的外部,而是大自然的产物和组成部分。显然,恩格斯论述的是人类与自然的一体性,意味着人类本身就是大自然的产物并始终归属于和依存于大自然。人类作为一个生物物种的确是生物圈的一部分。

在生物圈的长期进化中,人类的智能最终超越了其他物种,能够建立起极其复杂而严密的社会文明组织体系。虽然人类同其他生物和无生命的自然物相比具有许多不同的特征,尤其是具有高度的能动性和创造性,但不管如何,人类本身是生物圈长期进化的结果,而且始终要同自然万物保持着物质、能量和信息的交互。没有人类,大自然依旧存在,即大自然不依存于人类,而人类唯有在自然环境中才能够生存,即人类必须始终依存于大自然。只有理解了人类与自然的统一性,人类才能摆正自身在大自然中的位置。尽管人类同其他自然物相比具有很强的独立性和独有的行动能力和智慧,但由于人类并非生活在大自然之外,因而不能凌驾于自然之上。人类与自然的和谐相处实际上意味着人类要作为自然的一个组成部分而学会同自己周围的自然环境和谐相处。诚然,人类为了自身的生存和发展,需要在一定范围内改造自然和利用自然,然而因为人类的利益与自然内在利益之间存在着高度的统一性,对大自然的任何改造都会直接或间接影响人类自身的生存,所以绝不能把大自然当作可以被随意改造的对象。人类改造自然的范围、方式和程度应当以不伤害生物圈的生态整体利益为准则。严格说来,人类在长期生产实践中逐步形成了认识和利用自然规律的能力和智慧,从而形成了人类与其他动物的本质差别。在近现代社会,人类在自然规律认识上取得了丰硕的成果,也就逐步形成了门类繁多的科学技术。人类只有不断深化对自然的认识和遵循自然规律,才能实现自身利益与自然内在利益的高度统一以及自身与大自然的和谐相处。

人类从远古的蛮荒时代走到当下的后工业文明时代,不断更新对自然的认知,已经经历了几个不同的阶段。人类通过自身的智慧推动了生产力的不断发展,科技水平得到了提升,利用大自然创造了不断增长的物质财富,带来了经济上的奇迹,也使人类自身的生活更加舒适便利。然而,人类对大自然毫无节制的索取不仅给自然界带来了千疮百孔的伤害,而且也给如今的地球生物圈带来

---

① [德]马克思、恩格斯:《马克思恩格斯选集(第四卷)》,中共中央编译局,译,北京:人民出版社,1995年,第384页。

了巨大的隐患和灾难。终于,人类醒悟过来,深刻认识到需要付出更大的代价来弥补自己曾经给大自然造成的伤害。人类之所以今天遭受环境危机这一状况,是因为缺乏长远利益和整体利益的意识,曾经只是着眼于眼前的利益而忽略了大自然对人类的长远利益。人类对大自然的肆意索取和掠夺的行为在近代社会已经显现,世界范围内的人们为了获取短期经济利益,大肆砍伐森林,导致森林面积不断缩减而引发水土流失和自然灾害的频繁发生,这也是人类必须正视的一个环境问题。对此,恩格斯告诫世人要学会预见和控制生产行为干预自然所引起的较远的后果,他曾经发出警告:"我们不要过分陶醉于我们人类对自然界的胜利。对于每一次这样的胜利,自然界都对我们进行报复。每一次胜利,起初确实取得了我们预期的结果,但是往后和再往后却发生完全不同的和出乎预料的影响,常常把最初的结果又消除了。"①恩格斯这一论断已经成为判断人类与自然基本关系的经典言论。

当今全球面临一系列生态环境问题。例如,人类过多使用氯氟烃类化学物质,导致南极上空的臭氧层受到了破坏。臭氧层能够吸收太阳紫外线辐射,给地球上的生物提供了一道防护屏障,屏蔽了来自太阳紫外线的伤害,并把能量贮存在大气层上方,不间断地发挥着调节气候的功能。臭氧层一旦受到了破坏,过量的紫外线辐射就会直接穿透到地面,给人类的健康带来直接危害,还会使大气中平流层的温度发生改变,导致地球气候异常,影响陆地上动植物的生存和生长。再如,人类滥伐森林,动物的栖息地由于森林面积的减少而丧失,动物种群多样性随之减少。人类为了开发新能源,破坏某地原有的生态环境,有些动物种群因不能及时适应而灭绝。人类违反自然规律的行为必将影响和打破生物圈的生态平衡,这将导致自然界报复人类的可怕后果。

自从人类从野蛮状态进入文明状态以后,人类就开始尝试运用自己的理性去理解周围的自然界和人类自身的历史。在人类与自然的关系中,不仅有认识关系、实践关系,还有审美关系。人类与自然是辩证统一的关系,它们既是矛盾统一体也是不可分割的整体,人类与自然万物共同组成了地球生物圈。特别是到了近代,人们改造自然的能力迅速增强,然而,所取得的科学成就并不意味着人类真正战胜了自然。事实上,那些成就往往构成了对自然和社会的潜在、负面的影响。这是因为存在着一个事实:自然资源的非正常利用干扰了生态环境

---

① [德]马克思、恩格斯:《马克思恩格斯选集(第四卷)》,中共中央编译局,译,北京:人民出版社,1995年,第383页。

的正常演化，破坏了整体自然生态系统的稳定和平衡，出现了全球性的生态危机和环境问题。由于人类对自然的认识水平仍然有限，同时受到功利主义思想的影响，国家利益、区域利益、集体利益、个人利益代替了人与自然的整体利益和长远利益。人们在实践过程中，往往只顾及眼前自然资源的使用价值，而忽略了自然资源永存的内在价值；人们为了满足眼前局部的利益，对自然资源进行掠夺性开采，以至于危及人类的可持续发展。

如果要实现人类与自然的和谐共生和可持续发展，那么，改变长期以来形成的狂妄的改造自然和征服自然的观念和行为是必然的选择。人类不应该人为地制造与自然之间对立矛盾的关系，相反地，应当尽可能地避免对自然的生态平衡造成伤害和对人类自身的生存和可持续发展造成的负面影响。随着生态平衡受到破坏，生态危机对地球上所有生命的生存和发展构成威胁，人类需要客观冷静地反思自身的观念和行为。大自然具有无限的广阔性和复杂性，人类即便是依靠再强大的科学技术也难以探索清楚它的各个领域，人类认识自然和改造自然的能力终究是有限的。自然规律具有客观必然性，无论是在远古时期还是在现代文明时期，人类都必须在遵循自然规律的前提之下开展生产和实践活动，违反自然规律的行为最终会受到大自然无情的报复。联想当今世界面临的环境问题和生态危机，人类要真正学会与自然相处，学会预见和控制生产实践活动干预自然所引起的较远的后果，借鉴中国古代"法天循道"的智慧，合理发挥人类的能动性和创造性，才不失为正确对待自然之举。

第二节 工业革命和美国西部大开发对环境的影响

英国在18世纪时开创了技术领域的第一次大变革。此后，英国开启了工业化机器取代手工工具的时代。作为动力机器的蒸汽机的广泛使用成为这场技术革命的一个重要标志。由于这场技术革命的影响，英国一系列社会关系也发生了相应的变化。这场影响巨大的技术革命被人们称为第一次工业革命。从生产技术上看，手工劳动被大机器生产所取代而带来了劳动力的解放，手工作坊被工厂所取代而带来了生产效率的极大提高。同时，社会关系中依附于落后生产方式的农民阶级的规模也因为这场技术革命逐渐缩减，社会逐渐分裂为工业资产阶级和工业无产阶级两大对立阶级，资产阶级逐渐壮大起来而逐渐走上了政治的舞台。随后,第一次工业革命对欧洲乃至美洲大陆的生产方式同样产生了巨大的影响。

19世纪初,第一次工业革命的技术传至北美,美国大西洋沿岸的东部地区进入空前的繁荣期,其经济发展水平已经和欧洲的发达国家相差无几,1800年至1819年近20年间是美国工业革命开始酝酿和形成的时间。美国工业革命的第一个发展时期基本上是在1820年至1860年间,美国在1860年前后顺利完成了第一次工业革命,工业实力在19世纪60年代跃居为世界第四位,仅次于英国、法国和德国。1865年,美国经历了南北战争之后,北方工业资产阶级战胜了南方种植园主而取得了决定性的胜利,这次胜利使美国工业革命获得了强大的推动力,发展速度极快。美国于1870年开启了第二次工业革命,这次工业革命的实力无可阻挡,美国远远把欧洲国家抛在身后而走在了世界前列。1924年,美国顺利完成了第二次工业革命。第二次工业革命的完成成为美国发展为世界上最强大的工业国家的直接推动力,美国的世界经济霸主的地位由此形成。国内土地辽阔、自然资源丰富以及国际市场广阔为美国顺利推进工业革命提供了得天独厚的条件。数次战争对美国本土的破坏较小,纷纷涌入的外国移民是美国国内经济大发展所需要的大量廉价劳动力的主要来源。而其中一部分移民具有先进的生产技术和先进的生产经验,这部分移民为美国经济的高速发展做出了不可磨灭的贡献。

在工业技术革命大背景之下,19世纪之后的美国涌现出一系列新发明,其中最有代表性的成果如轧棉机、大型汽车、轮船等。美国当时大力采用的机器零部件标准化的生产方式无疑极大地促进了制造业的快速发展,美国的制造业也由此在短期之内实现了普及,美国工业革命的浪潮在19世纪中期走近尾声。两次工业革命极大地提高了美国社会的生产力,社会经济由此实现了快速发展,奠定了美国作为世界超级经济大国的地位。此外,美国现代城市化的兴起和发展也是工业技术革命直接推动的结果。

18世纪在欧洲兴起的工业革命既给整个人类带来了希望和鼓舞,同时也给人类的生存和发展带来了潜在的威胁。英、法、德、美等西方国家首先迈入了工业化进程的轨道,它们既获得了工业化带来的社会经济、文化等方面的繁荣,也遭受到工业化文明带来的负面影响,那就是环境污染带来的种种问题,它直接威胁着人类生活的质量。此时人类的生产活动与自然环境的联系最为频繁和最为密切,工业化文明给自然环境带来的破坏和污染的问题一直困扰着人们的生活。环境问题的类型、影响范围以及影响程度由于生产方式和生产力水平差异在不同的历史阶段也不尽相同。纵观历史,环境问题大致经历了三个阶段:第一个为早期阶段,是从人类的出现直到工业革命发生的这段时间;第二个为现代阶段,是从工业革命到1984年南极臭氧洞被发现的这个时期;第三个为当代阶段,界定为1984年之后。从20世纪50年代至今,世界环境问题层出不穷,导致成千上万的生命受到威胁,甚至一部分人由于环境恶化、自然环境不利于生存而死亡。改善自然环境,使其朝着利于人类生存的方向稳定下来已成为当下的迫切任务。当前,世界环境问题主要包括气候暖化、臭氧层空洞、森林面积大幅减少、生物种群和物种数量大幅减少、空气污染、酸雨、土壤沙化、海洋污染、化学品滥用、危险品废弃物跨境转移等。自然环境恶化、人类自身的生存和可持续发展受阻已成为全球化问题。

美国西部大开发也称西进运动。早在北美殖民地时期,向西移民的活动就开始了,这场运动一直持续到19世纪末20世纪初,历时一个世纪之久。为了促进东部地区经济的持续发展,需要进一步扩大原材料产地和商品市场。此时全球殖民地基本上已经被西方列强瓜分完毕,美国经过规划,将未开发的西部荒野地区纳入经济发展体系中。东部地区具备了充足的资金和先进的技术,而西部土地幅员辽阔,有着丰富的自然资源,具有发展经济的极其优越的自然条件。东部地区和西部土地形成优势互补,有效地推动社会经济的全面发展。西部地处宜耕的气候带,西部大开发扩大了耕地面积,农业迅速发展。西部的开拓对促进美国农牧业的快速发展起到了决定性的作用,美国近代农业革命使美国跃升为现代化农业强国。农业领域大规模使用先进机器使美国实现了农业现代化和农业大发展,这为美国19世纪末期经济的快速发展奠定了坚实的物质基础。西部大开发还为美国工业革命提供了丰富的原材料和广阔的发展市场,加速了工业化进程的步伐,在促进美国整个社会的发展方面意义相当巨大。西部大开发带动了铁路的大规模建设以及大批移民的流入,促使美国形成了广大的国内市场,在推动交通运输业和国内贸易快速发展的同时也促进了国内统一市场的形成。西部大开发带来的直接结果便是美国能够在极短的时间内完成东西部政治和经济的整合。在巩固美利坚民族的团结和把它发展为真正意义上的国家方面,西部大开发同样发挥了重要的作用。此外,美国地区间的经济发展存在的差异的缩小、美国西部的城市化和现代化进程的加速都归功于西部大开发,美国经济的可持续发展因此获得了强有力的支撑。西部大开发所塑造的西部精神催生了美国式民主和自由的观念,培养了美国民众在特定时期的自信心和勇于开拓进取的冒险精神,这对美国社会意识形态和民族文化的发展产生了深远的影响。

鉴于美国西部大开发是在受到资本主义经济规律制约的背景下而自发实现的一种发展社会经济的行为,当时对于西部自然资源的利用和开发,美国政府没有统一进行合理科学有效规划,这难免导致无法估算的自然资源遭到盲目开发、破坏和浪费。长期以来,美国得天独厚的自然条件和自然资源给人们带来了极大的自豪感。在开发大西部的过程中,人们习惯而片面地把大自然视为充满自然资源的取之不尽、用之不竭的宝库。为了满足人们不断增长的物质需求、保证工业的发展,人们对自然资源进行了过度和不合理的开发利用,尤其是肆意砍伐森林和掠夺性地开发土地,完全忽视了对自然资源的保护,给自然环境带来了严重的破坏。

美国经济史学家吉尔伯特·C.菲特(Gilbert C. Fite)在《美国经济史》一书中认为:"从广义的生态学角度看来,美国经济的高速发展是以对自然环境的巨大破坏、自然资源的极大浪费,甚至对某些区域的生态系统造成难以修复的创伤为代价的。"[①]19世纪美国的土地政策促使美国成为名副其实的农业强国。在美国整个经济发展进程中,农业的快速发展为其他领域的发展提供了充足的、廉价的原材料。可以说,在相当长的一段时间内,农业的发展支撑和带动了整个国民经济的发展,为美国跻身世界经济强国行列提供了必要的条件和奠定了坚实的物质基础。自美国实现独立获得主权以来,美国西部的地理范围也随着美国经济的发展壮大在不断延伸,美国通过一系列合法和不合法的途径获得了大量土地,使美国的领土版图一次次扩大。

在美国独立前,移民主要居住在13个殖民地,这些殖民地主要集中在大西洋沿岸。当时整个北美大陆的西部土地还属于法国和加拿大,独立后的美国把西部的地理范围逐渐扩大到密西西比河流域一带,鼓励移民向阿巴拉契亚山区迁移,开拓发展西部。美国之后接连发动了一系列的领土扩张活动,直接把西部边疆的范围扩展到美国本土的太平洋东岸。在扩张版图的过程中,美国制定了非常宽松的土地政策以鼓励更多的移民向西部开拓,发展本地经济。1787年的《西北土地法令》、1862年的《宅地法案》、1873年的《木材种植法》、1877年的《荒芜土地法》等就是美国政府先后颁布的一系列土地法案。这些法案极大鼓舞了移民向西部开拓发展。当时美国的公共土地主要是通过出售和捐赠两种

---

① [美]菲特、里斯:《美国经济史》,司徒淳、方秉铸,译,沈阳:辽宁人民出版社,1981年,第584页。

方式实现土地私有化。美国土地政策不断推动西部农业向利好的方向发展,最大的改变在于西部农业发展获得了充足的人力资源和广阔的耕地。美国联邦政府向东部的大企业,如铁路公司等无偿捐赠土地,目的无非是更快地推进美国社会整体经济的发展,实现国内农业和工业的全面发展。西部各州政府也对自己拥有的土地采取一系列放任、宽松的土地政策以促进本地经济快速均衡发展,即授予土地开发者最大的自由经营权利以发展各种经济。因此,当时西部的农业生产者普遍选择原始耕作方式,那是一种粗放的经营方式,大力种植消耗土地的经济作物,对土地实施直接的掠夺性经营,根本上改变了土地生态系统的结构和功能。西部曾经肥沃的土地一度变成了贫瘠的荒地,滥用土地而引起严重的水土流失等现象是最大的问题。到19世纪末,约有1亿英亩西部土地资源遭到不同程度的毁坏。

　　北美荒野地带是指西部广袤的原始森林区。曾经在一段特定时期,居民砍伐森林的行为反而受到政府的鼓励,砍伐森林的行为反而成为文明战胜野蛮的象征。在人类中心主义价值观的支配之下,美国的现代化是伴随着美国自然环境的严重破坏而推进的。西部大开发的历史可以说是一部北美西部原始森林面积大幅减少的破坏史。据统计,在殖民开发初期,即17世纪中期到19世纪中期近两百年的发展史中,美国北纬49度以南的领土上曾经拥有128万至133万平方英里的原始森林,被美国人和他们的祖先砍伐了近46万平方英里。在独立战争(1775—1783年)前后,美国部分地区存在着严重的木材危机,这是森林受到肆意砍伐直接导致的结果。1638年,美国波士顿地区同样面临着木材短缺的危机。曾经参加过美国独立战争的著名人物本杰明·林肯评价道:"我们在城镇附近和沿海地区20英里范围内基本上没有树林了,我们的森林资源已经被肆意砍伐而大大减少了,直至我们已经在许多地方甚至已经看不到往日丛林繁茂的状况了。"①在1850年至1910年期间,又有80万平方英里的原始森林被砍伐。早期的拓荒者甚至砍伐森林以开荒耕作,他们大规模毁林,采取掠夺式经营方式开荒种地。土地投机者对自然环境的破坏和自然资源的浪费直接导致土地植被和自然环境的破坏。美国20世纪初的原始森林面积从8亿英亩减少到不到2亿英亩,甚至剩下的五分之四国家森林掌握在私人手中,这种消失的速度着实令人震惊。1905年,第26任美国总统西奥多·罗斯福(Theodore

---

① [美]莫里森、康马杰、洛伊希滕堡:《美利坚共和国的成长(上卷)》,南开大学历史系美国史研究室,译,天津:天津人民出版社,1980年,第734页。

Roosevelt)预言:"如果以现在森林砍伐的速度继续下去而没有其他林业的种植补充的话,不久的将来,我们将不可避免地面临木材短缺的状况。"① 而到 1920 年,美国东北部和中西部已有 96% 的原始森林遭砍伐而消失。

美国的一些关注自然的有识之士很早就注意到森林面积减少给环境带来的危害,除了直接引发水土流失的灾害,还与气候变化密切相关。1804 年,沃尔尼在《美利坚合众国的土壤和气候观测》一文中描述了森林减少引起的气候变化的事实。他这样写道:"人们提到每个地区都有相同的变化,夏天更长,秋天更晚,冬天更短,降雪更少,寒冷更温和。"② 19 世纪中叶,美国西部自然环境随着西部大开发进入高峰期而遭到彻底的破坏。1864 年,美国地理学家、现代环境保护主义之父乔治·帕金斯·马什(George Perkins Marsh)出版的《人与自然:人类活动所改变了的自然地理》(*Man and Nature; Or, Physical Geography as Modified by Human Action*)是一部不朽的经典著作。他一直从事人地关系和自然保护的研究,极力主张保护自然环境和改良自然的必要性,对工业文明破坏自然世界致使自然衰落的趋势进行了警示性的探索。美国神话认为,地球是富足的,自然资源是用不完的。对此,马什在《人与自然》中对美国神话予以了抨击,强调了人类活动正在对大自然造成巨大伤害和破坏,强调了人类破坏大自然的危险性。马什的看法颠覆了当时人们对待自然的盲目、片面的态度。他的前瞻性观点先行于大多数人无法理解和不愿理解"人类活动将危害地球"这一概念的时代。马什的自然环境保护思想主要包括两个方面:一是人类与自然是相互影响的和相互依存的,人类影响和改造自然,反之亦然,为了自身的生存和子孙后代的延续,人类是时候停止对自然界的过度破坏,保护环境,敬畏生命,树立对大自然的责任感,培养自觉与自然沟通的精神;二是原始森林作为一种自然资源对维持生物圈生态整体系统的良性循环有着无可取代的作用,因此,合理开发、利用和科学管理大自然应该成为所有人共同的生态理念。根据多年的田野观察经验,马什严肃地指出森林被大肆砍伐必将导致的严重后果:"原本储存在土地植被中的水汽因为森林面积的逐年减少而蒸发,由

---

① [美]莫里森、康马杰、洛伊希滕堡:《美利坚共和国的成长(上卷)》,南开大学历史系美国史研究室,译,天津:天津人民出版社,1980 年,第 33 页。
② Volney, C. F., *A View of the Soil and Climate of the United States of America: With Supplemental Remarks upon Florida, on the French Colonies on the Mississippi and Ohio, and in Canada, and on the Aboriginal Tribes of America*, Warszawa: Palala Press, 2015, p.89.

此产生的结果就是肥沃土壤的干燥表土在猛烈的雨水冲刷下而流失了。人类活动造成的土壤环境恶化趋势必须得到扭转,这是阻止整个地球变成荒山沼泽、贫瘠原野的唯一出路。"①马什对自然环境恶化的忧患意识以及对人类自身、对所有生命存在价值的重新审视,不啻是以一种科学、生态的眼光看待森林与人类生存之间密切关系的永恒价值,他的思想直接启发了世人重新思考保护森林、保护自然环境的必要性和重要性。《人与自然》不仅在当时,还是在现今都有效地引导人们正确认识自然万物的价值以及摆正人类自身在大自然中的位置;尤其是,之后鲜有著作能够从根本上改变人们看待和使用土地的方式。因此,《人与自然》被认为是全球范围内环境保护运动的源泉。

美国在西部地区的开发过程中对自然资源的利用而产生的破坏不仅规模大且持续时间长。森林资源、土壤资源和生物种群资源都不例外地被波及。动物的栖息地由于森林面积迅速减少而缩减,物种的多样性因此减少,出现了一系列的连锁反应。北美原本丰富的野生动物资源随着森林面积的减少而缩减,如海狸、鸽子、野牛、麋鹿等动物灭绝速度在当时最为迅速。其中最引人关注的生态事件就是西部平原的野牛数量快速减少,甚至一度濒临灭绝。为了保障铁路的安全通行,铁路公司雇佣猎人猎杀铁路附近的野牛。人们甚至把捕猎野牛视为一种消遣活动。资料显示,"欧洲移民刚踏上北美大陆时的土地上大约生活着3000万只野牛,到19世纪中叶只有1200只。1883年,野牛数量急剧下降到还不到200只。到1903年,只剩下34只野牛"。② 作为美国西部大草原最重要的物种之一的野牛对人类生活曾经产生过重要的影响,本土的印第安人的生存发展也与野牛的存在息息相关。在西部荒野的探险中,象征着美国西部文化的野牛种群因为遭受到人类制造的一次次血腥的浩劫而走向灭绝,这导致了美洲大草原的马背文明和神秘的西部林地文化也很快湮没在历史的长河中,这无疑是美国西部草原生态文化的一大损失。随着人类文明的发展,人们仍然无法摆脱物质欲望等边缘利益的诱惑。人类中心主义自然观曾经在人们的思想中生根发芽,究竟有多少野生动物在人类手中灭绝?随着人类对自然资源索取行为急剧增加,加上人为制造的环境污染等因素,地球上的生态链遭到了严重破坏,生物种群数量以惊人的速度减少,这种趋势的背后隐藏的是人类对待大自然恶的本质。19世纪美国环境问题的成因是人类中心主义价值观和利益至上原则下的物欲病态膨胀导致的人类与自然关系的错位。

---

① Marsh, G. P., *Man and Nature*, New York: The Classics, 2013, p.46.
② 刘绪贻、杨生茂:《美国通史》,北京:人民出版社,2008年,第268页。

第三节　清教思想对美国浪漫主义文学的影响

15世纪末之后,来自西班牙、英国、法国、荷兰等欧洲各国的移民先后来到北美大陆。1607年,当第一批英国移民到达北美大陆的时候,那里土地肥沃、物产丰富,只居住着一百多万印第安土著居民。欧洲人第一次惊诧地发现,在这样一片广袤的土地上,竟然只有这么少的人口居住,而且大部分自然资源尚未开发。1620年,一百多名逃避宗教迫害的英国清教徒,乘坐一艘叫"五月花"号的轮船,开启前往北美新大陆的航程。他们背井离乡,不远万里,漂洋过海来到美洲大陆的目的是要摆脱国内宗教的迫害,同时,他们满怀希望和信心,期望在新的土地上建立一个宗教圣地,获得想要的自由和解放。他们在海上颠簸了两个月后,终于在严寒的十一月里,在如今的马萨诸塞州的普利茅斯登陆。这些英国清教徒是抵达北美垦殖的第一批朝圣客,他们自诩为"上帝的选民",带着一份神圣的使命来开辟一个所谓拥有新秩序的"伊甸园"。

17世纪中叶,英国人在南部和北部分别建立了詹姆斯敦和普利茅斯两个殖民地,后来分别发展成了今天的弗吉尼亚州和马萨诸塞州。在建立之初,殖民者没有从事劳动的积极性,他们不愿意开荒种地,加上新气候和新环境,荒地开发不易,以及大量野生动物的侵扰,自然环境恶劣,在殖民地建立的头几年中新移民的死亡率极其高。这时候向他们伸出援助之手的是当地的印第安人,在印第安人的帮助下,从欧洲来的新移民逐渐熟悉了新大陆的动植物、气候环境和山川地貌,他们的居住地从而迅速地从小规模聚集地形态发展为教区,最后再发展为市镇。16世纪至18世纪,欧洲各国殖民者开始陆续在北美大西洋沿岸建立殖民据点。移民们先后建立了13个英属北美殖民地,他们沿着美国大西洋海岸不断扩张,实现殖民统治。由于殖民地与英国矛盾的激化,北美居民强烈抵制殖民者,最终双方因为争夺土地而导致独立战争的爆发。

1783年,北美13个州在政治家、军事家乔治·华盛顿(George Washington)的领导下赢得了独立战争,建立美利坚合众国,成为一个具有独立主权的国家。美国建国之后,通过疯狂的版图扩张在短时间内把领土从大西洋沿岸扩展到太平洋沿岸一带。整体上,它促进了社会经济结构发生重大变化。美国北方和南方各州在独立后沿着不同的道路发展经济和实施不同的管理政策,导致经济发展上的矛盾和冲突。1861年至1865年,南方种植园主和北方工业资产阶级双方爆发了一场战争,这就是美国历史上规模最大的一次内战。最终,北方工业资产阶级全面废除了奴隶制而取得了决定性的胜利,结束了南北分裂的局面,让美国成为一个南北统一的移民国家。

移民们希望建立具有北美特色的宗教,摆脱传统的欧洲基督教信仰模式的束缚,实现宗教自由。他们努力把带到美国的各个宗教教派进行了本土化的洗礼,在美国所有的宗教派别中,基督教占据优势。基督教在北美成功转变为清教,事实上是指基督教中的新教(Protestantism)。北美殖民地文化很大一部分源自那批最早登陆北美新大陆的清教移民的清教思想。勤奋和节俭是早期清教教义核心思想中强调的两个方面,这也是早期西部拓荒者具备的道德品质的组成部分。早期拓荒者面前的道路既未知又充满诱惑,他们之所以能够克服不可预测的自然灾害,勇于面对严酷的生存环境,摆脱侵扰心灵世界的困惑、不安与挣扎,很大程度上是因为他们之中多数人信仰宗教。他们的宗教的文化精神在美国整个拓荒时期得以延续下来,并且发扬光大。他们认为拓荒者个人的历险行动是履行宗教神圣使命的一部分,拓荒者是上帝征服自然荒原的工具。"这一信仰与加尔文神学的观点相契合,并得到了加尔文神学的强化,二者的结合使得清教徒几乎攻无不克。"①

在美国,基督教主要有罗马天主教和新教(Protestantism)两大分支。新教徒认为宗教生活的中心是个人而不是教会组织,这种信念由欧洲新教徒带到北美大陆并深深地扎根于美国社会。美国殖民时期,清教思想氛围异常浓厚,宗教和政治在一开始就是协调一致的,在社会政治生活中一直占据着特殊的地位。清教教义对美国人的信仰和价值观的形成产生了极大的影响。美国早期通过清教思想支配社会风貌,并且通过控制家庭生活进而实现政治上的统治。早期的美国先贤和精英利用清教教义对民众进行道德熏陶和品行塑造,对个人思想品格和行为施加一种强有力的道德影响,宣传和推崇具有浓厚清教思想色彩的价值观和道德标准。因而,清教是美国早期社会道德规范最大的形成来源,清教在美国行使道德教化的职能方面发挥了不可替代的作用,也为自身的巩固和发展找到了良好的支撑条件。宗教道德教化的结果是圣经中所包含的道德规范的基本内容逐渐融入社会道德体系之中,并得到美国民众的广泛认可,最终形成了一种传统的道德力量。清教思想培养和塑造民众的民族精神和

---

① 杨彩霞:《20世纪美国文学与圣经传统》,北京:中国人民大学出版社,2007年,第28页。

社会信仰,如乐观进取、勇于冒险创新、崇尚个人奋斗等。当时的美国精英们自诩为"上帝的选民",时任马萨诸塞湾殖民地总督约翰·温斯罗普(John Winthrop)充满希望地将马萨诸塞湾的宗教领地描绘成"山巅之城",决心重建伊甸园。殖民早期,教民相信清教具有神圣的拯救性的力量,他们的生活和精神文化与清教思想建立了密切的联系,由此逐渐萌生美国人的民族自豪感和优越感,这种意识通过不同形式的宣传和灌输不断得到了强化。清教主义作为美国宗教文化形成和确立的开端,对美国人早期的意识形态,如思想、风俗、道德习惯和价值观念等具有塑造性的影响,清教思想由于构成了美国文化极其重要的一部分而在美国思想史上享有重要的价值和地位。清教思想在一定时期内成为美国最重要的精神支柱,在美国意识形态的形成过程中发挥重要作用。

美国浪漫主义文学开始于18世纪末,一直延续至19世纪60年代美国内战爆发这段时间,以华盛顿·欧文(Washington Irving)的《见闻札记》(*The Sketch Book*)出版为开端到沃尔特·惠特曼(Walt Whitman)的《草叶集》(*Leaves of Grass*)出版为结束。浪漫主义文学时期是美国文学史上一个极其重要的时期,因此也被称为"美国的文艺复兴"时期。这期间涌现出一大批著名作家,如欧文、霍桑、爱伦·坡、麦尔维尔、爱默生、惠特曼、梭罗等。清教思想对美国文化的影响更主要地体现在对美国文学的渗透上。清教思想对美国浪漫主义文学创作的影响极为深远和持久,体现在美国浪漫主义文学的创作题材、创作风格等诸多方面。可以认为,美国浪漫主义文学植根于清教思想并逐渐发展成为独立的民族文学。在霍桑、麦尔维尔、爱默生等人的作品中都可以找到清教思想影响的踪迹,作品中呈现的道德说教色彩与清教思想有着千丝万缕的联系。清教思想深刻影响着人们的道德习惯和价值观念,这就不可避免地导致对人性、思想自由的抑制和约束,这一主题在霍桑的浪漫主义小说中得到集中的反映。

霍桑的祖辈为清教徒,深受新英格兰传统的影响。他本人虽然不是清教徒,他生活的时代距离清教主义在新英格兰的统治时期也已经过去一个世纪了,然而当时受工业化影响的社会氛围促使他重新考虑清教的一些思想观念。他从清教思想中关于原罪的视角去看待隐藏在人性中的"罪"与"恶",这成为他创作的一个重要的主题。霍桑对人类内心深处的"恶"与"罪"的揭示与救赎贯穿于多部作品中,如《大地的燔祭》(*Earth's Holocaust*)、《伊桑·布兰德》(*Ethan Brand*)、《好小伙布朗》(*Young Goodman Brown*)、《教长的黑面纱》(*The Minister's Black Veil*)、《红字》(*The Scarlet Letter*)、《七个尖角阁的房子》(The House of the Seven Gables)、《玉石雕像》(The Marble Faun)等,这些作品都反映了霍桑对"罪"与"恶"问题的反思。他的第一部长篇小说《红字》以一个具有浓厚清教思想氛围的城镇和一个诡秘阴暗的森林为背景,把一个牧师的"罪"和"救赎"的传奇故事展现得荡气回肠,揭示了善恶观念在牧师灵魂深处的斗争。作品不仅真实反映了当时笼罩在清教思想下的社会,也批判了清教思想对人性的压迫和身心的残害。从某种意义上说,霍桑是美国清教思想所制约的社会文化的典型产物,这使得他的作品中蕴含的说教成分极为浓厚。麦尔维尔的代表作《白鲸》(Moby Dick)达到了美国19世纪小说创作的巅峰,清教思想中的"罪"和"救赎"观念在这部小说中也得以体现。亚哈船长为了复仇而疯狂追杀白鲸,在大自然神秘的力量面前最终只能船毁人亡,而水手以实玛利敬畏自然、敬畏生命,最终获得救赎而成为捕鲸船上的唯一幸存者。在霍桑和麦尔维尔看来,每个人都是潜在的罪人,道德鼓励对人类天性的提升是一种必不可少的方式,凡此种种都体现了清教思想对美国浪漫主义文学的影响。

霍桑生活的年代已开始进入美国的超验主义文学时期。超验主义强调直觉,认为人可以通过直觉感知自然万物,从而获得和外部自然的和谐相处。此外,超验主义强调个体的重要性,倡导自立是人臻于完美的一种最理想的途径。超验主义表面上摒弃了清教思想的教义,然而,在实质上还是保留了清教思想中的一些积极的理念,如道德规约、人类与自然的和谐相处、勤俭乐观的生活态度等,这些理念在爱默生和梭罗的作品中都有所体现。爱默生的代表作《论自然》("Nature")阐述了人类与自然的玄妙关系,人类可以通过直觉获得与自然万物的交流。他的《论自然》、《论超灵》("The Over-Soul")、《论自立》("Self-Reliance")等经典作品都集中反映了他的超验主义思想,强调自然精神性的一面,强调人类的存在是神圣的,人类可以通过融入自然,实现与自然的和谐而获得完善。可以认为,超验主义思想蕴含着道德上的指南,张扬人性美好一面以及重视个人尊严和价值的实现。梭罗是美国浪漫主义文学时期最伟大的生态作家,深受超验主义思想的影响。他的《瓦尔登湖》(Walden)一书极具审美价值,谴责人类物欲的膨胀给自然带来的伤害和破坏,探索人类与自然的和谐相处之道,时至今日,它更具有生态学意义。

美国浪漫主义文学是在清教文化的特殊氛围中孕育成长起来的,它从清教文化中获得了丰富的灵感和素材。清教文化对美国文学的深刻影响并不局限于浪漫主义文学时期,它也影响了现在和未来。不了解清教思想,便不能更好地了解美国文学。从某种意义上来说,清教文化使得美国浪漫主义文学具有了自身的特点,它鼓励人们告别旧的习俗和传统,创造一种能够体现美国本土色彩的新文学。

第四节 美国浪漫主义文学的发展

"浪漫"一词来自罗曼语。在文学传统中,欧洲中世纪的骑士传奇文学与浪漫主义有直接的渊源关系。骑士传奇文学当时已有数百年的历史,而浪漫主义文学兴起的时间是在18世纪末欧洲社会由封建主义向资本主义过渡的时期。首先,法国大革命标榜的"自由、平等、博爱"的思想渗透到人们的意识中,进一步促进了人们对个性解放的追求和情感表达,进而成为一种心理需求。其次,德国古典哲学中对认识论、本体论、伦理学、美学、哲学等领域的各种问题和范畴已经有了比较系统的阐述,欧美浪漫主义文学的发展具有了思想理论的基础。基于此,康德的哲学才最终成为独立的学科。康德的著名论断就是人为自然界立法,他的形而上学理论对本体论和现象进行了界定。他指出,不是事物在影响人,而是人在影响事物,人在构造现实世界时、在认识事物的过程中,人类的范畴中也存在一些可以改变人类对世界的观念的因素。他意识到,事物本身与人所看到的事物是不同的,人永远无法确知事物的真正面貌,不可能认识到事物的真性,只能认识事物的表象。康德的论断与现代量子力学有着共同之处,即事物的特性与观察者有关。康德带来了哲学上的哥白尼式的转向,他的理论也为浪漫主义文学对于人的内在精神世界中的非理性的发掘提供了合理的解释。

浪漫主义作为欧洲文学中的一种文艺思潮,产生于18世纪末至19世纪初的资产阶级革命和民族解放运动高涨的年代。浪漫主义的理论策源地在德国,而在文学上成就最高的则是英法两国。浪漫主义运动在政治上反对封建专制主义,在艺术上与古典主义相对立,属于资本主义上升时期的一种崭新的意识形态。浪漫主义在反映客观现实上侧重从主观内心世界出发,强调主体性和想象力,注重个人主义。它偏重于表现主观理想,抒发强烈的个人情感;浪漫主义描写自然风光,歌颂大自然,主张人类与自然和谐共处;它酷爱描写中世纪和过往的历史,重视民间文学,尤其是中世纪的民间文学。现代意义上的欧洲浪漫主义文学思潮最早在法国发展起来,之后蔓延到整个欧洲以及美国。英国当时涌现了一大批优秀的文学作品。罗伯特·彭斯(Robert Burns)和威廉·布莱克(William Blake)是英国浪漫主义文学的先驱者,为推动英国浪漫主义文学的发展做出了极大的贡献。在1805年前后,欧洲浪漫主义文学形成了第一次浪潮。欧洲浪漫主义文学的第二次浪潮始于英国作家乔治·戈登·拜伦(George Gordon Byron)的作品,拜伦、雪莱(Percy Bysshe Shelley)和约翰·济慈(John Keats)的浪漫主义文学作品曾经风靡欧洲。欧洲浪漫主义文学的第三次浪潮发生在法国。1826年至1850年,以维克多·雨果(Victor Hugo)为代表的一批浪漫主义作家相继涌现。19世纪初的美国文学受欧洲浪漫主义文学的影响涌现了一大批优秀的作品,推动了美国浪漫主义文学的发展。

就美国而言,浪漫主义文学的渊源可追溯到17世纪第一批欧洲移民抵达美洲新大陆,当时移民面对的是一片陌生而广袤的土地,这种特殊的自然与人文背景决定了人们对土地那种与众不同的情感与联系。许多早期移居北美新大陆的定居者通过日记、旅行笔记和书信散文等独特方式来描述、解释和认知脚下的那片土地以及对未来的梦想。美国西部边疆散发着持久的魅力,如广袤的未开发土地、茂密的丛林、壮丽的自然风光、印第安原住民的奇异文明等,为这一时期作家提供了浪漫主义的想象空间和取之不尽、用之不竭的创作素材,此外,也吸引了一批批拓荒者的到来。北美洲气候适宜居住,有许多曲折的海岸线以及适合殖民统治的河口。拓荒者把这片原始的蛮荒之地视为地球上的"伊甸园",并在这块土地上建立了越来越多的殖民地。

1620年,102名清教徒乘坐"五月花"号抵达北美时,他们意识里开始有了"荒野"的概念。"五月花"号上的领导者、后来成为普利茅斯殖民地总督的威廉·布拉德福德在日记中记录了自己初来乍到时对北美荒野的感受:野兽和土著人在一片荒凉可怖的荒野里出没。他们面临的头等问题是如何认识和适应这片与世隔绝、未开化的贫瘠土地,在这个陌生的自然环境中得以生存和发展。在他们看来,荒野是一个纯粹的希望之地,显然远胜于已经处于道德沦丧状态的欧洲。他们坚信,通过努力可以把这片荒野之地打造成"新的伊甸园"。美国殖民探险家和第一位作家约翰·史密斯(John Smith)的《新英格兰记》(A Description of New England)、普利茅斯殖民地继任超过30届的总督威廉·布拉德福德的《普利茅斯开拓史》(History of Plymouth Plantation)以"富饶的伊甸园"和"咆哮的荒野"的鲜明对比,描述了北美新大陆的自然荒野景象,从而使自然荒野成为北美新大陆人关注的一个焦点。史密斯上尉鼓励移民:在北美,如果除了双手之外一无所有,你可以通过勤劳迅速发财致富。每个人都可以通过自己的劳动成为新大陆的主人和土地拥有者。史密斯上尉宣传北美的目的是吸引更多的移民来发掘北美丰富的自然资源,以进一步扩大其殖民地和殖民统治的影响力,这是殖民地得以生存和发展的关键所在。

在殖民和后殖民时期,自然荒野成为文学作品中赞美和敬畏的对象,如乔纳森·爱德华兹(Jonathan Edwards)和爱默生的诸多作品中都反映了荒野自然之美。在爱德华兹的《自传》("Personal Narrative")和《圣物的影像》(*Images or Shadows of Divine Things*)中,作者将内心的精神体验与外界的自然景物融为一体,以奇思妙喻的手法,表明"上帝"把整个自然万物造成了"精神世界的影子",形成了一种对自然荒野的审美观。就爱默生而言,他的代表作《论自然》中明确指出"自然是精神之象征"。他的自然观极大地影响了同代和后代的自然文学作家,成为自然文学的理论基础,"认识自然,研习自然"成为美国自然文学经久不衰的主题。在爱默生看来,物质世界的美远远比不上精神世界的美,而精神世界的美主要来自大自然,它胜过一切人工创造。爱默生生活的时代,美国有着广袤的荒野之地尚未开发。爱默生极其关注北美早期的自然荒野,自然荒野是他独处和隐退之所,他在那儿可以获得超验的体验,这使得"自然荒野"概念在美国环境思想史上具有重要意义。

"荒野"一词源于盎格鲁-撒克逊语"wilddeoren",指"deron"或"野生动物在文明疆域之外的生存"。[①] "荒野"指"原生自然和原野,是人类尚未涉足的原始大自然,人工的痕迹几乎不明显,而只显现出自然力量的影响"[②]。美国环境史学者托马斯·韦洛克(Thomas Wellock)阐释了四种较为流行的荒野观点:"荒野是神圣的庇护所,是物种保护区;是印第安人认为的真正文明;是清教徒认为的原生自然美景和荒凉;是现在大多数美国人认为不包括印第安人的纯净荒野。"[③] 北美新大陆的自然荒野生机勃勃,预示着一个个新的机遇,它的辽阔和富饶吸引了各地追求实现"美国梦"的移民。当时清教徒对自然荒野的赞美源于对上帝的崇敬和忠诚,而17至18世纪欧洲作家对自然荒野的赞美则是出于对自然的热爱以及对人与自然和谐关系的浪漫情怀。

爱默生对自然荒野有着很深的情感。在《论自然》中,他所描写的自然充满

---

① Garrard, G., *Ecocriticism*, New York: Routledge, 2004, p.17.
② Allin, C. W., *The Politics of Wilderness Preservation*, Westport, Conn.: Greenwood, 1982, p.32.
③ [美]韦洛克:《创建荒野:印第安人的迁徙与美国国家公园》,史红帅,译,《中国历史地理论丛》2009年第4期。

了神秘感和灵性。自然物与人一样具有生命力,人与自然的关系是神秘的。最重要的是,大自然能治愈、鼓舞人的心灵,并且给人的身体和精神以力量,给人的精神世界带来快乐,每个人都需要来自自然的美丽景致,就如同需要面包和休憩之所一样。爱默生虽然持有人类是宇宙中心的思想,但他仍然认为自然与人类密不可分,荒野对人类的生存和发展有着不可替代的作用。爱默生对自然荒野和荒野生活充满了热爱和赞美。源于这一时期自然作家对荒野的关注,自然荒野思想开始悄然进入更多人的精神世界,从而逐渐衍生出对环境问题系统的具有哲学意义的思考。

1776年,美国建立了由13个州组成的美利坚合众国后,来自世界各地的移民为实现"美国梦"纷纷涌入北美。这些事件都为这一时期的美国作家提供了巨大的启发。美国早期著名浪漫主义作家,如菲利普·弗瑞诺(Philip Freneau)、威廉·卡伦·布莱恩特(William Cullen Bryant)、华盛顿·欧文、亨利·沃兹沃思·朗费罗(Henry Wadsworth Longfellow)、詹姆斯·费尼莫·库柏(James Fenimore Cooper)等,继承和模仿了欧洲浪漫主义文学的创作传统,一扫机械自然观的阴霾,开始以全新的视角看待自然和书写自然,将自然描绘成包含宇宙精神的理想世界,赋予森林和荒野以新的意义。浪漫主义作家对大自然的描绘蕴含着一个宏大的审美理想,即通过文学创作的形式呈现北美新大陆的原始荒野,歌颂大自然的壮美以及体现对大自然的热爱,激发人们对大自然的审美体验与情感共鸣,以审美洞察人类与自然间的原始的、内在的关系,肯定人类原初无限的创造力,这成为浪漫主义文学的一个显著的特征。19世纪初的美国浪漫主义作家积极创作启迪民众的文学作品,但这个时期的美国文学尚处于探索时期,词汇不足,语言匮乏,创新力欠缺。美国民族文学从此走向自由、创新并取得辉煌的成就,在美国文学重要的转型期,美国浪漫主义文学的贡献是无可替代的。

早在独立战争爆发之前,美国殖民地民众在欧洲启蒙主义学说的影响之下已经具有了民族独立的意识。美国政治家本杰明·富兰克林(Benjamin Franklin)世俗的格言比清教神学家乔纳森·爱德华兹牧师关于清教主义的教诲更能吸引广大民众。富兰克林用清晰、幽默的文体传播了科学文化,促进了自力更生精神的传播,获得了民众的接受。尤其,富兰克林的关于自学和创业的观点,对美国人的人生观、事业观和道德观产生了深远的影响。独立战争期间充满了反抗与妥协之间的尖锐斗争,迫使作家们采取政论、演讲、散文等简便又犀利的形式投入战斗,他们出于战斗的需要锤炼自己的语言艺术。这个时期的诗歌具有强烈的社会政治性。弗瑞诺是当时著名的革命诗人,他的创作开创了美国诗歌的优秀传统。独立战争催生了大量革命诗歌,造就了美国一批重要的散文家和诗人。政治上的独立促进文化上的独立,战争结束之后,美国作家的作品陆续增多,逐渐摆脱了英国文学的垄断局面。年轻的美国吸引着欧洲更多的人满怀信心地奔向新的北美大陆。19世纪上半叶的文学创作就是在这样的社会环境影响之下带上浪漫主义的色彩。美国作家吸取欧洲浪漫派文学的精神,对美国的历史、传说和现实生活进行抒写,美利坚民族内容逐渐丰富和充实起来。20至30年代到南北战争前夕是浪漫主义运动的全盛时期,各种不同风格的作家泉涌而出,作品从内容到形式都具有鲜明的民族特色。批评家称这一时期为美国文学的"第一次繁荣"。

到了世纪中叶,浪漫主义文学的基调从乐观走向疑虑,因为尖锐的社会矛盾(如蓄奴制)促使某些作家采取现实主义的创作手法。此外,当时北美西部的大部分地区都未被开垦,那里的自然环境比东部地区原始得多。美国人认为西部是一片充满机会和希望的土地,出于对美好生活的渴望,人们不断从东部沿海地区向西部荒野迁移。加利福尼亚"淘金热"成为当时世界最流行的话题。来自各地的人群前往西部地区寻找矿产和富饶的土地,一片荒凉的土地被开垦之后,人们就会往西进一步开拓新的土地。美国拓荒时期,一片又一片土地被开垦出来,一个又一个城镇建立起来,极大地促进了美国西部地区的发展。美国人的价值观、个人主义、自立等思想的形成与西部拓荒运动有着紧密的联系,拓荒过程中塑造的进取精神为美国民族文学的兴起提供了滋生的沃土。广袤的未开发的土地、与欧洲迥异的自然风光、原始印第安土著奇异的文明、西部边疆居民原始的生活等元素为这一时期美国作家的创作提供了素材,也进一步开阔了作家的创作空间。基于美国人强烈的乐观主义精神、进取精神以及对本国辽阔土地强烈的自豪感,美国浪漫主义早期的作家们开始用普通美国人的语言书写体现美国本土色彩的题材,大量描述美国本土的自然风光,包括原始的森林、广袤的荒野、辽阔的草原、苍茫的海洋等,不一而足,突出本土文化特征,反映美国人的民族品格和气质。经过美国本土作家的不懈努力,欧洲以及英国文学的影响逐渐消减,美国民族文学逐渐得以发展和确立。

始于18世纪末19世纪初的美国浪漫主义文学以欧文的故事集《见闻札记》为开端,以惠特曼的诗集《草叶集》为结束标志。浪漫主义文学为美国文学史创造了一个大繁荣发展时期,因此,这一时期被人们称为"美国文艺复兴"。经过几十年的发展,美国浪漫主义文学已经形成了独具地方色彩和民族特色的文学形式。欧文、朗费罗、爱默生、霍桑、梭罗、麦尔维尔、惠特曼等一批杰出的作家就是这一时期涌现出来的著名的浪漫主义文学作家,他们创作了大量优秀的文学作品,为推动美国浪漫主义文学的发展做出了重要的贡献。

在早期浪漫主义文学中,一些以美国为背景、美国人为主人公的作品开始出现,初具美利坚民族的特色。欧文致力发掘北美早期移民的传说故事,他的《见闻札记》开创了美国短篇小说的传统。库柏在边疆小说《皮袜子故事集》(The Leatherstocking Tales)中以印第安人部落的灭亡为背景,表现了欧洲移民开辟美国文明的途径。自然诗人布莱恩特笔下的自然景色完全是美国式的,他歌颂当地常见的水鸟和野花,而且通过它们歌颂人与自然、人与人之间相处的和谐状态。这些作家的作品满怀乐观向上的时代精神。爱伦·坡在诗歌、推理小说和文学创作理论领域独树一帜,标志着美国民族文学在艺术创作上的多样性。此外,美国早期的浪漫主义文学深受西欧浪漫主义文学的影响,模仿欧洲浪漫主义文学的创作手法和风格,如欧文的《见闻札记》中的故事大多借鉴英国、德国和西班牙的民间传说的素材,库柏的《皮袜子故事集》也是沿用英国作家沃尔特·斯科特(Walter Scott)的历史小说的创作方式。美国浪漫主义文学与欧洲浪漫主义文学有着千丝万缕的联系。而随着美国社会经济文化的发展,美国浪漫主义文学逐渐摆脱了欧洲浪漫主义文学的传统,最终形成了自身独立的一面。移民们在奋斗过程中遇到的困难、冒险的经历和塑造的进取精神是美国浪漫主义作家创作素材的重要来源之一。同时,美国悠长的海岸线,北部和西部独特、辽阔的山川地貌以及未开发的荒野激发了浪漫主义作家创作的灵感。库柏的西部边疆小说里描写了茂密的丛林和壮观的五大湖区,甚至神秘的印第安文明和东方印度文明在库柏的西部边疆小说中也有相应的影子,这些元素都鲜明地体现了美国浪漫主义文学早期在创作内容上的创新。美国浪漫主义作家在思想上强调以个人主义为核心的价值观,这种价值观充分体现于他们的浪漫主义作品中。例如,爱默生提出人要依靠自己去实现自身的完美,人就是一切,自然规律都在于你自己,强调个人的重要性。在创作题材上,美国浪漫主义文学作品表现形式多样,如西部边疆探险小说、海洋捕鲸冒险小说、探案推理小说、心理分析小说、伦理说教小说等。这些形式多样的作品体现了浪漫主义文学蓬勃发展和丰富多彩的一面,使美国浪漫主义文学焕发出耀眼的光彩。美国浪漫主义作家形式多样的创作风格展现了美利坚民族早期的理想追求和精神风貌。

从19世纪初开始,美国浪漫主义作家开始走上本民族文学的革新之路。

他们从思想内容上开始探索人生价值、人与自然、社会关系等问题。1837年,爱默生在美国哈佛大学青年学者联谊会上发表了关于美国学者需要独立和创新的著名演讲,号召美国学者认识自我、观察自然、汲取精华,在新世界创造新文化,撰写反映自己时代的作品,为人类文化的进步和发展做出贡献。作为美国浪漫主义文学"独立宣言"的《论美国学者》一文成为美国独立文化塑造时期的思想独立宣言。爱默生的代表作,1836年出版的《论自然》一书阐述了超验主义自然观,把美国浪漫主义文学推向了高潮,即新英格兰超验主义阶段。梭罗是继爱默生之后又一位美国浪漫主义作家。《瓦尔登湖》、《康科德河和梅里马克河上一周》(*A Week on the Concord and Merrimack Rivers*)、《科德角》(*Cape Cod*)、《缅因森林》(*The Maine Woods*)、《远足》(*Excursions*)等作品都是以他自身在大自然中的经历为素材而创作的,开创了美国浪漫主义文学创作的新风格和新形式。惠特曼通过诗集《草叶集》忠实记录了自己对生命和自然发自内心的热爱、自豪和认可,歌颂了美利坚民族意识的觉醒,他以丰富、包罗万象的气魄反映了广大劳动人民在民主革命时期的乐观向上精神。他歌颂劳动、大自然、物质文明以及"个体"的理想形象。他的诗歌渗透着对人类的广泛的爱。惠特曼奔放的自由诗体同他的思想内容一样,也是美国文学史上的创新,产生了广泛的影响,《草叶集》也因此被誉为19世纪美国的编年史。《草叶集》中的诗歌对民主、自由的赞美是19世纪初美国社会精神面貌的写照。如《民主的前景》("For You O Democracy")、《我听到美国在歌唱》("I Hear America Singing")、《自我之歌》("Song of Myself")、《斧头之歌》("Song of the Broad-Axe")等诗歌歌颂了美国的西进进取精神。《草叶集》散发着地道的美国本土色彩,诗歌中所描绘的花草树木、飞鸟鱼虫等都具有美国本土色彩,诗人所表达的一切语言和风格也都是美国的。惠特曼是第一位不受英国诗风影响的美国诗人,被誉为美国浪漫主义诗歌的伟大旗手。

爱默生、梭罗、惠特曼等一批优秀的浪漫主义作家的作品宣告美国浪漫主义文学已经摆脱了欧洲传统的束缚而自成一体。这个时期是美国文学第一个伟大的创作期,浪漫主义的种子在北美的土壤里生根发芽。尽管这个时期美国浪漫主义文学或多或少依然受到欧洲浪漫主义思潮的影响,但它已呈现出自己的独特风格。北美广袤的自然环境成为美国浪漫主义文学的本土资源。美国诗歌之父弗瑞诺深受自然神论的影响,他的诗歌体现了"道法自然"的自然性和神秘性。布莱恩特对客观性质的描述充满了浓厚的兴趣,他的自然诗描绘了美国西部大草原的辽阔。欧文是第一位享有世界声誉的美国作家,他的短篇小说呈现了美国哈德逊河河谷独特的自然景观,深入细致地描绘了哈德逊河河谷的自然美景。朗费罗一生致力于创作,留下了大量的抒情诗、民谣、叙事诗和诗歌戏剧。他的《海瓦沙之歌》("The Song of Hiawatha")是美国文学史上第一部以边疆印第安人为主题的史诗,深受读者的喜爱,由此奠定了他在世界文坛的地位。库柏的长篇历史小说《皮袜子故事集》描绘了美国西部边疆的原始森林和北美广阔的五大湖地区。惠特曼歌唱自我、歌唱自然、歌唱美国,他的诗歌呼吁人们要回归大自然获取生命力。爱默生则主张人要走进荒野,观察自然以领悟自然中的终极真理。他认为,美国森林地带是一个尚未被思想征服的世界。这个时期的作家把自然荒野作为创作对象,形成了一种独特的北美新大陆文化氛围。早期的美国文学虽然受到欧洲文学的影响,但这一时期著名的浪漫主义文学作品却具有独立的一面。

美国作家就地取材,以西部开发为主题进行创作,表明他们开始思考如何发展自己的民族文学,也预示着美国的民族意识的萌芽和觉醒。美国浪漫主义作品大量描写了美国的自然风光,如原始森林、广袤荒野、辽阔草原、浩瀚海洋等。自然荒野成为美国人早期开拓进取精神的象征,它构成了美国文学中不可替代的宝贵文化遗产。美国浪漫主义文学在19世纪30年代的新英格兰兴起了著名的超验主义运动,超验主义强调自然是高尚的,个人是神圣的,自然是道德的最好课堂。如爱默生所述,在荒野之中,可以发现某种比在城市街道和乡村看到的与我们更加亲密无间和同根同源的东西;在宁静的森林中,尤其是在遥远的地平线上,人们可以感受到与人的本性一样美好的东西。这种价值诉求表明了美国浪漫主义文学中隐含的自然观,也体现了美国浪漫主义文学书写自然的一种特定方式。美国浪漫主义时期的小说具有内容上的独创性和题材上的多样性,如欧文的幽默轶事和短篇小说、爱伦·坡的歌德式科学冒险故事、库柏的西部边疆冒险小说、麦尔维尔的海洋长篇叙事、霍桑的"理性之罪"心理分析小说等。这些作品既以浪漫的基调表达了对自然的热爱,又融入了对社会问题的关注和思考。崇尚自然、回归自然是美国浪漫主义文学的一大特征。其中,前期的库柏的小说是最早关注自然资源被肆意滥用、生态环境受到破坏的美国浪漫主义作品,而后期的梭罗的作品则表现出对自然万物的热爱、对自然生命的敬畏、对人类与自然无法和谐共处问题的焦虑。美国浪漫主义作家的生态情怀体现了人类作为自然界唯一的道德主体所具有的生态人性中的主动性。他们的作品表达了对工业文明给自然环境带来破坏的一种忧虑,把崇尚自然、回归自然的情怀和为广袤的自然而写作的宗旨进一步推向了一个新的高度。

这个高度使得美国生态文学的浪漫主义传统在工业文明时代凸显出其深刻的时代主题,即痛惜工业文明进程中人类生命和自然所受到的戕害。

在美国历史上,第一批到达美洲的欧洲殖民者以"征服自然"为口号,将近代以来在欧洲发展起来的机械论自然观引入北美,并为其注入了更多的乐观精神和扩张意识。同时,殖民者极力主张人类可以通过研究自然规律来掌握和征服自然,显然带有浓厚的人类中心主义色彩。在这种自然观念的影响之下,美国在工业化发展进程中出现了严重的自然资源浪费和自然环境受到破坏等各种问题,这就是典型的经济发展至上造成的与自然的矛盾和对立的情况。在西方文化中,希腊哲学史上普罗泰戈拉在其《论真理》中有一句名言:"人是万物的尺度,存在时万物存在,不存在时万物不存在。"普罗泰戈拉强调了人的作用和价值,体现出个人主义思想倾向。他认为,思维对存在具有决定的作用,显然,这是一种主观唯心主义观点。在文艺复兴时期人本主义思潮中,人们对它极为推崇。它原本的核心意义是一切的制度与规范都应当以人类的自由与福祉为核心。然而,启蒙运动之后,它的意义已经几乎覆盖了所有领域。当人成为衡量一切的尺度的时候,自然就退居到了次要的地位。而在文艺复兴之前,所有的文明都强调人类应当与自然保持平衡与协调,人类不应当过度地侵入和干扰自然的领地。但当人类发展观超越了一切的界限,自然在人类的征服面前变得不堪一击,人类在征服自然和改造自然的路上越走越远,就此埋下了生态危机的隐患。人类生存本来就具有双重性:一方面,人类是万物之灵,拥有认识自然和改造自然的理性与手段;另一方面,人类又只是地球生命网中的一环,要与自然万物共同生活在一个相互联系、相互制约的自然环境中。

这种双重性形成了两大截然不同的自然观:一种是以英国的博物学家吉尔特·怀特(Gilbert White)为代表的"阿卡狄亚式非人类中心主义自然观"(Arcadian non-anthropocentrism view of nature),倡导人们过一种简单纯朴的生活,始终保持着一种与自然和谐共生的状态;另一种是以瑞典生物学家卡尔·冯·林奈(Carl von Linné)为代表的"帝国式"人类中心主义自然观,希望通过理性的实践来建立人类对自然的统治。殊不知,自然对人类的反抗从来都是无声无息的,它会给人类反戈一击。"人是万物的尺度"的狂妄之处在于人类将自然万物作为资源而无节制地滥用。"阿卡狄亚式"自然观推崇热爱自然和崇尚自然,倡导人类与自然和谐相处的理念,至今仍然被世界各地热爱自然和崇尚自然的环保人士所认可。"美国浪漫主义文学中有着强烈的人与自然和谐统一的情感。"①显然,浪漫主义者完美继承和发扬了西方文化中的阿卡狄亚传统。美国浪漫主义文学对改变人们的机械主义自然观念起到了重要作用,是美国人环境观念转变过程中的重要因素,对美国人环保意识的产生有着重要的影响。

随着工业化文明的进一步推进,人类与自然的关系发生了根本性的变化,人类对自然影响与作用极度增强。这个时期的自然环境开始恶化,与农业文明时期的自然环境形成了鲜明的对比。人们回归自然的愿望日益强烈,希望从自然中重新找到自由和信仰,回归自然成为现代人的一种向往。19世纪上半叶开始,美国人对自然的态度发生了明显的变化。美国浪漫主义作家也深刻意识到当时自然环境的变化,在作品中表达了对自然环境遭受破坏的关注和不安。美国浪漫主义作家重新审视自然,他们对自然的抒写融入了对人类与自然关系的问题的哲学思考,这种思考既有物质方面的,也有精神方面的。热爱自然、尊重自然、回归自然成为浪漫主义文学作品的一个重要的主题。美国浪漫主义作家形成了与以往不同的自然观。他们主张,人类只有敬畏自然、亲近自然,才能建立人与自然的和谐关系,更多地表达了对社会的关注和对人与自然关系的深刻思考。霍桑认为,自然对人的心灵的创伤具有修复的作用,对当时人们战胜自然的盲目乐观思想表示怀疑。此外,霍桑前瞻性地揭示了人类如果盲目地操纵自然和无视自然的法则,最终会受到大自然的惩罚,给自身带来毁灭性的悲剧,表达了对盲目掠夺自然、征服和改造自然的关注,也表达了对生态危机的关注。爱默生提出,回归自然、发掘自然的精神价值能够给人类心灵带来有益的影响,强调人类与自然是一个和谐一致的有机整体。作为超验主义作家,爱默生信奉"经验自然观",而梭罗信奉"实践自然观"。梭罗为爱默生的"圣徒",梭罗崇尚的自然与爱默生眼中理性的自然是不同的,他不仅把爱默生的理论付诸实践,而且又比爱默生超前一步。他比爱默生更进一步预见到工业文明与自然之间的矛盾,并主张回归自然的简朴生活,提出了"世界存在于荒野"的观点。

在《漫步》("Walking")一文中,梭罗对荒野价值的论证在自然文学中产生了重大意义。虽然爱默生与梭罗对自然观的阐释不同,但二者的目的一致,即引导人们重新看待自然的价值。梭罗通过自身在瓦尔登湖畔的超验主义实践,阐释了平等对待自然万物的观念,倡导"生命共同体"理念,实现人与自然和谐共处。同时,梭罗提倡人们应该走近自然,过着外在简朴、内在丰富的生活。梭

---

① [美]奥康纳:《自然的理由:生态学马克思主义研究》,唐正东、臧佩洪,译,南京:南京大学出版社,2003年,第136页。

罗的关于人与自然的思想对美国的环境保护运动产生了深远的影响,被称为"美国环境主义运动的第一圣人"和"浪漫主义文学时期最伟大的生态作家"。

美国浪漫主义文学是一种立足于本民族风土人情和文化、以描写和歌颂自然为基调、倡导人类与自然和谐共处的新文学,表达了具有美国本土色彩的浪漫主义思想。促使人们重新认识自然、善待自然、敬畏生命,树立一种提倡人类生命和非人类生命都得以自由生存的环境意识,这也是美国浪漫主义文学所呈现的自然具有精神性的一面。由于北美新大陆具有独特的文化背景以及其工业化程度发展之迅猛,浪漫主义文学必然会在这片壮美的土地上滋生并发展起来。或者说,它是在美国特殊的自然环境和人文背景下产生的一种文学,所以浪漫主义文学在美国文学史上极富代表性。它摆脱了传统欧洲文学的束缚,走出了一条反映本土文化的创作之路,反映了美国民族文学成长过程中一个真正崭新的阶段。因此,在文学意义上,美国浪漫主义文学把自然荒野从"边缘地带"推进到"发光地带",从而铸造了新时代文学的审美精神和批判精神,形成了之后美国生态文学的一个创作源头。美国浪漫主义文学在唤醒人们的生态意识和环境保护意识方面发挥了重要的作用。

第二章 生态视野下的美国浪漫主义文学

第一节 回归自然生态意识的倡导

一、弗瑞诺"道法自然"之自然观

菲利普·弗瑞诺被公认为美国殖民地时期最著名的浪漫主义诗人、美国革命战争后期最杰出的作家,他开创了美国诗歌的优秀传统而享有"美国诗歌之父"之誉。1768年,弗瑞诺进入普林斯顿大学学习,他在这里接触到英国新古典主义和18世纪英国文学作品,这为他日后的诗歌创作奠定了坚实的基础。在诗歌体裁上,英国17世纪诗人约翰·弥尔顿(John Milton)和18世纪抒情诗人托马斯·格雷(Thomas Gray)的创作理论对弗瑞诺诗歌创作影响最深。弗瑞诺匠心独运地把英国传统诗歌的格律运用到讴歌北美大陆特有的土著居民和花卉鸟兽的诗歌当中,使他的诗歌充满浓郁的美洲泥土的芬芳,洋溢着北美大陆特有的基调,展现出他热爱自然和崇尚自然的真挚情感,在推动美国乡土诗歌的发展上做出了积极的贡献。弗瑞诺创作了不少的自然诗,以讴歌北美大陆独特的自然风光的不言之美,既富于浪漫主义色彩,又充满大自然的清新画面,艺术想象力丰富,思想境界高,具有较高的艺术价值。弗瑞诺在长达半个多世纪的写作生涯中共创作了1200多页诗歌,不仅数量多而且题材多样,他的诗歌是美国浪漫主义诗歌的重要组成部分。

弗瑞诺于1776年曾经几次冒险航行到西印度群岛从事皮革生意。航行中所经过的大海激发了他的创作灵感,为此,他创作了诸多关于航海生涯中经历的诗篇。《美丽的圣克鲁兹》("The Beauties of Santa Cruz")一诗描写了海洋的巨大力量,赋予了全诗极其优美的意境;《飓风》("The Hurricane")一诗描绘的是大海变幻莫测的神秘的和飓风下幽暗深海中的人的真切体验。弗瑞诺的《夜之屋》("The House of Night")一诗被称为美国文学"最早的浪漫主义音符"。他善于基于对自然的敏锐观察,结合"死亡""自然""海洋"等主题创作出艺术水平极高的自然诗和浪漫幻想诗。其代表作《野杜鹃》("The Cuckoo")一诗打破了传统诗体的束缚而成功地借用了自然质朴的美国民族语言,自由地抒发对自然万物的情感。他在诗歌方面的创作为后来的美国文学的创作奠定了基础。他的著名诗篇《印第安人的墓地》("The Indian Burying Ground")和《野忍冬花》("The Wild Honeysuckle")一直被公认为美国文学的瑰宝,至今仍独放异彩。《印第安人的墓地》一诗是美国文学最早关注印第安人生活的作品。以印第安人作为诗歌的主题无疑标志着弗瑞诺成为真正意义上的美国诗人,由此开创了美国浪漫主义文学崇尚远古传统和讴歌高尚的早期先民的先河。

在弗瑞诺创作的众多优秀自然诗歌中,《野忍冬花》是一首脍炙人口的自然诗,同时它也是弗瑞诺最具代表性的一首诗。弗瑞诺当时居住在南卡罗来纳州,那里靠近大海,气候温暖而且风景秀丽。他在漫步时被一束淡淡的盛开的野忍冬花所吸引,以敏锐的观察力、通俗易懂的语言、优美的节奏和清新的构思将不为人所注意的野忍冬花描写得细腻生动,反映了他对自然大地的深厚情感。

野忍冬花①

美好的花呀,你长得这么秀丽,
却藏身在这僻静沉闷的地方——
甜美的花开放了却没人亲昵,
招展的细小花枝也没人观赏;
没游来荡去的脚来把你踩碎,
没东攀西摘的手来催你落泪。
大自然把你打扮得一身洁白,
她叫你避开庸俗粗鄙的目光;
她布置了树荫把你护卫起来,
又让潺潺的柔波淌过你身旁;

---

① [美]弗瑞诺:《野忍冬花》,https://www.kekeshici.com/shige/waiguoshige/38711.html,访问日期:2020年4月9日。

你的夏天就这样平静地消逝，
这时候你日见萎蔫终将安息。
难免消逝的那些美使我销魂，
想起你未来的结局我就心疼；
别的那些花儿也不比你幸运，
虽开放在伊甸园中也已凋零；
无情的寒霜再加秋风的威力，
会叫这花朵消失得一无踪迹。
朝阳和晚露当初曾把你养育，
让你这小小的生命来到世上；
原来若乌有，就没什么可失去，
因为你的死让你同先前一样；
这来去之间不过是一个钟点：
这就是脆弱的花享有的天年。

The Wild Honeysuckle

Fair flower, that dost so comely grow,
Hid in this silent, dull retreat,
Untouched thy honeyed blossoms blow,
Unseen thy little branches greet:
No roving foot shall crush thee here,
No busy hand provokes a tear.
By Nature's self in white arrayed,
She bade thee shun the vulgar eye,
And planted here the guardian shade,
and sent soft waters murmuring by;
Thus quietly thy summer goes,
Thy days declining to repose.
Smit with those charms, that must decay,
I grieve to see your future doom;
They died—nor were those flowers more gay,

> The flowers that did in Eden bloom;
> Unpitying frosts, and Autumn's power
> Shall leave no vestige of this flower.
> From morning suns and evening dews
> At first thy little being came:
> If nothing once, you nothing lose,
> For when you die you are the same;
> The space between, is but an hour,
> The frail duration of flower.

弗瑞诺在诗中描绘出一幅大自然宁静祥和的画面。他不禁为偶遇这片生长在大自然荒野中的野忍冬花而欣喜，感慨自然之美的无处不在。弗瑞诺为凸显自己对野忍冬花的喜爱而使用拟人化手法，以"你"指代野忍冬花，野忍冬花仿佛是弗瑞诺久违的挚友，让他感到意外又高兴，引发了自己与之一次亲密又温暖的对话。他想必是久久停留陪伴野忍冬花而不愿过早离开。显然，野忍冬花是大自然能够给人类带来情感上共鸣的一个缩影。弗瑞诺通过描绘野忍冬花，寄予人类回归自然、被大自然无言之美所陶醉以及能够真切感受到大自然本身之美的愿望。

在反思人类与自然关系时可以发现，生态问题的出现与西方文化传统在相当长的历史发展进程中片面强调人类与自然的对立有着直接的关系。进入工业文明时代之后，自然万物从此只是科学认知和技术改造的对象，人类借助科学技术致力于对自然界的开发、征服和占有，致力于让自然界服从于人类利益的需要。从古至今，诸多文学作品表达了人类掠夺和征服自然的欲望与自负，盲目歌颂人类征服自然的伟大，夸大了人类力量对大自然的作用。而弗瑞诺恰恰相反，他在诗中阐释了人类与自然和谐共处的美好。在诗歌的前半部分，诗人详细描写了野忍冬花的生存环境。

弗瑞诺并没有将野忍冬花放置在喧嚣的都市氛围之中，而是把它置于荒凉、幽静和人迹罕至的自然荒野。这种精心构思的背景设置恰恰体现了"道法自然"的自然性意识。在诗人笔下，荒野（wild land）是自主之地（self-willed land）。自然荒野之上运行的是其自身法则，林木生长、生灵跃动、溪涧水流、生态循环皆受其自身控制。就如"野性"一词的当代定义一般，荒野首先是不受约束的自由乐土，是一片未被工业文明入侵的净土，是大自然的原型形象；其次，荒野代表着纯净,它具有未被人类改造过的原始自然美;最后,由于荒野的环境预示着严酷和危险,有着极其危险的破坏力量,生活在自然荒野的人们只有相互协作,才能在荒野的环境中争取更好的生存和发展。因此,自然荒野的存在有助于促进人与自然的和谐,甚至人与人、人与社会之间的和谐。弗瑞诺对野忍冬花的描写体现了对自然的一份朴素、真挚、非功利性的热爱和崇尚,也同时唤起了人们对大自然的一份原始性的情感,那就是对源自大自然的生态和谐之美的眷恋,蕴含着"道法自然"的生态意识。

人类在大自然中所有的活动都应当基于"道"这种形而上最高实体的关照,遵循自然万物本身的规律。弗瑞诺通过野忍冬花的枯荣阐述了"道法自然"的自然观,即万物有生必有死,有荣必有枯。花开花落、四季转换乃是自然界的规律,它是不以人的意志为转移的,是人类所无法抗拒的。这正如中国的老子在《道德经》中所阐释的道:"人法地,地法天,天法道,道法自然。"在此"道"所指向的就是规律,而规律又来自大自然所蕴含的天然本质。正因为大自然有着自身的运行规律,才造化了宇宙天体以及大自然、人类、其他万物,所以一切事物包括人类在内是不可以超越凌驾于自然规律之上的,应该是自然规律凌驾于一切事物之上。

二、欧文回归自然的朴素生态观

华盛顿·欧文是对美国文学的本土化贡献最突出的一位作家,也是美国第一位浪漫主义短篇小说家,被誉为"美国文学之父"。作为新世界文学界派到旧世界来的第一任大使,欧文非常渴望能够前往欧洲历史丰富的地方朝圣,以此获得内心的充实,提高自身的文学艺术涵养。他遍访欧洲,访问了各地诸多名胜古迹,了解风土人情,搜集民间传说,积累了丰富的创作素材。欧文的创作风格充满了无处不在的温和幽默感,他能够在描写现实生活的细节中巧妙展现幽默感和幻想能力,是一位乐观的幽默家。其小说中独有的浪漫主义气息为作品增添了经久不衰的风采和魅力。欧文向往田园生活和古代遗风,特别喜好奇闻轶事和穷乡僻壤的风俗习惯。他对人类的生存充满信心,即使在缅怀古人、凭吊古迹之时,也不会产生悲观失望的情绪。欧文的作品包括散文、短篇小说、游记等。1820年,欧文游遍英国的名胜古迹,怀着对英国古老文明的仰慕,陆续发表了诸多散文、随笔和故事,共32篇,集成为《见闻札记》一书出版。

《见闻札记》首次在英国出版就立即引起轰动,引起欧洲和美国文学界的重视,这部作品奠定了欧文在美国文学史上的地位。其中收录的名篇《睡谷传说》

("The Legend of Sleepy Hollow")和《瑞普·凡·温克尔》("Rip Van Winkle")则是本土化题材最突出的代表,开创了美国短篇小说的传统。欧文的短篇小说内容涉及浪漫传奇、奇闻轶事和风土人情,多以壮美的自然风光为故事背景;语言清新流畅、典雅细腻、富有乐感,风格幽默风趣,能够把平凡日常生活的场景描绘得栩栩如生。他善于烘托气氛和制造悬念,使小说充满了吸引力。其浓厚的抒情色彩和对自然风光的描绘都会给人们留下深刻的印象。

短篇小说《瑞普·凡·温克尔》的故事发生的时间为美国南北战争(1861—1865年)前后。《睡谷传说》描述了美国哈德逊河东岸的大自然:"一条小溪缓缓流过,发出汩汩的声音,四周一片宁静,偶尔传来鹌鹑的鸣叫声和啄木鸟的轻轻啄着林木树干的声音。"[①]主人公远离尘嚣的田园生活似乎能让人隐约体会到欧文的生态观,那就是对蓬勃发展中的美国对生态环境的破坏提出批评和质疑,同时在批评和质疑的背后是一种忧虑。不过,有评论家简单地将其归为"消极浪漫主义"或"逃避主义",这种对欧文创作的评价难免失之偏颇。从生态批评理论的角度去解读欧文的作品,能够深刻感受到欧文小说创作的意图和生态意识的另一面。

美国建国初期,社会政治、经济、文化等方面都有待发展和完善。民主、自由、和平等成为美国人生活中追求的理想。同时,各方势力为争夺政治上的权力而相互倾轧不断,社会各方因此强烈呼吁新制度的诞生。此外,工业文明步伐加快,外来移民纷至沓来,劳动力大量增加极大促进了美国西部边疆地区的开发。这一切塑造了美国人勇于开拓的精神以及对生活极大的乐观和自信。同时,人们盲目崇拜理性,认为人类的意志就是衡量自然万物的尺度。人类可以以一种居高临下的态度看待自然,自然是从属于人类的客体,自然只具有物用价值。在此观念的支配之下,人们的物质欲望日渐膨胀,大自然成为人们盲目掠夺自然资源的对象。欧文正好经历了社会形态等各个方面剧烈变动的时期。工业文明的到来更是加速了人类征服自然的步伐,在这个过程中,人类不自觉地站在了自然之外甚至是自然的对立面。人类与自然形成紧张对立的二元关系的责任完全在于人类自身。浪漫主义作家对资本主义工业文明和都市文化的入侵给人类带来的一系列生活方式上的变化产生了忧虑。欧文生活的年代时值欧洲浪漫主义思潮开始传入美国。因而,崇尚自然是浪漫主义作家对工业文明入侵田园生活的一种消极反应。"这一时期的小说或诗歌大多赞美自

---

① [美]欧文:《见闻札记》,刘跃荣,译,桂林:广西师范大学出版社,2003年,第63页。

然之美,不接受都市化改造过的自然。对自然美的描写也就成为浪漫主义创作的一大艺术特色。"①欧文的创作素材多来自自身的环球旅行,这也是一种融入自然的实践。在旅行中,欧文目睹了人类与自然之间的不和谐现象,引起了他对自然状态的特别关注。因而,他的作品具有鲜明的生态基调,表现出回归自然之美和回归人类与自然和谐关系的双重倾向。

"回归自然"的生态理念贯穿于欧文浪漫主义作品中,给美国自然文学带来了巨大的影响,它翻开了美国人认识自然和合理对待自然的崭新一页。欧文的作品传达了对自然的普遍好感,对自然之美的描写和对与自然相关主题的关注无疑成为欧文作品中不可或缺的元素,这也是其作品具有独特魅力并流传至今的一大原因。欧文笔下的荒芜村落呈现了隐逸与宁静、深邃与诡异以及点缀在字里行间的就地取材与色调元素,既令人难忘又发人深省。在《睡谷传说》中,欧文写道:"任何在哈德逊河上航行的人都必须记住卡茨基尔山脉。"②欧文笔下的卡茨基尔山格外巍峨壮丽,它成为浪漫、幽默、夸张、充满悬念的故事的发生地,令人印象极为深刻,又令人回味无穷。在欧文看来,接近自然、回归自然是人类的天性,人会在不知不觉中被大自然的美、深邃高超的智慧所吸引。也正是大自然的这种特性,使人类的生活充满了无穷无尽的乐趣,因为身处大自然中的人会产生丰富多彩的想象。

欧文除了描写壮丽山峦,大海在他的作品中也是另一番景象。在具有奇幻色彩的《掘金者》("The Money Diggers")故事中,欧文描写的海盗经常光顾的"鬼门关"为波涛汹涌的海峡。"轰鸣的雷声在巨浪中回荡,场面极其惊心动魄,各种怪兽、成群的海豚、虎鲸、贪婪的鲨鱼即使在风平浪静的时候也足够让人感到惊恐却又不免对此饶有兴趣。"③在《睡谷传说》故事中,"大自然是多姿多彩的,天气的每一次变化甚至一天中的每一个小时都让它(卡茨基尔山)变幻莫测,不停地变幻出五彩缤纷的色彩和各种难以描述的形状"。④ 迷人而神秘的大自然是促使人们勇于探索的无尽源泉,成为世代人们向往的希望之地。《英格兰乡村生活》("Rural Life in England")为《见闻札记》中的一篇散文,笔调清新、优雅、诙谐,富于乐感,行文自然流畅,舒卷自如,现实主义的描写中洋溢着浓郁的浪漫主义文风。在欧文笔下,19世纪的英格兰乡村生活淳朴粗犷,乡野间的

---

① 朱光潜:《西方美学史》,第2版,北京:人民文学出版社,1979年,第710页。
② [美]欧文:《见闻札记》,刘跃荣,译,桂林:广西师范大学出版社,2003年,第62页。
③ [美]欧文:《欧文随笔》,王勋、纪飞,等译,北京:清华大学出版社,2012年,第57页。
④ [美]欧文:《欧文随笔》,王勋、纪飞,等译,北京:清华大学出版社,2012年,第68页。

动物和植物焕发活力和生机;他用精妙的文字和广博的知识将乡村的欢乐呈现给读者,让人在阅读时尽享自然的宁静、生机与包容。优美的园林景致,连天的碧草、满地的翠茵,参天的巨树、蔽日的浓荫,在林薮与空旷处结对漫游的鹿群、四处窜跳的野兔、扑簌而起的山鸡、蜿蜒迂回的溪流、天然曲折的幽潭展尽了自然之美,足够令人为之陶醉。还有"乡间薄雾笼罩,树丛中隐约可见木屋屋顶,这里的山峰地是蓝色的,附近是新绿的,相互辉映"。① 欧文所描述的纯粹的英伦风情、优美的乡村小景、活泼的乡野生灵所构成的自然美确实会让人产生一种欲一睹为快的冲动。"英国人善于欣赏大自然的美。他们天生喜欢农村也极其喜爱农村生活的乐趣和农村的工作。这种爱好不是强烈的然而几乎是发自内心的。即使城里人生在砖房里,住在闹市区,一旦搬到农村,生活习惯骤然改变,各种经营也与过去大不相同,但也照样应付得来。"②英国人对于土地耕作和修葺庭园的情趣,可谓他人难以匹敌。他们愿意花一番苦心去研究自然的美,更是对于一草一木美丽的形体和各种花卉和谐的搭配有着自身独到的见解。种种的自然之美在别国异域都在荒野里自生自灭,自然的美往往最为娇羞而难以捉摸。然而,英国人会把它们搜罗、捕捉起来,放置在家宅的周围,令自己和路过之人赏心悦目。"农村的各种工作,绝对没有什么卑微可言。在田野里劳作的人,真切感悟着大自然的美丽和力量。来自自然界的影响必然是纯洁、高尚的,他们的精神世界也必然是活跃的,这样的人可能简单、不文明,但绝不会俗气。"③

对此,欧文在《伦敦的一个星期天》("A Sunday in London")中如此说道:"我摆脱拥挤尘土飞扬的城市,每周旅行一次,投入绿色自然的怀抱。我回到自然母亲的怀抱像个孩子一般,心中充满了喜悦和温馨。"④欧文作品中的人与自然的关系总是呈现出和谐的状态。"各种燕子在屋檐上欢快地飞上飞下,发出吱吱叫声。一排排鸽子立在屋顶上正在惬意地享受阳光的温暖。有些燕子用一只眼睛朝上看似乎在观察着天气;有的把头埋在翅膀或手臂下;还有燕子大摇大摆地围着女主人转悠,不时呢喃点头。"⑤欧文乐于赞美天人合一的和谐景象,寥寥数笔就能勾勒出天人合一的美景,若置身其境,若闻其声,人与自然各

---

① [美]欧文:《欧文随笔》,王勋、纪飞,等译,北京:清华大学出版社,2012年,第186页。
② [美]欧文:《欧文随笔》,王勋、纪飞,等译,北京:清华大学出版社,2012年,第163页。
③ [美]欧文:《见闻札记》,刘跃荣,译,桂林:广西师范大学出版社,2003年,第175页。
④ [美]欧文:《欧文随笔》,王勋、纪飞,等译,北京:清华大学出版社,2012年,第293页。
⑤ [美]欧文:《欧文随笔》,王勋、纪飞,等译,北京:清华大学出版社,2012年,第302页。

有其位,各得其乐。《伦敦的一个星期天》犹如一幅颇具写实风格的19世纪英格兰风情画,犹如是献给乡村生活的一首赞美诗,形象地阐释了自然能够给人类带来无形中的道德教化的意旨。对英格兰乡村人与自然和谐状态的赞颂体现了欧文对传统自然道德价值的肯定、崇敬以及平凡田园生活中蕴含的和谐美好。欧文笔下的乡村是精神的领地更是灵魂的净土,他的全部生命都在于体验和描述自然。他的第一部举世闻名的作品《见闻札记》让人阅读时完全沉浸在大自然清新舒畅的微风和古朴清新的田园风光中,给人带来一种回归自然的感觉。欧文歌颂回归自然的和谐美好寄予了对人类和自然和谐相处的一种期盼和理想。

卢梭认为回归人类的自然美好天性是极其生态化的,只能在自然中实现:"人类过去在原始状态下所表现出来的天真和质朴的自然本性会因为科学技术的进步而助长了人类的缺陷,如因社会的发展而产生的虚假世故、享乐主义和拜金主义,这些倾向只会使人类的道德和情操日益走向恶化。"①欧文在创作中探讨回归自然和回归人性的美好是不知不觉中向卢梭的观点靠拢了。倡导回归自然和回归人性的美好折射了欧文对当时人们精神生活和社会道德逐渐堕落的倾向的批判。当时的美国由于科技的进步而呈现出欣欣向荣的一面。然而,科技的发展源于人类对自然的征服欲,也引出人类的贪婪和虚荣心。显然,欧文本人希望回归到过去那个远离浮华的年代,没有名利和物质之争,人人可以过着没有污染、健康生态的田园生活。那是一个人人天性朴实善良、有责任感、为人正直、品行高尚的时代。回归自然的美好也是欧文寄予的一种对回归自然美好天性的期待。欧文认为,人有时是虚假而丑陋的,他甚至坚信,美洲所有的动物都会变坏,人类也不例外。这样的判定无疑是对工业文明给人们生活带来的冲击和负面影响所表达的不满。

在《乡村教堂》("The Country Church")一文中,欧文写道:"一个贵族家庭给他留下了深刻印象就是他们衣着朴素、态度谦和、乐于与农民交谈,愿意听'贱民'发出的心声,没有丝毫的矫揉造作之感和浮华纨绔之嫌。相比另一个贵族,他们的衣着神秘,服饰形式极为扭曲,表现出一种狂妄和虚荣心。"②欧文似乎更欣赏人性中的单纯、天真、谦逊和坦率。人们一般认为乡村生产力低下,它是一个落后的代名词。然而,欧文却认为,乡村生活会给人带来无尽的快乐和

---

① [法]卢梭:《卢梭全集》,李平沤,等译,北京:商务印书馆,2012年,第204页。
② [美]欧文:《欧文随笔》,王勋、纪飞,等译,北京:清华大学出版社,2012年,第301页。

教益,乡村的人们会充分流露出真情实感,不会刻意去遮掩,远离城市的冷漠、虚伪、刻板、消极而烦琐的人情世故。乡村生活与自然为邻,更有利于激发人们对美的追求,有益于提升人的思想和道德水平,从而创造出和谐。欧文曾经直言现代文明对淳朴健康的古老节日的极大破坏是最令人不愉快的后果之一,体现了欧文对于淳朴的古老文明、厚重的文化底蕴和浪漫的风土人情的认可和推崇。欧文还认为,现代文明使生活无法遵循古老的地方风情,人的精神生活如果不能被古代真挚和庄严的习俗所培养,其后果是难以言说的,甚至会导致世俗的堕落。他认为,如果现代风情与古老文明无法交相辉映,社会就会多一些放荡的人,少一些轻松愉快的人,缺少朴素的情感和纯粹的家庭欢乐。

欧文为美国文学做出的最突出的贡献在于其短篇小说创作。《见闻札记》中收录了两部经典短篇小说《瑞普·凡·温克尔》和《睡谷传说》,这两部短篇小说细致地描绘了和谐宁静的自然环境和塑造了朴素的人物形象,体现了欧文回归自然的一种朴素的生态理念。《瑞普·凡·温克尔》的故事背景设置在荷兰殖民地时期的美国哈德逊河畔的一个古老山村。故事的主人公瑞普为人诚挚,乐于助人,靠耕种一小块土地养家糊口。有一天,他为了躲避唠叨凶悍的妻子,独自带着猎狗前往附近的哈德逊河畔卡茨基尔山闲逛,遇到当年发现这条河的赫德森船长及其伙伴,在喝了一群穿着怪异的人给的仙酒之后,就不知不觉地睡了一觉。他醒后下山回家,才发现时间已过了整整20年,沧海桑田,村里和家里的一切都与以前大不同了,一切都十分陌生。原本闭塞保守的小镇现在一片沸腾,到处是演说、传单、竞选。在恍惚之中,瑞普发现酒店招牌上英王乔治的画像变了,画中人红色的上衣变成了蓝黄色,手中的王笏变成宝剑,头戴三角帽,下面是"华盛顿将军"的字眼。瑞普最终得知,他现在已由英王的臣民变为合众国的一个自由的公民。在《睡谷传说》中,欧文进行了创新实践,他利用哈德逊两岸的战争传说和对鬼怪的想象力,塑造出了一个夹杂历史、传说和巫术传统的无头骑士的独特形象,将古老的欧洲神话故事移植在美国的土地上,创作出一部具有本土化特色的作品。欧文取材于自己所熟悉的本土环境——哈德逊河一带。在欧文笔下,哈德逊山谷远离尘嚣,有着清新古朴的地域风情。这儿最大的特点就是静谧,它笼罩在一片如烟似梦的梦幻之中,世界上没有比这更安静的地方。在移民和工业化的浪潮之下,新英格兰发生了翻天覆地的变化,整个美国因发生社会变革而躁动不安。然而,这个幽静的哈德逊山谷却像是不为外界所纷扰,更愿意保留着自身的风格。欧文力图在尚未被工业化大潮裹挟的古老村庄里寻觅美国文化的根基和魅力,使之得以传承。可以承载美国文化的根基和魅力的方式就是荒野书写(wilderness writing)。美国通常被认为是以"荒野"概念为中心的生态思想的发源地。"荒野意象是整个美国文学发展中的主要母题之一,并形成了美国文学的传统。"① "自19世纪早期,荒野作为自然和文化资源的观点已植根于美国科学和文学的想象中。"② 纵观美国文学,不少作家都从"荒野"这一概念中获取灵感,进而深入挖掘。他们大都把荒野理想化,将其描写成摆脱社会限制、享受充分自由的最好去处。如在库柏看来,自然荒野保持了原始的壮美,当自然与文明发生冲突,人就会渴望回归自然,摆脱外在的束缚。同时,自然荒野作为文学隐喻有另一层含义,即自然荒野的危险性。荒野书写是美国文学史上特有的一种文学创作形式,作家基于对北美大陆原始自然生态进行观察获得的素材,用小说、诗歌、散文、随笔、游记等形式书写原始自然状态,其创作的宗旨是热爱荒野,歌颂自然,倡导崇尚人类与自然和谐相处的生态思想。欧文的荒野意识在文本的荒野意象中也得到体现。《睡谷传说》故事的开篇就描绘了美丽而静谧的自然荒野风光,呈现了一幅远离尘嚣的生态画。"锯齿形的哈得孙河的东岸,有一个宽阔的河湾,那儿有一个叫逗留镇(Tarrytown)的小市镇,离这小镇大约两英里的地方有个山谷,那是全世界最安静的地方了。狩猎的枪声在这片特别宁静的大自然中确实能让人大吃一惊,因为它一下子打破了四周如安息日般的寂静,回声震荡不已,经久不衰。"③ 欧文运用"安静""宁静""寂静"这些字眼,营造一种古朴原始、远离尘嚣,未受工业文明喧嚣侵扰的原生态氛围。欧文把这种与世隔绝的"静"比作安息日,既表达出对这种自然环境虔诚的敬畏感,隐含着对神话般的自然荒野的留恋,同时,还透露出对工业文明逐渐入侵往昔田园生活的隐忧。生活在幽静的哈德逊山谷的人们看上去无忧无虑、其乐融融,他们真正融入自然,与万物和谐相处,完全就是大自然中的一员。当地土地肥沃,气候温和,物产丰富,河里有着各种各样的肥鱼,树林里有着随处可见的大雁、火鸡,所有这些为村民们提供了幸福的生活。"睡谷"与世隔绝,显得格外宁静,笼罩在一片如烟如雾的梦幻之中。当地居民都是荷兰人的后裔,他们脾气古怪、思想封闭,相信各种幽灵鬼怪故事。主人公伊卡博德·克莱恩(Ichabod Crane)来自康涅狄格州,他精明务实,有学识。他来到了"睡谷"并成为一名乡村教师,对当地神秘离奇的传说笃

---

① 朱新福:《美国文学上荒野描写的生态意义述略》,《外国语文》2009年第3期。
② Glotfelty, C., & H. Fromm, *The Ecocriticism Reader: Landmarks in Literary Ecology*, Athens: The University of Georgia Press, 1996, p.289.
③ [美]欧文:《见闻札记》,刘跃荣,译,桂林:广西师范大学出版社,2003年,第63页。

信不疑。在教学过程中,他爱上了自己的学生、当地一位富裕农场主的女儿卡特里娜(Katrina),结果与卡特里娜的另一位追求者布罗姆(Brom Bones)结下了情仇。"睡谷"当地流传着无头骑士(headless horseman)的传说,讲述美国独立战争期间的一名雇佣兵被大炮轰掉了脑袋,因而每当夜幕降临,无头骑士就会骑着大马到从前的战场去寻找自己的头颅。一天,主人公伊卡博德在穿过森林时遭遇了无头骑士,无头骑士将安放在马鞍上的人头扔向伊卡博德,竟然把伊卡博德吓得魂不附体,连夜逃出"睡谷"。伊卡博德幻想通过与富家小姐的联姻的牟利致富美梦破灭了。实际上,人们在事发现场并没有发现人头,只看到一个破碎的南瓜。种种迹象表明,这是伊卡博德的情敌布罗姆利用当地传说对他施行的恶作剧,他巧妙地采取了行之有效的手段把北方佬伊卡博德赶出了村庄,于是这个小村庄又恢复了平静。《睡谷传说》讲述了一个幽默的传奇故事,然而,欧文撰写这个故事并非仅仅为了博读者一笑,小说对处在社会变革中的人们的功利主义思想进行了一定的批判。故事中荷兰后裔与北方佬之间的冲突反映了浪漫主义和唯物主义两种对立的价值观。

19世纪初,这一地区的村落仍保持着自给自足的田园文化传统。尽管美国独立战争大潮汹涌,附近的纽约市日益繁荣,生活在宁静"睡谷"的荷兰人后裔仍然能够过着"不知秦汉,无论魏晋"的闲适田园生活。如小说中所述:"人们的思想、行为和风俗习惯仍旧保留在闭塞的小荷兰的山谷中,而大纽约州却在不断地发生着变化。'睡谷'这样的地方好比是急流边上小池里的一汪静水,不受奔流江水的影响。"①在欧文看来,无论外面的世界如何风云变幻,"睡谷"的一切如历史的时钟已停止摆动,和从前一般,经久不变。然而,如此偏僻幽静的"睡谷"如桃花源一般之地仍无法完全阻挡外人的侵扰。伊卡博德从康涅狄格州来到这里,对于"睡谷"的荷兰后裔来说,伊卡博德是一个不折不扣的新英格兰扬基佬(Yankees),是"睡谷"的入侵者,也是"睡谷"的局外人。他的价值标准与安于现状的当地居民明显不同,对他来说,人生的意义在于发财致富。他逗留"睡谷"的目的之一是为了教育临近地区的儿童;另一是计划如何顺便恰到好处地赚到钱。因而,他算得上是一个外来的"城市老滑头"(city-slicker)。他的"功利心理"和负面形象在对卡特里娜小姐的喜爱这件事情上表现得十分清楚。对于这一点,欧文不无讽刺地写道:"伊卡博德用一双绿色的大眼睛凝视着万塔塞尔温暖的房子周围那肥沃的草原、丰饶的荞麦和玉米地、还有那深红色的硕果累

---

① [美]欧文:《见闻札记》,刘跃荣,译,桂林:广西师范大学出版社,2003年,第76页。

累的果园,他不由得心生渴望那即将继承这一切财产的姑娘。"①伊卡博德的目的是在跟卡特里娜小姐结婚之后把土地财产都卖掉兑换成现金,然后计划再到西部去购买便宜的土地开垦,从而赚取更多的财富。伊卡博德无疑是"睡谷"这个小世界里的不和谐音符,他不仅没能赢得美人的芳心,还被彻底赶出"睡谷"。与伊卡博德的物质主义价值观相比,"睡谷"中的荷兰后裔更符合欧文的浪漫主义想象。他们自由、幸福地生活在和谐的乡村自然中,自给自足、不贪婪和不虚伪。欧文还借《睡谷传说》表达了对恬静田园生活的梦想:"如果有一天我想隐退,逃离纷纭的俗世,在恬静的梦中度过烦恼的余生。我真不知道还有什么地方会比这个小小的山谷更使我满意的了。"②欧文对这片如烟似雾的梦幻之地的向往之情跃然纸上,也是其"荒野意识和荒野的审美观念"的最好的诠释。

在以上两部短篇小说中,欧文用流畅优美的文笔表达了对大自然风光的赞美与喜爱,如写散文一般,让人忍不住流连。同时,用诙谐讥讽的语言表达出对飞速发展的现实世界的排斥,浪漫又不失温婉,文本独具美国式的浪漫主义气息。欧文对自然环境进行了大量而细致的描写,这不仅是为了营造故事发生的背景而且是为了渲染故事发生地神秘虚幻的氛围,更是体现了欧文坚持美国浪漫主义文学一贯的自然文学创作传统以及对景色如画大自然的热爱情感。在小说《瑞普·凡·温克尔》开头,欧文写道:"这个故事发生在卡茨基尔山脉,任何曾经沿着哈德逊河逆流而上的人都一定记得这里。因为,它是从阿巴拉契亚山脉分离出来的一条断裂的矿脉,山脉延伸到哈德逊河以西,高高耸立在周围的乡间。一年中不同的季节,不同的天气,甚至一天中不同的时间,山脉都会有不同的景象。所以,附近村庄的家庭主妇都把它当作晴雨表。天气晴朗时,山峰会变成紫蓝色,夜空中会显示出一个忽隐忽现的轮廓。在别处天空晴朗的同时,它的山顶却被浓雾笼罩,在夕阳之下熠熠生辉。"③欧文描写了哈德逊河沿岸秀丽的景色、挺拔的山峦和壮丽的河流,对美国典型的自然风光的描绘传达了欧文对神秘大自然的热爱。此外,小说中还刻画了许多丰满可爱的动物形象。为了参加卡特里娜小姐家聚会,伊卡博德向一个农夫借来一匹老马,一路上满怀希望向目的地奔去。那是个秋高气爽的日子,天色晴朗而宁静,大自然披着金黄色盛装,让人联想到丰收的喜悦。森林已染上了棕色和黄色,而有些小树已经被霜冻染成暗紫色和猩红色相间的色彩。高高的蓝天上,开始出现陆续不

---

① [美]欧文:《见闻札记》,刘跃荣,译,桂林:广西师范大学出版社,2003年,第79页。
② [美]欧文:《见闻札记》,刘跃荣,译,桂林:广西师范大学出版社,2003年,第79页。
③ [美]欧文:《见闻札记》,刘跃荣,译,桂林:广西师范大学出版社,2003年,第13页。

断的行行野鸭,树丛里传来松鼠的叫声,附近稻田里传来鹌鹑的绵长的啼叫声,途中经过一片树林,这儿是鸟儿聚会的游乐园,热闹无比。欧文把鸟类世界描写得像人类世界一样,鸟儿富于人类的情感和动作,让人眼前一亮:"众鸟们正在举行它们的欢乐盛宴,闹腾到高潮的时候,它们扑打着翅膀,叽叽喳喳,从一丛灌木跳跃到另一丛灌木,从这棵树飞向那棵树,在这片欢乐的天地里,忽东忽西。还有那老实的知更鸟,它是猎人们最喜欢的猎物,高声叫起来就像跟人吵架似的。燕八哥成群飞翔起来像乌云一般。有着金黄色翅膀的啄木鸟顶着红冠,套着黑领圈,披着一身华丽的羽毛,长着红边的翅膀和黄尾巴梢,头上顶着小羽冠。还有蓝鲣鸟,像个吵吵闹闹的花花公子,穿着鲜艳的淡蓝色外衣,一会儿猛然向这位点点头,一会儿又突然向那位鞠躬,装出一副和树林中每一位歌手都相处得很友好的姿态。"[①]众鸟用自己的方式好像在告诉人类:我们都是大自然的孩子,我们都很快乐。鸟类动物毋庸置疑也是大自然中的成员,它们用生命的奇迹给大自然带来了无尽生机和活力,是生物圈里不可或缺的一个种群。当满心喜悦的伊卡博德转向欣赏正值丰收季节遍野的宝藏时,他看到:"尽是累累硕果,有的沉甸甸的挂在树上,有的已被收放在篮子里和桶子里准备着出售,另外一堆堆苹果等待着压榨果汁。远远地可以瞧见大片的玉米地,金灿灿的玉米穗子从叶子间里探出头来,他幻想着未来一天可以享受到美味的蛋糕和布丁。还有躺在玉米地里硕大的南瓜,敞开肚皮正朝向太阳晒着,足以使人期望可以吃到最精美的南瓜派。当他走过散发着芳香荞麦田时,闻到了从蜂箱里发出的蜂蜜的味道。看到这些,他心头就暗暗浮起一种温柔的期望,不由得想到那精美的煎饼上抹上蜂蜜或糖浆。"[②]田园风光的描写把伊卡博德内心的欢乐淋漓酣畅地由外界的一派丰收的景象形象地表达了出来。

《睡谷传说》融入了显性的自然荒野书写的成分,彰显着朴素的生态情怀,小说中关于大自然的描写随处可见。大自然拥有着自己的声音,能够让人感受到大自然的力量。欧文的描写更多的是展现出一幅人、动物和植物和谐共生的场景。在荒野,三声夜鹰呻吟般的凄凉声,雨蛙不祥的叫声,长耳鸮令人生厌的鸣叫,受惊的鸟儿的窸窣声;硕大的甲虫,众声和鸣,犹如一曲美妙和谐的交响乐章。在村庄,燕子和雨燕来往翻飞,喊喊喳喳鸣叫;鸽子在屋顶上晒太阳,叽叽咕咕叫着。身体圆滚滚的猪在猪圈里发出呼噜声;一群既笨拙又可爱的白鹅

---

① [美]欧文:《见闻札记》,刘跃荣,译,桂林:广西师范大学出版社,2003年,第75页。
② [美]欧文:《见闻札记》,刘跃荣,译,桂林:广西师范大学出版社,2003年,第76页。

在池塘里游荡着,后面跟着群群鸭子;火鸡、珍珠鸡、雄鸡都在以自己的方式登台亮相。欧文把焦点转向对乡村和荒野的描述,而淡化和消解了人在自然中的主体意识。在哈德逊河湾这一带熟悉的地方,欧文以大自然为画布,勾勒出一幅大自然的风景画,也似乎在其中找回了自身在大自然中的位置感。展现在人们面前的是人类与动物、植物共同映衬出来的相得益彰和谐的生活画面,这种和谐画面绵延于整个故事。欧文回归自然的怀旧式生态意识通过人类与自然万物的描写得到淋漓尽致的体现,寄予着一种朴素的人类与自然和谐相处的生态理想。

三、布莱恩特自然诗歌中的精神家园

威廉·柯伦·布莱恩特是美国第一位享有国际盛名的浪漫主义抒情诗人,美国最早期的自然主义诗人之一。同时,他也是一位出色的批评家、新闻编辑和政治活动家。他引领美国诗歌摆脱了古典主义模式的陈旧束缚,使之进入了一个朴实、清新、雅致的新时期,也为后来的浪漫主义诗人如惠特曼自由奔放的风格奠定了基础。布莱恩特以描写自然景色的抒情诗而闻名,也是美国自然诗歌的先驱者。在他的笔下,大自然的美好和神性得到充分彰显,自然风物在他的诗歌中显得和谐而柔美,静谧而有节制,生命的律动无时不在、无处不在。他善于通过微观的意象构建一个瑰丽的艺术世界。正是这些特点使他成为第一位获得世界性声誉的美国第一位作家。布莱恩特的诗歌创作深受英国浪漫主义诗歌的影响,享有"美国华兹华斯"的称号。他在描写自然景物时注入了鲜明的道德情感。他主张,诗人应该以一颗敏锐且富有洞察力的心灵去寻找和发现隐含在大自然中的内涵和精神的魔力。

布莱恩特的诗歌在19世纪初的美国是最具代表性的本土文学。他的第一部《诗选》(*The Selected Poems of William Cullen Bryant*)在1821年出版,其中《黄香堇》("The Yellow Violet")和《致水鸟》("To a Waterfowl")两首诗歌被当时的文学界所认可,是难得的佳作。尤其《致水鸟》一诗在欧洲文学界获得好评。1829年,布莱恩特开始担任《纽约晚报》的主编,在此岗位任职近五十年。在此期间,布莱恩特利用报纸的影响力和自己作为主编的身份,宣传文学理论。他认为办报的宗旨之一是为读者提供环境教育,除了发表诗歌,他还在报纸上发表大量书评和社论,倡导环境保护。采用书信体裁向读者介绍国内外风景名胜,提醒人们浪费自然资源和破坏自然环境所带来的危害,呼吁建立国家公园以及保护森林资源的重要性。

布莱恩特一生崇尚自然,热衷在美国国内和欧洲各地广泛旅行。旅行途中,他一直坚持书写旅行见闻,之后将它汇集出版了《旅行者来信》(Letters of a Traveler)、《旅行者来信之二》(Letters of a Traveler：Second Series)和《东部来信》(Letters From the East)。他在旅行书信中关注地方色彩和边疆风土人情的同时,不断警示工业生产活动已经危害到自然环境的安全,也危害到非人类生命的生存。1843年,布莱恩特郑重地指出:"人们为获取松脂而大量砍伐松树是地地道道的破坏行为。"①1846年,他又揭示了美国密歇根州马基诺岛(Mackinaw Island)森林和荒野遭受破坏的状况。他在信中写道:"原始的荒野和树林中间正在不断出现纵横交错的公路,到处是房屋和厂房。不久的将来人们会对此深感懊悔。"②布莱恩特通过发表旅行书信的方式把自己观察到自然与环境告诉人们,不断提醒人们要关注自然的变化,提升人们的环保意识。布莱恩特的主要诗歌作品还包括《泉水与其他》("The Fountain")、《白蹄鹿及其他诗》("The White-Footed Deer")、《森林赋》("A Forest Hymn")、《自然之声》("Song of Nature")、《游历者的信札》("Letters of a Traveler")、《似水流年》("The Flood of Years")。布莱恩特深受亚历山大·蒲柏(Alexander Pope)、塞缪尔·约翰逊(Samuel Johnson)两位著名的英国古典主义作家的影响,同时,也深受人文主义理想的熏陶。而在诗歌形式上,得益于英国自由派诗人。此外,布莱恩特也如同英国浪漫主义诗人如威廉·华兹华斯(William Wordsworth)般热爱自然和崇尚自然,是一位自觉接受大自然影响的诗人。他将心灵向大自然敞开,感受大自然的气息,倾听大自然的絮语,发现大自然净美的品格和灵魂。基于自然素材,他创作了诸多以人与自然关系为主题的自然诗歌,大自然的美好和神性获得了充分的彰显。布莱恩特的文学理论作品包括《论诗的本质》《论诗的价值和应用》《论诗以及我们的时代、国家的关系》《论独创性和模仿》等,这些作品具有一种警句式的风格。布莱恩特认为,诗歌是一种联想艺术,是用象征而不是直接模仿生活的方法来激起读者的想象,激发人们情感上的共鸣,从而唤起人们满怀激情地去行动。布莱恩特对于诗歌的论述在之后多年一直是诗人用来衡量诗歌本质及宗旨的标准。他在自传中谈到自己从少年时就兴趣盎然地观察自然界,更是领悟到乡村生活优于城市生活。凭着

---

① Bryant, W. C., "Letters of Traveler: Notes of Things Seen in Europe and America," http://www.gutenberg.net.Bryant, 2004, 访问日期:2023年11月14日。
② Bryant, W. C., "Letters of Traveler: Notes of Things Seen in Europe and America," http://www.gutenberg.net.Bryant, 2004, 访问日期:2023年11月14日。

敏锐的洞察力以及新颖丰富的想象力,他往往能捕捉到大自然中最为微妙的魅力,创作出具有美国民族风格的诗作。布莱恩特强调,美国要有自己的民族文学,要体现自己的文化民族性。作家需要关注彼岸的景色,但周围熟悉的地方也有风景。关注美国本土的自然环境,美国的自然环境是作家从事文化和文学创作重要的、不竭的源泉。在他看来,"所有诗歌的题材,如美好、崇高、激情、黑暗、罪恶等,都可以在北美这片疆土上找到,美国是一个土地广袤、物产丰饶的国家,诗人擅长于巧妙与创造性地运用本土资源。"①

凯瑟琳·塞奇威克(Catherine M. Sedgwick)是美国第一位成功的女小说家,她的小说《红杉》(Redwood)讲述的是地方对各类事物野蛮的处理方式。1824年,布莱恩特在对《红杉》的书评中指出:"美国小说家应该面对富饶而广阔的美国疆土,因为它具有独特的色彩与美丽。"②他曾经预言,美国大地的自然风光将孕育和创造出美国独特的历史和文学传统,而这种新的文化表述模式将"促使美国作家与每一座山、每一片树林、每一条河流以及每一条小溪息息相通"③。他根据自己的亲身经历和观察,将美国新英格兰地区独特的自然风光融入优美的诗句中,诸多诗歌的主题都是典型19世纪美国诗作的题材。布莱恩特诗歌中的自然风光完全是美国式的,他热衷于赞美当地常见的水鸟和野花,借助这些平常的自然物,揭示大自然是人生欢乐和智慧的源泉。他的诗歌背景大都是以美国为主,是一位具有强烈本土意识的作家。爱默生称道布莱恩特是第一个,也是唯一的一个,向世人揭示了美国的北方景色,夏日的盛装、秋天的斑斑褐色以及隆冬的明与暗,称赞他是一位本土的、诚挚的、独创的爱国诗人。他的创作成就主要贡献在于推动了美国民族文学的进一步发展,尤其是自然诗歌的创作和发展,把文学运动从开始的模仿欧洲引向了独立与创新。在不断觉醒的民族文学中,布莱恩特的文学成就占有一席之地,他永远是特别具有权威性的发言人之一。

一部作品的文学价值要体现出必要的思想和精神价值,即对人们有积极意

---

① Cullen, B. W., "On Poetry in its Relation to Our Age and Country," in *Conscious Voices: The Collection of American Poems from the 17th Century to Contemporary*, eds, Albert D. Van Nostrand & Charles H. Watts, New York: The Liberal Arts Press, 1955, p.123.
② Bryant, W. C., *Prose Writings of William Cullen Bryant*, 1884, New York: Russell & Russell, 1964, p.352.
③ Bryant, W. C., *Prose Writings of William Cullen Bryant*, 1884, New York: Russell & Russell, 1964, p.25.

义的价值和所发挥的积极作用。它不仅体现在实用功利的层面,更是一种精神性价值,能够让人们读了作品之后,会有所思考,也会去思考。它包含对于人生、对于宇宙的思考,并且是脱离了"小我"向着"大我"的方向去思考。用正确的思维方式去思考,努力成为一个向善、利他的人,让自己的灵魂回归于根本,回归道德伦理与秩序。布莱恩特的诗作便是隐含着这方面的品格,自然是人类灵魂的归宿和道德信仰的寄托,这成为布莱恩特自然观的另一个方面。

布莱恩特主张文学的功能是净化读者的道德情操,给读者带来感官美的享受和理性启蒙。他的诸多诗歌对新英格兰的山川、花鸟、森林、野兽、阳光等充满地方感的丰富书写呈现了大自然的无限生机,就像是一只只搏击风浪的精灵,使得大自然充满了灵性,从而揭示了宇宙万物无所不在的精神性,如太阳的力量、群星的智慧等。天地有大美而不言,万物有生命而不语。大自然陶冶人,大自然也会启迪人,大自然是永远的哲学家,大自然本身就是如此有魅力、有意义!布莱恩特能够敞开心灵与大自然交流,使他的自然诗在不经意间充满了对自然生命的敬畏,其诗性的语言时时刻刻为人们提供着某种精神的启迪或暗示,闪烁着一种自然力量和生命存在的意义,体现了人类与自然之间的张力和互动,让人能够窥见隐藏在诗歌中自然真理的光芒。他始终以平和的心态和优美的语言,恰如其分地将美学与语言相结合的理论运用到诗歌的艺术创作中。其自然诗的美学意蕴和意象美的隐喻意义足以体现出如海德格尔所提出的"人诗意地栖息在大地上"的美学思想,不仅能描绘出自然风貌和表象之下的能量与机理,也能刻画出自我与自然交汇时感官和内心的种种感触。引导人们萌生新的行为形式,新的道德意识以及对于自然世界更为强烈的关切,便是布莱恩特在自然诗歌创作方面对自然理性深思的独特的一面。

"自然"成为美国文学中一个特殊而重要的主题是有其深刻的历史和思想渊源。17世纪初,英国的一批在国内深受宗教迫害的教徒前往美洲新大陆寻找新的伊甸园。刚到新大陆的教徒首先面临的一个巨大的挑战是要尽快适应北美新大陆复杂多变的自然环境。此后,这一挑战形成了美国殖民早期作家甚至之后的作家观察自然、对人类与自然关系的思考的习惯,塑造了美国早期自然文学的一个特征。布莱恩特一生热爱自然,能够融入自然并用心感受自然,并善于运用简洁的诗句寄予自己对自然的无限谦卑和敬畏。布莱恩特17岁时在《北美评论》上发表了家喻户晓的诗篇《死亡随想曲》("Thanatopsis")。诗中写道:"如果你热爱自然,与其间的万象倾心交流,就会领会她多变的语言;她用欢快的声音、微笑和美点缀着你的幸福时光;她用温存和怜悯,抚平你的忧伤和哀思,使你未曾体会过刺骨的痛楚。"①布莱恩特强调了自然与人类的关系,自然对人类精神世界的影响。他进一步从自然观点发展出死亡观,视人的死亡为自然界的一部分,表达了"死亡不可避免,人们必须接受"的哲学理念。布莱恩特用死亡来解释人类该如何接受大自然的真理,死亡使众生平等,使人们回归大自然母亲的怀抱。诗中写道:"当生命面临死亡的召唤,你就如同夜里采石场的奴隶般身不由己。养育了你的大地要将你召回,复归为尘土,消除人的痕迹。你的个体将臣服于此,你将永远与自然之中的万物共处,去做草木和磐石的兄弟。躺下去,进入甜美的梦乡。"②诗歌《死亡随想曲》体现了人类与自然相互融合的生态整体主义自然观。此后,他更加热衷于对自然的观察和反思。大自然中的花鸟丛林走进了他的诗歌,既是创作的素材也是创作灵感的来源。对自然的思考、对人类生存状态和道德状况的关注是布莱恩特自然诗创作的主题,阐述了自己对"自然与人"的看法,给后人留下了无价的精神财富,其自然诗因此被世人所熟知。此外,"其自然诗的艺术影响力贯穿了整个19世纪而且引领了当时美国诗歌界的主流,为美国诗歌的发展开辟了一条布满阳光的大道。"③布莱恩特的诗歌冲破了殖民时期美国诗歌浓厚的英国诗歌古典气息,引领美国诗歌开创了一个质朴清新的时期。其自然诗歌中浪漫的抒情风格和深远的意蕴至今仍然会给人们带来美的享受和自然神性的启迪。

布莱恩特生活的时代正是超验主义思想盛行的时代,他深受超验主义影响。超验主义主张回归自然,接受自然对人心智的影响,强调自然万物本质上的统一,万物皆受"超灵"(oversoul)制约。"超灵"是一种无所不容、无所不在、扬善抑恶的力量,是万物之本、万物之所属,它存在于人类和自然界内,而人类灵魂与"超灵"一致,这是宇宙至为重要的存在因素。受到超验主义影响,布莱恩特关注自然给人类心灵带来的影响,认为人类应该回归自然,聆听大自然的教诲,因为大自然本身具有理性。大自然给予人类的不仅仅是美的体验,更多的是智慧的启迪。布莱恩特喜欢在树林里散步,把心灵转向大自然,将生命的时空拓展到无限,以敏锐的观察力和清新新颖的想象力捕捉到大自然中最精妙的魅力,创作出具有美国民族风格的自然诗歌。

---

① Bryant, W. C., *Prose Writings of William Cullen Bryant*, 1884, New York: Russell & Russell, 1964, p.25.
② 黄杲忻:《美国抒情诗选》,上海:上海译文出版社,1992年,第26页。
③ [美]斯皮勒:《美国文学的周期》,王长荣,译,上海:上海外语教育出版社,1990年,第28页。

在《致水鸟》一诗中,布莱恩特描述了一次从美国马萨诸塞州卡明顿到普莱恩菲尔德的旅行。诗歌一开篇就让人感觉到布莱恩特在旅途中的迷惘与困惑,大千世界、芸芸众生,哪里才是自己将要寻求的方向,哪里才能找到自己的位置?突然他看见一只水鸟在天空中飞得更远更高。于是,他在这只孤单的水鸟身上找到了自己的影子。

致水鸟①

露滴儿正在凝坠,
行将退去的白昼使天际辉煌,
你在一片玫瑰红中孤独远飞——
你要去什么地方了

也许,猎鸟的人
正看着你远飞,但没法伤害你——
只见满天的红霞衬着你身影——
而你呀飘逸远去。

你想要飞往何处?
要觅杂草丛生的、泥泞的湖岸?
寻起伏的波涛拍打着的滩涂?
要找江河的边沿?

在那无垠的长空,
在渺无人迹的海滨和沙漠上,
有神明关切地教你孤身前进,
使得你不会迷航。

你整天扑着翅膀,
扇着高空中冰冷的稀薄大气,

---

① [美]布莱恩特:《致水鸟》,http://www.jnswdx.cn/srmj/1106.html,访问日期:2020 年 3 月 15 日。

尽管疲乏的你看到暮色已降，
却不肯光临大地。

这辛苦不会久长，
你很快会找到一个歇夏的家，
在同伴间欢叫；你荫里的窝上，
芦苇将把腰弯下。

你的形象已消失，
深邃的天吞没了你；但我心上，
却已留下了一个深刻的教益，
它将很难被遗忘：

谁教你南来北往，
指引你穿越长空、直达终点处，
也会在我得独自跋涉的征途上
正确引导我脚步。

To a Waterfowl

Whither, midst falling dew,
While glow the heavens with the last stepsof day,
Far, through their rosy depths, dost thou pursue
Thysolitary way?
Vainly the fowler's eye
Might mark thy distant flight to do thee wrong,
As, darkly seen against the crimson sky,
Thy figure floats along.
Seek'st thou the plashy brink
Of weedy lake, or marge of river wide,
Or where the rocking billows rise and sink
On the chafed ocean-side?

There is a Power whose care

Teaches thy way along that pathless coast

The desert and illimitable air

Lone wandering, but not lost.

All day thy wings have fanned,

At that far height, the cold, thin atmosphere,

Yet stoop not, weary, to the welcome land,

Though the dark night is near.

And soon that toil shall end;

Soon shalt thou find a summer home, and rest,

And scream among thy fellows; reeds shall bend,

Soon, o'er thy sheltered nest.

Thou'rt gone, the abyss of heaven

Hath swallowed up thy form; yet, on my heart

Deeply hath sunk the lesson thou hast given,

And shall not soon depart.

He who, from zone to zone,

Guides through the boundless sky thy certain flight,

In the long way that I must tread alone,

Will lead my steps aright.

在诗的前半部分，诗人的目光追逐着飞翔在苍茫天空中的水鸟，同时也在追问飞翔在心中的水鸟的归宿。夕阳西下，露珠滴落，远方彩霞飘飘，一只水鸟在空旷的世界飞翔，不知飞向何处？孤独的飞行中可能潜伏着危险，但水鸟通过飞翔的翅膀保护自己。诗中描述的"标识模糊和难以看清"的状况显然意在一语双关。难辨空中飞翔的水鸟的模样并不是根本，但隐藏在人心灵深处的归宿却是诗人思索的一种寄托。如果把那句双关语引申到诗人本人，则是他生命中的困惑与迷惘。没有人能够消解它，也没有人能够给他指出人生的一个确定的方向。因此，诗人对水鸟的困惑是他自己人生困惑的投射，他最根本的目的是试图从水鸟身上寻找化解困惑的启示。在诗的后半部分，在随之而来的更大的时空世界中，水鸟的飞翔变得坚定而有力，此时注定不会感到孤独，也不会迷失方向，摆在水鸟面前的路途似乎豁然开朗，等待它的是一个温暖的家："你很快会找到一个歇夏的家,在同伴间欢叫;你荫里的窝上,芦苇将把腰弯下。"这一切皆来自大自然的神秘力量引导着水鸟的空中翱翔。因此,尽管那时水鸟从诗人的视野中消失了,诗人却不再为它的前路担忧。对于自己的未来,诗人相信来自自然的力量也会给他人生的指引。于是,他突然觉得自己虽然孤身一人,却再也不用担心,也不用迷茫(Lone wandering, but not lost)。

《致水鸟》带给人们从沮丧到欢快再到兴奋的复杂心理体验。人生难免会有坎坷和困惑。然而,人们可以从水鸟的展翅翱翔中获得灵感。如果人处在困惑中,最需要去付出行动,不懈地努力和探索,如此终会找到出路和归宿。出路和归宿绝不是某种特定的方式,而是执着探寻的一种历险过程,这个过程因人而异。布莱恩特以水鸟这一自然物象征在逆境中坚定信念,勇于寻求出路,成为学会生存的人,这正是他从水鸟身上获得启迪。在诗中,布莱恩特把自然美的奥妙与生活中难免的困惑有机地融为一体,在某种程度上丰富了自然美的价值内涵,把人们对自然美的纯粹感官上的认识提升到一个新的精神层面。诗歌不仅仅是描写水鸟在空中飞翔的自然景观,更多的是以物抒情。自然界不仅向人们揭示了物质规律而且向人们揭示了道德真理。揭示隐含在自然万物之中的真理,这是布莱恩特自然诗歌创作的一个重要特征,也是他开始认识到自然具有审美价值之后的一个重要体现。他的自然诗使人的精神能够获得休憩和鼓舞,代表了人类对某种生活和人生境界不懈的追求,《致水鸟》一诗堪称此方面的典型代表,以水鸟的旅途形式象征人类和自然界的其他生物一样,会得到自然神秘力量(或指自然规律和事物规律)的庇护。如爱默生所说:"在纯粹的精神中,自然是流动的、多变的、温顺的。圣灵为自己建造居所,住处之外是世界,世界之外是天堂。灵魂的救赎,让世界回归到最初永恒的美好。"①布莱恩特的思想是奔放活泼的,但对自然真理的追求是认真严肃的。他的诗歌绝不是纯粹的大自然赞歌,他赞美自然之美,肯定赋予神性的大自然与人类心灵能够得到完美无限的融合,叙述的是人类对大自然精神家园的依赖和希冀,重新唤起人们对自然的信仰,赋予人们生存下去的基本的精神动力和支柱。

自然界有其自身的运行规律,四季更替,色彩斑斓,气息流淌,就像人类的生与死一样来来回回。它时而快乐、时而悲伤、时而温柔、时而愤怒不安、时而阳光温暖、时而冷酷残忍,不断变换着自己神秘的面目,遵循着自身的运行法

---

① Hart, J. D., *The Oxford Companion to American Literature*, New York: Oxford University Press, 1983, p.75.

则。正如布莱恩特在诗中所说:"大自然的色彩随着季节的变化诉说着不同的话语。"① 布莱恩特的诗歌创作从一开始就立足于讴歌人与自然的关系,从自然中获取灵感和启示。人一旦爱上了自然的美,就会自然而然地感受和理解大自然所蕴含的真理。人的精神世界也会不断去追求美的事物。此时,人的内心世界一定是充满阳光的,生活也一定是奋发向上的。布莱恩特希望自己的诗篇能像一股心灵的清泉,无时无刻不流淌在人们的日常生活中,然后把这种纯真、自信、乐观的精神传递到早期美国民众的心中,浇灌人们心中理想的花朵,孕育出情操的美丽果实。美国早期人口稀少,有大片未开发的土地,这为个人理想的实现提供了巨大的可能性。布莱恩特不遗余力地追寻精神的力量,探索种种精神要素以助力美国早期社会的构建,从而促进人类与自然和谐相处价值观的确认、尊重和实现,显然,对民众精神世界的塑造有利于推进美洲新大陆进一步的开发和发展。对此,美国著名的文学史家罗伯特·斯皮勒(Robert Spiller)评价道:"善于教导学生的布莱恩特的诗歌表明,诗人只想要精神上的安宁,而不愿看到粗俗或黑暗的恐怖。"② 布莱恩特试图通过探索外部自然世界的美好来影响人的精神世界,他的诗歌很好地诠释了这一信念。他的自然诗歌探索大自然的一草一木,探索人生哲理,给人一种令人愉悦的真实之美。

布莱恩特的另一首名诗《黄香堇》("A Yellow Violet"),体现了自然的内在美所蕴含的道德律,寄予了自己对大自然的敬畏。在《黄香堇》中,由山毛榉、黄香堇、土黄色田野和冰冷雪花组成的自然氛围总是让人回归到一种惬意轻松的生活环境和由此而生的生活态度。

黄香堇③

当山毛榉开始爆出嫩芽,
当蓝知更鸟在林中啼啭,
黄香堇绽出了谦卑的花,
在陈年旧叶下悄悄觑看,

---

① Bryant, W. C., *Prose Writings of William Cullen Bryant*, 1884, New York: Russell & Russell, 1964, p.286.
② [美]斯皮勒:《美国文学的周期》,王长荣,译,上海:上海外语教育出版社,1990年,第67页。
③ [美]布莱恩特:《黄香堇》,http://www.jnswdx.cn/srmj/1106.html,访问日期:2020年3月15日。

我爱同你相会在秃林里——
在土黄色田野返青以前：
可爱的花呀，这时只有你
把幽香吐在清新空气间。

春天的手在她的扈从里
先挑你栽在润湿的土上；
我呀，还见过开着花的你——
在冰冷的雪堤和雪堆旁。

你的太阳爸爸呀，叫你看
淡淡的天，吸凉凉的水汽，
用黑玉描你鲜艳的唇瓣，
用它明亮的光为你梳洗。

可你形姿纤细，置身低处，
你柔和的眼只朝向大地——
不爱看转眼即逝的景物，
任身边高枝上的花得意。

四月阴天里，你先露笑容，
常常留住了漫步中的我，
但五月时一片万紫千红，
我却踏着你矮梗儿走过。

是啊，变得富起来的人们
忘记了朋友正在受煎熬。
我悔恨，自己步他们后尘，
竟然会模仿他们的倨傲。

待温和的时节再次经过，

使色彩鲜艳的花儿醒来，
我不会把谦卑的它冷落——
是它给四月之林添光彩。

A Yellow Violet

When beechen buds begin to swell,
And woods the blue-bird's warble know,
The yellow violet's modest bell
Peeps from the last year's leaves below.

Ere russet fields their green resume,
Sweet flower, I love, in forest bare,
To meet thee, when thy faint perfume
Alone is in the virgin air.

Of all her train, the hands of Spring
First plant thee in the watery mould,
And I have seen thee blossoming
Beside the snow-bank's edges cold.

Thy parent sun, who bade thee view
Pale skies, and chilling moisture sip,
Has bathed thee in his own bright hue,
And streaked with jet thy glowing lip.

Yet slight thy form, and low thy seat,
And earthward bent thy gentle eye,
Unapt the passing view to meet
When loftier flowers are flaunting nigh.

Oft, in the sunless April day,

Thy early smile has stayed my walk;
Butmidst the gorgeous blooms of May,
I passed thee on thy humble stalk.

So they, who climb to wealth, forget
Thefriends in darker fortunes tried.
I copied them—but I regret
That I should ape the ways of pride.

And when again the genial hour
Awakes the painted tribes of light,
I'll not o'erlook the modest flower
That made the woods of April bright.

  诗歌中不起眼的黄香堇配上蓝知更鸟,花蕾的出现散发出淡淡的清香。在这个严冬的日子里,淡淡的清香让大地充满了芬芳。诗人叹道:"可爱的花呀,这时只有你把幽香吐在清新空气间。"又叹道:"我呀,还见过开着花的你在冰冷的雪堤和雪堆旁。"接着,诗人赞叹花开得早,他形象地描述了"春之手"把花种在湿润的泥土里。当他看到鲜艳的花儿尤其是在雪景映衬之下的那个美妙的身姿之时,不禁为之触动。黄香堇不畏春寒的坚强让它在万花凋零的时节里依然傲然地展翠吐芳,使得大自然春意盎然,亦使人倍感祥瑞温馨。之后,诗人描绘了一幅五彩缤纷的繁花图,在一片鲜艳的繁花中,黄香堇的谦卑和笑容吸引了诗人前行的脚步,既给树林增添了光彩又点亮了诗人的内心。早春四月,黄香堇谦卑的自然美胜过五月份万紫千红的美丽。黄香堇的美不仅仅是外在的天然丽质、芬芳清新、素洁幽雅,更重要的是内在。因而,它的美就像一颗宝石那样散发出恒久的魅力,拥有灵性十足的高贵与神秘。布莱恩特肯定自然万物蕴含的精神力量对人类生存的重要性,因为它会鼓舞人们对生活的眼光放得更高,去追求更高层次的精神体验。人要学会善加利用自然万物蕴含的精神力量,唯此方可更好地在自然之中获得生存与发展。

  在《死亡随想录》中,布莱恩特就指出,大自然对于热爱它的人来说,会在人快乐的时候"微笑、温柔地诉说。在人忧愁的时候,静静地把痛苦带走。"①在《踏进森林之路》("Inscription for the Entrance to a Wood")一诗中,布莱恩特写道:"要摆脱充满痛苦和邪恶的世界,人类应该走进大自然的怀抱,享受灿烂的阳光和鸟儿优美的歌唱。"②布莱恩特真切希望人类的心灵应该回归大自然,接受大自然对人类精神世界的滋养和陶冶。时代会不断地变迁、不断地发展、不断地前进,这是人类社会发展的必然规律,但大自然总会按规律运行,处于永不休止的运动之中。因此,人类要主动维系与大自然相互依存的和谐关系。布莱恩特的自然诗歌体现了现代美学层面的意义,即和谐之美、交流之美、流动之美。从古代文明到现代文明,人类的存在和生存都应镌刻着上述美的应有形态。人类削平了百余座山峰,填平了百余条沟壑,建造了一座座现代化城市,但是,人类也改变了千百年形成的自然环境,原本含纳数万亩土地降水的森林不再,原本提供数万亩土地灌溉的沟壑不再,原本生存于此的植物、动物不再。更重要的是,那些原有的生态平衡不再。如果人类想要获得安全、繁荣、健康的生活,那就必须深刻认识放弃不断膨胀的物质欲望,崇尚自然和善待自然,保持与自然和谐的重要性。

自然是布莱恩特诗歌创作的源泉和主题,布莱恩特的自然诗歌质朴清新,意象丰富,充分体现了崇尚自然和热爱人类自身的人文主义情怀,以独特的抒情风格开创了美国民族诗歌的新风貌。人类与自然万物的融合与沟通始终贯穿于他的诗歌之中,生命的活力在诗行中从未消失,足够让人心灵释放,思想流动,获得最为独到的领悟。在他的诗歌中,人类生存的图景不会是孤独艰难的设定,而往往被赋予了大自然的眷顾与指引。在《论自然》中,爱默生写道:"在森林中,人们可以重新找到理性和信仰。在静谧的田野里,尤其是在辽阔遥远的地平线上,人们在自然中可以找到和自己天性一样美好的东西。"③布莱恩特的自然诗歌完美地诠释了爱默生这句话,揭示了大自然才是人类诗意栖居的精神家园。其浪漫的抒情风格和深远的生态意蕴,直至今天仍会带给人们一种美的享受和精神上的启迪。

---

① 黄杲忻:《美国抒情诗选》,上海:上海译文出版社,1992年,第25页。
② 黄杲忻:《美国抒情诗选》,上海:上海译文出版社,1992年,第71页。
③ [美]爱默生:《爱默生集》,赵一凡、蒲隆,等译,北京:生活·读书·新知三联书店,1993年,第993页。

四、朗费罗诗歌的生态哲学

亨利·瓦兹沃斯·朗费罗(Henry Wadsworth Longfellow)是美国 19 世纪最受欢迎的浪漫主义诗人。朗费罗善于运用抒情,同时精通十四行诗,他的诗歌音韵和谐优美,语言自然朴实,通俗易懂,情感真挚,诗歌朗诵起来犹如民谣一般朗朗上口,因而,他的诗歌深受当时读者的喜爱,被称为"校园诗人"和"炉边诗人"。

朗费罗一生勤耕不辍,创作了大量的歌词、谣、叙事诗和诗剧。1839 年,他出版了第一部诗集《夜籁集》(Voices of the Night),包括著名的《夜的赞歌》("Hymn to the Night")、《人生礼赞》("A Psalm of Life")、《群星之光》("The Light of Stars")等音韵优美的抒情诗。1841 年,他出版了诗集《歌谣及其他》(Ballads and Other Poems),其中包括故事诗《铠甲骷髅》("The Skeleton in Armor")、《"金星号"遇难记》("The Wreck of the Hesperus"),也有叙事中含有简朴哲理的《乡下铁匠》("The Village Blacksmith")、《更高的目标》("Excelsior")等。这两部诗集曾经在大西洋两岸备受读者喜爱,风靡一时,他从此以诗人闻名于世。1845 年,他发表诗集《布鲁茨的钟楼及其他》(The Belfry of Bruges and Other Poems),其中包括《斯普林菲尔德的军工厂》("The Arsenal at Springfield")、《桥》("The Bridge")等佳篇而为人称道。1849 年他出版了诗集《海边与炉边》(The Seaside and the Fireside),其中包含了向读者宣告创作意图的《献辞》("Dedication")以及讴歌联邦缔造的长诗《航船的建造》("The Building of the Ship")。之后,他又出版了《路畔旅舍的故事》(Tales of a Wayside Inn)、《天涯岛》(Ultima Thule)、《候鸟集》(Birds of Passage),组诗《奴役篇》("Poems on Slavery"),三部长篇叙事诗或通俗史诗,即《伊凡吉林》(Evangeline)、《海华沙之歌》(The Song of the Hiawatha)和《迈尔斯·斯坦狄什的求婚》(The Courtship of Miles Standish)。1872 年,他出版了诗剧《基督》三部曲,包括《神圣的悲剧》(The Sacred Tragedy)、《金色的传说》(The Golden Legend)和《新英格兰悲剧》(The New England Tragedy)。

朗费罗出生于新英格兰地区的缅因州,少年时代在家乡沿海城市波特兰度过。他熟悉大海和家乡的自然风光,熟悉当地老一代移民的故事和有关印第安人的传说。朗费罗的诗作多数取材于日常生活,内容丰富多彩。诗歌大多数描写美国民众牧歌式的家常以及日常生活的雅趣,如小孩的天真无邪、欢快和温馨等;美国的自然风光,如田野、果园、农场、树林、海洋、潮汐等;再者就是重新阐述远古的民间故事与传说。朗费罗热爱美国的大自然,喜欢田园风光。朗费罗利用了新大陆上的素材,创造出自己独特的民族文学创作风格,主张诗歌创作应是"为人生而艺术"并非"为艺术而艺术"。他认为,诗人应对生活充满爱,对人类和自然界充满爱,诗歌的使命应是愉悦、鼓舞和教诲,能像父亲、像造物主那般教导着人们,给人带来生的快乐和活的勇气。此外,朗费罗还认为,诗歌摇曳着一个蕴藏勃勃生机的新生的语言美,能够拓展人的思维空间,使人的心灵世界以及情感世界更加广阔和透彻,从而提高人的精神素养、道德素养和人格素养。因此,诗歌应是一种导人向善和从善的工具。在《普罗米修斯》("Prometheus")一诗中,朗费罗指出,诗人的社会使命应该像古希腊神话中的天神普罗米修斯一样高擎手中光明火炬,把脚下黑暗国土照亮,肩负着使命向前。朗费罗自身也乐于积极地探究历史,并且分析现实状况,展示出美国早期文学特有的乐观主义、浪漫主义和现实主义基调。

朗费罗根据自己的人生阅历与对诗歌的感悟具体构建了诗歌创作的理论,表达了对诗歌的见解与思考。他的诗歌创作理论主要包括《我们国家的文学精神》《为诗一辩》《卡瓦娜》三篇文章,都蕴含着对民族文学与世界文学的思考。朗费罗的民族文学思想在于鼓励作家要着眼于美国本土化题材创作。为了鼓励美国诗人走出一条独立的美国民族文学道路,朗费罗认为:"我们要开始书写自我,让我们本土的山脉因诗歌而为人所知,就像希腊和意大利山川河流一样,每一块岩石都可以作为创作的资源。"① 朗费罗相信本土作家一定能够担负创建美国民族文学的神圣使命。他热情地呼吁:"我们充满魅力的民族特性,总有一天能够与精美的诗歌连接在一起。我们拥有盛产诗歌的土地吗?以后它会不会充满浪漫色彩呢?诗歌能够使每一处的风景变得神圣,让每一个地方变得典雅。充满热情地书写这块土地上的一切吧!带上希腊的风情吟唱她吧!我国的本土作家定会胜利!"② 朗费罗认为,真正的美国民族文学必须是美国的自然环境和诗人的智力合成的结果。朗费罗希望:"美国诗人能够将美国的特征写进自己的诗歌里,彻底解放思想,写出灵魂深处的美丽。"③ 朗费罗以上理论基本

---

① Higginson, T. W., *Henry Wadsworth Longfellow*, Createspace Independent Publishing Platform, 2015, p.30.

② Higginson, T. W., *Henry Wadsworth Longfellow*, Createspace Independent Publishing Platform, 2015, p.35.

③ Brown, C. A., *The Achievement of American Criticism*, New York: The Ronald Press Co., 1954, p.227.

上奠定了美国民族文学与自然环境紧密联系的观点,基本形成了较成熟的美国民族文学观。综观朗费罗的学术成就,其最重要的贡献之一是拉近了萌芽中的美国文化与源远流长的欧洲文化之间的距离。此外,朗费罗翻译了德国、意大利以及斯堪的纳维亚半岛国家的文学作品。1867 年,他部分翻译了意大利民族诗人但丁(Dante Alighieri)的《神曲》(The Divine Comedy),体现出直率、真实、深思的哲学气质,深受美国读者的认可。他还撰写了六首关于但丁的十四行诗,这些是他最佳的诗作组成部分。他的诗作在美国广为传诵,并被翻译成二十多种语言,在国际上享有极高的威望。他在诗歌领域的声望与英国维多利亚时期的桂冠诗人阿尔弗雷德·丁尼生(Alfred Tennyson)不相上下,人们将他的半身像安放在威斯敏斯特教堂的"诗人角",他是第一位获此殊荣的美国作家。著名的德国诗人弗赖利格拉特(Ferdinand Freiligrath)在翻译《海华沙之歌》的序言中评价朗费罗在诗歌领域里为美国人发现了美洲,认为他是第一个创造了纯粹的美国诗歌,他的诗篇应该在世界文学的万神殿里占有一个卓越的地位。

文艺复兴时期英国杰出诗人菲利普·锡德尼爵士的(Sir Philip Sidney)的《为诗辩护》(The Defense of Poesy)是早期英国文学批评中的杰作,锡德尼强调诗的创作目的是创造光辉的形象来阐明德行和感动人们向往它,诗歌具有增进人类德性的功能,诗歌充满了产生德行的怡悦,使人趋于完美。朗费罗拜读了《为诗辩护》后,深受启发。1832 年,他撰写了一篇关于生态诗歌创作的诗论。他认为:"树林里那些柔软忧郁的东西,总是深入我们的内心,点燃我们想象的激情,它们总是适合诗人的沉思。夏日的微风、摇曳的树枝、暴风雨的呼啸、草地上的树荫、汩汩的溪流、虫蛙鸣叫、幽深的谷地、层叠的山峦等都是构成抒情歌谣的元素。"[1]同时,他呼吁:"诗人应该用自己的笔去描绘美国的风景,美国的自然应该化身为优美的诗行。正如我们读到的那样,云雀的歌唱、微风的低吟、雨滴的晶莹、森林的葱郁都能够成为诗坛的回响。"[2]朗费罗认为,生态诗歌创作的目的是反思和批判工业化带来的生态危机和精神危机,它要颠覆的是人与自然二元对立的人类中心主义价值观,要表现的是对人与自然关系的重新思考,即发挥诗歌的功能,激发人们重新认识自然,重建精神家园的意识感。生态诗歌最大的意义在于借助虚构等文学手法去构建一个生态意识与生态审美相互

---

[1] Hart, J. D., *The Oxford Companion to American Literature*, New York: Oxford University Press, 1983, p.223.
[2] Longfellow, H. W., "The Defence of Poetryin" in *The Achievement of American Criticism*, ed, Clarence Arthur Brown, New York: The Ronald Press Co., 1954, p.233.

融合的境界，让人们能够感受到人与自然和谐共处的美好，并由此付诸努力。

朗费罗曾游历过法国巴黎，西班牙马德里，意大利比萨、佛罗伦萨、热那亚、那不勒斯、罗马、威尼斯等欧洲各地，沿途考察所访国家的历史、文化和风土人情，研究其语言和文学，从中吸收了欧洲浪漫主义文学中崇尚自然的思想，深刻地意识到接近异质文化和融入一个全新文化视野的重要性。朗费罗的生态诗歌创作理念受到了欧洲生态文学思想潜移默化的影响。同时，爱默生和梭罗的生态哲学观对朗费罗的诗歌创作产生了直接或间接的影响。美国印第安文学中的生态思想也对朗费罗的诗歌创作产生了重要影响。印第安人认为自然万物和人类一样有生命，人类与自然永远是一个和谐的整体。他们热爱自然，尊重和敬畏自然界的生命。他们的自然观和生活方式蕴含着丰富的生态智慧。在实践上，印第安人可被认为是"最早的生态学家"。除此以外，朗费罗从小就对印度文学感兴趣，他从印度人的自然观中得到了诸多的创作灵感，并将其升华为诗歌中美与和谐的音符。朗费罗呼吁，要充满热情地书写北美大陆这块土地上的一切，从身边的自然物中找寻诗歌创作的素材和语言。朗费罗希望美国诗人走出书斋，走出图书馆，走进美国的大自然，寻觅美好的诗句，创建美国特色的民族文学。鲜明的绿色思维倾向和强烈的生态责任感构成了朗费罗生态诗歌的重要主题，对美国生态诗歌创作的推动和发展发挥了主导作用。在倡导绿色生态思想的当代，处理人与自然问题的出发点应该是整个生态系统而绝不是狭隘的人类自身的子系统。只有在追求实现人与自然和谐协调的过程中，才能获得社会的可持续发展。人与自然是一个生命共同体，和谐带给人类生命之美和活力之美。在人与自然和谐的价值观指导下，着眼当下，放眼人类的未来，我们没有理由不以更宽广和兼容的眼光重新审视朗费罗的作品，重新去发现其被遮蔽的生态文学价值。春夏秋冬，大地苍穹生机勃勃，充满着神秘的力量和法则，自然是人类生存的根基和家园。实现人类与自然万物和谐共处，此为每一位热爱生活和崇尚自然的人都会认同的一个理想的生存状态。

朗费罗的诗歌创作正是他生态诗歌主张的具体实践。他积极地把对自然生态和精神生态的思考纳入诗歌创作中，表现出对生态诗学的独特阐释。这种生态范式的书写是美国文学发展初期一次非常重要的艺术探索。美国的自然特征形成了最为独特的文化资源，对朗费罗来说，它们就是诗歌创作的源泉。朗费罗诗歌中的一草一木、一石一鸟，意趣丰富，在精神上同大自然交流融合，哲理隽永，蕴含着浓厚的生态意识，渗透着他对自然强烈真挚的情感，也体现了浪漫主义诗歌重视想象的独特沉思品格。在《小溪和海浪》("The Brook and the Wave")一诗中,他写道:"溪水从山上流下,像诗人边游边唱,撒开它银白的脚儿,奔跑在金黄的沙上。在那远远的咸水洋,腾跃着狂暴的海浪,忽而高歌在海滩畔,忽而怒吼在洞穴旁。尽管相隔这么远,小溪也找到了海浪,用清新甜美来注满,那狂暴苦涩的心肠。"①朗费罗肯定人类是自然的一部分,并把人类比作一条小溪流,经过一番蜿蜒磨难,最终投入大海这个整体。诗中的无我境界注入了自然的情感,这是一种独特的"天地合一"之美,既承载着人类与自然是统一的整体、拥有相互依存的境界之美,又体现了诗歌的情感基调不落俗套,超然物外的崇高之美,使全诗具有动人的魅力。在自然面前,朗费罗正视人类的生存状态,思考了人类在自然中的正确位置,这种位置如庄子所说的"天地与我同生,万物与我一体"。朗费罗认为天地万物与"我"是一个统一和谐的有机的生态整体。相比之下,自然的人化与人的自然化在这首诗中实现了完美的融合与统一。

人类只有在不断适应自然的过程中才能发展和前进;人类只有正确认识自身,把握自然之道,顺势而为,才能体会到大自然给人带来的欢乐,从而颐养天年。朗读朗费罗的诗仿佛是在欣赏一幅梦幻般的山水景色和玄奥的哲理相结合的画作。诗中既有作为主体的诗人与自然融为一体的和谐静穆之美,又有一种把情感投射到自然景物,使主体价值得以确认并具有哲理上的深邃意蕴之美。在《造化》一诗中,朗费罗把顺应自然的主题上升到人与自然环境、与自身统一的境界。

造化②

像一位慈爱的母亲,见天色已晚上
牵着手儿,领孩子上床歇息;
孩子半情愿半勉强,跟她走去,
边走边回头,朝着房门外边
地下那些破玩意儿看了又看;
尽管妈妈答应买新的来代替,
还是不那么放心,不那么如意——

---

① [美]朗费罗:《朗费罗诗选》,杨德豫,译,北京:外语教学与研究出版社,2013年,第187页。
② [美]朗费罗:《朗费罗诗选》,杨德豫,译,北京:外语教学与研究出版社,2013年,第265页。

新的虽更好,他却未必更喜欢。
造化对我们也像这般,
把我们喜爱的玩意儿一件件拿开,
牵着手儿,仁慈地领我们去睡觉;
我们去了,分不清情愿不情愿
睡意太浓,顾不得打听明白
未知的比这已知的胜过多少。

Nature

As a fond mother, when the day is o'er,
Leads by the hand her little child to bed,
Half willing, half reluctant to be led,
And leave his broken playthings on the floor,
Still gazing at them through the open door,
Nor wholly reassured and comforted
By promises of others in their stead,
Which, though more splendid, may not please him more;
So Nature deals with us, and takes away
Our playthings one by one, and by the hand
Leads us to rest so gently, that we go
Scarce knowing if we wish to go or stay,
Being too full of sleep to understand
How far the unknown transcends what we know.

朗费罗把大自然比作人类的母亲,人类是大自然的孩子,天色已晚,慈爱的母亲就会带着孩子回家休息。在诗人看来,这种"回家"是安宁的,是惬意的。孩子们能体会到与大自然母亲一起慢慢回家的温暖。朗费罗直接呼吁人类要顺遂自然,建立人类与自然之间和谐美好的生态审美关系。因为如果身处自然,人们就可以远离尘嚣、诱惑和邪恶。在大自然中,万物相处协调有序,大自然给予了万物平等的生存机会。朗费罗崇尚自然、顺应自然的理念,让人们感受到大自然的博大与包容,感受到融入自然的快乐,以向人们传达回归自然的美好,引领人们回归人与自然和谐共生的有机统一的天地自然,回归自然为人类提供的精神家园的本源。朗费罗将自然生态和社会生态纳入诗歌创作的视野,其高瞻远瞩的生态视野为生态文学创作开辟了一个新的空间。

在《逝去的青春》一诗中,48岁的朗费罗回忆了自己在波兰的青春岁月。

逝去的青春①

那美丽的古城常教我怀想,
它就坐落在大海边上;
多少次,我恍惚神游于故乡,
在那些可爱的街衢上来往,
俨然又回到了年少的时光。
一首拉普兰民歌里的诗句
一直在我记忆里回荡:
"孩子的愿望是风的愿望,
青春的遐想是悠长的遐想。"

我望见葱茏的树木成行,
从忽隐忽现的闪闪波光
瞥见了远处环抱的海洋;
那些岛,就像是极西仙境,
小时候惹动我多少梦想!
那首古老民歌的叠句
依旧在耳边喃喃低吟:
"孩子的愿望是风的愿望,
青春的遐想是悠长的遐想。"

My Lost Youth

Often I think of the beautiful town

---

① [美]朗费罗:《朗费罗诗选》,杨德豫,译,北京:外语教学与研究出版社,2013年,第151页。

That is seated by the sea;
Often in thought go up and down
The pleasant streets of that dear old town,
And my youth comes back to me.
And a verse of a Lapland song
Is haunting my memory still:
"A boy's will is the wind's will,
And the thoughts of youth are long, long thoughts."
I can see the shadowy lines of its trees,
And catch, in sudden gleams,
The sheen of the far-surrounding seas,
And islands that were the Hesperides
Of all my boyish dreams.
And the burden of that old song,
It murmurs and whispers still:
"A boy's will is the wind's will,
And the thoughts of youth are long, long thoughts."

诗歌中,朗费罗先是表达了对自由的渴望和充满的幻想,相信自己的家园永远不会忘记他在那儿的青春足迹和浓浓乡愁,故土家园永远萦绕在自己的记忆中。他渴望能够回归故土,渴望回归到那个未被工业污染的家园,渴望回到人性纯朴,自然环境优美,人情浓郁的故土。朗费罗想要找回的是那个未被现代工业文明污染的家园,更是那个具有和谐生态的家园,承载着自己对大自然和人类生存状态关系的深刻思考。海德格尔认为:"地球是接受者,是花朵,也是果实。它生成了岩石和水,浮现成植物和动物。天空是日月的运动,繁星的闪烁,四季的旋转,是白天的光明与朦胧,是夜晚的黑暗与启迪,是节气的温暖与寒冷,是白云的飘移,是蓝天的深邃。大地上,天空下,生生死死都有人。"①大自然变化万千,为自然万物存在之源。人类的生存与自然能量的循环往复是相通的,相互作用的,它们构成了一种非常和谐的生态审美关系。因而,人类在生产实践过程中表现出来的能力、作用和地位,一方面要尊重自然,另一方面要以

---

① [德]海德格尔:《林中路》,孙周兴,译,重庆:西南师范大学出版社,1997年,第127页。

敬畏之心对待自然。他在《基林沃思的鸟儿》("The Birds of Killingworth")一诗的结尾写道:"只听得前后左右,上下四方,鸟儿们歌喉齐吐,欢情洋溢,在基灵沃思阳光照耀的田野里,如今又是一片崭新的天地。"①朗费罗通过讲述基林沃思的鸟儿被无知的村夫大屠杀之后,又再次迎来了给人类带来欢乐和希望的鸟儿的故事,以此寄予自己内心的无比惊喜和希望人类与鸟类生灵和谐相处的大爱之情。艺术创作是人类汲取大自然养分的产物,而美更是人对自然形态的直接映射。人类与其赖以生存的大自然之间原本存在着一种完美有序的和谐之美,人类心灵所得到的最重要的感悟首先来自大自然。朗费罗在对人类与自然关系的哲学思考中,不断描绘着人类渴望在大自然中获得充满美与和谐秩序的生存。他的诗歌呈现出一个宁静祥和的世界,一个井然有序的世界,揭示了人类在大自然中可以感悟到的生命的永恒意义和生存的本质。人类只有与周围的大自然保持和谐一致,尊重自然中的其他生命,人类生命本身才能变得越来越美好。朗费罗的其他诗歌,如《星光》("The Light of Stars")、《黄昏星》("The Evening Star")、《海的奥秘》("The Secret of the Sea")、《候鸟》("Birds of Passage")等,都描写了美国新英格兰的自然风光,借助自然万物阐发了"和谐之美应是永恒"的理念。这些语言自然、内涵丰富、意象独特、韵味隽永的抒情诗体现着生态诗学书写的意义,那就是倡导人们去学会尊重荒野自然及其万物的完整性,只有学会了,人类才能真正地、全面地了解自身与自然和谐相处究竟意味着什么。他精心建构生态诗学,对于唤醒人们的自然责任感和社会使命感发挥着潜移默化的作用。纵然历经了岁月的流逝,朗费罗的诗歌并没有被淹没在文学的历史长河中,依然能够如珍珠般发出应有的夺目光彩。

五、霍桑和谐的自然观

纳撒尼尔·霍桑是19世纪美国最具影响力的浪漫主义小说家。霍桑的作品被公认为是19世纪美国最灿烂的文化遗产,标志着美国文学走向成熟。霍桑毕其一生创作了许多不平凡的传世佳作。他一共出版了4部长篇小说,包括《红字》、《福谷传奇》(The Blithedale Romance)、《玉石雕像》、《七个尖角阁的房子》,其中《红字》已成为世界文学经典;100多篇短篇小说,主要收入《故事重述》(Twice-Told Tales)、《古宅青苔》(Mosses From an Old Manse)、《雪影》(The

---

① [美]朗费罗:《朗费罗诗选》,杨德豫,译,北京:外语教学与研究出版社,2013年,第241页。

Snow-Imageand Other Twice-Told Tales)等小说集中;2 部童话集,包括《奇迹书》(A Wonder-Book for Girls and Boys)和《乱树丛故事》(Tanglewood Tales),这两部童话已成为美国儿童文学领域的经典之作。此外,霍桑还出版了大量非小说散文、随笔、游记、传记等作品。霍桑作品大多以新英格兰为背景,反映了美国殖民地时期的社会风貌,在同时代他就已经享有很高的声誉。霍桑作品受到了朗费罗、爱伦·坡、麦尔维尔等文学大师的好评,他们本身也深受霍桑创作艺术的影响。霍桑的艺术成就得到了评论界的广泛认可和众多读者的青睐。他与爱默生、梭罗等作家一道开创了美国本土文学的新纪元,在美国文学史上占有极其重要的位置。

1818 年,霍桑 14 岁时随家人搬到新英格兰地区缅因州雷蒙德镇居住。他居住的房子不远处有美丽而纯净的塞巴戈湖,霍桑喜欢前往那儿打猎、钓鱼和学习。"霍桑与新英格兰的生活融合得很好,没有一个作家比他更深情、更完整地与故土融合得更好。"①霍桑为小说《古屋青苔》所作的序言《老宅》是以自己的切身感受表达了对自己生活的那片土地发自内心的热爱和眷恋。"隐蔽而幽静的古宅外墙上自古以来就长满了苔藓。现在看起来又碧绿又新鲜,好像它们是最新的自然物。它旁边静静的河流淌在辽阔的大草原上,静卧亲吻着绿草,垂柳长下来的枝条和榆树的根部沐浴在河中。在水声拍打的岸边长着营蒲和灯心草,显示出一派生机与活力。睡莲把又宽又平的叶子伸到水边。从河里够不着,除非有人偶然踏进水里去摘。那里的天空在我们脚下闪耀,那里的果园和菜园很容易与人的心灵沟通。"②霍桑所居住过的新英格兰自然之美的缩影以及类似对新英格兰自然风光的描写在其小说中随处可见。三山之谷、月夜下的新英格兰乡村、美丽的乡村、塞勒姆镇旁迷人的岛屿,无不体现着霍桑对那片土地自然风光的深情厚谊。他对新英格兰的全方位描写既有大自然的美景,也有村民的趣事和清教徒的掌故。大自然风光的叙事构成了霍桑乡土情结的载体以及探讨人类与自然关系的载体。因此,霍桑的作品成为后人了解新英格兰自然风光和风土人情最有价值的文献之一。虽然霍桑生活并不富裕,但他习惯去周游各地。在旅途中不仅能够领略大自然的壮丽美景,还能够近距离感受不同地方的风土人情,为自己的创作增添了不可或缺的素材。

《霍桑集:故事与小品》收录了霍桑的一系列游记,如《尖塔揽胜》《三丘之

---

① [美]斯图尔特:《霍桑传》,赵庆庆,译,上海:东方出版中心,1999 年,第 46 页。
② [美]皮尔斯编:《霍桑集:故事与小品》,姚乃强,等译,北京:生活·读书·新知三联书店,1997 年,第 1683 页。

谷》《七个江湖人》《尼亚加拉瀑布游记》等。在这些游记中,霍桑记录了自己造访过的大自然美景以及自己对大自然的思考。在《尼亚加拉瀑布游记》中,霍桑记录了游览这一景点的过程。尼亚加拉瀑布位于加拿大安大略省和美国纽约的交界处,从19世纪20年代开始成为旅游胜地。尼亚加拉瀑布被世界公认为最大的跨国瀑布,也是世界的七大奇迹之一。霍桑对尼亚加拉瀑布的美不禁惊叹道:"这大自然中不可思议的美。"①尼亚加拉瀑布周边的环境宛如人间仙境,霍桑对此做了生动细腻的记录:"没有人会比我怀着这么浓厚的兴趣去游览尼亚加拉瀑布,我在远离瀑布的地方徘徊,漫游其他景点而不忍早早离去。这是因为我所在景区,包括世界各地的自然奇迹,没有一处会像它如此雄伟壮丽。我不想过快地把这次实地体验的乐趣变成记忆的乐趣。"②霍桑在详细探讨了欣赏自然奇迹的感受和乐趣,以及自然景观给人以巨大的审美价值。尼亚加拉瀑布的壮观气势足够让人还没真正见到瀑布就能够听到连续不断的水流往下倾泻而发出的震撼四周的轰鸣声,霍桑着实对大瀑布充满了敬畏。面对即将靠近的慕名已久的尼亚加拉大瀑布,他如此记录:"即将临近瀑布,我第一次听到大瀑布雄浑而有力的轰鸣声,我聚精会神地倾听着,用心感受它的不虚的威力。有位法国人探出窗外,惊讶地倒吸了一口凉气,而我猛然往后一仰,闭上了双眼。当时我心想,观看尼亚加拉大瀑布可不可以是以后的事。最后,我勉强地迈出了一步,带着不速之客的感觉朝山羊岛方向走去。"③霍桑为什么在即将看到瀑布之时却突然变得如此的犹豫和磨蹭呢?无疑那是霍桑在即将看到自然奇观时产生了一个突如其来的念头,希望让心中美好的期待能持续得更长久一些,这样他才能慢慢去感受和真正领略尼亚加拉大瀑布的自然之美。他回忆道:"我连续几个晚上梦见到瀑布。每天清晨醒来,我都会欣喜地发觉自己欣赏自然的能力提高了。"④霍桑对尼亚加拉大瀑布的欣赏过程设定为一段时间而不是一蹴而就的事情。因为他提到:"已过去一段日子了,我逐渐从内心上认可了

---

① [美]皮尔斯编:《霍桑集:故事与小品》,姚乃强,等译,北京:生活·读书·新知三联书店,1997年,第1270页。
② [美]皮尔斯编:《霍桑集:故事与小品》,姚乃强,等译,北京:生活·读书·新知三联书店,1997年,第963页。
③ [美]皮尔斯编:《霍桑集:故事与小品》,姚乃强,等译,北京:生活·读书·新知三联书店,1997年,第967页。
④ [美]皮尔斯编:《霍桑集:故事与小品》,姚乃强,等译,北京:生活·读书·新知三联书店,1997年,第969页。

尼亚加拉瀑布的确是自然世界的奇观。"①自然奇观给霍桑内心带来的冲击非同寻常,似乎瀑布与霍桑产生了某种精神上的交流。此外,霍桑还在游记中生动地记录了不同游客在临近尼亚加拉大瀑布时的不同表现。两位冒险家在导游的引领下正要试图爬到瀑布的背面。霍桑认为这两位游客根本算不上是冒险家,因为除了全身湿透、气喘吁吁之外,他们没有经历过任何风险。更何况,他们的目标只是到达一块看不见的岩石,那样根本不是为了欣赏瀑布而来的。霍桑对两位冒险家所谓的"冒险行为"持批判态度。他嘲讽道:"他们可能会得到一张证书,背面印有三首壮丽的诗篇,以证明他们的成就。"②霍桑不遗余力地描写了自己游览尼亚加拉大瀑布的经历和感受,同时也描写了其他游客在瀑布区域的经历和行为,他想要唤醒人们真正去关注大瀑布,不要夹带任何功利主义目的,只靠直觉去感受大瀑布本身的美,目的在于激发人们对大自然奇迹的热爱和敬畏。当霍桑最终沿着一条杂草丛生的小路离开大瀑布景观区域时,他再次记录下自己不虚此行的感受:"此刻,瀑布的周围就像过去的荒原一样遥远,我更加欣喜若狂,因为没有一个诗人来与我分享它,也没有一首诗歌像可怜虫那般去亵渎它。"③尼亚加拉瀑布以一个"未被驯服的荒野"而闻名,它的壮丽鼓舞了霍桑以游记的形式歌颂美国本土自然的威力。霍桑以一种浪漫主义的眼光看待尼亚加拉大瀑布,尼亚加拉瀑布在他笔下犹如神灵一般的存在。显然,霍桑在该游记中阐述了一个大自然的审美价值问题,也就是人类该如何去欣赏大自然的美以及自然之美给人类心灵带来的影响。

霍桑在其游记《运河船》中探讨了人类应该合理利用自然和改造自然的问题。《运河船》中所讲述的"运河"是美国历史上著名的伊利运河(Erie Canal),是世界第二大运河。它属于纽约州运河系统,流过哈德逊河连接北美五大湖和纽约市。19世纪初,美国只有几条公路,因此陆路运输成本极高。伊利运河是第一个提供美国东海岸和西部内陆的快速运输车辆,比当时最常用的动物牵引拖车要快得多。伊利运河主要是解决了纽约州的交通问题,直接促进了该地区的经济发展。快速的运河交通使人们更便利地到达纽约西部各地,中西部的城

---

① [美]皮尔斯编:《霍桑集:故事与小品》,姚乃强,等译,北京:生活·读书·新知三联书店,1997年,第971页。
② [美]皮尔斯编:《霍桑集:故事与小品》,姚乃强,等译,北京:生活·读书·新知三联书店,1997年,第972页。
③ [美]皮尔斯编:《霍桑集:故事与小品》,姚乃强,等译,北京:生活·读书·新知三联书店,1997年,第973页。

市规模因此迅速扩大。霍桑这样描述:"这条运河流淌的水比任何河流的水都要肥沃,因为河水流经的地方,一个个城镇拔地而起。在布满了砖房、教堂和剧院的小镇上,人群云集,人声鼎沸。"①伊利运河的开通给所流经的区域带来了经济上的繁荣,从而加快了城市化的进程。但是,伊利运河也给周边生态环境造成了不可挽回的损失和破坏。在游记中,霍桑对运河及其周边地区环境的描述和思考居多:"一望无际的泥沟,这条运河确实像一条又黑又浑的泥沟,似乎周围的条条阴沟都为这儿起了功不可没的作用。"②霍桑认为,运河给周边生态环境带来了破坏,主要体现在物种灭绝、植物破坏、土地退化等环境问题。"没有比这更糟糕的地方了。这一地区潮湿的自然环境主要适合雪松、黑桉树的生长。由于部分水流入了运河的巨大沟渠,这一带的树木早已成了一片死气沉沉的朽木。"③霍桑直接阐述了运河使林木生长遭受到破坏。大自然是包括人类在内的一切生物的摇篮,生态环境是自然界的有机整体,是人类生存和发展的基本条件。人与自然相互依存,相互渗透,它们是一个紧密相连的整体。保护自然就是保护人类。随着科学技术的不断进步,一些人可能会错误地认为人类是大自然的主人,人类对自然的改造行为可以不受自然规律的约束,人类中心主义思想因此大行其道。人类一旦主观、盲目地过度介入自然,自然的生态平衡就会被打破,环境恶化、自然资源日益枯竭的问题就会随之出现。对于运河的开通给周边的生态环境带来的破坏力在增大,霍桑对人为改造自然的做法持质疑的态度。除人类之外的其他一切自然存在物都在自然界中发挥各自的价值,它们都是生态链中不可缺少的一环,共同维护着自然界的整体平衡。这种平衡为自然万物(包括人类)创造了一个生生不息的家园。随着人类认识自然和改造自然能力的不断增强,现在的自然已不再是原来意义上的自然了。人化自然处处留下了人类试图改造自然和征服自然的印记。人化自然表明,人类与自然的相互联系、相互渗透越来越密切。而当人类还没有正确把握人类与自然的某种联系时,盲目改造自然和利用自然导致的后果是无法避免的。要么是破坏人类社会结构的平衡,要么是破坏人类与自然关系的平衡。一方面,当失衡关系

---

① [美]皮尔斯编:《霍桑集:故事与小品》,姚乃强,等译,北京:生活·读书·新知三联书店,1997年,第269页。
② [美]皮尔斯编:《霍桑集:故事与小品》,姚乃强,等译,北京:生活·读书·新知三联书店,1997年,第270页。
③ [美]皮尔斯编:《霍桑集:故事与小品》,姚乃强,等译,北京:生活·读书·新知三联书店,1997年,第270页。

一旦出现，人类就会遭受到大自然的报复；另一方面，人类在与自然的关系中一直处于主动地位，而自然只是客体。当自然资源的消耗超过自然所能承载的能力，如污染物排放量超过自然界所能消解的最大容量时，大自然就会以一种消极的面目呈现出来，这是对人类行为的一种警示。人类与自然的关系问题是影响人类生存和发展的基本问题，文明是展示社会进步和衡量社会进步程度的重要指标。人类围绕满足自身需要在实践的基础上不断把文明推向新的形态，在这一进程中也促使了人类与自然矛盾的不断产生。人与自然的关系既相互对立又相互联系，人类与自然之间客观上形成了依存链、关联链、渗透链。但不管什么样，人与自然界的联系中始终居于创造性主体地位。而自然界本身有着自己的运动和发展规律。在以往接受的人与自然关系的观念中，一个重要的论断是"人定胜天"，人类在利用自然和改造自然的进军中，曾经以"人定胜天"的自负，取得了令人瞩目的进展。而近代科学技术和工业革命的发展，尤其是20世纪以来，发展的速度和规模为以往世纪所根本无法比拟的，更是极大地强化了人类的这种自负。而人类的社会实践表明，这样片面的观念带来的危害极大，对自然界的驾驭、支配和征服恶化了人与自然的关系，使人与自然的矛盾愈益带有敌对的性质。一系列的生态危机和环境问题的相继出现甚至使得人类不堪承受，更是使得人类社会进步发展遭受到了严重的障碍。寻求自身与自然的和谐相处应是当下人类的重要任务。当代人需要真正树立一种对自然的热爱、尊重和保护的意识。需要通过基于生态文明建设理念之下的实践行动，逐渐修复已是千疮百孔的自然面貌。霍桑在写于近二百年之前的游记中所呈现出的对自然问题的关注和思考与当代倡导的生态理念不谋而合，也给人类改造自然的盲目行为敲响了警钟。

霍桑在《运河船》中表达了改造自然必须遵循自然运动和发展规律的自然生态观。伊利运河对沿岸的经济和社会发展发挥了积极的作用，运河流经之处砖房、教堂和剧院林立，贸易兴旺繁荣。伊利运河推动了周边经济上的发展，然而，伊利运河也给周围的生态环境造成了难以预料的破坏。正如恩格斯所说："我们不应该过分陶醉于自己对自然的胜利。对于每一次这样的胜利，大自然都会报复我们，甚至会加倍报复我们。"[①]人们往往只关注自身的生产活动能否给自己带来经济上的利益，从而忽视了长远的后果。这种只注重眼前的利益而

---

① ［德］马克思、恩格斯:《马克思恩格斯选集（第四卷）》，中共中央编译局，译，北京：人民出版社，1995年，第383页。

忽视长远的利益往往会造成巨大的损失,后果甚至难以控制和恢复。游记《运河船》出版于1835年,正是伊利运河开通十年之后。霍桑对开发运河的利弊进行了冷静的思考,他描述了伊利运河带来的繁荣场景,但更多的是关于运河及其周边地区生态环境状况。人类社会是个复杂的大系统,但它无法形成一个独立存在的生态系统,它必定是与自然万物共存于自然界中的一个动态的、整体的生态系统中,人类社会只属于其中的一个子系统。人类文明和科学技术无论发展到什么程度,人类永远也离不开大自然给予我们创造的家园,大自然是所有生命包括植物在内的摇篮。人类与自然的关系是一个动态的过程,二者应该是在相互依存、相互联系、相互冲突与和谐中前进的。不同历史时期,中西方对人类与自然关系进行了阶段性的界定:渔猎原始文明时代,人与自然"天人合一";农业文明时代,人与自然主客分离;工业文明时代,"人类中心主义"。工业文明时代促使了人定胜天和人类中心主义的思潮占据主导地位。人类片面地把自己当作主宰自然的主人,盲目狂妄地按照自己的主观意志或需要肆意利用自然和改造自然,试图按照人类设定的方式去改变自然的法则。这种违背自然运行规律的行为造成了对大自然的戕害,最终导致自然资源枯竭和环境恶化的深刻危机。面对环境问题的出现,霍桑感叹道:"由于文明人的入侵,美国未开垦的大自然如今被糟蹋成这样入目不堪的地步。"①虽然人类与自然中其他生命相比具有独有的智慧和实践生产的能力,但人类终归不能独立于自然界之外,更不允许把自身违背或凌驾于自然法则之上,否则很难实现人类自身的生存和发展。人类为了更好地生存和发展,可以在一定范围内、在不破坏生态平衡的前提下利用自然和改造自然。人类与自然界是一个统一的生态大整体,任何实施对自然的改造行为都会直接或间接地影响人类自身的利益,这种利益有可能是眼前的,也有可能是长远的。因此,人类绝不能把自然界视为是可以随意改造的客体。在改造自然的范围、方式和程度上,人类应该怀着一份生态责任感实施合理规划,把合自然规律性和合人的目的性有机结合起来。需要突出生态价值观,避免把人类的利益绝对置于自然的利益之上,原则上要考虑人类的利益与自然的利益的高度统一,要遵循自然规律,促进人与自然的和谐相处。维护与自然的和谐共处既是为了人类自身的生存也是为了维护人类与自然的整体利益。人类作为自然权利的代言人和唯一具有道德的主体,应该担当起保护

---

① [美]皮尔斯编:《霍桑集:故事与小品》,姚乃强,等译,北京:生活·读书·新知三联书店,1997年,第276页。

和维持其他生命生存权利的生态道德责任。人类要培养尊重自然、敬畏生命和保护自然环境的道德情操,管理好所有生命赖以生存的地球家园。生态环境会深刻影响人类社会的发展,因而,人类与自然的关系问题是当代人无法回避的根本性问题。当代人需要推进自身的生存方式、思维方式、生产方式和消费方式的转变,通过致力于积极的生态建设去修复已被破坏的自然环境,走上一条维护生态良性循环的、全新的发展道路,理性地审视从工业文明转向生态文明的价值。

美国人本主义哲学家和精神分析心理学家弗洛姆指出:"自从进入工业文明时代以来,人类就把自己的信念和希望建立在永无止境的、进步的、伟大承诺的基石上。他们希望在不久的将来征服自然,让物质财富流动起来,获得尽可能多的刺激和无拘无束的个人自由。人类通过自己的积极活动来统治自然,从而开启了人类文明。"①弗洛姆认为,工业文明的开启使人类与自然对立起来,其结果使人类付出了惨痛的代价。对此,霍桑以超越时代的视野预言了一系列与人类生存息息相关的现代生态危机,如科技盲目发展所带来的大气污染、水污染、土壤污染等,生态危机成为当代人面临的一个全球性的重要问题。霍桑以所处时代的视角通过小说传达了朴素的、具有前瞻性的生态意识,这在当时并没有得到重视。基于自然环境恶化的根源,霍桑提醒人们必须深刻反思自身在改造自然和利用自然过程中的行为给自然环境带来的威胁。由于所处时代的局限性,霍桑的生态思想并不自成体系,然而他作品中隐含的生态意识和倾向超越了时代价值观,尤其是其中涉及生态问题根源的内容使他的作品在思想上远远超越了同时代的其他作家的作品。

六、麦尔维尔海洋小说的生态意识

美国浪漫主义小说富有独创性与多样性,而真正将美国浪漫主义小说风格发展成熟的作家是赫尔曼·麦尔维尔,他是美国文学史上最杰出的浪漫主义小说家之一。1839年,麦尔维尔在一艘开往英国利物浦的商船上做服务员,他由此开始接触海洋。1841年,他再次出海,在"阿古西娜"号捕鲸船上当水手,在南太平洋一带航行。1842年,麦尔维尔在太平洋中南部的马克萨斯群岛被称为食人族的塔皮人俘虏,逃出后,于当年8月在澳大利亚商船上当水手。1843年,麦

---

① [美]弗洛姆:《占有还是生存》,关山,译,北京:生活·读书·新知三联书店,1988年,第3页。

尔维尔在军舰上当水手,1844年10月在波士顿退伍。之后,麦尔维尔便开始从事写作,1841年至1844年的海洋生涯对麦尔维尔的一生的创作影响极大。麦尔维尔的大部分作品在当时不受欢迎,直到20世纪20年代,麦尔维尔的作品才逐渐被世人关注从而开始声名鹊起。英国著名作家威廉·毛姆(William Maugham)在《世界十大小说家及其代表作》中明确肯定了麦尔维在文学史上的重要地位,并认为麦尔维尔的代表作《白鲸》是世界十大文学名著之一。麦尔维尔以极其敏锐的眼光注视着自己生活的时代及其社会变迁。麦尔维尔的著名小说作品包括《泰比》(*Typee*)、《奥穆》(*Omoo*)、《玛迪》(*Mardi*)(合称"波里尼西亚三部曲")、《雷德伯恩》(*Redburn*)、《白外套》(*White-Jacket*)、《白鲸》(*Moby-Dick*)、《皮埃尔》(*Pierre*)、《伊斯雷尔·波特》(*Israel Potter*)、《骗子》(*The Confidence-Man*)、《水手比利·巴德》(*Billy Budd, Sailor*)等,短篇小说集《阳台故事集》(*Piazza Tales*)亦被誉为经典之作。此外,他也是一个让人入迷的诗人,虽然,他的诗歌作品在国内外文学界少有提及。事实上,在其严肃小说未能得到评论界赏识之后,他转而钻研诗艺,创作出如《原来的奴隶》("Formerly A Slave")、《葛底斯堡》("Gettysburg")、《离岸渺渺》("Far Off-Shore")、《克拉瑞尔》("Clarel")、《沉思》("Meditation")等作品。他的诗集主要包括《战事集》(*Battle Pieces*)、《克拉莱尔》(*Clarel*)、《约翰·马尔和其他水手》(*John Marr and Other Sailors*)、《替摩里昂》(*Timoleon*)等。

麦尔维尔的小说大多以海洋为背景,描写海洋和海岛生活,其中原因是有迹可循的。他相当长的一段时间内都在捕鲸船上劳作,过着冒险的海洋生活。船上复杂的人际关系和自身对创作永不放弃的理想追求成为麦尔维尔创作的信仰和驱动力。他的作品主题揭示了社会现实,同时又蕴含着生态忧患和批判意识,是自己人生经历的写照以及对人与自然关系思考的结合体。然而,麦尔维尔作品中的生态意识在其有生之年并未得到评论界的一致认可。20世纪初,随着环境问题的产生,人们才开始反思人类对大自然的疯狂掠夺而导致生态危机出现的问题。在这样的社会大背景下,麦尔维尔的作品中的生态意识才被人们重新审视。

麦尔维尔海洋小说中塑造了一系列冒险家、探险家、开拓者的形象,他们自由穿梭于浩瀚的洋面上,也不乏生活在海岛峡谷的原始部落中,这些主人公浑身散发出自然生命的光辉,他们见证了白人殖民者对自然资源的肆意掠夺以及对土著居民所施加的殖民霸权。小说《泰比》讴歌自然之美和土著居民之善,同时揭示了来自文明社会的白人殖民者背后的无知与贪欲,警示大自然拥有不可阻挡的力量,不是肆意妄为的人类可以征服的他者。小说《泰比》取材于麦尔维尔 22 岁时随船前往南太平洋一带捕鲸的那段经历,呈现了南太平洋泰比峡谷壮丽的自然风光,叙述了主人公托莫的一段异域生活以及给他思想带来的冲击。

  托莫和同伴托比在"多利号"捕鲸船当水手,船上等级森严,船长专横凶残。"船长是一连串虐待事件的罪魁祸首,他的投诉和示威总是得到锥柄的重击作为回报,这非常有效地平息了受屈船员的怒气。"①托莫和同伴托比饱受船长的训斥和辱骂,不愿继续忍受。此外,船上枯燥的漂流生活促使他们毅然弃船闯入泰比峡谷。泰比峡谷是一个远离喧嚣的、未受过文明侵扰的异域之地。他们发现,虽然这是一个新奇诡异的部落世界,但并不像传说中那样令人恐惧。泰比峡谷有好人也有坏人,和白人社会没什么两样。他们刚来到泰比峡谷的时候对当地人有着良好的感觉:"我感觉真好!我该如何描述眼前的这一切呢?"②得到当地土著人的接受和认可后,托莫便可以更加自由深入地接近他们,对土著居民的传统文化和现实生活方式展开身临其境和客观细致的观察,托莫也逐渐接受了泰比峡谷的异域文化。在托莫眼里,泰比峡谷的景色美得像让人流连忘返的花园。土著人的面目并不像小说中描绘的那样凶横丑陋。相反,土著居民形体健美,具有一种特别的气质。他们过着纯朴的生活,一切焕发出自然之美。对此,托莫不禁感叹:"就美的形式,他们美的生活方式和美的行为远远超越了我所能看到的一切。"③托莫对土著居民生活方式和行为的认可和评价与白人殖民者对土著人"吃人"和"邪恶"的定义有着巨大的反差。土著人生活在一个安静和谐的"乌托邦"社会中,人们善良而纯朴,每个部落的成员都有一定程度的平等,彼此相处融洽,不存在物质利益的纠纷和争夺。托莫描述说:"原住民就像一家人,仁义和博爱是把部落所有成员维系在一起的纽带。我看到的不是亲情之爱,因为亲情之爱早已经融进了人与人之间平凡的爱。在一个所有人都被视为兄弟姐妹的地方,很难区分谁与谁有血缘关系。"④土著居民遵循自然秩序,他们是大自然的儿子,一切生活资料都来自大自然的馈赠。如,部落妇女懂得利用果油沐浴身体,她们也喜欢戴着野花做成的项圈。她们与自然万物相融,身上总是散发着优雅、自信的光芒。泰比峡谷没有文明社会的物欲和金钱

---

① [美]麦尔维尔:《泰比》,马慧琴、舒程,译,北京:文化艺术出版社,2006 年,第 24 页。
② [美]麦尔维尔:《泰比》,马慧琴、舒程,译,北京:文化艺术出版社,2006 年,第 142 页。
③ [美]麦尔维尔:《泰比》,马慧琴、舒程,译,北京:文化艺术出版社,2006 年,第 204 页。
④ [美]麦尔维尔:《泰比》,马慧琴、舒程,译,北京:文化艺术出版社,2006 年,第 228 页。

所带来的种种矛盾和困扰,一切都是那般的和谐而美好。这儿的景象犹如古希腊山区牧区的阿尔卡迪亚,鸟语花香,溪流清澈见底,人们在和谐优美的自然环境中过着悠然的田园牧歌般的淳朴生活。这儿的生活方式、传统文化、部落制度皆深深吸引着托莫,给他带来了宁静和平和的心绪,这与当时他刚刚遇见泰比人之后所产生的焦躁和不安的内心形成鲜明的对比。托莫对泰比人的传统文化和生活方式逐渐给予了肯定,也自然而然对此产生出一种神圣崇高、肃穆的敬畏之情。他认为,文明人应该客观理性地审视土著人的自然本性,而不是把他们视为野蛮、残忍、丑陋、愚昧、无知的代名词。他们被置于文明与野蛮、优越性与劣等性、教化与规训的二元对立框架之下进行界定和评价,那无异于丑化、歪曲和诋毁,这样是违背事实的。托莫说道:"当我换一个角度思考事情时,我认识到泰比山谷中存在的另一个不同寻常的美好世界,而现在这个观察原住民动向的机会加深了我对他们的良好印象。"①对于白人对土著人根深蒂固的诸多偏见和种族主义思想,托莫批评了占主导地位的白人价值观体系在对待本国文化和他者文化问题上的双重标准,从而制造了直接的冲突和矛盾。托莫在泰比峡谷的日子虽然短暂,但托莫有机会直接接触和近距离了解土著文化,这一定程度上开阔了他的视野,并在一定程度上消除了之前对土著文化的偏见。他将文明世界与泰比部落相提并论,频频惊呼人们眼中优越的文明世界总是夹杂着人性邪恶、丑陋、伪善、黑暗的一面。

德国当代著名的哲学家、美学家汉斯-格奥尔格·伽达默尔(Hans-Georg Gadamer)认为:"不管是认识者还是被认识物,都不是'本体论上的现成事物',而是'历史性的',即它们都具有历史性的存在方式。"②显然,"西方文化"由于缺乏对他者历史性的认识,所以陷入了本质主义和二元对立。在现实社会中,人与人之间为经济等利益而发生争夺冲突的事情,这与泰比部落内和谐无争的氛围相比就显得小巫见大巫了。小说中类似这样的揭示无疑体现了麦尔维尔对原始自然秩序和原始自然道德的尊重和信仰,表达出对原生自然秩序的崇拜和对文明世界物质至上主义的否定。托莫深刻体验到泰比人的热情好客和关怀,同时也不乏对白人野蛮的殖民行径的批判。然而,托莫内心深处的"白人至上主义"观念依然根深蒂固,他不愿意接受泰比人文身的习俗,也不愿意真正参与到泰比部落的生活中。无疑,托莫内心还保留着白人的那份"优越感"。他说

---

① [美]麦尔维尔:《泰比》,马慧琴、舒程,译,北京:文化艺术出版社,2006年,第257页。
② [美]加达默尔:《真理与方法(上卷)》,洪汉鼎,译,上海:上海译文出版社,1999年,第336页。

道:"事实上,我早就该逃走了。现在,我身上只有一件汗衫和裤子,所以,我得脱下来留着,一旦有机会我还是会回到文明世界中。"①在托莫心中,他还是绕不开文明世界的藩篱。即使他非常羡慕泰比部落和谐和淳朴的生活方式,然而他终究无法割舍文明世界给他留下的眷恋和凌驾于土著人之上的优越感。显然,托莫意识上还无法做到完全接受泰比人的原始和落后。当他的同伴托比趁机逃离了泰比峡谷时,他也曾经产生过除掉泰比人,以寻找机会逃离峡谷的邪念,如此描述暗示了麦尔维尔对人类中心主义思想根深蒂固的忧虑。

《泰比》是麦尔维尔创作于19世纪40年代的第一部小说,这个年代恰逢美国疯狂向西部扩张领土,掠夺新的自然资源。那是一个美国人征服自然的欲望极度膨胀的时期,也是人性的欲望可以得到彰显和颂扬的时期。从17世纪末开始,用鲸蜡这种不寻常的油制成的无烟无味的蜡烛被认为是历史上最好的蜡烛,从鲸鱼脂肪中提取的鲸蜡和鲸油也可用于润滑精密机器零件。18世纪,美国殖民者开始发展自己的鲸鱼渔业。19世纪的捕鲸者将鲸鱼视为"游泳的油井"。现代石油工业的诞生源于从一种叫抹香鲸的鲸鱼大脑中提取的石油,这种石油被称为抹香鲸油,它曾在美国被用作大规模工业生产的能源和家庭照明的能源。19世纪后半期,第二次工业革命在美国逐渐向纵深发展。大工业革命的推进,对能源消费需求提出了挑战。尤其,蒸汽动力的大规模应用和人们对照明燃料的需求急剧增加。当时,煤制气的工厂建设成本极高,燃气管道的铺设只能局限于人口密集的中心城市。在这种情况下,鲸油照明就成了居民生活中理想的不二选择。这一切都有赖于捕鲸业的大力发展,在捕鲸业鼎盛时期,美国有近一半的渔船从事捕鲸,从而支撑了对鲸油能源的巨大需求。一时间,捕鲸成为美国社会最受尊敬的职业,捕鲸人在某种程度上成为人们眼中光的使者和化身。美国捕鲸数量在短短几年内就跃居世界第一,捕鲸业成为美国最著名的企业之一。数以百计的船只从港口出发,然后在茫茫大海中捕杀鲸鱼,将精炼的鲸鱼油和其他鲸鱼制造的产品(如用鲸鱼骨头制成的蜡烛或腰带)销往世界各地,捕鲸业为美国创造了大量的财富。直到19世纪50年代,随着石油勘探和提炼技术的发展,鲸油需求量骤降,大型捕鲸船时代逐渐成为历史,美国残酷捕鲸的黄金时代宣告结束。

在《泰比》中,名为"多利号"的捕鲸船驶向南太平洋一带的原岛,把掠夺资源的魔爪伸向海洋领域。工业文明给自然带来的破坏首先表现在对自然之美

---

① [美]麦尔维尔:《泰比》,马慧琴、舒程,译,北京:文化艺术出版社,2006年,第163页。

的破坏,进而侵蚀人性的本真之美。包括美国在内的一些国家曾经大肆掠夺海洋鲸类动物资源,他们侵占自然物的欲望制造了无数的海洋生态灾难,给海洋留下了红色的血腥印记。麦尔维尔在小说《泰比》中深刻地反思"人类中心主义的病态扩张"在海洋领域所犯下的罪行。此外,麦尔维尔还直接抨击法国殖民者以传播基督教为名,对波利尼西亚人民进行驯化和启蒙。他们视自己为文明人,无法接受泰比人的"愚蠢和野蛮"。他们的主流意识是企图用"现代文明"取代"原始野蛮"。他们所谓的"现代文明"无非是个幌子,其目的是实现掠夺自然资源以及实现海外扩张。这种征服和占有直接给波利尼西亚原始岛民的原本和谐生活秩序带来了极大的破坏。对此,麦尔维尔明确写道:"真是不幸!一想到几年后他们的家园会发生的事情,我就会深感不安。"①

《泰比》属于麦尔维尔的海洋小说"波利尼西亚三部曲"的第一部,麦尔维尔描写了泰比峡谷的自然之美、泰比峡谷的和谐社会秩序之美以及泰比原住民的淳朴友善的人性之美,这三种不同层面的美衬托了麦尔维尔对原生生态之美的追求。同时也影射了外来殖民者给所到之地带来的破坏,泰比峡谷所代表的原始自然也不再是一处与世隔绝的人间天堂。19世纪美国经历了思想、观念、人口、经济、技术等领域的巨大变化,对外采取掠夺和扩张,这不可避免地威胁和伤害到自然环境,使人类与自然的关系处于尖锐对立的状态。从某种意义上说,"波利尼西亚三部曲"的创作寄予了麦尔维尔对自然之美以及人类与自然和谐相处秩序的无比崇尚和敬仰。麦尔维尔基于自身的航海经历,把生态环境问题与文学创作实践紧密地联系起来,把人类与自然的关系作为一个激发世人关注的主题在文学中表现出来,这是他对人类文明发展过程给大自然带来的伤害所进行的思考。显然,《泰比》带有鲜明的美国时代精神的印记,已经显示出麦尔维尔关注人类与自然关系的前瞻性生态意识。

第二节　生态整体主义意识的萌芽

一、爱默生的生态整体主义思想

拉尔夫·沃尔多·爱默生是美国散文作家、思想家和诗人。他的一生见证

---

① [美]麦尔维尔:《泰比》,马慧琴、舒程,译,北京:文化艺术出版社,2006年,第218页。

了19世纪美国社会的变化和发展。美国19世纪开始进入大规模的工业化时代，社会喧嚣而混乱，这预示着某种新生力量的崛起，然而还没有人能够清楚地将它表达出来。当时的美国社会缺乏一个比较统一的意识形态，更没有一个相对稳定的政治体制。1865年，美国南北统一，废除了奴隶制，南北各州实现了比较统一的管理方式，而且其民族个性也逐渐清晰起来。除了物质力量，它的文化也在竭力摆脱欧洲的阴影。

爱默生出生于马萨诸塞州波士顿附近的康科德村的一个牧师家庭，曾经在哈佛大学就读。在学校期间，他最大的学习兴趣就是阅读英国浪漫主义作家的作品，极大地开阔和丰富他的思想视野。爱默生毕业后任教两年，之后进入哈佛神学院。1832年之后，爱默生开启了到欧洲各国的游历，在旅程中结识了英国浪漫主义先驱诗人华兹华斯和柯勒律治。同时，爱默生吸收了欧洲唯心主义和超验主义的思想，对超验主义理论的形成带来了重要影响。爱默生告诫美国学者不要盲从传统而进行纯粹的模仿，呼吁美国思想家认识自己，观察自然，并向他人学习，汲取精华，在新大陆、新世界创造新文化，《美国学者》一文成为美国独立文化锤炼形成时期的"意识形态独立宣言"。1840年，爱默生与朋友梭罗、布朗森·奥尔科特（Bronson Alcott）、玛格丽特·富勒（Margaret Fuller）等人结成非正式的"超验主义俱乐部"，创办超验主义刊物《日晷》（*The Dial*），并担任主编，传播超验主义，成为新英格兰超验主义的杰出代表。之后，他将自己的演讲结集成书，这就是著名的《论文集》。1841年，爱默生的第一本论文集得以出版，收录《自助》《超灵》《补偿》《爱情》《友谊》等12篇论文。三年后，他的第二部《论文集》也出版了，爱默生因这本《论文集》的出版而赢得了巨大的声誉。

爱默生知识渊博，身前在北美和欧洲都负有盛名。他是同时代最有影响力的哲学家和散文家，不仅是美国本土文化摆脱欧洲文化束缚独立发展的开创者，而且是超验主义运动的领袖，享有"美国文艺复兴领袖"的美誉。爱默生强烈推崇人类至高无上，直观地理解真理，在很大程度上改变了美国文学的走向，推动美国文学从模仿欧洲高雅品位的文学作品走向具有美国本土气息浓郁的小说、散文和诗歌。爱默生的演讲极具感染力，演讲内容更为引人入胜，获得极大的成功。他演讲的题材从文学文化到政治历史以及道德法律，内容极为广泛，论题几乎触及当时美国民众文化、社会生活的各个层面，包括禁酒、教育改革、道德改进以及妇女权益等方面。爱默生也因此被誉为美国社会的"先知"，成为享誉美国和欧洲大陆的文化名人。他的演讲内容中不乏浪漫派作家对商业及贸易一贯的鄙视与抨击，对资本主义市场持怀疑乃至批判态度。

在 1841 年的一场名为《人是改革者》的演讲中,爱默生便直言不讳地抨击了现代资本主义经济,一一列举了商业交易中俯拾皆是的罪恶行径。他认为,身处当下,政府、教育甚至宗教都受到了商业精神的影响,因此,在现今的人类社会中再也没有什么比抵制商业侵袭更重要的了。贸易携带金钱、蒸汽、铁路侵入自然,破坏大自然的平衡,甚至破坏了人的平衡。在同年的另一篇演讲《自然的法则》中,爱默生更是指出,物质利益占据主导地位的美国充斥着投机和渔利的欲望,而一旦投机失败,农场、学校、教堂以及人的心理都会黯然失色,萧条贫瘠。显然,爱默生对人们热衷于追求物质利益而导致对自然和人自身的伤害充满疑虑,可以看出爱默生把握时代潮流的敏锐性和预见性。

17 世纪后期,欧洲启蒙运动空前兴起,并在 18 世纪发展壮大,这是一场资产阶级和人民大众的反封建、反教会的思想文化运动,其核心思想是"理性崇拜",试图通过"理性之光"驱散愚昧的黑暗。当时的一批欧洲启蒙思想家,如伏尔泰、康德、卢梭、孟德斯鸠等,都提出了各自的主张,他们著书立说,有力地批判了封建专制主义、宗教愚昧、特权主义,极力宣传自由、民主、平等和博爱的思想,为欧洲资产阶级革命提供了前期的思想准备和舆论宣传。欧洲启蒙运动影响和涵盖了自然科学、哲学、伦理学、政治学、经济学、历史学、文学、教育学等各个知识领域。启蒙运动极大解放了人的主体意识,激发了人的能动性和创造性,也极大地增强了人们利用自然科学的力量征服自然的自信。虽然 18 世纪以来浪漫主义者强调个人自由和主体解放,但在某种程度上,浪漫主义学者追求的是启蒙理性的继承和发展。对此,爱默生在其最重要的散文代表作《论自立》一文中表达了对个性发展的无限渴望:"相信你自己的思想,相信只要对你的内心是真实的,对所有其他人也是真实的,就是天才。抛开一切枷锁,回归自我,你将是世界的主宰。"[1]爱默生提出了代表美国文化精髓的超验主义观点体系,其中不乏对社会变革给人类自身带来的挑战、人类与自然的关系、人类在宇宙中的地位等问题所展开的思考。《论自然》是爱默生的第一部重要哲学著作,被认为是最为经典的生态文本之一,它融合了超验主义思想。爱默生的超验主义自然观认为,自然是象征性的,自然万物都是人的精神的体现,自然界的每一处景观都对应着一定的心境。人类在大自然中是静观者、朝圣者,能够凭借感官去体验自然之美,接受大自然给予人心灵上的启迪,引发共鸣。大自然是人

---

[1] Emerson, R. W., "Self-reliance," in *Ralph Waldo Emerson: Selected Essays, Lectures and Poems*, ed, Robert D. Richardson Jr., New York: Bantam Books, 1990, p.213.

类的伊甸园,是原始创造力的源泉,会对人类心灵发挥净化、升华的作用。为此,爱默生强调整个自然界是精神或超灵(oversoul)的象征,蕴含着丰富的象征意义,宇宙万物与人类之间存在着某种神秘的对应关系,这是宇宙最重要的存在因素。"超灵"是一种存在于人类和自然界中无所不在、扬善抑恶的力量,是万物的基础,也是万物的归属。爱默生强调,人们应该用一种全新的眼光来看待自然。自然不仅仅是物质,它是有生命的,自然中充满了神的灵,自然万物都是"超灵"的外衣,"超灵"以自然为载体,自然对人的心灵有健康的滋养作用。为此,爱默生主张,人应该摆脱经验和知识的束缚,与自然进行直接的交流。他要把自己置身于大自然博大的胸怀之中,认识大自然,运用知性的直觉去领悟大自然的精神实质,去发现隐藏在广阔世界背后的神秘而更高的规律,接受大自然的教化,从而在精神上变得完美。在爱默生看来,人类作为大自然的有机组成部分,就像草木、石头、水流一样出现在风景画中,接受着大自然的教养,大自然无时无刻不在教给人类道德上的训诫,如海浪撞击礁石教人坚定、空旷深邃的天空教人宁静等。自然之美总是指向一种精神或道德元素。人类与大自然和谐相处,热爱自然之美所蕴含的真理,将会引领人们以崭新的面貌解读自然的文本。爱默生对大自然诗意的透视中构造出理想化的"精神自然",而这种观点的自然内涵指的是自然中的万物都具有象征意义,外部世界是精神世界的表征。因而,"自然既是我们生活的物质环境,也是人类神圣心灵的表达,自然是在历史中逐渐展现或展开的无限。"[①]如果我们仅仅从外在的角度来理解自然,那么自然世界就像一台机器,它只具有工具性价值,但如果我们通过直觉来理解自然,它就是一个动态统一的实体。爱默生认为,在人类理性和经验之上,存在着一种更高的存在,这种存在无法用科学和经验来验证,只能用直觉和感官来理解和把握。他认为整个自然是人类灵魂的外衣,自然也是人类直觉和灵感的源泉。大自然为人类的生存提供了物质基础,也给人类的精神世界带来了愉悦,满足了人类对美的需求。当时的人们已经开始把目光投向身边的大自然,自然开始成为当时的人们关注的对象,人们也逐渐认识到尊重自然是人类自身生存的需要。

爱默生认为,自然除了具有物用价值外,还能够满足人类更高尚的需求,那就是对美的体验:"多样的自然形式最终都会指向同一本质,即无限的心灵,因

[①] [美]威尔肯斯、帕杰特:《基督教与西方思想(卷二)》,刘平,译,北京:北京大学出版社,2005年,第13页。

为整个宇宙都是灵魂的客观外化,是属于心灵的,真善美统一在灵魂中。"①相应地,由无限心灵所创造的自然也必能体现这一"精神本性",真善美都融于自然中。"有形有质的物质世界(the world of matter)会转变为无形无质的意义世界(the world of meaning)。"②从而,大自然能够为人类提供了一种"崇高的希望",能够满足人类对美好事物的渴望,不断激发人类去塑造源自自然之美的生生不息的精神之美。这种精神之美是广义上的美,是与真善美相联系的美。而那种与人类的生活和劳动实践相关,能够给人带来美感的,也是人类不可缺少的东西(如太阳),如俄国文学家、哲学家车尔尼雪夫斯基所说的"美使人心旷神怡"。美是自然界的活力之源,它仁爱于万物,也使人类的生活变得温暖和充满色彩。如果没有太阳之美的存在,人类的生活将暗淡无色。总之,太阳之美直接有益于人类和其他自然物的生命机能的勃发,更有益于人类的良好精神状态的延续。这非常重要,因为它关乎人类的胸怀问题、觉悟问题、追求问题和理想信念问题,即世界观、人生观、价值观问题。当自然发挥精神性的功用对人施加训诫影响时,那么此时的人就会形成德性的判断。而当人的意识在精神道德方面和真善美达成共识时,自然也就显示出其最高尚的和最终极的美,并升华为一种至高无上的精神性价值。自然的变幻莫测反映了精神化的趋势,自然的精神性也就具有了与人类的灵魂相同的本性。人的心灵是美的,自然也就是美的。人的心灵是善的,自然也就是善的。一个有德行的人与自然之美总是和谐的、协调的。正是由于大自然的这种精神特质,大自然才能融入人们的视野,让人们能够感知到和谐之美、神奇之美等能够震撼人类灵魂深处的美。

爱默生的超验主义思想中的"自然意识"包含了理性与感性的双重成分。从理性而言,自然是人类的根基,是使人类意识到自身与自然界关系的提醒物;从感性而言,自然蕴含着某种精神性的东西,会激发人类精神世界的共情和体验的渴求,是构成人类精神家园至为重要的部分。人类的精神世界格外需要大自然的滋润和陶冶,如"宁静无价",这或许是身处物欲横流、动荡不安社会中的自然文学作家对"自然意识"最精辟的诠释。正是基于此理念,自然文学才能够在很大程度上突破以往文学创作主题以人类为中心的传统观念,大胆地将目光转向自然,把探索与描述人类与自然的和谐关系作为作品的主题和文学创作的新领域。爱默生散文中探讨的自然绝不是一个纯粹的客观物质存在体,更不是

---

① [美]波尔泰:《爱默生集:论文与讲演录》,赵一凡,等译,北京:生活·读书·新知三联书店,1993年,第62页。
② 彭峰:《完美的自然》,北京:北京大学出版社,2005年,第20页。

独立于人类的意识世界,而是披上人类精神色彩的外衣,与人的直觉和感官相结合。在人类与自然关系上,积极地构建一种基于精神性的人类与自然和谐共生的关系是人类应有的责任。自然总是能焕发出它本身的美,具有教化人类精神世界的功能。人类构建的道德法则要在自然中实现它的影响力,那么,人类在构建道德法则的过程中需要基于对大自然的直接依赖,同时也表现为与大自然的和谐统一。大自然不是人类工具的工具,更不是人类可以取之不尽、用之不竭的宝库,人类认为可以肆无忌惮地浪费自然资源的认知完全是错误的。自然通过一种无意识的形式发挥为人类的生存和发展服务的功能,自然也将会通过其精神性的一面实现与人类的和谐统一。在这一点上,爱默生形容自己在融入自然时,变成了一个"透明的眼球"。他通过直觉和感官洞察自然界,从而实现与自然的心灵沟通,成为自然的"上帝",大自然也成为他思想的涌泉。

《论自然》对直觉的重视和对人内心意识的强调给人们以启示,告诉人们与自然和谐相处的重要意义。超验主义的核心观点是人能超越感觉和理性而直接认识真理。爱默生提出我们需要直接从自然中学习。爱默生的思想可以用"师法自然"来解释。《论自然》从自然、物质、美、语言、知识、理念、精神、未来等八个方面阐述了大自然的丰富意蕴和自身的独特见解。在爱默生看来,自然都是人的精神化身,欢乐的自然呈现着欢乐,而忧伤的自然则呈现着哀愁。他主张修身养性,认为只有在孤身独处时人的各种内在天赋才能得到充分发展。同时,爱默生又提到"自然是外界各种事物给予的完整的印象",表明整个自然界为一个有机整体的浪漫主义自然观。爱默生认为,宇宙是大自然与人的灵魂的结合,人通过灵魂与自然保持着和谐一致。只有接近自然感受自然,人的灵魂才可以真正体会到自身存在的价值和尊严。他相信"与自然和谐共处的生活,以及对真理和美德的热爱,会使人们以焕然一新的目光来解读自然的文本。"[①]

爱默生的一生几乎贯穿了整个19世纪,而这一时期也是美国社会经济、政治以及思想文化变动最为猛烈的一个时期。资本主义的迅速发展使得美国社会物质主义和拜金主义之风盛行,而爱默生、梭罗等超验主义者的思想主张正是对这种社会现象的否定与抵制。《论自然》虽然在思想体系上还未成熟,但不可否认这是一部关于自然的、伟大的哲学作品,即使在今天仍能使人们受益匪浅。人的精神能够超越自然万物,同时在自然中人又是自由平等的一员,我们

[①] Emerson, R. W., *Selected Writings of Ralph Waldo Emerson*, ed, William H. Gilman, New York: New American Library, 2011, p.167.

是自然的一部分,热爱自然,更要关爱自身的精神世界。人只有把自身从那种束缚于物质利益的理念中解脱出来,才能开始接受和有意识地付出努力,实现一个人与自然归于统一秩序和规范的以及与大自然的精神蕴含不期而合的精神家园。19世纪,生产力的发展推动了科学技术的进步,人类渴望征服自然的欲望也愈加强烈。爱默生发表的《论自然》一书自然很容易被视为是科学主义思潮的产物,他提出的要建立一个"人类驾驭自然的王国"也极为容易被看作人类迫切希望征服自然的口号。然而,更应该看到的是,爱默生曾反复强调的"作为个人的人的无限性",只不过是在科技有所发展但又还未达到高度发达的时代人们对未来的一个预想。因此,要理解爱默生浪漫主义自然观就应把它置于当时独特的工业文明环境之中:在那样的环境中,爱默生一方面强烈地感受到人类科学的发展正在影响和作用于自然,另一方面他又希望能够以一种清晰的方式去把握自然规律,阐释人类与自然的关系。

爱默生的超验主义思想强调生态整体主义自然观,主张人类应该重新看待自然,回归自然,因为人类智慧的潜能是无限的,随着人类知识的逐渐增长,人们会日益清晰地认识到,所有自然万物虽然形态各异,但都源于一端。在《论自然》中,爱默生认为自然最基本、最低级的功能是物用工具。在阐述自然事物的实用价值时,爱默生强调了一切自然事物的综合的、共同的功能价值,如风播下种子、太阳蒸发海水、风把水蒸气吹进田里、植物变成动物的食物、动物变成人类的食物等,造福人类的不是太阳、不是风、不是雨、不是植物或动物本身,而是所有这些自然物组合在一起之后提供给人类的生活资料。在不同层次上,自然也能够适时地表现出自身的内在价值,那就是自然不仅仅具有物用价值。在一个生物共同体中,自然具有与人类相互依存的物用价值,又有相互独立的内在的价值。在生物共同体中,这种内在价值集中表现为自然的协调功能,即自然具有能力协调整个生物共同体,使之更适合自然万物和整个生态系统的和谐、稳定与完整,自然的内在价值是人类与自然和谐共处的基础。

爱默生的生态整体主义自然观主要考虑的是重建一种人类与自然的和谐共存关系的必要性,而不是大规模的资源管理。20世纪初,也曾有人提出保护自然的主张,但只是把大自然的主要价值视作一个资源库,为人类取得经济上的成功服务,这只是一种基于资源供求的自然保护主义观点。相较之下,爱默生虽然承认自然具有作为物质性物品的基本价值,但同时他又认为,还有其他更高的目的,即把自然作是一种精神实质的外在标志。在《论自然》第三章中,他对自然美加以赞美后指出:"自然的这种被感知为美的美,只是最初级的美。

自然中存在的白日的景象、清晨的露滴、天边的彩虹、崇山峻岭、满园花果、繁星明月、静水倒影以及诸如此类的物质和现象,如果我们追求过甚,则它们会成为嘲弄我们的虚幻展示。"①自然中更高一级的美存在于同人的意志相结合之中,美是上帝加之于善的标记。在这里,善成了可以统一自然和人的抽象概念。对自然而言,"善"表现为自然美;对人而言,"善"表现为精神和道德美。爱默生视宇宙为和谐的统一体,"其中包含着每个人的具体存在,并通过它与其他所有人合而为一。"②"超灵"就是统辖宇宙的唯一心灵和唯一意志,万物从中产生并相互配合。自然是"超灵"向个人灵魂说话的工具,若不与人的心灵相结合,自然便毫无价值。在爱默生看来,人类思想是宇宙的中心,而不仅仅是与物质的自然相对等的一部分,外部世界反映着人的精神生活。由此可见,爱默生自然观的核心之处在于对自然中各个部分相互依存和关联的强调。他的大部分诗歌也在不同层面反映对生态整体主义自然观的思考,如《四月》("April")、《美》("Beauty")、《暴风雪》("Snow Storm")、《自然之歌》("Song of Nature")、《两条河》("Two Rivers")、《单个与整体》("Each and All")以及《林中日记(Ⅰ,Ⅱ)》("Woodnotes",Ⅰ,Ⅱ)等。

在《暴风雪》一诗中,爱默生通过生动的描写和视觉的语言呈现了一幅美丽的冬季景观。诗中描述了大自然如何在短短的几个小时之内创造了一座奇幻的"戏谑建筑"。大自然一边嘲讽人类花费大量的时间和精力,一块石头接一块石头地复制它在一夜之间就能够完成的建筑"暴雪游戏";一边用自己的雪堆成一些"白色花环""天鹅造型"等艺术品装饰自己的建筑。大自然不需要依赖蓝图,也不需要模仿人类在施工前设计的尺寸或比例。大自然可以凭借"来自任意的、看似混乱的构造",赋予人类来自自然之美的杰作。在《个体与整体》一诗中,爱默生指出自然界的一切事物因相互联系、相互依存而实现动态平衡。任何试图扰乱个别元素与其整个环境之间关系的企图都是徒劳和无知的。整首诗篇先是描绘了一幅充满动态、和谐的自然场景;接着引出诗歌的主题,即自然万物相互依存,没有任何个体可以保持独自的完美;随之呈现了空中的飞鸟、海边的贝壳和美丽的少女,这三个具有代表性的场景涉及人、动物和自然物。诗歌旨在阐明宇宙中包括人类生命形式、非人类生命形式以及自然物在内的一切自然万物之间的相互依存关系。诗人指出自然界中的个体不能脱离自然界的

---

① [美]爱默生:《自然沉思录》,博凡,译,上海:上海社会科学院出版社,1993年,第103页。
② 钱满素:《爱默生和中国:对个人主义的反思》,北京:生活·读书·新知三联书店,1996年,第55页。

统一整体,脱离整体的个体不再具有完整的意义,如诗歌中被带回家的麻雀所唱的那样:同一首歌再也无法带给我快乐,因为,我不能带回河流和天空。有河流和天空相伴的麻雀吟唱的歌才会动听。同样,海滩上的贝壳被视为生长在海洋里的珍宝,但当它们与海滩分开时,它们就成了相貌平平、有碍观瞻的东西了,因为,它们留下了与太阳、海滩和岸边喧闹的风浪相伴的美丽。爱默生用超验主义者眼光看待自然,自然是一个完美的整体,在这个整体中,个体之间是紧密联系在一起的,一切事物都在一个缩影中反映着整个宇宙:"一片树叶、一滴水、一粒沙都与自然整体相连,呈现出自然整体的完美。每一个个体都是一个小宇宙,都忠实地体现了自然世界的相似性。"①爱默生认为,"整体之美"是对宇宙的浩瀚、神秘和崇高在其最广泛和最深刻意义上的表现,个体只有在整体中才能展现其美。《杜鹃花》是爱默生创作的众多自然诗歌中最具代表性的一首,爱默生对杜鹃花的生长和生存环境的描写,意在呈现杜鹃花是自然美和精神美的结合体。诗歌不仅体现了爱默生的超验主义自然观中强调的自然的精神意义和内在价值,而且阐述了"美为美而存在的理由",有助于人们重新认识个体与整体相互依存的关系。

杜鹃花②

有人问,花从哪里来?
五月,当海风刺穿我们的孤独,
一丛清新的杜鹃让我在林间停驻。
无叶的花朵在潮湿的角落里铺开,
荒野和迟缓的溪流也感觉到了爱。
紫色的花瓣,飘坠在池塘里,
给幽暗的水面增添了几分明媚,
红雀兴许会来这里梳理羽翼,
即使花儿让心仪的它自惭形秽。
杜鹃啊! 如果智者问你,这样的景致
为何要留给不会欣赏的天空与大地,

---

① Emerson, R. W., *Selected Writings of Ralph Waldo Emerson*, ed, William H. Gilman, New York: New American Library, 2011, p.132.

② [美]爱默生:《杜鹃花》, http://www.360doc.com/content/18/0927/15/9570732_790128554.shtml, 访问日期:2019年1月15日。

告诉他们,若神是为了看而造双目,
那么美就是自己存在的缘故;
你为什么在这里,玫瑰般迷人的花?
我从未想过问你,也不知晓答案;
可是,无知的我有一个单纯的想法:
是引我前来的那种力量引你来到世间。

The Rhodora

On being asked, Whence is the flower?
In May, when sea-winds pierced our solitudes,
I found the fresh Rhodora in the woods,
Spreading its leafless blooms in a damp nook,
To please the desert and the sluggish brook.
The purple petals, fallen in the pool,
Made the black water with their beauty gay;
Here might the red-bird come his plumes to cool,
And court the flower that cheapens his array.
Rhodora! If the sages ask thee why
This charm is wasted on the earth and sky,
Tell them, dear, that if eyes were made for seeing,
Then Beauty is its own excuse for being:
Why thou wert there, O rival of the rose!
I never thought to ask, I never knew;
But, in my simple ignorance, suppose
The self-same Power that brought me there brought you.

在北美寒冷的五月,爱默生偶然遇到一片盛开着的杜鹃花丛。杜鹃花生长于僻静的荒野,"一丛清新的杜鹃让我在林间停驻"衬托出杜鹃花的美足够让人为之驻足。"紫色的花瓣,飘坠在池塘里,给幽暗的水面增添了几分明媚",暗示了杜鹃花与周围环境的和谐统一。"紫色的花瓣"呈现出杜鹃花的美,说明杜鹃花的美到了巅峰的自然状态。在鲜花的映衬下,幽暗的池水更显柔美与明媚。

正如爱默生自己所说:"自然以其自身的美满足人类向自然敞开的心灵,对自然及其形式的简单观察是一种纯粹的乐趣。"①大自然能够给人一种愉悦感,自然可以与人的意志相结合,满足人的审美需求。大自然中的杜鹃花已不是纯粹的物质存在体,它无疑是精神美与自然美的结合体,能够给人类带来精神美的使者,并能够给人以精神上的启迪。接下来,爱默生通过圣贤哲人遇到杜鹃花后源自内心感受的发问,进一步突出了杜鹃花的独特性。自然还能引发人的思考,启迪人的心灵,这是自然精神性的基础。在后八行中,爱默生通过"勇于与玫瑰竞争",诗行"我满足于单纯的无知"体现了杜鹃花所隐含的精神内涵。诗歌中的"紫杜鹃"是一般意义上自然中个体的象征,"我"可以理解为人类的代表。诗歌的结句"是引我前来的那种力量引你来到世间",这体现了爱默生的超验主义自然观,即人的存在和紫杜鹃的存在都是造物主意志的反映,都有其存在的理由,人和自然万物共同生活在一个有机的生态整体之中,都是大自然中平等的一个成员,形成个体之间相互联系的自然环境。自然环境既包括以紫杜鹃花为象征的物质自然,也包括以"我"为象征的主观自然。宇宙是由杜鹃花所代表的物质自然和"我"所代表的精神自然二者构成的。如果从生态整体主义的角度来看待人类与自然的关系,人类不再是万物的标尺,自然的最高利益与人类的利益始终是一致的。

从爱默生的生态整体主义自然观出发,我们便可重新解读人类和自然的价值,即在一个整体的共同体内,人类和自然既具有相互依存的工具价值,又具有各自独立的内在价值。自然对于人的工具价值在于可利用性,人对自然的工具价值在于对自然环境的影响能力。在这个层面上,人与自然是互为尺度的关系,但尺度的确定是相对的,它受制于人和自然各自内在的价值。自然和人的内在价值是人类和自然所具有的不以对方为尺度的价值,它们仅仅以自身为尺度的价值。衡量内在价值的尺度在于人与自然所构成的共同体,这种内在价值表现在对共同体的协调功能,即人和自然都具有协调整个共同体,使之朝着和谐的方向运行的能力。确立和强调自然的内在价值,并不是要否认自然对人类的价值。价值研究中自然是很重要的,如果不重视它,那么在认识上是片面的,在实践上也是有害的,这不利于增强人们的意识以及调动人们保护自然的积极性。但只承认自然对人的价值,而否认自然自身的内在价值则更是片面的。自然自身的价值是更根本、更基础的东西。爱默生的自然观引导我们可以建立一

---

① [美]爱默生:《自然沉思录》,博凡,译,上海:上海社会科学院出版社,1993年,第187页。

种新的生态整体主义的思维方式,从一种资源供求的保护主义观点转向一种宇宙共生的愿望。把自然的本质归结于生命共同体,从自然共同体的高度在人类与自然之间建立一种平等、和谐的关系。基于此,人类能超越自身狭窄的视野,实现对非人类自然的尊重。一个人如果只关注捍卫其同类的利益,那么,他的境界并未超出其他存在物。人类与非人类存在物之间存在着一个真正具有意义上的区别,那就是动物在生命周期内只会本能地关心自己、后代及其同类的生命,而人类拥有智慧和能力可以以更为宽广的胸怀去关注所有的生命和非人类存在物。人类有时为了满足自身的生存需要,可以主动地去改变自然资源的物质形态,这是人类实现生存的一种权利,但这种权利必须以不改变自然界的生态平衡为限度。自然万物有其内在的价值,拥有属于自身的完美、自身的尊严以及自身的伟大。因此,人类又有义务尊重自然万物存在的事实,保持自然规律的稳定性。

我们不仅是人类共同体中的一员,而且也是整个宇宙生命共同体中的一员。地球作为一个能够孕育生命的星球,是所有生命共同的家园。人类作为最具有智慧的生物慢慢成为掌控者,然而在相当长的时间里,人类并没有意识到大自然赐予我们的资源并不是永无止境的。终于,地球给我们发出了各种生态危机的警告。"人类需要用生态整体主义眼光去重新看待自身与自然的关系,敬畏地球母亲。大自然是一个生态整体。停止对自然的不合理掠夺和平等对待自然万物才是实现人类自身完善的唯一途径。"[1]如果我们希望自身生存的家园能够长久地延续下去,就必须学会与生物圈中的非人类生命共同分享这个地球。

二、梭罗的生态整体主义自然观

亨利·大卫·梭罗的一生创作了 20 多篇经典散文,语言朴实自然,语句平实直白,简洁有力,蕴含着深刻的自然哲理。此外,梭罗也给世人留下了大量的书信和日记,内容涉及 19 世纪 50 年代康科德的自然环境笔记和素描、早期北美的记录以及阅读博物学的评论。梭罗的早期作品包括《康科德河和梅里马克河上一周》《远足》《缅因森林》《科德角》三部书;其后期作品包括《森林乔木的演替》(The Succession of Forest Trees)、《漫步》、《秋色》(Autumnal Tints)、《种子的传播》(The Dispersion of Seeds)、《野果》(Wild Fruits)等,这些作品是梭

---

[1] 王诺:《欧美生态批评》,上海:学林出版社,2008 年,第 24 页。

罗基于长期开展野外观察和研究得出的自然科学结论的成果。梭罗将深厚的博物学知识、独具一格的审美意识以及一以贯之的精确和严谨的观察风格融入自然科学研究之中。同时，他把传播生态思想作为自己义不容辞的责任，这既是对艺术创作的一种独特诉求，也以此形式表达了自己对自然生态的关注和思考。梭罗最重要的著作《瓦尔登湖》被视为美国最有影响力的自然文学和具有生态文学意义的重要文本。"瓦尔登湖"也成为众多梭罗追随者向往的圣地。梭罗是爱默生的圣徒，也是美国19世纪超验主义运动的重要代表人物。从生态意义看来，梭罗所倡导的生态理念比爱默生更胜一筹，他不仅把爱默生的理论付诸实践，而且又比爱默生超前一步，他深刻洞察到工业化文明的入侵与自然环境之间的矛盾。在瓦尔登湖边隐居的日子里，梭罗实践着"荒野中蕴含着这个世界的救赎"的理念，并暗示世人应当站在大山的角度去思考。在《漫步》一文中，梭罗对荒野价值的论证在自然文学中产生了重大意义。20世纪60至70年代，人们开始意识到日益严重的环境污染问题将对自身的生存和发展构成威胁，并在美国历史上自然与资源保护运动的直接推动下，美国兴起了一场以生态意识为主题的环境保护运动，给美国人的环境意识和环保实践带来了深刻的影响。在这种背景之下，梭罗文学中的生态自然观重新受到世人的关注，梭罗也因此被誉为"美国文学史上第一位主要的自然阐释者和浪漫主义文学时代最伟大的生态作家。"[①]在他的作品中，人类和自然在相互融合和相互依存中构成了一个生态整体，同时更是一个生命共同体。

1837年，梭罗从哈佛大学毕业之后回到了康科德镇，他几乎每天都坚持步行外出，足迹遍及康科德镇区域周边的乡村、田野、湖泊、河流，尤其是瓦尔登湖林区的每一个角落。他把自己所见所闻，如何时花开、何时鸟叫等各种自然现象都详细地记录在日记中。梭罗的一生大多与自然为伴，似乎都在找寻一种与大自然的最淳朴、最直接的接触，几乎抛弃了世人所努力追求的一切物质财富和名利。他曾在哈佛大学学习期间被爱默生的《论自然》深深吸引。在爱默生搬迁到康科德居住后，梭罗参加了爱默生主持的超验主义者们的聚会和讨论，并于1841年至1843年间，兼职爱默生的助手和管家，深受其超验主义思想的熏染。梭罗把对自然的思考体现在众多的自然作品和笔记中。

梭罗早期信奉"万物有灵论"，他关于自然的基本思想无疑是超验主义的。他和爱默生一样，认为自然是精神的象征，自然是宇宙精神的创造。自然和人

[①] Midler, R., *Reimaging Thoreau*, London: Cambridge University Press, 1995, p.31.

的精神世界是相通的,自然能给人类提供美的享受和道德的陶冶。梭罗把目光和思想投入自然,他认为自然是道德罪恶的灵丹妙药,因为道德的恶是在社会中滋生出来的,所以需要自然来解毒,如印第安人把中毒的羊埋在泥里,让自然或泥土把毒气从羊身上拔出来一样。梭罗认为:"我们也应该时不时地挪动挪动,到田野和森林里远足,以晾晒我们的生命,饿死我们身上的罪恶"。[1] 梭罗将爱默生的超验主义思想付诸实践,只身一人来到瓦尔登湖湖畔,对生活方式进行重新界定,通过亲近自然、融入自然来审视自然,加深对自然的感性体验。梭罗以一种生态整体主义自然观看待人类与自然的关系,认为人类与自然是一个生态整体和生命共同体。人类与自然万物生活在一个相互联系、相互依存、和谐共存以及共同发展的地球生物圈中。他的生态整体主义自然观具有整体和谐、人类与自然万物平等的生态意识。大自然是由非生物因子的物质和生物因子的物质两大部分组成。非生物因子的物质包括阳光、空气、岩石、矿物、土壤、河流、湖泊、湿地、海洋等,组成了岩石圈、大气圈和水圈。生物因子的物质包括植物、动物和微生物,系统相互关联和相互依存构成了更大的生态整体为生物圈。梭罗把大自然比喻为人类的母亲,它孕育了自然万物,让所有生命繁衍生息。人类和自然万物都是天地的产物,任何生命个体都与整体相联系,最终共同构成了一个同根同源的生命整体。可见,自然界从生物个体到生物圈,可以看作各个层次的生命系统。在人类与自然的关系上,梭罗把人类看作是大自然的居民,甚至是大自然本身的一个组成部分。他认为,人类不是大自然的主人,而只是像非人类生命形式一样是大自然的一员。人类并不比大自然中的其他生命高贵多少,人类与自然万物是平等的。自然不属于人类,但人类属于自然。梭罗批判人类物质欲望的膨胀而导致人们只考虑自身的眼前利益而不考虑人类赖以生存的生态整体利益的行为。物质欲望的膨胀遮蔽了人类生命的星光,一个人如果把自身的利益放在至高无上的位置,怎能成为为人类社会的进步和发展而献身的大师呢?梭罗把只为自己利益而不顾及其他自然生命的人所进行的活动称为绝望的生命。梭罗发出灵魂拷问,责问人们显然从自身利益出发,打断了生命端到端的链条,这不是让自身陷入绝望状态,那是什么呢?

　　梭罗关于自然生态的思想没有形成系统的关于自然观的理论。与爱默生抽象的自然观相比较,梭罗的自然观是基于亲身的超验主义思想的实践而形成

---

[1] Harding, W., & M. Meyer, *The New Thoreau Handbook*, New York: New York University Press, 1980, p.124.

的,是一种比较具体的对人类与自然关系总的看法。爱默生强调直觉和"超灵",自然能够给人类的精神世界带来有益的影响。梭罗则更注重直接到自然中进行实践而获得一种感受。梭罗认为,能够完全融入大自然的人是完美的人,自然界的万物都是自然界的平等成员,共同构成一个"生命共同体"。他呼吁人们回归自然、融入自然,从自然中获得人类精神的丰富性。在自然中,人可以重新获得自由和信仰,与自然融为一体是人与自然和谐相处的最高境界。

梭罗所处的年代正是美国科学技术和工商业经济飞速发展的黄金时期,人们的生活方式和价值观念受到前所未有的冲击。人们奉行"物质至上主义"的价值观,社会风气和道德观念在不断滑坡。1862年,梭罗在美国最受尊敬的杂志之一《大西洋月刊》上发表了《野苹果:苹果树的历史》("Wild Apples: The History of the Apple Tree")一文,指出科学技术和商业的崛起破坏了人类与自然的亲密和谐关系,人类的思想和意志会影响自身的生存环境,反之亦然。梭罗认为,野苹果的价值不在于它被用来做什么,而在于它自身的美和趣味,它能给人类的精神世界带来有意义的影响:"野苹果的时代很快就会过去,它是新英格兰的濒危水果,你也可能走过曾经盛产天然水果的大片果园。过去,大多数苹果都被送到苹果酒庄,自从禁酒令运动和水果嫁接技术普及以来,已经没有人移植天然苹果树了。我担心人们此后都不会注意到这些地方,也不会知道采摘野苹果的喜悦。可怜的人,还有那么多欢乐,他无法知道!葡萄树枯干,无花果树也枯干,石榴、棕树、苹果树、连田野的树木都枯干了,众生的喜乐也灭了。"①工业文明的发展和推进为人们提供了生活便利,它在增进人类福祉的同时,也会悄无声息地破坏人类生存的本质,无情地扼杀了大自然给人类带来的美好。显然,相较于喧嚣闹市的人工之美,梭罗更爱自然的野性之美。1845年,他抛开闹市,独自一人前往美国波士顿西北方离康科德镇不远的瓦尔登湖畔搭建了一个小木屋。梭罗把它当成了一个远离尘嚣的家,在那儿居住了两年零两个月。在这段时间里,梭罗远离俗世,与林中的动植物为伴。他劳动、观察、倾听、阅读与写作,过着平静、自由而充实的生活,书写着与大自然和谐相处时的体验。梭罗感叹,太阳、风雨、夏天和冬天永远为人类提供无尽的健康和幸福!

在《瓦尔登湖》中,他记录了自己身处大自然中的感受:"在大自然中,人们都能寻觅到甜美温馨、极其率真和激动人心的伴侣,即使是对愤世嫉俗的可怜

---

① Thoreau, H. D., *The Natural History Essay*, ed, Robert Sattlemeyer, Salt Lake: Peregrine Smith, 1980, p.209.

人和最怠慢的人也同样可以获得。只要身心融入自然，就不可能使人有阴郁的忧愁和庸俗的忧伤，也没有什么能使生活成为我沉重的负担。"①梭罗坚持主张不要把自然和人类社会放在对立面，人类只是大自然的一部分。人类从大自然中获取生活资料。我们要学会感恩大自然的恩赐，敬畏自然界不同形式的生命，赋予它们应有的生存权利，学会与自然和谐相处，以实现自身的生存和可持续发展，这是梭罗生态整体主义自然观的核心。梭罗说："我在自然中来去自如，成为自然的一部分。"②梭罗在瓦尔登湖湖畔林中生活期间，感受到人类与自然的矛盾和冲突状态不存在了，人类对动植物的优先权利也不存在了，人只是自然中的一部分。人与周围的自然万物相互联系和相互依存，二者真正是和谐共处的关系。梭罗还认为，人可以通过感官实现与自然的精神交流，在与自然的沟通交流中体验生命存在的神圣与意义。与其他形式的生命形式相比，人类只是浩瀚宇宙中的一小部分。人类既是渺小的，也是伟大的，因为宇宙中的一切都在人的思维和智慧中。这是梭罗通过融入自然、追求自然灵性与人类无限能力和谐结合的感悟。《瓦尔登湖》中的自然万物都充满了生命，具有与人相同的个性，梭罗对它们一视同仁，他甚至和松针、老鼠、松鼠成为和睦相处的邻居和朋友。动物们会经常光顾梭罗林里的木屋，梭罗也会后悔过捕杀动物的行为。他写道："黑夜已经降临，风在林中呼啸，海浪还在拍打着岸边，臭鼬、狐狸和兔子在林中徘徊，它们无所畏惧。它们是大自然的守护者，它们是连接白昼无尽却又充满活力的锁链。我从未感到孤独和寂寞，也从未遭受过孤独的压迫和负担。雨点轻轻地飘落下来，我突然觉得自己是如此的甜蜜、陶醉，受益于对大自然的依赖。雨点声中，各种人声、各种场景、似乎有着无尽的爱包围着我和我的房子。显然，我感觉得到这里有我的同类。"③

梭罗通过前往瓦尔登湖进行超验主义实践，他亲近高山、森林、湖泊和原野，主动与动植物建立了和谐亲密的关系，过着平和、自由、朴素、充实的生活。他边工作、边观察、边倾听、边阅读、边写作，将自己的身心充分融入自然，抒发自己与自然万物和谐相处时的感受，以此来思考人生，提升个人修养。他指出："人只有融入自然，才能生活得更好。同时，人也要远离过度的工业化和城市

---

① Thoreau, H. D., *Walden*, Oxford: Oxford University Press, 2008, p.120.
② Thoreau, H. D., *Walden*, Oxford: Oxford University Press, 2008, p.67.
③ Thoreau, H. D., *Walden*, Oxford: Oxford University Press, 2008, p.167.

化。"①人类的生活离自然越来越远,最终只会导致生命的衰败,人类可以从大自然之美中获得精神上的鼓励和力量。融入自然,人类才能真正领悟生命的真谛和神圣性,也才能增强尊重自然和保护自然的生态意识。作为一位具有社会责任感和使命感的作家,梭罗以自己的亲身实践去引导人们正确认识自然和看待自然,也是对人类中心主义狭隘自然观的有力驳斥。

梭罗有一个贯穿始终的主张就是回归自然。在《瓦尔登湖》中,他指出,大多数现代人都被各种劳作和各种物质需求所困扰,失去了对精神价值的追求,过着一种不断去满足物欲的生活。这样的情形今天依然存在,并且愈发严重。我们有许多人只关注生活中琐碎的个人利益和活动,而几乎很少去关注其他事物。诸多人的精神活动过于局限,只关心物质生活和感官享受。梭罗认为这样的生活不能称为"真正的生活"。比起在车站、邮局、酒吧等公共场所,梭罗更喜欢以最近的距离接近大自然。梭罗指出,同胞被过度的物质需求束缚,沦为商品和经济利益的奴隶,失去了道德的提升和身体的自由。在物质需求和欲望不断膨胀的事实下,精神生活逐渐失去了原有的光辉。人们错误地把那些可以一时获得经济利益的动机当作现代文明进步的标志,殊不知在这种观念的支配下,反生态的消费观念、破坏自然的人祸、城市病等种种弊端开始显现。人们远离自然、破坏自然,从而缺乏更有益、更丰富的精神生活,人的伟大和高尚是在精神生活中得到充分体现的。梭罗从自然中体会到人类生命价值的真谛在于对精神世界的追求。他在《瓦尔登湖》中详尽地表达出来。他指出:"大多数人,在我看来,并不关爱自然。只要可以生存,他们会为了一杯朗姆酒出卖他们所享有的那一份自然之美。"②

梭罗强调人类要走进自然、亲近自然。在欣赏大自然美景的同时,更应该去感受自然万物所蕴含的精神价值。季节的更替、物种迁徙的自然方式都告诉人们,生命的价值在不断地延续和循环着,人类需要回归自然,才能真正认识到个体生命价值的神圣性和重要性,这是梭罗生态整体主义自然观一贯的思想。梭罗在《瓦尔登湖》中呈现了对四季物候的观察和思考,建构了一种"生命共同体"的生态观。在他看来,人类生命和非人类生命之间的关系是错综复杂的。每一个非人类生命和人类生命一样,都应该被称为"生命"的存在,非人类生命与人类生命一起构成了"生命共同体"的成员。从另一个角度看来,人类对大自

---

① Ronald, S., & P. Cafaro, *Environmental Virtue Ethics*, New York: Bowman and Littlefield Publisher, 2005, p.33.
② Thoreau, H. D., *Walden*, Oxford: Oxford University Press, 2008, p.121.

然的破坏,本质上是对整个人类精神世界的扼杀。梭罗在 1850 年 11 月 6 日的日记中写道:"我的天职就是不断地发现上帝在自然界中的存在。"①自然对人类来说不仅仅具有工具性价值,也包括自然给人类不断提供的精神层面的启迪。在《瓦尔登湖》的"结束语"中,梭罗向世人宣告了自己的生活方式与理想,"不必给我爱,不必给我钱,不必给我名誉,给我真理吧!我们身体内的生命像活动的水,新奇的事物正在无穷无尽地注入这个世界来,而我们却忍受着不可思议的愚蠢。"②亲近自然的生活促使梭罗的思想变得丰富而充满智慧,他将自己对自然的哲学思考融入《瓦尔登湖》的创作中,《瓦尔登湖》迄今仍被公认为经典的文本,极具审美价值和生态价值。在全球面临生态危机和环境问题的背景下,瓦尔登湖成为人类回归,与自然和谐共生的一个典范。可以认为,对自然生态的关注是当代梭罗研究的主要动机和原因。从生态环境保护价值的层面看来,梭罗的自然观远远走在了时代的前面。梭罗的瓦尔登湖畔实践代表了一种追求完美的原生态生活方式,阐述了一个对我们当代人很有吸引力也很实用的理念,这个理念对于当下的我们更具有生态学意义。生态平衡的破坏和环境的恶化已经到了相当严重的程度,诸多生态学家和环境保护主义者正在致力于保护自然的事业。如果人类再无视自然的千疮百孔,那么人类的生存和可持续发展将无以为继。不管人类文明发展到什么程度,人类都应该有一个永恒不变的接近自然并与自然融合的愿望。

美国生物学家加里·保罗·纳班(Gary Paul Naban)在《种子的信仰》(Faith in a Seed)的前言《学习田野和森林的语言》一文中认为,梭罗是美国第一位野外生态学家。《梭罗日记·植物索引》的编纂者安吉洛先生则宣称,梭罗对植物更迭研究极为细致和深入,是当之无愧的植物学家。梭罗基于田野考察而创作的自然科学作品以自然叙事的方式,为我们展现了少见的领域,从而丰富了我们的生活,不仅具有科学的实用性。更重要的是,其表达的思想极具深刻性和现代性。作为美国浪漫主义作家和思想家,梭罗和爱默生一样,信奉个人主义,强调直觉,主张回归自然的重要性,以生态整体主义自然观看待自然万物。他认为,自然万物都具有灵性,甚至宇宙也是一个在运动中不断变化和成长的有机体,如同人类的发展过程一样。爱默生作为新英格兰超验主义的代言,强调以"理性整体论"重新看待自然;梭罗则强调从接近自然的实践和经验

---

① Torrey, B., & F. H. Allen, *The Journal of Henry David Thoreau*, Vol. XIV, Salt Lake City: Gibbs M. Smith Inc., 1984, p.351.
② Thoreau, H. D., *Walden*, Oxford: Oxford University Press, 2008, , p.278.

中获得感知,强调以"经验整体论"看待人类与自然。显然,爱默生信奉的是自然法则的抽象规律,梭罗强调的是个体对整个世界的感受和把握。举例来说,梭罗认为在瓦尔登湖畔的林间漫步、种豆除草的活动就像著书立说一样,都是为了探索生命的本源和意义,在这个层面上,梭罗强调生命的价值在于积极而不懈去成就"体验过程"。只有接近自然的充分体验并且拥有不断更新的生命,生命才会具有最高的价值。

1851年春,梭罗将研究兴趣转向自然科学领域。在转向之前,他已经开始关注博物学领域的动态。为此,梭罗涉猎诸多植物学家的著作以及也包括植物学家的观察记录方法,他也在日记中详细地标注出每个季节应该观察的植物和自然现象。经过近十年的仔细观察和认真记录,梭罗对自然界的认识得到了深化和升华,这为后来创作生态文学作品《秋色》收集了丰富而翔实的素材。文集中收录有梭罗5篇自然散文,分别为《秋色》《冬日漫步》《走向瓦楚塞特山》《马萨诸塞州自然史》《野果》。梭罗从不同侧面记录了自然界中自己的思想和自然关系的心路历程,以独特的视角审视自然界的细微变化,如空气、土壤、声音等,紫草、红枫、榆树、糖枫、猩红橡树,以及秋天来时变幻颜色的树叶,甚至那些已从枝头掉落并已腐烂的落叶。此外,他还怀着崇敬的心情讲述了常人无法感知的关于自然的新发现。1851年,在一次演讲中,梭罗介绍了自己的自然观,即整个世界都保存在自然界中。十年后,他进一步认识到,大自然促使人们改变了对自身和生存环境的看法,并由此促使人们开始关注自然现象的变化。在《野果》的《欧洲酸蔓橘》一节中,他写道:"对我来说,大自然就像圣哲。世世代代的人们会崇拜那些坠落的流星、陨石或其他坠落的天体。如果你摆脱生活的烦扰,放开眼光,你甚至就会把整个地球看成是一颗巨大的陨石,你也会不惜跋山涉水去虔诚地膜拜它和敬仰它。"[1]在结语中,梭罗还郑重地提出了尽可能保持原生态森林的重要性和必要性。在《漫步》中,梭罗进一步强调保护原生态自然景观的重要性。他呼吁:"世界存在于荒野之中(In Wildness is the preservation of the world.)"[2],梭罗的呼吁突出了自然荒野保护的价值和意义。荒野代表原生态的自然景观,有利于启迪人们认识自然本身从而认识自身,也能带来无穷无尽的有益于人们身心的美感和愉悦。在《秋色》中,他对枫叶变红作了如下考

---

[1] Thoreau, H. D., *The Natural History Essay*, ed, Robert Sattlemeyer, Salt Lake: Peregrine Smith, 1980, p.153.

[2] Thoreau, H. D., *The Natural History Essay*, ed, Robert Sattlemeyer, Salt Lake: Peregrine Smith, 1980, p.112.

察:"树全红了,比它的同伴早得多,这真是自然的一个奇迹。这种奇特的风景会保持一两个星期呢!我满怀兴奋和激动的心情仰望着它,望着它身上布满如同高高的鲜红的旗帜,而它的周围依然是穿着绿色衣服的'森林居民'。在这幽静碧绿的山谷里,这棵独特的枫叶树带给了我们如此极致的美丽,以至于使整个森林因为拥有它而立刻就有了灵魂。十一月,它以成熟的、特别的颜色向远道而来的旅行者诉说着自己的美丽和魅力,把他的思绪从尘土飞扬的道路转移到它勇敢而孤独的世界。"①作为自然物的枫树在梭罗笔下无疑超越了其物用价值而成为一种纯粹的精神象征,以其美和睿智的姿态引领旅行者走向更高的精神境界。因此,梭罗思想的深刻性和哲理性同样体现在他之后的自然科学研究著作中。

工业化文明的推进和发展给人们带来了生活上的便利,这是人类文明发展的必然。梭罗对此并不排斥,他只是批评人们没有合理地利用它和理解它。他说道:"我们修了铁路,但我们去城里是为了在里面消磨时间。"②从这一点看来,梭罗的作品不仅对社会具有批判意义,而且对选择合理的生活方式具有指导性。他认为:"生活中的大多数奢侈品,大多数所谓的能给人带来生活舒适的东西,不仅没有必要,而且那些东西只会大大阻碍人类文明的进步。"③针对"物质主义"的膨胀,梭罗主张,要尽力摆脱繁杂的物质生活和物质欲望的羁绊,努力过一种与日益丰富的现代物质生活相对立的"简单、简单、再简单"的生活方式。梭罗试图以自己的亲身经历唤起人们回归简单生活的意识,并不断完善自身的精神世界,真正接受一种外在简单、内在丰富的生活,这是梭罗自然观的另一个方面。在《心灵漫步科德角》一文中,梭罗写道:"如果人们能够选择按照宇宙法则所规定的简单生活方式。那么,人们就不会产生那么多的烦恼而扰乱了内心的平静。"④梭罗的林中生活经历是其自然主义思想的最佳实践。无论是康科德河、梅里马克河上的航行,还是瓦尔登湖畔远离尘世的宁静生活;无论在科德角海岸聆听海风的歌唱,还是在缅因州森林感受脱脂料清新诱人的芬芳,我们似乎可以跟随梭罗的话语远离喧嚣与浮躁,在纯净美丽的思想圣地上与自然朝夕相处,随着太阳的升起与落下,开始一次又一次心灵与自然的和谐对话。梭罗

---

① Thoreau, H. D., *The Natural History Essay*, ed, Robert Sattlemeyer, Salt Lake: Peregrine Smith, 1980, p.156.
② Thoreau, H. D., *Walden*, Oxford: Oxford University Press, 2008, p.86.
③ Thoreau, H. D., *Walden*, Oxford: Oxford University Press, 2008, p.36.
④ [美]梭罗:《心灵漫步科德角》,张悦,译,哈尔滨:北方文艺出版社,2009年,第201页。

亲近自然以追求更丰富的精神生活,这使得他的生活方式与普通美国人迥然不同。他说:"我之所以隐居在森林里,是因为我想小心翼翼地生活,我只想面对生活的基本要素,看看我能否学到生活一定会教给我的东西。"①他依靠原始的方式继续他的生活,如种植一些简单的庄稼,在湖中捕鱼,偶尔也会猎杀一些小动物,享受旷野的陪伴,与书中的智者交流,在森林中享受简单生活的乐趣,以此证明简单的生活方式并非遥不可及。他认为,文明一方面预示着进步,另一方面意味着堕落。人拥有更多财产时并不富裕,而是"成为财产工具的工具"。梭罗的思考和告诫如今已成为一种现实问题。面对外部世界和人类社会的纷繁复杂性,也许会一时难以分辨清楚,但前人的研究成果和经验足以帮助我们选择一种正确的生活方式。梭罗的《瓦尔登湖》以及其他作品中关于人与自然关系的思考,对于改变人们的生活观念具有深远的指导意义。

第三节　精神生态意识的显现

一、霍桑的精神生态意识

当大多数人沉醉于工业化文明推动社会经济的快速发展时,美国著名的哲学家、政治思想家赫伯特·马尔库塞(Herbert Marcuse)以冷静理性的反思揭示了工业化社会中人的精神上的异化症状。他详细列举了"单向度的人",如技术的面孔、理性的面孔、经济的面孔等。他认为,工业化社会造就了只有物质生活、没有精神生活和没有创造力的片面的人。在"单向度的人"的意识形态中,显然丢失了神话、节日、歌舞、痴迷、爱情等精神元素,从而只关注物质享受而失去了精神追求的能力。科技逐渐疏远了人类与自然的关系,导致了"单向度的人"的出现,这是理性与感性、物质与精神走向两极分化的现象,也是精神生态的失衡。人类为了眼前的利益,不惜破坏人类与自然和谐相处的秩序,割断了自身与自然之间天然的内在联系。

霍桑除了关注人类的行为给自然带来的伤害,他还敏锐地洞察到,人类在不断征服自然和寻求迈上更高文明的历史进程中,人类精神世界开始走向异

---

① Thoreau, H. D., *Walden*, Oxford: Oxford University Press, 2008, p.138.

化。所谓异化,主要体现为背离人性中本来的性质、反常或本质的丧失、隔阂和疏离,是人的精神世界存在着无法排遣的极度苦闷、孤独、异常甚至压抑的不良的情绪状态而不为外人所理解的一种状态。霍桑的作品中也不乏从多层面去呈现精神异化的主题,尽管他的描写表现得相当含蓄。霍桑笔下的城市形象是物欲横流、苍凉、颓废和压抑,霍桑通过描写城市形象,表达对现代工业文明给人类生存带来的负面影响和对人类精神世界的戕害的隐忧。他并没有被工业文明发展创造的诸多奇迹所迷惑,而是怀着作为作家的责任感和使命感去审视社会现象背后的根源,即人类正在越来越远离了自然本真的生活,人们的精神世界在走向异化的边缘,人类存在的基本意义在逐渐丧失。

在小说《七个尖角阁的房子》中,霍桑探讨了人类精神世界的疏离和孤独。第一代清教徒托马斯·品钦上校新建的豪宅七个尖角阁房子纵然有着新粉刷的墙壁,但却由于莫莉曾经犯过的罪而伴随的恐怖感和因之受到惩罚所带来的痛苦感而变得暗淡无光。"这一切给整个老房子带来了怪异的气味。房子周围的景象以及房子内部散落着一些刨花、碎片、木瓦和半块碎砖更是强化了一种莫名的破败感。"[1]品钦上校的房子内部呈现出的阴郁、荒凉、颓废和压抑的景象存在于世世代代人的心中,令人挥之不去。时间推进到19世纪上半叶,经历了近二百年的沧桑侵蚀,到了法官杰弗里·品钦这一代,整座建筑在主人公的理智感中显得更加破败与荒凉。"它的白橡木屋架、木板、瓦片落满了灰尘,建筑物的木材渗出了水,看起来像是在滴血。"[2]在小说的结尾,即使是已经达成和解的品钦家族和莫莉家族的子孙也不愿意再选择居住在那个阴暗、颓废和压抑的老房子里,而是搬到了宁静的乡下。他们认为,复归自然乡间,获得思想和心灵的安宁,涤荡灵魂才能终止因世仇纠葛给子孙后代带来的无尽梦魇。有着近二百年历史的尖角阁的房子是塞勒姆小镇的象征。在尖角阁房子周围的街道上,各式各样的小贩每天重复着发出嘈杂而混乱的叫卖声:"卖面包的车在街上嘎吱嘎吱地驶过去,刺耳的铃声将回荡在神圣的夜空中,将白天的最后痕迹驱散。"[3]城市中充满着刺耳的噪音,洋溢着浓厚的商业气息,空气中更是飘浮着人来人往扬起的一团团灰尘,看似模糊和混乱。街上既没有如画一般的旖旎风光,也没有悦耳的天籁。原本人与蓝天、白云、绿色草原的和谐之美退让了,自

---

[1] Hawthorne, N., *The House of the Seven Gables*, Oxford: Oxford University Press, 2009, p.8.
[2] Hawthorne, N., *Hawthorne's Short Stories*, New York: Vintage Books, 2011, p.31.
[3] Hawthorne, N., *Hawthorne's Short Stories*, New York: Vintage Books, 2011, p.46.

然被淹没了。在小说《拉帕齐尼的女儿》中,拉帕齐尼博士从事科学实验的神秘大花园里种植了大量有毒的奇异植物,虽然绿意盎然,花香四溢,但那里的美丽女孩和漂亮花朵都散发着致命的毒气。一只只绚丽的虫子满城飞舞,因在那拥挤的城市找不到花草树木停歇,最终被拉帕齐尼实验的花园里的香气和绿意所吸引。"虫子立刻被比阿特丽斯的气味所吸引,飞向她,渐渐地晕倒了,栽倒在她脚下,亮翅颤抖了几下就死了。"①通过如此怪异的城市形象,霍桑表达了对人性"罪"与"恶"的批判。在《通天铁路》中,霍桑描绘了"名利城"和"毁灭城"两个城市,那儿没有生命的活力和灵气,只有令人窒息的物欲、庸俗、污秽、混乱和毒气。城市世界中有着错综复杂的建筑物、纷繁绚丽的色彩、熙熙攘攘的人群,这些给人带来目不暇接的人新奇感和新鲜感,同样也给人带来不安全感、压抑感和孤独感。这种感觉随着时间的流逝而不断受到强化,使得人与人之间的关系越来越陌生、冷漠、缺乏信任进而陷入麻木状态,这就是霍桑眼中的城市世界。19世纪,美国机械化大生产的普及促使城市人口数量迅速增加,城市规模逐渐扩大,人们生活的空间结构也随之改变,由原来的农业社会逐渐转变为以城市为中心的工业化社会。在这一转变的过程中,工业化文明冲击了人们传统的生活方式,机器生产进一步代替了手工生产、城市高楼侵占了田园。霍桑敏锐地感受到社会发生的种种变化并融入自己的创作中。随着工业化的推进,城市从最先开始充满希望的空间,逐渐过渡为被理性批判和审视的对象。尤其是生活在城市中的人群,他们的精神世界被扭曲,呈现出一种新的异化状态。城市客观上是时尚、繁华的世界,而主观上则表现为扭曲、阴郁、颓废的精神世界。霍桑通过城市形象的书写表达了对生活其中的人的精神生态状况的高度关注和反思,也是对人的精神世界中存在的"罪"与"恶"以及救赎的探索。

  人与自然、人与人以及人与社会之间在发展的进程中会形成一种被共同接受和认可的伦理秩序,在伦理秩序的基础上又形成了维护这种秩序的各种道德准则和规范。人生活在一个共同的社会环境中,就必然要受到伦理道德的约束,否则就会侵害他人的利益以及群体的共同利益。霍桑小说通过对人的伦理道德的批判,反映了当时人们的精神生态的真实状况。霍桑的传记作家兰德尔·斯图尔特(Randall Stuart)写道:"总的看来,霍桑作品探究了人类心灵深处的真实状况。他所表达的思想是最高意义上对生活的思考和对未来岁月的预测,具

---

① Hawthorne, N., *Hawthorne's Short Stories*, New York: Vintage Books, 2011, p.184.

有一定的永恒性。"①霍桑的一些小说实则是对那个时代伦理道德的记述,他不仅客观地反映出整个时代人们的精神风貌,而且对其进行分析,找出导致其精神生态失衡的社会原因,并以严肃、慎重的态度试图为面临精神困境的人们找到救赎之道,以供世人借鉴。在霍桑笔下,恶的方面就是要鞭挞的,善的方面必定是遵守伦理的,善恶与伦理紧密联系在一起。英国现代著名小说家劳伦斯(David Lawrence,1885—1930)认为:"霍桑的作品把人类灵魂深处的罪过揭示得一清二楚。"②霍桑小说旨归是探索,并在探索人的精神世界之时呈现出悲悯的伦理观。霍桑的浪漫主义作品对人类精神世界真实境况的关注程度是衡量和评价他的艺术成就的一个重要尺度。霍桑是一位思想极为复杂而矛盾的浪漫主义作家,加尔文教气氛浓重的清教徒家庭、工业化的社会环境和欧洲浪漫主义思潮是深刻影响霍桑的创作的三大因素。人类精神世界的阴暗面和异化是霍桑小说着力探讨的一个方面。霍桑的作品仿佛树立了一面镜子,要给人们看一看自己的面貌,要给时代看一看自己的形象,要给社会留下印记。他的小说思想深刻,既有历史的深度,又富有现实的意义,呈现出独特的视野和魅力。

小说《红字》是霍桑的传世杰作,小说以殖民地时期新英格兰生活为背景,以被当时清教视为罪不可赦的一桩"通奸罪"(adultery)为核心展开故事情节,展现了与这桩"罪行"有关主人公的精神世界,层层深入地探究了人性中"罪"与"恶"的问题。第一章《狱门》开篇写道:"新殖民地的开拓者们,不管起初对人类品德和幸福有着怎样的理解,总忘不了要在草丛中划出一片未开垦的处女地修建墓地,再划出另一片修建牢房,这是当时人们最基本的需要之一。"③霍桑表达了对人性理解的一个最为基本的看法,即"罪"与"恶"是存在的,人性的阴暗面是人类精神世界里的一个缺陷,只不过表现形式各异。

小说中,牧师丁梅斯代尔(Arthur Dimsdale)是一位狂热的宗教活动家,他毕业于英国著名大学,力图把自己的学识带到北美的蛮荒地区,以启蒙殖民地的教民。然而具有讽刺意味的是,作为牧师的丁梅斯代尔竟失去了理性,与所属教区的海丝特·白兰(Hester Prynne)相恋,违背了清教教规成为一位犯下隐藏"通奸罪"的牧师。表面上,丁梅斯代尔沉稳、阳光,忠心耿耿地履行着作为牧师的神圣职责,向教民宣扬清教教义。然而,丁梅斯代尔精神世界一直难以安

---

① [美]斯图尔特:《霍桑传》,赵庆庆,译,上海:东方出版中心,1999年,第250页。
② Idol, J. L., & B. Jones, *Nathaniel Hawthorne: The Contemporary Reviews*, Cambridge: Cambridge University Press, 1994, p.69.
③ [美]霍桑:《红字》,苏福忠,译,上海:上海译文出版社,2011年,第1页。

宁,他总是被自己的隐秘之罪提醒着、压抑着。小说如此描述:"尽管他看来极其纯洁、高尚和神圣,但他从父亲或母亲身上继承了一种强烈的兽性。"① 显然,丁梅斯代尔心中正经历着情感与理智矛盾的挣扎。那就是,一种力量要求他恪守清教教义与伦理道德,保持自己正被教民尊崇的作为牧师的神圣荣耀,满足一种被人尊重的需要;另一种力量又强烈地促使他去满足自己对于爱的需要。丁梅斯代尔隐藏的"通奸罪"已牢牢地镶嵌在当时清教教义的戒条之中,他最终因不堪精神重负而耗尽了生命。

小说中的齐灵沃斯(Roger Chillingworth)是一个集多种矛盾于一体的可悲又可憎的人物。他选择与海丝特·白兰的结合并非因为爱情,只是为了"用来温暖自己最朴素的福分。"② 小说中写道:"他与海丝特的婚姻就是错误的,不自然的嫁接,一开始就燃着红色的熊熊烈火。"③ 尽管如此,齐灵沃斯在婚姻上的选择是无可非议的,符合道德规范。当齐灵沃斯离开海丝特两年后回到家乡,不经意地看到妻子因为犯了通奸罪而站在受刑台上,受到教民的围观、辱骂和攻击,那一幕场景严重伤害了他的尊严。"他不愿意蒙受一个不忠的妻子给丈夫带来的耻辱。"④ 他无疑也是一位受害者,本应赢得教民的同情。齐灵沃斯可以选择公开地将事情上诉法律申请裁决,但他认为此举会损害自己名誉,于是他否定了这种可能。那么,他有否权力采取自己的方式向他人复仇呢?在《爱之艺术》(The Art of Loving)一书中,人本主义哲学家和精神分析心理学家弗洛姆认为:"人身上存在着一种天生的欲望,就是希望了解他人的秘密。如果探求秘密的方式走入极端便成了施虐狂,即折磨对方,强迫对方在痛苦中泄露自身的隐私。这种对他人秘密的探求,隐含着暴虐与破坏的深层动机。"⑤ 齐灵沃斯的思想原本深受严格的清教教义所影响,他评价自己:"我努力地增长自己的学识,忠实地用于增进人类的福祉,我原本的生活是由诚挚和宁静的岁月构成的。"⑥ 然而,此时他的精神世界已被扭曲和异化,心中只装下仇恨而不是宗教所倡导的救赎。这使得一位曾经皓首穷经、温文尔雅的学者在复仇心理的驱动下完全丧失了人性。他一面威胁妻子说出真相,另一方面以行医的名义试图去解

---

① [美]霍桑:《红字》,苏福忠,译,上海:上海译文出版社,2011年,第68页。
② [美]霍桑:《红字》,苏福忠,译,上海:上海译文出版社,2011年,第23页。
③ Kaul, A. K., *Hawthorne*, New Jersey: Prentice Hall Inc., 1996, p.57.
④ [美]霍桑:《红字》,苏福忠,译,上海:上海译文出版社,2011年,第32页。
⑤ Fromm, E., *The Art of Loving*, New York: Harper Collins, 2018, p.19.
⑥ [美]霍桑:《红字》,苏福忠,译,上海:上海译文出版社,2011年,第122页。

开丁梅斯代尔内心隐藏的"通奸罪"的秘密,充分地利用现有的一切规则和手段,巧妙地躲避他人的谴责,让自己错误的复仇行为看起来理所当然、光明正大、无懈可击。他在错误的道路上越行越远,"凭借自己的智慧将自己变成了恶魔,满不在乎地侵犯了他人的精神世界"①。丹麦伟大的哲学家索伦·克尔恺郭尔(Soren Kierkegaard)曾经说过:"理性的人则是现实的,对世界充满担当和责任,深谙人世间的伦理道德规范。"②有别于感性的人,理性的人知道这世界处处设限,充满着不可能。面对不可能,理性的人会选择放弃。齐灵沃斯失去了理性,妄自窥探和侦察他人的精神世界。当他揭示丁梅斯代尔牧师正承受着罪孽的拷问而不堪重负的精神世界时,丁梅斯代尔对他的睿智不寒而栗。丁梅斯代尔备受精神煎熬,心力交瘁死去之后,"齐灵沃斯身上全部的活力与智力似乎立刻丧失殆尽,生命之树很快便枯萎死亡"③。齐灵沃斯与霍桑所指向的罪恶"人类灵魂的破坏者"如出一辙。霍桑关注人性中"罪"与"恶",尤其是心智犯罪,而利己主义则是心智犯罪所带来邪恶的本质内涵。同时,他也在反思人性中"罪"与"恶",是观察者和救赎者。女主人公海丝特·白兰特则带着与牧师丁梅斯代尔所生的女儿珠儿搬到了临近森林的一个宁静地方生活,她远离社会、远离人群、远离喧嚣,让灵魂回归自然,用自己"崇高的道德和助人精神"感化了教民,把耻辱的红字变成了道德与光荣的象征,最终让自己的精神世界得到了净化,灵魂得到了救赎。

霍桑的第三部浪漫主义长篇小说《福谷传奇》讲述了一群来自波士顿的改革者的故事。他们一行人逃离城市来到郊区,建立了乌托邦式的实验社区。小说中的背景设置在福谷农场,它源自真实存在于19世纪美国的布鲁克农场,霍桑本人曾在那里生活过一段时间。福谷农场地处郊区,代表着盛行于美国内战前的郊区田园理想。霍桑创作这部小说的年代正是美国社会经历急剧变革的时代,工业化和城市化不断膨胀,商业也迅猛发展,使得当时人们的观念发生着急剧的转变。面对新生的社会制度以及传统的田园生活,人们面临着一系列的矛盾与抉择。小说反映了霍桑对当时社会问题进行了深刻的探讨和反思。

小说中,霍林华斯(Hollingsworth)是那批具有空想主义思想的改革家中的一员,他想通过努力以实现个人和社会的新生梦想,实现建立在社会主义平均理想和重返朴素自然生活的愿望。福谷也正是这样的一个改革试验点,但最后

---

① [美]霍桑:《红字》,苏福忠,译,上海:上海译文出版社,2011年,第202页。
② Kierkegaard, S., *Fear and Trembling*, New York: Penguin Classics, 1986, p.75.
③ [美]霍桑:《红字》,苏福忠,译,上海:上海译文出版社,2011年,第234页。

失败了。霍林华斯认为,福谷的制度不合理,需要一定程度上的改革,甚至把福谷中所有人都看作需要改造的对象。他凭借自己作为领导人的身份威胁科尔服从自己的权威。他说:"如果你不和我一道向伟大的目标奋进,又如何能够成为我的终生朋友呢?"①显然,霍林华斯以改革为借口妄图对他人实施精神上的控制的欲望表现得异常强烈。诗人科弗代尔(Coverdale)作为故事的叙述者,具有和霍桑类似的冷静旁观、善于思考的性格特征。科弗代尔如此评价霍林华斯:"霍林华斯难以付出感情,从而可以真诚对待一个具有自己独立观点的人,只是对那些专注于他的人感兴趣。"②霍林华斯凭借构建福谷实验社区的名义树立起自己的绝对权威,错误地把他人当作满足自己虚荣心的工具。齐诺比娅(Zenobia)是一位具有独立思想的坚定改革者和女权主义者。对于霍林华斯,她愤怒说:"全是自私!再无其他,什么也没有,只有自我!自我!自我!"③在她眼中,霍林华斯外表之下只有自私和冷酷,只因为科弗代尔不愿意顺从霍林华斯,霍林华斯便无情地抛弃了他。霍林华斯的罪孽最主要、最黑暗之处则是扼杀了自己灵魂深处最内在的良知,因此,福谷的郊区田园理想被直接毁掉了。科弗代尔是一位羸弱敏感但又深沉的知识分子,他原本是一个居住在城市的单身汉,他感到自己被发展快速的社会所孤立,情感上孤独和苦闷。他积极参加福谷事业的初衷在于寻求兄弟姐妹间真正的平等互爱,但最终没有能够实现,原因是他人格上的阴暗面占据了主导地位。他多半是出于哲理方面的好奇心理去观察周围的人。他反省自己,认为自己无法受到理智控制的不良的心理状态迟早会毁了自己和伤害到福谷中所有的人。他这样说:"我探究过霍林斯沃斯,深感有负于他。介于本能和理智探究人们的七情六欲,不是一种健康人的智力活动,它渐渐地使我自己的心灵都丧失了人性。"④科弗代尔原本决定用道德、智慧和同情的方法去改造那些所谓的"恶人",但他的慈善引来的只是冰冷的魔鬼,他的内心也失去了全部的温暖:"他像所有雄心勃勃的人那样不可避

---

① Hawthorne, N., *The Blithedale Romance*, Oxford: Oxford University Press, 2009, p.212.
② Hawthorne, N., *The Blithedale Romance*, Oxford: Oxford University Press, 2009, p.318.
③ Hawthorne, N., *The Blithedale Romance*, Oxford: Oxford University Press, 2009, p.337.
④ Hawthorne, N., *The Blithedale Romance*, Oxford: Oxford University Press, 2009, p.132.

免地最终沦为了契约奴。"①这种结果正好回应了霍桑在小说《大地的燔祭》中所表达的看法:"人的心眼儿只有中等大小,怀抱着自私的目的去度量他人的内心,甚至不惜一切手段去与之争夺,从而既不能达到改造他人的目的,自己却为这种'恶'纠缠得不能脱身。"②科弗代尔对他人实施一种出于本能的探究,如此行为显然不具有明显的道德色彩。然而,他精神世界的异化状态带来的不小危害,一步步把他引上了去谋害自己未能追求到手的心上人的罪恶道路。

"在天堂的大门口就有一条偏僻的小路通向地狱。"③城市中典型的阶级分化与固化的性别分工在福谷实验社区并未得到改变,改革者仍然怀有那些固化的观念。此外,权力的诱惑和野心的驱使也是导致精神异化的催化剂,这些因素无疑是福谷改革挫败的主要原因。而其中,人的精神异化是社会进步最致命、最直接的打击。霍林华斯和科弗代尔本来怀着神圣的使命却最终沦为自私、贪鄙、伪善的精致的利己主义者,精致的利己主义之恶外表上夹杂着使人向善的光环,往往让人忽略了其内在给他人带来的负面影响。福谷中隐藏着类似霍林华斯和科弗代尔这样精致的利己主义者破坏性极大,有时甚至会对他人造成毁灭性的伤害,导致了人与人之间不断发生感情冲突和矛盾纠纷,结果每个人都幽闭在自己构建的孤岛上。小说呈现了人道主义理想与人的精神异化状态的不可调和。爱默生指出:"当一个人不完善自己,人性中的虚假和伪善便是带来令人厌恶的结果。"④福谷中的人与人原本有着共同命运最后却变成了相互的伤害,他们的所作所为是都没有达到所谓律法中所界定的罪,但若对于人的灵魂而言,称他们为无罪之人也是不可能。小说中以自我为中心的改革者热情的背后是人性堕落而导致的人的精神异化的危机,他们聚集在一起是一种破坏性的力量,带来的只有灾难,霍桑所要表达的也就是这样的一种忧虑。

具有社会责任感的霍桑既是一位冷眼旁观的局外人,又是一个超越时代的深刻的思考者。对此,美国评论家詹姆斯·麦金托什(James McIntosh)做出评价:"霍桑作品关照了人类的灵魂与良知,力图探索人类内心深处全部深层奥

---

① Hawthorne, N., *The Blithedale Romance*, Oxford: Oxford University Press, 2009, p.332.
② Hawthorne, N., *Hawthorne's Short Stories*, New York: Vintage Books, 2011, p.365.
③ Hawthorne, N., *The Blithedale Romance*, Oxford: Oxford University Press, 2009, p.278.
④ [美]爱默生:《爱默生随笔全集》,蒲隆,译,北京:国际文化出版公司,2006年,第189页。

秘。"①霍桑作品深刻揭示了人性中阴暗的一面,各种阴暗面的存在和社会的发展和变革而导致的人的精神异化保持着某种直接的联系。同时,霍桑仍不忘肯定与彰显人类精神世界中善的光辉和道德的力量。霍桑曾说:"人生在世应该生活得更美好,上帝不会玩笑人生。"②霍桑正是基于人道主义的信念来进行创作的,他对人类个体精神问题的关照是悲悯的,也是怀着这种情感去书写社会环境和自然环境对人类的挑战以及人类个体的精神生态状况。在探索人作为个体的精神世界所产生的问题时,霍桑在直面人类面临精神困境时能够冷静地进行审视并不乏报以向善方式去理解和寻找救赎之路,体现他的人道主义理想的一面。

弗洛姆的经典著作《健全的社会》(*The Sane Society*)是对现代西方社会人们精神状态所展开的有力探索。他指出:"20 世纪虽然物质繁荣,政治经济自由,但在精神上却比 19 世纪病入膏肓。"③20 世纪最伟大的作家之一詹姆斯·乔伊斯(James Joyce)的意识流小说《尤利西斯》(*Ulysses*)中的主人公布鲁姆的平庸与空虚是西方精神世界异化时代众生的缩影,布鲁姆严重异化的"自我"则是作者和读者共同关注的焦点。在人性受到社会严重压抑,人与人之间存在着难以逾越的精神障碍的环境中,乔伊斯向读者展示了一种时时刻刻萦绕在布鲁姆心头的疏离感和挥之不去的悲观主义。布鲁姆的遭遇是现代西方社会物质文明高度发展而导致人与自然的疏离所带来的精神生态危机的深刻写照,乔伊斯生动地呈现了西方人的现代性意识。纵然人类文明在不断推进,人类精神生态危机的问题却无解。西方现代主义文学的先驱和大师弗朗茨·卡夫卡(Franz Kafka)在其中篇小说《变形记》(*The Metamorphosis*)中用大量笔墨探索人的精神世界,揭示人精神上的"异化"和"荒诞",却没有提出任何解决困境的办法。小说的主人公格里高尔·萨姆沙(Gregor Samsa)身处整个人性丧失的现实世界。他沮丧、迷茫、失望甚至绝望,最终在愁苦中离开了人间。格里高尔的遭遇象征着中底层小人物在那个物质极度丰富,人情淡薄的时代的命运。小说着重呈现出工业文明所造成的社会危机给人的精神世界带来的异化与孤独的状态。现代社会高度发达的物质水平反而导致了人类精神的荒漠和危机,

---

① McIntosh, J., *Nathaniel Hawthorne's Tales*, New York: Norton & Company Inc., 1987, p.355.

② Hawthorne, N., *The House of the Seven Gables*, Oxford: Oxford University Press, 2009, p.132.

③ Fromm, E., *The Sane Society*, New York: Routledge, 2001, p.123.

《变形记》是现代人精神生态危机的寓言,极具发人深省的力量。人类精神生态的失衡导致罪恶发生的不可避免是伴随着人类文明的发展而存在的社会问题。霍桑关注人类精神生态危机的深刻之处在于对恶的批判与对善的探索二位一体的展示。

霍桑作为一位具有高度社会责任感的作家,始终如一地把对人的精神世界中阴暗面的批判,并把救赎的理念融入于自己创作之中,这是霍桑作品中蕴含的精神生态内涵的另一层面。霍桑的精神生态意识在当时还处于朦胧状态,没有上升到理论高度,但他能够超越所处的时代,感知人类精神生态问题的社会根源。霍桑这种意识的萌芽可以追溯到参加布鲁克农场的一段经历。布鲁克农场创立于1841年,时值超验主义运动的高峰期。农场的创办人和访问者包括许多著名的作家和哲学家,除霍桑外还有如乔治·里普利(George Ripley)、查尔斯·达纳(Charles Dana)、拉尔夫·沃尔多·爱默生和玛格丽特·富勒。1841年,霍桑冒着飞雪来到波士顿郊外的西罗克斯伯里,加入了布鲁克农场。布鲁克农场于1847年解体,只持续了六年多的时间。布鲁克农场有农舍、谷仓,还有大片的草地以及一条小溪蜿蜒流过。布鲁克农场的全称为"农业与教育研究所"(Institute of Agriculture and Education),是美国历史上最著名的超验主义乌托邦社区之一,其宗旨是以发展农业为主,鼓励人们远离城市文明的喧嚣,融入自然的朴实与宁静中,同时提高人的素质和开发人的潜能。超验主义布鲁克农场倡导快乐工作的理念,提倡人的身体、思想和道德的全面发展。霍桑未婚妻索菲娅的妹妹、布鲁克农场的忠实拥护者伊丽莎白·皮博迪(Elizabeth Peabody)曾经热情洋溢地写了一篇推荐布鲁克农场的文章,并在《日晷》杂志上发表。她认为,农业是布鲁克农场的基础,因为它与自然的联系直接而简单,那是真实的生活。它的目标比天空中最高的星星还要高,却散发着健康土壤的气味,三叶草的香味环绕着它,低沉的牛叫声与悠扬的人声自然呼应。在这个实验社区里,人们梦想过上一种更简朴、更健康、更幸福的生活。霍桑曾经认为,这是他一生中见过的最美的地方之一,那儿的树林、田野自然有序,在土地之间耕种可以实现与大自然的亲密接触,可以找到创作的灵感。然而,1841年11月初,霍桑离开了布鲁克农场。这段经历成为之后小说《福谷传奇》的蓝本。虽然霍桑在布鲁克农场的经历是短暂的,但可以认为,他心中拥有一个真正的阿卡狄亚"田园牧歌"梦想,并从未真正离开过,这个梦想对他之后的创作思想产生了重要的影响。

工业化文明不仅摧残了自然,同时也严重摧残了人类美好的精神世界。霍桑对资本主义经济的快速发展给人类的精神世界带来的异化充满忧虑,霍桑的忧患意识是一种自发的、朴素的精神生态意识。随着时代的发展和社会结构的变化,人们应该适时协调和改变对待自然的行为和人类中心主义自然价值观,努力去构建一种新型的、和谐的人类与自然、人与人之间的关系。

二、朗费罗的精神生态意识

鲁枢元教授将生态学分成三类,即自然生态、社会生态学、精神生态学。他认为:"《精神生态学》是一门研究作为精神性存在主体(主要是人),与其生存的环境(包括自然环境、社会环境和文化环境)之间相互关系的学科。它一方面关涉精神主体的健康成长,另一方面还关涉到一个生态系统在精神变量协调下的平衡、稳定和渐进。"①精神生态的提出是对长期以来主导人类社会的物质文明的反思,是对人与自然关系史的总结和升华,对人类社会未来发展具有重要的意义。美国生态批评家布伊尔在《环境想象:梭罗、自然写作与美国文化的构成》一书中认为:"生态批评不应忽略文学中自然生态和精神生态的研究,力求在作品中呈现人类与自然世界的复杂动态。文学批评的任务之一是要阐述人类与自然环境的互动关系。"②人类的生存有赖于自然生态系统。人类文明与自然的命运早已紧密联系在一起,就像心灵与身体密不可分一样。保护自然,维护自然生态系统的平衡与和谐,就是保护人类共有的精神家园。人是不同于任何动物的,是具有思想感情的动物,是需要精神家园的动物。"人是生理的、心理的和伦理的存在,人的物质生活、精神生活和社会生活,人的幸福和梦想,都离不开人的精神家园。人的精神家园奠基于人的生活世界,形成于人的生命历程,结晶为以理想、信念为灵魂的世界观、人生观和价值观。"③如果自然生态遭到破坏,人类的精神生态必然受到伤害。也就是,外部自然环境的变化会导致人精神世界的变化,要么看得见,要么看不见,要么假装看不见。这意味着,外部自然环境与人的精神生态一直都处在相互影响的状态中。反之,人类的精神生态也会影响整个自然生态和社会生态系统。实现自然生态和社会生态的良性发展要以人类的精神生态的良性发展为前提。"精神是人类的一种意识产

---

① 鲁枢元:《生态批评的空间》,上海:华东师范大学出版社,2006年,第96页。
② Buell, L., *The Environmental Imagination: Thoreau Nature Writing and The Formation of American Culture*, Cambridge, MA: Harvard University Press, 1995, p.213.
③ 孙正聿:《人的精神家园》,南京:江苏人民出版社,2014年,第36页。

物,它是理性的,也是宇宙中形而上的一种真实存在。它是人生命的体征和自我意识,是人性走向完美、圆满、和谐的一种积极理念。精神生态也是构成地球生态系统的重要方面,个体的精神生态是影响地球生态系统的一个重要变量。"① 忽视个体的精神生态层面的因素,那么,威胁人类自身生存和发展的自然生态危机就永远无法得以解决。一个有机、完整的现代生态体系包括自然生态、社会生态和精神生态。其中,精神生态是促进现代社会健康发展不可缺少的一个方面。精神生态建设就是要在理性与非理性包括情感、欲望、意志等之间找到最佳的结合点。

如果说自然生态是朗费罗诗歌创作的独特出发点,那么他对精神生态的关注和思考则使他的创作更具高度。朗费罗对人类的精神生态的关注包括乐观、积极、仁爱、和谐、温暖、虔诚、和平、宽容等方面。关注个体或整体的精神生态是朗费罗生态诗歌书写的另一方面。关注作为精神主体的个人与自然的和谐相处是对人类个体内涵和外延的深层探索。朗费罗的《明天》《两个天使》《孩子们》《日光与月光》《疲倦》《海华沙之歌》《潮起潮落》《生命的赞歌》等诗歌对人类的精神生态层面进行了多方位的探讨,无不充满着对人类精神层面的终极关怀,带给人们方方面面不期而遇的启迪。他的诗歌如同置身于一个充满不确定性的沙漠世界、对前方之路或多或少有些盲目的人们而言,如同遇见绿洲,让人们心中的希望、激情和勇气得以为继。

《孩子们》一诗被誉为经典,至今在世界范围内广为流传。

孩子们②

来吧,上这儿来吧,孩子们!
我听见你们嬉笑游玩,
那些叫我烦恼的问题
就都一下子烟消云散。

你们把东边窗户打开,
初升的太阳正在窗外,
那儿,思绪像呢喃的燕子,

---

① 鲁枢元:《生态文艺学》,西安:陕西人民出版社,2000年,第387页。
② [美]朗费罗:《朗费罗诗选》,杨德豫,译,北京:外语教学与研究出版社,2013年,第159页。

像清晨的溪水，流得欢快。

你们心里有鸟儿和阳光，
你们思想里有小溪流过，
我这儿却只有秋天的凄风
和冬天第一次雪花飘落。

啊，若是没有了孩子，
那还算是个什么世界？
我们会惧怕身后的荒凉。
甚于惧怕眼前的黑夜。

好比嫩绿的树叶在林间，
把阳光空气当作主食，
叶片中甜美清新的汁液

还不曾化为坚硬的木质，
孩子在世间也是这般，
凭着他们，世人才感到
天气比树干所接触的更好，
阳光也更明亮地照耀。

来吧，上这儿来吧，孩子们！
在我耳边悄悄告诉我：
你们晴朗温和的天气里，
鸟儿和风儿在唱些什么。

算的了什么，书上的学问？
算得了什么，我们的事业？
哪里比得上你们的爱抚
和你们脸上甜蜜的笑靥？

历来说说唱唱的歌谣
没有哪一首比得上你们；
只有你们是活的诗篇，
别的诗是死气沉沉。

Children

Come to me, O ye children!
For I hear you at your play,
And the questions that perplexed me
Have vanished quite away.

Ye open the eastern windows,
That look towards the sun,
Where thoughts are singing swallows
And the brooks of morning run.

In your hearts are the birds and the sunshine,
In your thoughts the brooklet's flow,
But in mine is the wind of Autumn
And the first fall of the snow.

Ah! What would the world be to us
If the children were no more?
We should dread the desert behind us
Worse than the dark before.

What the leaves are to the forest,
With light and air for food,
Eretheir sweet and tender juices
Have been hardened into wood,—

That to the world are children;
Through them it feels the glow
Of a brighter and sunnier climate
Than reaches the trunks below.

Come to me, O ye children!
And whisper in my ear
What the birds and the winds are singing
In your sunny atmosphere.

For what are all our contrivings,
And the wisdom of our books,
When compared with your caresses,
And the gladness of your looks?

Ye are better than all the ballads
That ever were sung or said;
For ye are living poems,
And all the rest are dead.

《孩子们》的开篇表达了孩子们与"我"的关系，诗歌写道："来吧，上这儿来吧，孩子们！我听见你们嬉笑游玩，那些叫我烦恼的问题，就都一下子烟消云散。"这个世界因有纯真的孩子而生机盎然，朝气蓬勃的孩子消除了"我"生命中的困惑和心灵上的阴郁，让"我"获得内心的平衡与和谐、放松与慰藉，也激活和点亮了这个日益复杂的世界。诗歌的结尾更是蕴含着一个深远的启智："历来说说唱唱的歌谣，没有哪一首比得上你们；只有你们是活的诗篇，别的诗是死气沉沉。"诗歌结尾的升华暗示这首诗歌"远非平淡，实乃绚烂之极也"。此诗带给孩子们以赞赏、自信和激励，也能带给父母们以自豪、希望和力量，这是一场精神体验。有了孩子的存在，人类就有了美好的未来，朗费罗怀着一种最愉快、最崇高的心灵谱写了对孩子们无法抵御的仁爱。爱上孩子，就是爱上自己，也是爱上这个变幻多端的自然世界。因为爱，人类所以能够生生不息、地久天长。朗费罗总是不厌其烦地把观察的视野转向自己身边的平常人和平常事，在纯朴自然和平淡疏野的抒写中总是能够带给人们一种温馨、触动和感悟,展现了其诗歌对作为个体的人类精神生态健康、祥和的一种诉求,同时,也昭示了朗费罗关注人类精神家园的人文情怀。

作为19世纪美国生态诗歌的先驱,朗费罗的诗歌塑造了和谐有序自然界的延续。他以人文主义情怀创作生态诗歌,对于唤起人们的自然情感和对人的精神生态的关注无疑具有深远的意义。大自然是人类以外的众多生命形式的家园,也是人类精神的家园。朗费罗的诗歌大多以大自然为背景,以浪漫主义的视野赋予了大自然以新的价值内涵,引领读者关注自然,在阅读生态诗歌中沉思人类与自然的关系。这是其生态诗学建构的一个重要组成部分,体现了"自然生态""回归自然"的信念,也是朗费罗生态诗歌话语的诉求,扩大了朗费罗生态诗学的内涵。因而,朗费罗的诗歌本身就蕴藏着可以给予世人取之不尽的启蒙能量,那就是对未来世界充满希望,对美好的事物满怀信心和乐观。朗费罗的生态诗歌标志着美国文学由殖民早期的清教徒作家以道德说教为主旨的创作开始转向人类与自然和谐的构建,同时也包含了现当代人文生态思想的内核。在朗费罗的笔下,美国的大自然是广袤壮丽的,充满野性与力量。浪漫主义作家崇尚自然和书写自然,揭示自然给人类带来的本源性意义,促使人们逐渐感悟到回归自然的重要性和意义,从而改变根植于人们意识中的人类中心主义的自然观,提高保护自然环境的意识,帮助人们把对自然的认识提高到一个更高远、更辽阔的境界。

三、爱默生对精神生态的关注

爱默生认为,科学技术的进步给人们带来了生活和生产方式的变革,推动了社会各领域的发展。在《论自然》一文中,他这样描述:"火车就像鹰和燕子在空中能够自由飞翔,使它能够自由地穿越地球上的村镇。从诺亚时代到理性时代,人类的理性使世界发生了多么巨大的变化,世界不再是以前的面貌了。"[①]显然,他热情赞扬了科学技术的进步。他坚信,科学技术的进步必然会带来相应的道德进步。然而,他逐渐发现,科学技术进步并没有带来人类精神上的超越,也没有带来道德上的进步。在工业化文明对人类价值观的挑战之下,人文精神失落了。随着现代化和科学主义的发展,世界渐渐变成了机械的、科学化的、二元的、人类中心论的世界。在这样的世界中,人类的精神位置错位了。加上由

---

① [美]爱默生:《自然沉思录》,博凡,译,上海:上海社会科学院出版社,1993年,第132页。

于现代化导致的竞争加剧,人们的社会压力加大,人们变得更为现实、更为实际,对物质的关注使得人们渐渐淡忘了或者根本上顾不上精神的需求。法国分子生物学家、基因调节理论的创立者雅克·莫诺(Jacques Lucien Monod)在《偶然性和必然性》一书中认为:"现代科学的主要模式在深刻的人类精神需求和价值观面前无能为力。"①他指出,如果人类只能接受科学主义的精神,那么,人们最终必须从自己的梦想中觉醒。只有这样,人类才能认识到自己是完全孤独的、孤立的,最终也会真正认识到,自己生活在一个异化世界的边缘。这个世界听不到他的声音,无论是他的希望、他的痛苦或罪恶,这个世界对他是无动于衷的。在这样的时代背景下,在整体论的视域中,自然世界是由各部分相互融合、相互依存组成的整体。只强调整体之中的一个侧面将会引发诸多的社会和生态问题。爱默生的整体主义自然观与他之后的莫诺的整体论的视域较为契合,爱默生指出,只有消除人类与自然之间的二元对立,人们才能有一种看待自然的全新的视角与方法。如果我们把自然看作是与自身相分离的,是由一些计算操纵、彼此互不相关的部分组成的,我们就会成为孤立的人,我们待人接物的动机也将是操纵与计算。如果我们能够换一种思维方式,用一种崭新的眼光看待自然,认为它具有一种我们人类世界也应该具有的秩序,我们就会深刻地感受到自身与自然应该是和谐的一体。我们就不会为了自己物质上的利益而机械地、任意地操纵自然,反而,我们会对它怀有一种发自内心的爱。我们将像对待自己的至爱之人一样保护它,让它理所当然地成为与我们人类世界不可分割的一部分。

爱默生对工业化文明和科学技术的发展进行了深入思考。他指出:"文明人坐了马车,但他的双脚因此失去了力量。他使用拐杖支撑身体,而肌肉就会变得松弛无力。我们是否可以再思考这样的问题,机械是否为我们生活中的一个障碍?高雅的习俗使我们看上去是一个文明人,但它也使我们失去了某种生活的原动力。"②爱默生对科学技术发展渐渐入侵社会生活充满了忧虑。在科学技术的掌控之下,人们逐渐被沦为创造物质财富的奴隶,人们的生活和消费方式也被科学技术一步步改变,忽视了对自然生态的关注和思考。生活的物质意义被人们的错误认知放大了,它就像一块岩石,重重地压在人们的精神世界,给人带来前所未有的沉重感和危机感。人类的精神世界也会因此发生深刻的改

---

① [法]莫诺:《偶然性和必然性》,上海外国自然科学哲学著作编译组,译,上海:上海人民出版社,1977年,第89页。
② [美]爱默生:《自然沉思录》,博凡,译,上海:上海社会科学院出版社,1993年,第160页。

变,不再是一个纯粹的人了。人们的物质知识与精神知识之间的裂痕不断扩大,直至走向反面。事实上,物质并不能保证人的自由或幸福,真正的幸福来自精神。爱默生是一位非常强调人的精神生活意义的理想主义者。然而,他并没有完全排斥和抵制物质社会。相反,他十分关注时代的物质生活,如铁路的开通、电报的发明、工商业的繁荣等。他清醒地认识到,唯物主义是那个时代的最强音,是这个新兴国家不断焕发生机和活力的标志。他的理想主义是建立在现实主义至上的基础之上。爱默生对物质世界的现实情怀始终一直贯穿于他的演讲和散文之中,成为物质至上思想最尖锐的批判利器。他以哲学家的智慧,审视浩瀚的自然,挖掘其中的精神财富。爱默生试图揭示这样一种真理,即人类与自然之间具有另一种更高、更隐蔽的关系,这就是精神关系。而精神的本质通过展现其完美的定律发挥其训诫的功能,为人类提供一面可参照、可借鉴的镜子。从这个意义看来,自然是人类生命里的一部分。超验主义思想主张人类应该回归自然,接受自然的影响,促使精神世界臻于完美。这种观点的自然内涵是自然界的万物都具有象征意义,外部世界是精神世界的体现,它启发人们在与自然面对面接触中可以获得某种启发和启迪。超验主义思想在于告诉人们可以通过精神世界的丰盈而获得幸福的途径,为人们提供一种更高哲学的力量,为当下的人们的价值取向和行为标准提供一种方向。外部自然充满着真善美,人的精神世界也会呈现着这种状态。如果远离了那个本源的外部自然,人的精神世界就会迷失方向,找不到根和家园。爱默生倡导人应该走向自然,在自然与人的精神世界之间架起一座桥梁,让自然为师,让自然立法,让自然充分发挥道德训诫的功能。爱默生认为,每个人既有欲望和本能,也有道德和理性,这就是人类的神性,而人类的神性必须不断获得提升。自然能够通过自然道德训诫的功能,赋予人类以神性,使人类自身不断获得完善,实现人类与自然关系真正达到一种和谐的境界。在《论自然》中,爱默生写道:"自然为宇宙精神与人类的对话提供了可能性和渠道,自然一直在试图将人类带回到完美的宇宙精神之中。"[①]爱默生的超验主义自然观中的关于人类与自然和谐理念为人们的生活方式提供了参照,也为人类在道德上的自我完善提供了参考。爱默生强调了自然的神性(精神力量),又歌颂人类自身的智慧力量,在一定程度上也激发了那些醉心于追求物质财富的人们重新审视自己的价值取向和行为标准。

爱默生敏锐地观察到,物质财富的迅速增长带来了社会的进步,但却给人

---

① [美]爱默生:《自然沉思录》,博凡,译,上海:上海社会科学院出版社,1993年,第17页。

们的精神世界带来了更深的异化。他最早洞见到"人的异化"现象,并为人类社会发展所带来的"精神生态失衡"的新危机提供了伦理考察。他说道:"如果你向往和贪恋波士顿和纽约都市的时尚,用葡萄酒和咖啡来刺激感官和缓解疲惫、毫无生气的身躯,那么,你就不会看到松树林发出智慧的光芒。自然之光永远照射进人们的心灵,可是人们却不知向自然打开自己的心扉。"①爱默生从生存的层面思考人类与自然的关系,在他看来,人类的精神世界之所以陷入异化状态之中,乃是人类破坏自然和远离自然、疯狂的物质主义打破了人类与自然的和谐相处而导致的,个体精神的异化状态极大地压抑了人自然健康的天性而使其失去了对生活的信仰精神,人在精神上与自然交流的能力也在很大程度上丧失了。对此,他呼吁,人类应该对物质至上的消费观进行道德伦理层面上的思考。人类文明的发展史应该是一个社会经济健康发展,精神应与物质同步发展的过程。同时也是一个人类正确对待自然,努力实现与自然和谐相处的过程。他热情地呼吁人类回归自然,引导人们向着自然过简朴的生活。他所倡导的生活方式是简朴、节约、热爱劳动。他自己也身体力行,实践超验主义自然观,努力过着简朴的生活,将物质需求降到最低限度。他给英国哲学家、评论家托马斯·卡莱尔(Thomas Carlyle)的信中说道:"我有上帝赐予的两英亩土地,我吃得饱,穿得暖,悠闲自在,还能读书会友。我一美元也不打算花。人的需要和欲望是没有止境的,所以,我想任何一个聪明人都没有自由挥霍的自由。"②爱默生主张,不要养成大肆挥霍物质资料的消费习惯,要养成合理安排和适度消费的行为。

现代人对物质财富的追求往往停留在物质财富的占有积累上。实际上,物质财富只能满足人类生活的最基本的、低层次的需要。如果人类仅仅是为了生存而活着,那和动物的生活没有什么区别。人类已经满足了基本的物质生活,应该把更多的精力投入到精神生活的创造过程中,从而感受到更多的精神体验。精神财富更为广阔,可以使人无限发展和探索,可以带给人类美的享受,情操的陶冶和具有积极向上意义的精神愉悦,让人感受到满足感、幸福感、尊严感。正是这些感受让人挣脱物质的枷锁而拥有丰盈的精神世界。人类的精神世界主要由道德伦理、文化涵养和生命体验构成。一位圣贤之人,无论身处什么样的社会环境,都能出淤泥而不染,保持做人应有的理性,从容抵御一切外界

---

① [美]爱默生:《自然沉思录》,博凡,译,上海:上海社会科学院出版社,1993年,第187页。
② [美]卡莱尔:《卡莱尔、爱默生通信集(1832—1874)》,李静滢、纪云霞,译,桂林:广西师范大学出版社,2008年,第103页。

干扰。而今,错综复杂的社会让人在不知不觉中失去了太多的精神财富。人们习惯了安逸舒适的环境,不再有那原始的勇敢与顽强的意志力。人们习惯了物质生活,丧失了原始生活的本质。人们不再是纯粹地为了生活而生活,有些人为了追求名利、物质而丧失了人善良的本性,显露出自私与贪婪的一面。因而,一个能够洞察世事的智者,无论遇到什么样的人生苦难,都能够随时把握指南针去辨别人生往前的方向,正确认识人生而不误入歧途。爱默生自始至终都能处理好物质财富和精神财富的位置,物质财富对他来说只是一串数字,他不在乎生活条件的好坏,经济收入的多少,而更在乎外界因素是否会阻止他与大自然的亲近与交流,因为融入自然而过着一种简单的生活是爱默生获得思想和动力的源泉。"人一旦与自然和谐相处,就会热爱真理和美德,就一定会用清澈的眼光去解读自然这个文本,也将会逐渐理解自然万物存在的根本意义和价值。整个自然界就会变成一本向我们敞开的书,它呈现在人类面前的每一种物质形态都隐藏着自然万物的本源意义和终极目的。"①

在爱默生看来,自然不仅是人类生存的物质家园,而且还是有生命的,能够和人类相通的,是高贵的,充满着真善美的家园。回归自然可以获得健康的生活,大自然给人类提供了无限的精神价值。当爱默生因为演讲而赚取了一笔收入时,他并没有把这笔钱投入可以获取经济利益的投资中,以获取更多的物质财富,而是采取了有别于他人的做法,选择购买林地,让自己始终融入自然,与自然和谐相处,感知荒野的多样与无限,获取大自然赠予他的那一份美景就深感满足了。这是爱默生朴素的人生观,把回归自然作为生活的终极目标,以回归自然来提升人的精神世界,并倡导回归自然来解决工业化文明社会出现人的精神异化问题。

---

① [美]波尔泰:《爱默生集:论文与讲演录》,赵一凡,等译,北京:生活·读书·新知三联书店,1993年,第87页。

第三章　美国浪漫主义文学生态伦理内涵

第一节　生态伦理学的发展及影响

在唯物辩证法看来，世界上的任何事物都是矛盾的统一体。所谓"矛盾"，就是事物内部或事物之间既相互依存、相互渗透，又相互对立、相互否定的成分、属性、趋势等之间的关系。我们生存的世界就是由人类社会和自然界组成的矛盾统一体。人类本身就是自然界的一部分，与自然界是相互联系、相互依存、相互影响的。人类的生存和发展离不开自然界，人类必须通过生产活动实现与自然界之间的物质和能量交换。现在自然已不是原来意义上的自然，而是一个留下了人类意志印记的人化自然。人化自然表明人类与自然之间的相互联系、相互影响越来越密切了。人类与自然之间形成了相互依存、相互影响的关系，这客观上要求人类在认识自然和改造自然的过程中，必须自觉地遵循和接受自然法则和自然规律的支配。人类为了实现更好地生存和发展下去，总是要不断地改造自然界的自然状态。相反地，自然生态系统为了恢复到平衡的状态，必然要排斥人类的肆意改造行为。这个过程就产生了人类与自然之间形成了一种否定与反否定、改造与反改造的对立关系。事实上，这就是二者之间的作用与反作用的关系。如果这种作用与反作用的关系处理得不好，就必然会导致人类与自然关系的不和谐和失衡状态。此外，由于人类改造自然的生产实践活动的作用具有双重性，既具有积极的一面，又具有消极的一面。如果人类能够正确地把握与自然的关系，遵循自然规律，那么人类就可以既利用自然和改造自然又能够维护自然生态系统的平衡。如果人类在未能正确把握自然的运行法则之下而妄图改造自然，那么人类受到大自然的报复也就在所难免了。其后果是自然的生态系统的平衡受到了破坏，人类自身的生存和发展受到了威胁。随着生产力的不断发展和变化,人类在与自然的关系中早已处于主动地位。当人类为了一时的利益和发展而违背了自然法则和自然规律,资源消耗超过自然所能承载的能力,污染物排放量超过生态系统所能消解的容量时,环境问题的发生就不可避免。人类所面对的环境污染、资源短缺等问题虽然是人类滥用科学技术以及其他各种因素造成的,但归根到底,实质上是人类对科学技术应用后果缺乏全面性认识的问题。科学技术归根到底还是受制于人的,是被人类的意志所掌握和控制的。科学技术这把"双刃剑"究竟是给人类自身带来福祉还是灾难,在很大程度上是取决于人类自己的判断和行为。因此,人类首先必须走出"人类中心主义"的误区,转变错误观念,充分发挥科学技术对人类与自然关系的促进作用,使之真正成为推进人类与自然关系的全面的、协调的、和谐的发展的有力工具。

"人,诗意地栖居在大地上"出自德国诗人荷尔德林著名诗歌《在柔媚的湛蓝中》。德国哲学家海德格尔从解读荷尔德林的诗歌中表达自己对人类生存的思考,他前瞻性地预见到人类只有如诗句"诗意地栖居在大地上"那样,才能更好地实践生存与发展,这是对人类与大地(自然或者生态)关系最为朴素的判断。工业化文明时代,人类的生产能力得到了飞跃的发展,极大地改善和丰富了人类的物质生活和精神生活。然而,就在工业文明高歌猛进的时期,人类需要的生活资料越来越多,人类活动范围越来越大,对自然界的干扰越来越多,环境污染和破坏开始成为西方工业化国家普遍面临的生态问题。之后,生态危机和环境问题没有得到有效的解决,反而愈发严重,从而引发了第二次人类环境危机,引发了自然资源短缺、物种数量不断减少,大批的森林、草原、河流消失,沙漠化与荒漠化等全球化的环境问题,人类成为罪魁祸首。这第二次环境危机不仅使非人类生命的生存和发展受到了威胁,而且人类的生存和发展也同样受到了威胁。人类"诗意地栖居在大地上"的理想还能够成为现实吗?

生态危机和环境问题是工业化文明的必然产物,工业文明的运行机制和生产方式不可避免地导致对自然资源的过度开发和耗费。从根源上来看,生态危机和环境问题不是纯粹的科学技术的功利发展引发的,而是工业化文明的发展方向偏离了正确的轨道,人类破坏了自然和远离了自然,远离了大地。地球表层是由动物、植物、微生物等所有物种和它们赖以生存的环境组成的一个巨大的生物圈,人类也是生物圈中的成员。地球生态系统远比想象般脆弱,当它受到的伤害到一定程度时,就会导致人类赖以生存体系的崩溃。因此,人类要走出生态危机和解决环境问题,构建遵循生态伦理的生态文明至关重要。关注生态危机和环境问题应该成为全社会人人的共识,自然也应作为人类伦理关怀的对象。人类应该承认自然万物的内在价值和与人类享有同等的生存权利、确立人类自身在大自然中的正确位置,承担对大自然的生态伦理责任。

伦理是有关人类关系的自然法则,它是按照某种观念建立起来的一种规范的秩序。伦理学是关于道德思想观点的系统化和理论化的一门学科,它的本质是关于道德问题的科学。伦理学要解决的问题既多又复杂,但基本问题只有一个,即道德和利益的关系问题。随着近代工业的进一步发展,生态环境问题凸显,促使人们重新审视人类与自然之间的不和谐、失衡的关系,在这种大背景之下,生态伦理学应运而生。可以认为,生态伦理思想的产生与人类工业文明的进程紧密相关,它是人类在对资源过度开发和环境破坏问题反思的基础上形成的。"生态伦理是人类在长期的实践过程中的经验总结,它涉及人类协调自身与自然环境关系时必须遵循的一系列道德规范。通常上说,它是人类在进行与自然生态有关的活动中所形成的一系列的伦理关系及其调节原则。"①生态伦理是源于人类长期的生产实践活动,它隐含了人类对自然生态的同情与关注,表达出特定的人类与自然之间的伦理价值理念与价值关系。它涉及的基本问题包括珍重地球上的一切生命物种、珍重自然生态的和谐与稳定和顺应自然的生活。人类作为自然界中的一个子系统,与自然生态系统发生物质、能量和信息交换,自然生态构成了人类生存的客观的、必不可少的外在环境。因此,人类应该给予自然生态系统以道德上的关怀,实质上,这也是人类对自身的生存和发展给予的道德上的关怀。

随着人们环境保护意识提升和环境保护运动兴起,生态伦理学开始兴起,于20世纪40年代正式发展成为一门独立的学科。它在诞生之前是以自然生态思想的形式走过了从18世纪末到20世纪初这样一段较长的酝酿期。人们认为,英国工业革命引领人类告别了落后的生产方式,迎来了机械文明和工业化时代,开创了人类文明发展的新纪元,因此,英国工业革命曾经获得高度的评价。然而,英国工业革命带来的工业化进程带给人类的不尽是福祉,它也给自然环境带来了巨大破坏甚至是灾难,人类为此付出了高昂的代价。工业革命给环境带来的破坏主要体现在以下几个方面:一是空气的污染,英国曾经自然环境的优美变成煤烟滚滚、烟雾弥漫的另外一番景象了;二是河流的污染,生产过

---

① 360百科:《生态伦理》,https://baike.so.com/doc/5858528-6071371.htm,访问日期:2019年3月20日。

程中所产生的污水直接排放到河流中,使河流受到了严重的污染,如英国当时的棉纺织业所排放的废水对水资源的污染最为严重,与化学工业密切相关的啤酒、制革、制碱、制皂、玻璃制造业都一次次加重了对水资源的污染;三是自然环境的恶化,钢铁业突飞猛进的发展直接导致了对森林的大肆砍伐,大片的原始森林带已不复存在。这一切所造成的伤害是无法想象的,生态环境的恶化与森林面积锐减直接相关。不仅如此,工业革命直接催生了工业化城市的涌现,也促使农业人口大量涌向城市,给城市环境一时带来了巨大的压力。以此为开端,人类开始大规模地进军自然,试图征服自然。人类的生产活动直接打破了自然生态系统的内在的平衡,日趋严峻的自然环境问题引起了社会各方的强烈反响。1872年,"酸雨"(acid rain)一词首次在英国使用,它用以描述曼彻斯特城内和周围地区受到严重污染的大气。社会经济高速发展的背后是以生态环境遭受到巨大破坏为代价。这是英国工业革命与生态环境关系的一段历史,给世人留下了血的教训。此后,一批具有环境责任感的人士开始在民间展开一系列调查,他们强烈呼吁政府制定相关政策,重在对环境问题和疾病流行问题进行干预。面对环境问题,人们开始对工业文明导致的人类与自然关系和谐关系的丧失进行了深刻的反思。

一定程度上,生态伦理学是美国环境保护运动带来的产物,它在18世纪末到20世纪初这一阶段开始孕育,并随着环境保护运动的发展而发展,这一思想的萌芽是朴素的而带有浪漫基调的。随着现代工业文明的进一步推进,环境危机已成为公认的世界性问题。森林面积不断减少、土地资源遭到不合理利用、大气污染、水源污染严重等一系列生态危机问题日渐突显。生态环境是人类生存的客观条件,也是人类生存和发展的根基。生态环境问题已日渐影响到人们的日常生活和社会发展,人们对生态环境的关注从未间断。19世纪末至20世纪初,美国环境学者和相关人士发起了西方国家的第一次环境保护运动,为生态伦理学的诞生奠定了思想基础。

梭罗是美国文学史上的第一位自然阐述者,环境保护主义的第一位圣徒。在《瓦尔登湖》中,梭罗阐述了研究环境史和生态学的发现和方法,给自然文学写作开拓了更大的空间,影响甚远,也奠定了现代环境保护主义的基础。梭罗提倡的"人与自然和谐相处、生态整体主义与生命共同体思想"具有划时代的意义。缪尔(John Muir)是美国最具影响力的自然主义者、现代环境保护运动的发起人、自然生态保护的倡导者。缪尔为保护美国西北部的天然森林资源和西部的自然景观而奔走呼号,成为美国环境保护运动的主要领袖。缪尔在有生之年发表超过 300 篇文章,出版了 12 本专著,发出了自然环境保护的重要性声音。缪尔指出,人类绝不能在破坏自然和违背自然规律的路上越走越远,反而,人类要承担对自然的生态责任和义务。自然万物和人类同样具有生命的价值,在自然界中享有同等的生存权:"没有人类,自然界会是不完整的。没有那些栖息在我们周围、我们身边、我们眼睛和知识看不到地方的微生物,自然界也是不会完整的和稳定的。"[①]缪尔不仅是美国约塞米蒂等国家公园建立及其管理制度的倡导者,也是美国自然保护运动的杰出代表。缪尔的关于自然保护和大自然拥有权力的思想在世界自然保护领域发挥着巨大的影响力,他构建的自然保护思想为"生态中心论"的发展提供了理论基础。马什的《人与自然:人类活动所改变了的自然地理》一书主要从"自然对人类的影响到人类对自然的影响"的视角阐述了人类与自然和谐的观念和自然保护的思想,充分阐述了人类应该保护自然和改良自然的理由,强调人类破坏自然的危险性。因而,马什被称为"现代环境保护主义之父",而他的著作也被誉为"环境保护主义的源泉"。吉福德·平肖特(Gifford Pinchot)是美国林学家和自然资源保护学家,他极力主张实施森林保护政策和控制使用森林资源。马什和平肖特都一致强调了保护环境的目的是为明智地利用自然资源。功利主义和人类中心论是他们生态伦理思想的出发点,他们的思想对纠正人类盲目地开发和不合理利用自然资源的观念和行为发挥了重要的作用。

相比较而言,梭罗和缪尔是从大自然的权利出发,主张热爱自然和保护自然,保护自然的主要目的并不是纯粹为了人类的生存和发展,也是为了自然界自身的生态平衡和延续。马什和平肖特则是从人类自身的利益出发,主张明智地利用自然,其根本目的促使自然更好地服务于人类。

此外,这个时期生态伦理学的代表作相继出现,如英国生态主义学者亨利·塞尔特(Henry S. Salt)的《动物权利与社会进步》(*Animal Rights and Social Progress*)、英国生物学学者托马斯·赫克胥黎(Thomas Huxley)的《进化论与伦理学》(*Evolution and Ethics*)、美国伦理学学者威廉·詹姆斯(Williams James)的《人与自然:冲突的道德等效》(*Man and Nature*:*The Moral Equivalent of Conflict*)等,这些著作成为之后人类中心主义生态伦理学发展的逻辑起点和理论源头。

---

① Muir, J., "The Wild Parks and Forest Reservations of the West in *Our National Parks*," in *The Writings of John Muir*, *Vol. VI*, ed, Maggie Mack, Boston: Houghton Mifflin Company, 1916, p.28.

20世纪初至20世纪中叶为西方生态伦理学开始创立的阶段,诸多具有环境保护责任感的人士呼吁人们要树立自然环境保护意识,这一阶段也开始掀起了西方第二次自然环境保护运动的高潮。为了进一步审视人类与自然的关系,需要在更高层次上把环境问题与社会问题联系起来。这是此次自然环境保护运动的一个鲜明的主张,还明确提出了构建生态伦理学学科的必要性。在这个阶段,相继出版了一系列生态伦理学著作,其中不乏一些生态伦理学的经典之作,如法国哲学家阿尔伯特·史怀泽(Albert Schweitzer)的《文明的哲学:文化与伦理学》(The Philosophy of Civilization: Culture and Ethics)和《敬畏生命:50年来的基本论述》、美国生态学家奥尔多·利奥波德(Aldo Leopold)的《保护伦理学》和《沙乡年鉴》(A Sand County Almanac)。这些著作是对以往尚未明晰的生态伦理意识理论的升华和总结,生态伦理意识从此进入了思想领域。他们阐述的一个共同理念是批判人类中心主义的狭隘,倡导自然中心主义。史怀泽认为,自然万物具有平等的生存权,因此,传统伦理学应当加以扩展对于"善"的定义。为此,史怀泽提出应当创立一种尊重生命的新的伦理学。史怀泽是人类思想史上首次提出了关于创立生态伦理学的任务。利奥波德在《大地伦理学》(Land Ethics)一书中以一个生态学家的视角,阐述了土地金字塔、食物链等原理,提出了旨在提倡人类与自然和谐共处的生态伦理观念,揭示了人类只是由土壤、河流、植物和动物所组成的整个社区中的一个组成部分。这是当前不可多得的体现出生态文学"土地伦理"价值的作品,是利奥波德第一次系统地阐述了生态中心主义的生态伦理学的核心思想。在利奥波德思想的引发之下,生态中心主义生态伦理学最终形成了一门学科。

20世纪中期至今,西方生态伦理学进入了快速发展的时期。在这个阶段,世界诸多国家相继迈上了工业化道路,农业机械化逐渐普及,化工产品流入了人们的日常生活以及生产活动中,城市人口膨胀,城市化加速推进,这些原因导致全球性的生态危机已经显现。这促使越来越多的人开始重新思考人类与自然的关系、人类如何摆正自身在自然中的正确位置以及人类与自然之间的伦理关系。在这一时期,在基于前两次的环境保护运动的基础上,西方第三次环境保护运动得以进一步推进。在此次环境保护运动的促进下,生态伦理学理论得以进一步获得成熟和系统化。在《环境伦理学》(Environmental Ethics)、《生态哲学》(Ecophilosohy)、《深生态学家》(The Deep Ecologist)、《伦理学与动物》(Ethics and Animals)等国际学术期刊上,人们可以看到关于生态伦理学方面的文章不断涌现,这标志着生态伦理学理论进入了更深入一步的研究。同时,这一阶段国际性学术会议也定期召开，也在很大程度上促进了生态伦理学理论在国际间的学术交流。这一阶段的著作和国际性学术会议进一步拓展了生态伦理学研究的新空间，生态伦理学也开始从之前的纯粹理论研究转向实践应用领域内的研究。一批具有代表性的生态伦理学著作相继出现。

美国海洋生物学家卡森的《寂静的春天》是50年以来全球最具影响的著作之一，是一部公认的开启了世界环境运动的奠基之作。以生动而严肃的笔触揭示了过度使用化学药品和肥料而导致的环境污染、生态破坏，最终给人类带来不堪重负的灾难的事实，阐述了农药对自然环境的危害。澳大利亚生态思想家约翰·帕斯莫尔(John Passmore)出版了《人类对自然应负的职责》一书，阐述了人类需要重新考虑人和自然环境的关系，担负起保护自然环境的责任。人类对自然的责任并不是出于自然本身具有道德地位，而是出于人类具有的管理自然的责任。人类担负起保护自然的责任并非依据某个新的理论，完全可以是现有的环境伦理。

美国哲学家彼得·辛格(Peter Singer)的《动物解放：我们对待动物的新伦理学》(*Animal Liberation: A New Ethics for Our Treatment of Animals*)在借鉴边沁功利主义的基础上提出"所有动物一律平等"的伦理原则。辛格认为，人类作为道德关怀的主体，应该平等地考虑所有生命个体的道德利益，而感知痛苦能力的界限是人类扩展道德关怀的正当合理的唯一边界，人类要从思想根源深处放弃虐待动物，消除人类的"物种歧视"。《动物解放：我们对待动物的新伦理学》带来的思想革新对动物解放运动具有重要的影响力，开启了人类善待动物的新篇章。美国环境伦理学家霍尔姆斯·罗尔斯顿(Holmes Rolston)的《哲学走向荒野》(*Philosophy Gone Wild*)和《环境伦理学：大自然的价值以及人对大自然的义务》阐释了环境伦理理念，肯定自然万物本身具有内在价值以及尊重自然的重要性。同时，罗尔斯顿批评了人类中心主义的价值观对于人类和自然的双重危害。美国哲学家、自然中心主义的生态伦理学的代表人物之一保尔·泰勒(Paul W. Taylor)的《尊重自然：一种环境伦理学理论》提出了"尊重自然界的伦理学"，强调尊重自然界所有的生命有机体，认为"伦理的基本原则是敬畏生命"和"生命没有等级之分"，主张把尊重生命与保护人类的福祉结合起来。他系统地阐述了人类与其他生物都是地球生命社区的成员，人类与其他生物构成互相依赖的系统，人类与自然之间存在着一种道德伦理关系。他认为，每一个有生命之物都具有自身的善，具有自身善的存在物就拥有"天赋价值"(inherent worth)，为了有生命之物的利益而关怀其善就是尊重自然。美国生态哲学家比尔·德韦尔(Bill Devall)和乔治·塞申斯(George Sessions)合著的《深层生态学》(*Deep Ecology*)进一步把生态学理论扩展到哲学与伦理学领域。深层生态学是当代西方环境主义思潮中最具革命性和挑战性的生态哲学。它对人类与自然关系的深度追问是对解决现代环境问题的深层回应以及对人类与自然和谐的深刻解读。生态学是从物质层面研究生态系统,而深层生态学则是从精神层面研究生态系统。深层生态学不仅打破以人的利益为中心的人类中心主义价值观,而且清晰地表达了坚定的生态中心主义哲学世界观。生态自我、生态平等、生态共生是深层生态学所阐述的三个重要的生态哲学理念。

当代北美环境哲学、伦理学代表性学者J.贝尔德·卡利科特(J. Baird Callicott)以利奥波德"大地伦理"(land ethic)的当代杰出倡导者而知名,并据此而拓展出一种关于"地球伦理"(earth ethic)的独特理论。他的代表作包括《众生家园:捍卫大地伦理与生态文明》(*In Defense of the Land Ethic: Essays in Environmental Philosophy*)、《全球智慧》(*Earth Insights*)、《超越大地伦理》(*Beyond the Land Ethic: More Essays in Environmental Philosophy*)、《像地球那样思考》(*Thinking Like a Planet: The Land Ethic and the Earth Ethic*)。他致力于梳理、捍卫和扩展利奥波德的环境哲学核心理念"大地伦理",以"大地伦理"理论为核心,冲击了整个西方思想史的主流思想,重构了人类对所有生命体的义务与责任感。同时,他预见性地涉及了当代环境哲学的前沿论题,为当代环境伦理的哲学和科学观念基础提供了强有力的论证。

美国系统思考大师德内拉·梅多斯(Donella Meadows)的《增长的极限》(*The Limits to Growth*)一书以翔实的数据和极富说服力的逻辑为现代人类文明展示了一幅发人深省的生态危机图。梅多斯直接指出,生态危机和环境问题早已经发生在我们周围,而个别利益集团对已存在的生态危机和环境问题的事实含混其词,甚至矢口否认,这是对整个自然界极端自私、不道德的行为。传统上,粗放型的经济经营方式对科学技术根深蒂固的依赖一向被认为是促进经济增长的有效途径。基于此,梅多斯对个别国家在发展经济上的各自为政和利益至上的行为而罔顾生态恶化的现实进行了有理有据的驳斥和大力的鞭挞,并直指传统的发展模式给自然环境带来的巨大压力和危害。为此,梅多斯提出低碳经济概念,倡导生态足迹的实施(ecological footprint),即能够持续地提供资源或消纳废物的、具有生物生产力的地域空间,其含义就是要维持一个人、地区、国家的生存所需要的或者指能够容纳人类所排放的废物的、具有生物生产力的地域面积。生态足迹估计要承载一定生活质量的人口,需要多大的可供人类使用的可再生资源或者能够消纳废物的生态系统,又称之为"适当的承载力"。梅多斯认为"生态足迹"应该走入人类的生活,系统地阐述了以科学的方式对待生态环境问题的重要性。

纳什最为著名的著作《荒野与美国思想》(Wildness and the American Mind)系统梳理了美国荒野史的历史轨迹。这本著作告诉人们荒野由何而来,又向何而去,探讨了20世纪之前荒野从被仇视到被赞美,从被征服到被保护的整个过程,此外也表明了美国人对待荒野或积极或消极的种种态度以及20世纪70年代至90年代美国人对北美荒野地区的保护和发展的影响。纳什的《大自然的权利:环境伦理学史》(The Rights of Nature: A History of Environmental Ethics)追溯了权利体系在美国的扩展史,认为从哲学和法律的特定意义上,大自然具有内在价值,享有与人类同等的权利,这是人类应该保护自然荒野的深层原由。从学术价值和国际影响力而言,《大自然的权利:环境伦理史》显然超越了《荒野与美国思想》,已成为环境伦理学这一新学科发展史的开山之作,越来越全面深化了人们对荒野价值的生态化认知,对于推进荒野保护的实践具有极为重要的现实意义。

生态伦理已经从单纯的文学叙述上升到实践问题,也由此掀起了世界性的环境保护主义运动的热潮。西方生态伦理学的发展已走过了不同的阶段,人类中心主义是生态伦理学孕育阶段的理论基础,西方生态伦理学创立阶段的理论基础为自然中心主义。在西方伦理学系统发展阶段,分化出诸多各具特征甚至是相互对立的理论学派,如人类中心主义伦理学、生态中心主义伦理学、环境公正伦理学、浅层生态伦理学、深层生态伦理学等,这是人们在对人类与自然关系进行深入反思之后所形成的基本理论分野。在面对全球生态危机、自然资源、社会发展以及文化价值危机的时代性问题时,当代诸多的环境学者、生态学家、生物学家或动植物学家、哲学家和伦理学家纷纷阐述了自己的研究见解和主张。他们在对待人类与自然的关系上的思想理念与前期所形成的理论也有着渊源关系。生态伦理学的基本问题和核心理念是不同学派思想展开激烈交锋的关键所在,这种交锋从不同的方面或角度推动了生态伦理学的发展、繁荣和逐渐系统化。生态伦理学的逐步发展和演进也反过来为环境保护主义运动的兴起与推进提供理论上的支持。

第二节 敬畏生命之生态伦理的思考

一、库柏的生态伦理思想

詹姆斯·费尼莫尔·库柏(James Fenimore Cooper)是美国早期浪漫主义小说家,是19世纪初美国最具代表性的西部边疆小说家,也是最早关注自然生态受到破坏的作家。库柏在30年的写作生涯中完成了50多部小说以及其他体裁的作品。库柏的小说题材广泛,情节曲折,具有鲜明的时代气息和厚重的历史感,被誉为"美国民族文学的开拓者和奠基人"。美国作家在19世纪20年代初开始摆脱了对欧洲文学的模仿而创作了真正的美国民族文学。库柏首先认识到美国西部边疆对文学创作的重大意义,因此基于美国西部边疆故事进行创作,凭此终于闻名于世。

《皮袜子故事集》(*The Leather-stocking Tales*)系列五部曲是库柏最高成就的作品,主要因其描写印第安人和边疆居民而受到推崇,对美国西部小说产生了极大的影响,至今仍然拥有不少的读者。这部五部曲包括《拓荒者》(*The Pioneers*)、《最后的莫希干人》(*The Last of the Mohicans*)、《大草原》(*The Prairie*)、《探路者》(*The Pathfinder*)和《杀鹿者》(*The Deer Slayer*)五部小说。贯穿五部曲的主角为白人猎手纳蒂·班波(Natty Bumpo),由于他长年穿着鹿皮制成的护腿,由此得名"皮袜子"。五部小说构建了一幅宏大的画面,展现了美国社会在60年间的变迁,为研究美国历史以及美国本土艺术做出了巨大贡献。在当时的美国人心目中,西部是一片充满希望的土地,在外人的眼中,西部就代表着财富,吸引着一批又一批的拓荒者满怀着希望来到西部。同时,随着白人不断地向西部拓殖扩张和开发,迫使西部原住民不断向西迁徙。在迁徙过程中,不同的种族矛盾日益升级,进而引发战争,最终一方胜利,另一方消亡。《皮袜子故事集》重现了北美殖民开拓早期错综复杂的矛盾和冲突,为之后的美国文学开辟了一个独具本土色彩的领域。从北美边疆的拓荒史、殖民斗争史和印第安人衰亡史三个方面展示了美国社会早期发展的史诗般的画卷。库柏自觉的民族文学意识和创新开拓意识在《皮袜子故事集》等作品中体现得淋漓尽致。《皮袜子故事集》五部曲在库柏的全部作品中占据着中心位置,库柏本人也在五部曲总序中如此写道:"如果这些传奇小说的作者笔下有什么东西足以留传后世的话,毫无疑问,那就是《皮袜子故事集》这套书了。"①《皮袜子故事集》被认为是美国现代神话创作的范式之本。在这部故事集中,库柏深刻地展现了对人类与自然关系的思考,无疑是一位具有前瞻性生态意识的预言家式的作家。他的作品关注自然资源、野生动物保护等问题,探讨人类与自然的关系,这种生态意识鲜明地体现在其作品的故事情节中,然而,库柏的生态意识在当时年代远未得到充分的理解。

库柏丰富的创作素材源于自己童年的一段边疆生活和早期的海上经历。对自然荒野和大海的认识是库柏形成了前瞻性的生态意识的一个重要因素。库柏出生一年后搬到纽约奥齐戈湖畔(Otsego Lake)的古柏镇,在此一直生活到12岁。他经常到附近的湖泊和森林里转悠,他在这里度过了最快乐和最幸福的童年。在古柏镇,四季变化无常和五彩缤纷的大自然美景令他陶醉,当地关于印第安人的传说也深深吸引着他。17岁时,库柏成为一名商船上的水手,他曾经随船到达欧洲,途经11个月的海上航行。19岁时,库柏又加入了海军并担任海军军官一职,3年后,他从海军退役。浩瀚神秘的海洋和自由自在的海上冒险生活也为他之后创作海洋小说提供了丰富的素材。库柏对海洋世界充满了无比的敬畏,也因此激发了他日后创作海洋小说的决心。随着经历的增多和视野的开阔,库柏对自然万物的认知一直在深化和升华,这促使他开始转向观察和思考人类与自然的关系。进入19世纪之后,由于自然环境的恶化,人们开始以全新的眼光去审视人类与自然关系,生态思想开始萌芽并得以发展。库柏描述了外部自然环境的变化,试图引导世人反思极端的"人类中心主义"思想导致对自然环境的伤害。

库柏对大自然有着一种天然的亲近感,对自己住地附近的湖泊、森林和印第安人的传说情有独钟,是一位崇尚自然、热爱自然的作家。在库柏笔下,自然万物包括山川、天空、大地等共同焕发出一种神圣、庄严、和谐的宇宙之大美。这种自然之美既是理想人类精神的象征又能给人类带来一种美德上的感化,对人类的精神世界产生富有教益的影响,这显然也是大自然带给人类的一种强大而又神奇的力量。在"海洋三部曲"《领航人》(*The Pilot*)、《红色海盗》(*The Red Rover*)、《水妖》(*The Water Witch*)中,库柏将独特的海洋形态勾勒得淋漓

---

① Cooper, J. F., "Preface to the Leather-Stocking Tales," in *The American Tradition in Literature*, ed, Sculley Bradley, New York: Grosset & Dunlap Inc., 1974, p.585.

尽致。海洋波澜壮阔、雄伟壮观、神秘莫测,时而温婉恬静、时而任性顽皮,有时像狮子一样吼叫,有时像婴儿一样哭闹。海洋野性之美的具化形象除了能够给人类的视觉带来震撼,更是以清新和静谧的美涤荡着人类的心灵深处而塑造着人类美好的天性。在《拓荒者》中,他全景式地描绘了纽约州的地理景观特别是纽约北部的奥齐戈湖区旖旎的湖光山色。西部神秘的森林、雄伟的高山、辽阔的草原、平静的湖泊、湍急的河流、飞泻的瀑布无不展现出西部边疆独特的地理景观和人文景观,呈现了丛林探险故事与自然环境的密不可分的内在统一。这充分体现了库柏对大自然的崇尚和热爱,也是从侧面体现了库柏小说是展现人类文明早期真实写照的一个缩影。

在《拓荒者》中,库柏生动地描述了美国西部的风光:"在纽约州中心附近的有一片广阔的山区,哪儿群山连绵起伏,耕地被高山包围,耕地上可见少数隆起的山石,这山石虽不那么讨人喜欢,但它们也为原本风景如画的山区增添了不少美感。河流蜿蜒流过狭窄富饶肥沃的山谷,村庄或散落在湖面上,错落有致;或紧临河岸边,占据天时地利。整齐泛绿的耕地遍布山谷,甚至山顶,处处生机盎然。"①边陲的原始生活方式以及父辈领地风貌都承载着库柏的眷恋。此外,库柏也描绘了自然界因季节变化而呈现的美丽景色:"季节变化不再像过去那样缓慢而是如此之快。白天气温适宜,即使到了晚上,人们也不会感受到霜冻的寒冷。湖面上萦绕着北美夜鹰婉转的歌声,池塘和草坪慷慨地将夜莺的天籁之音传向远方。杨树的叶子在丛林中微微起舞,植物的新绿与松树、铁杉的常青叶子融为一体。远处的山峦不再灰灰蒙蒙一片,就连迟来的橡树芽也在等待着夏季的如期归来。快乐的蓝知更鸟和勤劳的鸫鹩已如期而至,它们随着歌声翩翩起舞。翱翔的鱼鹰早已盘旋在奥西古湖周围,贪婪地巡逻,搜索着猎物。"②库柏小说从不吝勾画出美国西部荒野美妙、和谐之美的另一面,如迷人又危险的丛林、广袤无垠的平原、陡峭险峻的山峦、奔流不息的瀑布、奔腾强劲的河流和美丽平静的湖泊等,未受人类活动影响的荒野展现出原生态的自然景观。荒野作为一种异质性的存在,作为一种最富有生命力的场所,可以为人类提供一处使身心自由与和谐的训练场。在城市化不断扩张的时代,人们通过走向自然荒野,感受自然荒野的精神,引入自然荒野的气息,可以克服城市化过程中滋生的弊端,找寻更加丰富本真的生存方式。自然荒野是人类的灵魂之所,自然荒

---

① Cooper, J. F., *The Pioneers*, New York: Washington Square Press, 1962, p.1.
② Cooper, J. F., *The Pioneers*, New York: Washington Square Press, 1962, p.187.

野是人类的精神家园。人们在感受自然荒野之美的同时也会激发起对人类与自然的内在关系以及和谐共生伦理的思考。

库柏极力通过文学形象去引导读者关注美国中西部大草原的开拓发展以及白人与印第安人紧张对立的关系,也不乏审视自己身边的生活以及当时美国发生的种种伤害自然的事件。库柏认为,自然界是一个生态整体,其中的所有生命彼此都是密切相关的。在《皮袜子故事集》中,主人公"皮袜子"融入印第安人的生活中,一生热衷于大自然而选择在荒野中度过一生。他在享受大自然的恩赐的同时,也自觉遵循着自然法则,是一位真正的"自然之子"。大自然不仅能够激发人内心的美感而且也能陶冶人的情操,塑造人的勇敢、正直、光明磊落的优秀品格。"皮袜子"和印第安人都具有物我为一的生态整体主义意识,接受自身也是大自然整体的一部分。他们努力与自然中的其他生命保持和谐相处、尊重自然、敬畏自然,尽力维护整个生物圈的稳定、和谐和完整。虽然他们也需要从事砍伐树木、狩猎、捕鱼等活动,然而他们从不肆意向大自然索取超出自己需要的生活资料。"皮袜子"身体力行保护自然资源,拥有基于适应而不是变革的生态化的生存智慧,是一位真正的环保主义者。

人类在征服自然的进程中,近期看似节节胜利,但从长远看来,却意味着失败。从生态整体主义角度看来,自然中的人、鸟兽、虫鱼、马蝇、蓝天、白云、山川、森林、草原等都是大自然中平等的成员,而且彼此是紧密联系在一起的,共同组成了一个相互依存和相互影响的生命链,形成一个庞大的生态系统。人类具有思维和推理的能力,在进化的过程中,人类成为自然万物的思考者、管理者和协调者,因此,人类对生态系统的良性循环负有生态责任。人类通过合理发挥科学理性的力量,对生态进行适度的改良和调整,改善与大自然的联系,从而维护一个更加和谐、稳定的生存家园。然而,自然的和谐和稳定正在被人类的自负、盲目的思想和行为所改变,原始自然也正在被人造自然逐渐取代,人类中心主义思想深刻影响和侵蚀了自然世界。库柏的系列边疆故事集无疑反映了这一变化的现实,对人类中心主义思想主导人类的社会实践活动产生了质疑。"人类曾经把自身看作自然界的主宰者。自然中的一切,包括有生命的和无生命的都是专门为人类创造和服务的。"[①]人类中心主义思想导致的人类行为的盲目和傲慢,最明显地体现在人类利用自然和征服自然上。库柏采用近乎写实的

[①] Glotfelty, C., & H. Fromm, *The Ecocriticism Reader: Landmarks in Literary Ecology*, Athens: The University of Georgia Press, 1996, p.171.

手法讲述了美国西部边疆曾经发生的人与人、人与自然的故事,真实呈现和批判了人类曾经对自然肆意掠夺的一段历史。《皮袜子故事集》中,"皮袜子"对白人肆意掠夺自然资源的行为直接表达了谴责,明确地表现出对文明社会的抵触和逃避。此外,小镇上的坦布尔法官(Marmaduke Temple)所发布的森林令成效不大,显得苍白无力。多数人无视自然的残忍和贪婪行为仅仅凭借个人的力量一时是无法得以扭转的。"皮袜子"的自然观和边疆居民约翰的"狩猎习惯"与坦布尔法官的"经济利益至上"的发展观在利用自然资源上的理念也大为不同。显然,"皮袜子"的自然观毕竟无法真正影响更多的人摒弃人类中心主义行为。对此,坦布尔法官认为,只有诉诸法律的效力才能有效制止和解决肆意采伐自然资源,破坏自然环境行为的发生。坦布尔法官把森林资源纳入目标管理的措施与之后的美国"环保总统"西奥多·罗斯福(Theodore Roosevelt)的政策不无相同,当时的罗斯福总统认为,林木除了具有装饰功能,对国家还具有广泛的用途。人们在肆意地砍伐林木资源,造成的损失将是巨大的,应当制定专门的法律法规用于保护森林和森林里的野生动物。

自然整体生态系统的平衡与持续稳定是生物圈物种生存的必要条件。人类也像其他物种一样,依赖于这一自然整体系统而存在。尽管人类的生存方式有着自身的特点,但仍旧有赖于此。人类的主体性在经历了几个世纪的张扬之后,人们终于从大自然的运行法则中开始重新认识自身的位置。人类首先是一种普通的生命存在,同其他生命一样,是一种生态与自然依赖性的存在。人类作为自然界中一个仅具有短暂历史的生物类种,现实自然世界的持续存在是人类最为重要的生存条件。因此,人类的任何的生产活动都必须遵循着一个牢不可破的自然法则,那就是不能打破存在于自然万物内部的整体性及其延续性。人类应该改变现有狭隘的自然价值观,应该平等地尊重自然整体及居于其中的个体生命,应该服从于自然的生态整体利益。这应当成为人类对待自然的一种集体无意识,也是一种最为基本的生态伦理观。此外,人类应该反思一种新的人性观,即一种建立在自然生命网络之上的人性观。在反思人性之后,人类必须重新思考与确定自身与大自然相处的方式。基于此,人类需要转变人类中心主义思想的固有观念,返回大自然,重新学习在自然界中生存的方式,尤其是对周围环境的适应和自我调整。人类需要遵循与我们赖以生活的生态系统的法则和谐地生活,大自然才是人类生存和发展过程中永远的导师。

库柏对肆意利用自然资源和破坏自然环境的现象深表关注。在《领航人》中,大部分水手都是捕鲸专家,老水手汤姆·科芬的一生致力于捕鲸事业,他常以捕鲸为荣,积累了丰富的捕鲸经验。在他看来,捕鲸业虽然能够促进经济发展,但由于割裂了与自然万物的和谐关系,人类终将要承担生态失衡带来的后果。人类把自己视为自然界的主人,认为自然界的一切自然资源都是为人类的生存而存在的,人类便可以肆无忌惮地利用自然资源,这是导致人类盲目征服自然的主要根源所在。《拓荒者》中的西部边疆拥有壮丽的自然风光和丰富的自然资源,那儿原本是印第安人居住的林地和荒野。在坦普尔法官的率领下,大批白人前往那里开拓发展。在白人拓荒者看来,西部边疆拥有取之不尽、用之不竭的自然资源,因此,他们把开发西部边疆,攫取自然资源作为实现"美国梦"的捷径。为了开垦田地、建造住屋以及获取树液和木材而大肆挥霍森林资源。他们会认为自己的行为是合理合法的而习以为常。多变的气候给早期移民的生活带来了更多的不易和艰辛,这使得他们认为人类只有通过征服自然才能更好地生存和发展下去。美国西部土地覆盖着大片的原始森林,居民可以任意砍伐森林,不受任何限制,甚至一些名贵的林木也被他们毫不吝惜地用作燃料。森林是人类最早的家园,衣食住行都源于此,即使人们搬出森林地带,但仍然需要仰赖森林提供生活所需的资料。从久远的年代开始,人类就与森林构成了密不可分的关系,当时的人们还根本无法理解保护森林资源的重要性和意义。同样的浪费行为也在坦布尔法官自己家里上演。坦布尔法官看到家里使用珍贵的林木作为壁炉的燃料时,他发出了严厉的批评。此外,来自佛蒙特州的伐木工人比利·科比(Billy Kirby)挥舞大斧砍倒成片的原始森林,也用最粗暴的方式在枫树上挖洞获取汁液,他是小镇居民以野蛮态度对待森林的集中体现。每年都有无数的林木在他斧头下应声倒下。这种对森林的漠视更是在经济利益的驱动下演变为对森林资源的肆意掠夺,甚至毁坏。对此,库柏写道:"当他(皮袜子)抬头看到林木一棵接一棵地在呼啸声中轰然倒地时,而几乎同时森林上空突然留下一片空白时,他的眼里充满的是惋惜和忧郁。他转身离开了,苦笑着,喃喃自语,好像不愿意让人听到他的不满。"[①]在开发边疆不断西进的过程中,面对大片原始森林被肆意砍伐而不断丧失,"皮袜子"的内心是不平静的和无可奈何的。

库柏在小说中多次描绘的场景是居民肆意浪费自然资源和滥杀野生动物的恶意行为。治安官理查德·琼斯(Richard Jones)张开巨网竭泽而渔,用大炮疯狂地射杀迁徙中的鸽群,以粗暴方式对待大自然。小说中阐述"皮袜子"和坦

---

① Cooper, J. F., *The Pioneers*, New York: Washington Square Press, 1962, p.305.

布尔法官的所见所感,库柏寄予了对尽量避免浪费自然资源和保护自然的期望。每年春天,不计其数的北美候鸟因迁徙需要通过拓荒者的村庄飞向北方。小镇居民认为,这个时候正是大规模捕杀候鸟的难得时机,小镇的居民每年都要举办一次捕杀候鸟的比赛活动。他们捕杀候鸟的主要目的是在开展一场捕杀比赛的游戏,而绝不是单纯为了获取食物或为缝制床垫需要的羽毛。小镇居民甚至为了赢得比赛还竞相使用威力较为强大的武器。"万箭齐发,子弹齐鸣,各种武器的声音震天动地,雷鸣一般,无数鸟儿如乌云般逃命,山上灌木丛中冒出缕缕浓烟,无数来不及逃亡的鸟类惨遭杀戮。"①更有甚者,视鸟类为天敌的治安官理查德·琼斯(Richard Jones)参与组织屠杀鸽子的射击比赛,还用大炮追杀迁徙中的鸽群。事后他还不忘沾沾自喜声称:"我们把敌人赶出了领土。"②在强大武器的攻击下,飞翔的鸽子在枪声中纷纷掉落,对此情景,小镇居民竟是异常激动而欢呼雀跃。然而,事实上,小镇居民只是取走少数的鸽子作为食用,更多的散落一地的鸽子奄奄一息或已死亡,它们最终腐烂。"皮袜子"对居民以粗暴方式对待候鸟的行为痛心疾首,他表达了"如此疯狂捕杀鸟类是不道德的"的愤怒。与此相对的是,"皮袜子"只是为了满足自身的生存而捕杀需要的鸽子,他绝不会去占用额外的需要。文明社会的代表人物坦布尔法官对小镇居民对待鸟类的行为表示了担忧,他再也无法容忍小镇居民如此野蛮和缺乏理性的行为。当小镇居民继续庆祝鸽子射击比赛结束之时,坦布尔法官直接谴责了居民的行为:"这根本不是一场胜利,我看到的是来自四面八方无数生命痛苦的挣扎和恐惧。你们且看看地上的鸟儿,这根本就是一场屠杀。"③坦普尔顿镇(Templeton)居民的生活、劳作、娱乐,无不依赖于周围的山林、湖泊以及活动于其间的飞禽走兽,他们生活方式依四季变化而变化。坦普尔法官把实现"驯服蛮荒之地,把荒野变成花园"的目标视为自身的职责。然而,小镇居民滥用自然资源的程度远远超出生活所需。奥齐戈湖盛产鱼类,居民用大渔网捕鱼,有时一次能捕到上千条鱼,但这些鱼大多被扔在湖岸,居民任鱼儿死去腐烂也不觉得痛惜。居民根本无法联想到,有一天湖里的鱼儿也会枯竭。坦普尔法官对此也长叹不已:"这简直是极其恐怖地浪费了上帝赐予人类的最好礼物。"④在大自然的生态整体系统中,人类只是无数生命链条中的一环,却完全主宰着其他非

---

① Cooper, J. F., *The Pioneers*, New York: Washington Square Press, 1962, p.189.
② Cooper, J. F., *The Pioneers*, New York: Washington Square Press, 1962, p.193.
③ Cooper, J. F., *The Pioneers*, New York: Washington Square Press, 1962, p.204.
④ Cooper, J. F., *The Pioneers*, New York: Washington Square Press, 1962, p.211.

人类生命,这本质上就是违反自然法则的行为。

《拓荒者》的故事描绘了欧洲白人文明与自然赤裸裸的对立和冲突。坦普尔顿镇的发展和兴旺正是现代文明战胜自然的象征。小镇居民砍伐林木不是用来修建华丽的房子就是浪费在火炉子里。他们灭绝性的掠夺方式是不能以口腹之欲或生存的需要为理由的。他们滥伐森林、滥杀野生动物、破坏性利用草原的行为已经给大自然带来了潜在的威胁。对此,在《最后的莫西干人》中,"皮袜子"发出指责:"人类成为自然的主人,自然就会遭殃。一个不愿聆听自然之书教诲的人是很少会从自然的慷慨中得到什么。人类已从自然中获得的东西已经够多了,但是人类想要自然中的一切,白人就是这样。"①对于肆意浪费自然资源的现象,英国现代诗人奥登(Wystan Hugh Auden)也曾经评论道:"美国人面临的最大的问题不是物质主义,而是缺乏对物质应有的尊重。"②同样,库柏对白人居民肆意掠夺和浪费自然资源的行为也是充满了担忧。坦普尔法官斥责小镇居民肆意浪费自然资源,因为他担心浪费自然资源的行为会危及未来的生活。坦普尔法官保护自然资源的思想也是基于人类中心主义思想,他的想法缺乏更为长远的考虑,具有狭隘性的一面。他所认为的利用好自然资源重在于保证眼前的生活,这种想法与其他白人居民开发利用自然资源的初衷总体上是无差异的。可以认为,坦普尔法官所倡导的自然资源保护实质上是从功利主义思想出发的,其终归是回到人类中心主义的原点。人类中心主义思想使人类赖以生存的自然界遭到了严重破坏,导致了生态危机和环境问题的日益凸显,当下全球气候暖化现象就是例子。工业文明兴起之后,人类以何种方式对待大自然无疑是库柏和所有关心自然命运的人们共同关注的焦点。库柏在《皮袜子故事集》中寄予的生态伦理意识显然更多是以自然为中心的环境保护而不是以人为中心的环境保护,这就是"皮袜子"身上所体现的自然环境保护意识。

从库柏的笔下,可以看到西方工业文明发展的步伐步步逼近,原始荒野在步步后退。人类的生产活动与行为打破了自然生态系统的平衡,使大自然千疮百孔。库柏第一次将目光投放到西部边疆荒野大草原,将人类与自然的冲突以及融合方面的思考引入到文学创作中,这种采用西部边疆故事作为美国小说创作的素材深具独特性和重要性。《探路者》和《最后的莫西干人》中的边疆原本是一片辽阔宁静的荒野,而到18世纪,扩张中的英国和法国为了争夺殖民地和

---

① Cooper, J. F., *The Last of the Mohicans*, New York: Bantam Books, 1982, p.102.
② Glotfelty, C., & H. Fromm, *The Ecocriticism Reader: Landmarks in Literary Ecology*, Athens: The University of Georgia Press, 1996, p.253.

自然资源,发生了一次次北美殖民地战争,对自然环境造成了严重的破坏。《最后的莫希干人》描述了英国和法国在北美西部边疆的一场殖民战争,这只是北美众多殖民战争中的一场,这场战争将决定双方谁是北美大陆最强大的统治力量。当时北美的殖民战争的战场总是设在荒野之中,这是当时参战双方的约定。交战双方都要在荒山野林中历尽艰险之后,才能相遇作战。在这场英法战争中,双方占领的区域之间是一条长满森林的边界,这场战争对原始生态环境的破坏性极大。在《探路者》中,英法战争持续了七年,这场漫长的战争使荒野中的每一寸土地都受到践踏和毁坏,荒野大地往昔的纯净和美丽不复存在。"圣水湖"沿岸原本生机盎然的风光在"威廉·亨利堡"失陷后只剩下荒芜和凄凉。制造血迹斑斑的征服者离开了,可是他们身后留下的是一个饱受战争灾难的环境。白人殖民者为了掠夺更多的土地和自然资源,战争一次次伤害、摧残和蹂躏着大自然,原生的西部荒野的生态环境也难以再复原了。"荒野的气候因战争而发生了惊人的变化,太阳把它的灼热隐藏在厚厚的云层里而不再照耀大地。天空原本淡淡的白云变成了浓浓的乌云,也不再湛蓝了。往日宜人的湿润空气和绿油油的绿色也被恶劣的气候夺走了,让这片草原直像遭遇了一场雷击过后留下的满目疮痍。"①库柏挥毫了大量的笔墨描述了英法两国为了争夺土地,相互残杀,付出无数的生命以及自然荒野遭受破坏程度之严重。在生态学家看来,欲望就像恶魔一样难以被有效控制。欲望的膨胀会给人类的生存和发展带来灾难。如果人类不能合理控制欲望的膨胀,人类终将失去生存的家园。通过对掠夺性战争的讲述,库柏由此批判了人类对土地占有的欲望而导致对自然环境造成的伤害。当人类的破坏行为超过了自然所能承受的极限,那么自然的平衡就会被打破,人类最终也得为自身的破坏行为付出惨痛的代价。

  欲望是人类本性的一部分,如果没有欲望,就没有人类的存在。人类通过向自然界索取生存的物质资料,欲望推动着人类社会的进步。然而,失去了控制的欲望就只能折射出人类身上"恶"的一面,此时的欲望会无穷无尽延伸,结果将给人类带来接连不断的灾难。当人类疯狂掠夺自然的欲望超过自然的承受极限时,自然生态系统就会发生断链而失去平衡。在宇宙这个庞大的生态系统中,万物相连相通,浑然一体,和谐均衡。万物只有相连而存在,相通而变化,一旦生态整体系统的平衡被打破,万物就会失去相互依存的根基而无法存在。如果人类不能合理地控制自己向大自然过度索取的欲望,人类最终将无法抵御

---

① Cooper, J. F., *The Pathfinder*, New York: Airmont Publishing Co, Inc., 1964, p.273.

大自然带来的报复。库柏在小说中也同样揭示了这一真理,在《拓荒者》中,白人拓荒者为了满足获取经济利益的欲望,不断毁林开荒,伐木造房,使得大自然所能提供的森林资源不断缩减,有些野生动物因为失去生存的栖息地而导致从种群数量逐渐减少甚至走到了濒临灭绝的边缘。一旦一些物种濒危或灭绝,生态链将失去平衡和稳定,会使得一些物种急剧增加或者灭亡。人类处于自然界的一部分,人类也会因其他物种的减少而直接受到伤害或者影响。保护地球,保护生物多样性,就是保护人类自身。在《探路者》中,水手为了获取鲸油带来的丰厚的物质利益大量捕杀鲸鱼,鲸类动物繁殖的速度远远慢于他们捕杀的速度,这使得海洋中鲸类种群的数量越来越少。不管是哪种生物,都是构成人类赖以生存的地球生物链的一环,毁灭性的捕杀最终会导致海洋生态逐渐恶化而失衡。库柏笔下的白人拓荒者、欧洲殖民者和雇佣水手为了满足物质上的欲望而疯狂掠夺海洋资源,这些人是一个欲望恶性膨胀的群体。破坏大自然的生物链,破坏人类和谐共处的生态环境,库柏对此表达了强烈的批判。

库柏在"海洋小说三部曲"中成功地塑造了"海洋之子"的形象,他们出生在海上,天性里热爱海洋生活,与海洋结下了难解之缘。《领航人》中的汤姆·科芬和《红色海盗》中的王尔德一生守护大海,与大海为邻。《红色海盗》中的海德·格尔在海上坚守了30年,从没有离开过。《水妖》中的迪勒船长则来自纽约东南部一个岛屿的原始居民。崇尚海洋生活是他们共同的特性,对于这些水手们来说,大海既是他们的物质家园也是精神家园。作为"海洋之子",他们身上焕发出大海一般的博大的品格、的力量和顽强的生命力。他们选择与大海为伴,选择回归海洋,回归大自然的生活方式。在《皮袜子故事集》中,美洲印第安人生活在丛林深处,自觉遵循自然规律,与自然和谐共处。他们的自然观与欧洲白人殖民者完全不同,对此,当代著名的环境哲学家卡利科特指出:"在生态思潮大行其道和环境危机意识深入人心的年代,它无疑带来了两种文明的交锋,印第安传统文化在与欧洲白人主流文化的融合与冲突中不战而败,这已成为一种象征。它象征着已离我们远去的人类与自然的和谐的年代,但是我们对此依然无法忘记。"[①]美洲印第安人对待自然的方式与白人拓荒者和欧洲殖民者形成了鲜明的对照,印第安人也被环境史学家称为"自然环境学家"和"最早的生态学家"。他们居住在丛林茂密之地,环境优美,人与自然和谐。当时那儿仍然是

[①] Callicott, J. B., *In Defense of the Land Ethic: Essays in Enviromental Philosophy*, Albany, NY: State University of New York Press, 1989, p.203.

一块未被开垦的处女地,狩猎和捕捞是他们主要的生产方式。他们只向大自然索取自己需要的东西,从不会过度索取或者不合理浪费。《最后的莫西干人》中的莫希干部落酋长钦加哥(Mohican chief Chinchago)描述了自己部落曾经的生活:"那时,河流湖泊给了我们鲜鱼,森林给了我们麋鹿,天空给了我们飞鸟。我们娶了妻子,妻子又给我们生了孩子。我们的部落团结一致,我们的生活很幸福,我们崇拜伟大的上帝。"①印第安人始终保持着与自然万物的和谐共处,他们的生活资料都来自大自然的馈赠,过着富足的生活,是真正的"自然之子"。他们也几乎了解和熟悉自然中的一切,这完全来自长期生活于丛林中获来的本能。他们能清楚地准确地判断天气的变化、湖泊溪流的水质和盐度。他们也能够根据树叶的运动追踪动物的脚印,完美地模仿森林里的声音。钦加哥酋长和儿子恩卡斯就是典型的印第安人。他们所具有的丛林技能有过之而无不及,如,他们对动物的栖息地具有最敏锐的感知能力,他们能分辨出丛林中各种动物的声音,他们甚至可以用肉眼辨析蜂鸟在空中飞翔的脚印。他们尤其崇拜动物,把某些动物刺在身上,或者把动物画在衣服和房屋上,视为种族的图腾。印第安人的图腾(totem)文化实际上反映了对其他生命的敬畏。敬畏是人对待事物的一种态度和一种发自内心深处的情感。出于敬畏,印第安人认为,动物和人类一样不仅具有生存的权利而且具有情感表达的能力。

在《最后的莫西干人》中还讲述了一位印第安酋长在路上突然停下来和海狸打招呼的场景,他甚至还和海狸聊了一会儿,如此亲和自然、敬畏生灵的行为无疑会给人留下深刻的印象。根据记载,库柏本人从未见过印第安人,然而这种场景的描写仍然具有真实性。库柏从小对大自然和印第安人有着特殊的情感,尤其关注印第安人的狩猎文化。印第安酋长的敬畏生灵的行为实际上反映了他们和动物之间平等和谐共处的一面。印第安人不以自己的利益为中心而凌驾于自然,他们学会与地球上的其他生命和谐相处,并能以此为乐。在对大自然的认知体系方面,他们会在日常方面无形中彰显着整体与个体紧密相连,整体利益高于一切的生态整体主义思想。"皮袜子"把大自然中的一草一木以及飞禽走兽都当作了具有生命力的个体,都能给自己带来了舒适和安慰的体验。他选择在林中生活,拥有林中的一切技能,深受大自然的启发和教育,拥有最根本的自然伦理判断。他认为:"世界上最美的音乐来自自然,是和煦的微风

---

① Cooper, J. F., *The Last of the Mohicans*, New York: Bantam Books, 1982, p.78.

在树梢上的歌唱,是清澈晶莹的天然泉水流过山涧发出的潺潺声。"①

五部曲系列故事展示了"皮袜子"一生的经历,他年轻时在纽约州未开发的森林中自由自在生活,中年时继续着旷野的冒险生活,年老时无法接受纽约新兴小镇的生活重新回到未开发的森林深处,90岁高龄时再次逃离现代文明,选择回归自然,回到西部辽阔的大草原度过余生,最后在落基山脉上安详而尊严地闭上了眼睛,永远地安息在橡树茂密的印第安土地上。"皮袜子"一生从文明社会回归荒野的生活轨迹无疑象征人类一直在寻找回归美好自然的旅程。回归自然意味着人类在自然宇宙中找到了自身的正确位置,回归自然也意味着人类重新找寻到了自己的精神家园。皮袜子完全融入自然,遵循自然规律,与自然紧密相连,死后埋葬在印第安人的土地,实现了返璞归真、回归自然的愿望。作为"自然之子"的"皮袜子"是新世界文明的象征,其高尚的道德行为代表的是林中法则,也是是非曲直、善恶美丑的标准和试金石。"皮袜子"是库柏为边疆小说倾心塑造出来的理想形象,寄寓着对大自然的热爱和人与自然和谐共处状态的向往。同时,间接表达了对白人殖民者所奉行的那套欧洲式文明的厌恶及其滋生种种弊端的有力批判。在《拓荒者》中,库柏用了大量篇幅描写边疆开发造成的环境破坏,并借"皮袜子"之口发出了警示。人类行为应该以自然为师,与自然和谐相处,与自然和谐发展。我们之所以提倡弘扬这种生态道德和生态智慧,从哲学上看,最根本的原因是符合事物发展的客观规律。

生态整体利益不是一种空泛的抽象,弘扬生态整体利益是生态伦理学的出发点和归宿。近世以来最伟大的历史学家阿诺德·汤因比对历史有着独到的看法,同时,他亦十分关注人类文明的现实困境和未来前景。在《人类与大地母亲:一部叙事体世界历史》(Mankind and Modern Earth: A Narrative History of the World)一书中,他以生物圈关系为背景,对人类历史做出了一个气势恢弘的宏观解析,贯穿全书的主题是人类和生物圈关系的变化。汤因比认为,这些变化的最终结果已经构成了对今天人类生存的严峻挑战,并迫使人类在历史转折的重大关头做出正确的选择。当人类拥有了日益强大的改造自然的能力,即原子物理学的进步以及当时已成为生物学前沿的分子生物学的诞生以及发展,汤因比对这些人类无法完全控制的巨大力量会给地球带来的潜在威胁表示担忧。此外,像诸多人文主义者一样,他想极力提醒世人要对大自然具有"良心"与"道德",以此希望给无视自然的当代人一个警示。汤因比亦十分重视文

---

① Cooper, J. F., *The Deerslayer*, New York: Bantam Books, 1982, p.102.

明形成和发展的地理、气候、水利、交通条件等外部环境。然而,他认为只有人类的集体力量才是改变自然、创造文明的决定性因素。显然,汤因比已深刻地洞察到人类物质技术力量的进步对大自然的毁坏所造成的恶果,因此,他极为关注人类将与自然环境建立怎样的一种关系。他发自内心地呼吁人类保护大自然,保护人类和一切生命的生存环境,唯其如此,人类才可能把生命"从地狱带进天堂"。汤因比高远宏阔的生态视野给世人以思想的启迪,不乏智慧的洞见和对现实人文的关怀。

汤因比的生态理念在"皮袜子"身上得到了极好的诠释。在"皮袜子"看来,自然中的所有生命都值得被敬畏和善待,他对小镇居民大量射杀候鸟时的所作所为极为愤怒,他自觉地遵循着印第安人一直奉行的狩猎原则。与荒野结盟,竭力抵制现代文明的入侵,誓死捍卫丛林中法则。在某种程度上,"皮袜子"是一位生态整体利益的捍卫者,他的身上闪现着"高贵的野蛮人"光辉,这种光辉也同样在印第安部落中的其他人身上闪烁。年轻猎手奥利弗·爱德华兹(Oliver Rdwards)认为,坦普尔法官夺走了属于自己父亲的土地所有权。因此,他对坦普尔法官的态度是矛盾的,其中有怀恨,那种恨源自他深厚的与大自然和谐相处的生态整体利益的意识。而印第安人约翰更是因为失去自己部落世代赖以生息的土地而悲愤死去。这些情节呈现了拓荒者、欧洲殖民者和北美印第安人以及"皮袜子"截然不同的自然观,同时也表现了人类与非人类生命的错综复杂的整体利益与个人利益的关系。《皮袜子故事集》由此表达了人类应保护自然,努力实现人与自然和谐共处的生态伦理思想。"皮袜子"如同亚当那般朴实和率真,欲以自我面对整个世界,以个人的行为去感染和唤醒身边的人。"皮袜子"身边的人对大自然是冷漠无视的,更不愿意去考虑周遭原始茂密的丛林一次次倒在斧头下必将带来的后果。他们关注的是边界西移、沼泽排水、河流改道、开拓荒野、攫取自然资等能够给美国社会带来的根本性改变。"皮袜子"以生态整体利益为出发点去看待自然、尊重自然,强烈谴责人类征服自然和滥用自然资源的无度。库柏在小说中所表达的珍视自然资源和爱护自然的生态思想有助于唤醒当代人改变人类中心主义思想而转向善待自然的转变,激发人们重新思考生态伦理的重要性,回归人类与自然的和谐美好。

18世纪末,呈现在新生的美国面前的还是一幅旷野辽阔、资源丰富的自然画卷。在此后的100多年里,美国经历了三个阶段的转型,即,农业立国、农业兴国和工业大国,这样的发展模式使得人类与自然的关系变得逐渐紧张起来。美国画家托马斯·科尔(Thomas Cole)在《悼念森林》一文中写道:"我们可以看到自己的未来就在眼前,从东部到西部的天空被升起的浓烟污染而变得昏暗。如此下去,短短几年间,美国的森林和荒野就会消失。"[1]19 世纪的美国对物用自然的肯定使得物质欲望和经济利益获得了合法甚至神圣化的光环,声势浩大的西进运动肆无忌惮地介入原始自然,原先的荒野便惨遭摧残,为美国地区的自然环境恶化埋下了隐患。这一时期,一批美国浪漫主义文学的代表作家相继涌现。这些作家是美国发展史上人类与自然关系变化的敏锐观察者和思考者,他们关于人类与自然关系的思想或交错或延续,为美国文学生态伦理主题的书写发挥了极大的推动作用。

库柏是美国民族文学的先驱,五部边疆题材《皮袜子故事集》是美国西部拓荒运动最好的历史诠释和见证,深刻地表现了对人类与自然关系的思考和感悟,尤其是对人类与动物生态伦理关系的思考,体现了一个具有前瞻性生态伦理意识作家的远见卓识和时代责任感。作为美国早期的生态作家之一,库柏的生态伦理意识在其生活的年代远未得到认可。人类将自己视为自然界中所有生命的主宰者,认为自然界中其他所有生命和无生命的事物,都是为人类的生存而存在的。在人类中心主义思想的支配之下,人类对自然的掠夺和征服已导致大自然千疮百孔,库柏在小说中对此现象给予了充分的揭示。库柏认为,自然界的所有生命体都是相互联系的,自然界是由人类生命和非人类生命组成的一个生态整体。库柏从来不认同人类可以随意控制和支配其他生命的权利。在整个自然生态系统中,人类只是庞大自然生命链条中的一环。自然中的一草一木和飞禽走兽都是活生生的个体,自然生命进入人类视野,理应受到尊重和敬畏。在边疆不断西进的过程中,大片森林在疯狂的斧头下逐渐消失。"皮袜子"面对森林不断减少而导致环境的变化感到愤恨和无奈。拓荒者们滥伐森林资源,滥捕滥杀野生动物,滥用草原资源,库柏早早洞察到这种肆意掠夺自然资源的危害,环境问题必将日益困扰人类自身的生存和发展。库柏寄予的人类与自然和谐相处的愿望在小说《最后的莫西干人》中通过"皮袜子"之口表达了出来。"皮袜子"愤怒说道:"人类一旦成为主人,自然就会遭殃。一个人如果不重视自然法则,就很少能从上天的慷慨中得到什么。上天给了人类足够多的东西,但他们还需要自然的一切东西。白人就是如此贪婪。"[2]《拓荒者》故事就是在这个层面上向世人表明,工业文明的推进带给人类与自然之间的矛盾已经突

---

[1] 侯文蕙:《美国环境史观的演变》,《美国研究》1987 年第 3 期。
[2] Cooper, J. F., *The Last of the Mohicans*, New York: Bantam Books, 1982, p.140.

显。在库柏笔下,坦布尔顿镇的繁荣是工业文明发展对自然破坏的一个真实的见证。居住在坦布尔顿镇的拓荒者砍伐了大量的原始林木,把它们投放进火炉里而变成了灰烬。此外,他们也对野生动物展开灭绝性的捕杀。以发展经济需要为理由而不考虑保护有特殊价值的自然环境是导致生态环境破坏的主要根源,先破坏再治理是一种落后的观念,得不偿失。

库柏的《领航人》是一部被誉为美国第一部海上小说也是著名的历史小说。本书讲述了海上冒险经历,表达了对殖民主义者贪婪行为的谴责和对印第安人的同情,也充满了对自由的向往和海洋的热爱。小说中,汤姆·科芬是一位经验丰富的老水手,它的一生都致力于捕鲸事业,船上的水手都是捕鲸专家,他们以从事捕鲸为荣。在库柏看来,那些肆意掠夺海洋野生动物的行为必将破坏海洋生态的平衡。

此外,西部边疆的丛林和拓荒者的原野之地原本是印第安人居住的家园。西部边疆不仅有着丰富的自然资源,而且拥有壮美的自然风,坦普尔法官带领大批白人拓荒者来到这里定居下来。他们认为,大自然拥有取之不尽、用之不竭的资源,他们当初怀着实现"美国梦"的理想移民北美,到达之后,便对西部边疆展开了大规模的开发。利用大自然丰富的自然资源获取经济利益似乎成为快速发财致富的最为快捷的途径。为了经营大农场,他们肆意砍伐森林,不断开辟更多的耕地。一些上等的林木甚至也被沦为炉膛里的燃料,居民们对此现象已经麻木,这显然是一种极大的自然资源的浪费。北美大陆气候变幻无常,白人拓荒者初来乍到时,生活上的异常艰辛使他们与大自然相处极为不和谐,因此,这促使了他们对自然怀着一种敌视的态度。来自佛蒙特州的伐木工人比利·科比对待原始森林的态度在小镇居民中是最为野蛮的一位代表人物。这种盘剥自然的行为在经济利益的驱动下变得越来越糟糕,森林几乎成为比利·科比随时想要拔掉的眼中钉,每年倒在他斧头之下的树木数不胜数。当地人因此戏称科比为"疯狂的伐木工"。科比为了获得糖枫树的汁液还残忍地在树上凿了诸多小洞,这种做法几乎把糖枫树置于死地。坦布尔法官对小镇居民肆意破坏和掠夺森林的行为十分愤怒,他对科比的做法提出了严厉的指责。他痛斥:"残忍对待林木让人无法接受,我郑重提醒你,如果这些生长了几百年的树木因为你的故意伤害而死去,那种损失将是无法挽回的。"[①]此外,对于居民纯粹的过度捕捞鱼类和肆意糟蹋鱼类资源的行为,以及每年肆意捕杀鸟类动物的比

---

① Cooper, J. F., *The Pioneers*, New York: Washington Square Press, 1962, p.176.

赛,坦普尔法官谴责了白人拓荒者肆意掠夺、浪费自然资源,以及无视非人类生命的行为。库柏以此寄予了对日益减少的自然资源的担忧和建立人类与自然和谐相处的思考。人类肆意浪费自然资源的不道德行为无疑是库柏在创作过程意图鞭挞的一个方面。《皮袜子故事集》中隐含的以保护自然资源为本的生态伦理思想在小说的主人公"皮袜子"身上体现得淋漓尽致。

《皮袜子故事集》也从另一个侧面展示了白人殖民者为了占有更多的土地和自然资源与印第安人发生的多次交战,战争最终以印第安人失去土地、失去家园而告终。印第安人无法抵挡白人殖民者的现代武器。土著人被视为劣等的种族,他们生活的家园被视为文明的对立面,是蛮夷之地。库柏在小说没有大力谈论这种荒野观的对与错,而是花了不少笔墨讲述战争给印第安人的生活带来的伤害。多次受殖民战争践踏的印第安人,他们的愿望仅仅是能够守住自己的家园,守住自己已生活数百年的土地。然而,战争摧毁了一切,摧毁了他们的愿望,摧毁了他们的家园,摧毁了印第安人与大自然和谐的生活。从印第安人的历史看来,他们首次踏足美洲大陆开始,他们就全身心地融入于大自然。在意识里,他们本能地属于大自然,属于脚下那片神圣的土地。印第安人把土地比喻为自己的"母亲",那是源于他们对土地最持久、也是永恒的敬畏之情。

在《黑麋鹿如是说》(*Black Elk Speaks*)一书中,作者写道:"我们来自大地,与自然为伴,终生都与一切鸟兽草木一起伏在大地的胸腔上,像婴儿似的吮吸着乳汁。"①印第安先知黑麋鹿(Black Elk)为美国诗人约翰·G.奈哈特(John G. Neihardt)口述了关于印第安人与土地和谐共处的自然图景。对印第安人来说,那片荒野不仅是养育了他们,更多意味着荒野本身所焕发的生命力。从人类与自然的关系看来,大地上的山丘、石头、湖泊、昆虫、飞鸟、草木,甚至最细小的雪花也不例外,皆与印第安人的历史、文化和传统息息相关。土地意识深植于每个印第安人心中,使得他们时刻意识到自己在大自然中的位置以及与自然万物的内在关联。显然,印第安人把对荒野土地的认同感自然而然地融入部落的共同信仰中。美国印第安作家卢瑟·斯坦丁·贝尔(Luther Standing Bear)也曾经对"荒野"做过阐释:"我们不认为广袤无垠的大平原、连绵起伏的山脉和蜿蜒流淌的河流以及千千万万的生物是'野的'。仅仅对白人而言,自然才是"荒野"的。只有对于他们而言,这里才是大量野兽和野人的地方。当丛林中的

---

① Neihardt, J. G., *Black Elk Speaks: The Complete Edition*, Philip J. Deloria, ed, Lincoln: University of Nebraska Press, 2014, p.224.

野兽开始从白人的追捕猎杀之下惊慌逃离之际,对我们而言,西部的野蛮时代才真正开始了。"①贝尔对自己种族文化表达了肯定,也寄予了一份深厚的情感,这也很好地诠释了印第安作家更倾向于创作关于荒野土地与家园的主题的内在根源。对此,布伊尔认为:"只有人们对一片土地获得综合的了解和对这片土地的忠诚,这片土地上独特的自然生态景观才能永续存在。否则,就会被人类自身的活动所改变,最终会导致毁灭。"②布伊尔也表达了保存土地生态景观的重要性。

库柏小说中所描写的土地上的自然景观无疑蕴含着独特的文化内涵,这种内涵是维系人类能否与自然和谐相处的关键所在。此外,小说中的酋长钦加哥和儿子也都与自己生活的土地有着深厚的情感。印第安人相信万物有灵论,与大自然的关系更被视为是一种物质和精神的双重关系。正因为如此,他们视土地不仅是养育人类的"母亲",更是会给人类带来无穷生命力和无限希望之所在的源泉。对于印第安部落的土地被掠夺和侵占的事实,库柏倾注了深切的关注和同情。印第安人遵循"仰天承顺而不乱其常"共生循环朴素的土地伦理观,这种朴素的土地伦理观是一种对自然道德应然性的阐发,那就是顺从天伦之理,继而敬畏自己脚下的土地。这样,人类才会以不占有任何东西的方式拥有自然万物,共享来自大地的整体而持久的恩赐。19 世纪 50 年代,北美西南部苏夸米什(Suquamish)部落大酋长西雅图(Chief Seattle)更是在其著名的《这片土地是神圣的》("This Land Is Sacred")的演说中如此表述:"对我们这个民族来说,这片西雅图土地的每一部分都是神圣的。每一处沙滩、每一片耕地、每一座山脉、每一条河流、每一根闪闪发光的松针、每一只嗡嗡鸣叫的昆虫,还有那浓密丛林中的薄雾、蓝天上的白云,在我们这个民族的记忆和体验中都是圣洁的。我们是大地的一部分,大地也是我们的一部分。青草、绿叶、花朵是我们的姐妹,麋鹿、骏马、雄鹰是我们的兄弟。树汁流经树干,就像血液流经我们的血管一样。我们和大地上的山峦河流、动物植物共同属于一个家园。"③这是土地保护方面最为动人心弦的演说词之一,阐释了人类与土地、人类与自然万物之间的血肉关系,更是体现了印第安人朴素的遵循自然法则的土地伦理观。从某种意义上

---

① Bear, L. S., *My People, the Soux*, Lincoln: University of Nebraska Press, 1975, p.32.
② Buell, L., *The Future of Environmental Criticism: Environmental Crisis and Literary Imagination*, London: Blackwell, 2005, p.132.
③ [美]西雅图:《这片土地是神圣的》,https://yuwen.chazidian.com/kewendetail1184/,访问日期:2020 年 6 月 12 日。

来讲,土地塑造了美国印第安人的传统、文化、精神以及身份认同。

利奥波德对人类与土地相关的伦理议题有着深入的观察与思考。在《沙乡年鉴》一书中,他首次提出了"土地伦理"的概念,他认为:"需要一种全新的处理人类与土地以及人类与在土地上生存的动物和植物之间的伦理观。伦理观演变的下一步,是把已有的人与人之间、人与社会之间的伦理关系扩展到生物圈中的生物共同体的非人类成员。"[①]土地伦理倡导曾经作为自然万物之主的人类必须毫无条件地退回到与生物共同体中非人类成员一样平等的位置。在生物圈中,人类必须与非人类成员彼此竞争又彼此合作以获得共同生存和最大的可持续发展。土地伦理被认为环境伦理的视角之一,它是一种全新的、以土地为整体的伦理观,它的产生极大推动了环境伦理的发展。人类是自然界中唯一具有道德主体的生命体,因此,人类就应该怀有一种生态使命感和生态良知为促进人类与土地的和谐共生而担当责任。从某种意义上说来,土地伦理的提出是对人类中心主义的超越。在《大自然的权力:环境伦理学史》(*The Rights of Nature: A History of Environmental Ethics*)一书中,纳什如此评述:"人类与大自然的关系已经发展成一种应该由生态伦理道德原则来调节或制约的地步,这种观点的产生是当代自然思想史中最不寻常的发展之一。"[②]印第安人善待土地,与土地上非人类生命和谐共生的土地伦理智慧也无法避免不断受到白人文明的冲击。

《最后的莫西干人》故事中也展现了印第安人与土地相互依存的关系,白人殖民者排他性地占有印第安人的土地,并且将这种做法视为天经地义。因被步步掠夺最终使得族人陷入丧失生存家园带来的困境里。土地上的生态景观也被战争毁坏了,平常的一些野生动物也少见了,之前众多的森林被肆意砍伐了,可以看到成堆的木屑,曾经河流湖泊水量也少了。他们曾经和谐、幸福的生活正在被夺走,离开了和谐的自然生态,没有人能够活得充满人性像个真正的自然人。部落人也曾经共同参与到保护土地和家园的正义行动中,但是,面临工业科技文明的强大,他们的抗争只能步步退却。这些都是白人殖民者人类中心主义行为毁坏土地生态的真实写照。地球历经四十亿年的漫长演变,形成一个适宜人类生命和非人类生命共同生存和发展的星球,是浩瀚宇宙的奇迹。人类

---

① Leopold, A., *A Sand County Almanac with Essays on Conservation from Round River*, New York: Ballantine, 1970, p.23.
② Nash, R. F., *The Rights of Nature: A History of Environmental Ethics*, Madison: University of Wisconsin Press, 1989, p.102.

出于各种各样的目的意图改造自然,适应自身方方面面的需求,致使土地生态遭受着前所未有损毁的境况,人类共同的生存家园遭到了毁损。利奥波德的土地伦理表明:人类与动物、植物、水、土壤等处在一个共同体当中,相互联系、相互依存。对此,利奥波德呼吁:"人类要有一种生态良知,对土地保护应负天然的责任和义务。"①人类绝不是土地的主宰者,只能是与自然界中其他成员形成共生的关系,共同分享土地的恩泽。回望人类历史的长河,人类与自然的关系更多时候是一种二元对立的关系。自然始终是被人类征服与改造的对象,这种关系带来的结果是人类与自然关系动态系统的不断恶化,人类生存的前景也因此蒙上了越来越多的阴影和不确定性。"人生而平等"的道理谁都能接受和认同,如果强调人类应该转变为土地共同体(土壤、气候、水、生物)中平等的一员,恐怕就没多少人会接受和认同了,这主要原因是人们意识里依然还存在着根深蒂固的观念,即"人是万物之灵"和"人是自然中心"。随着土地生态的恶化,人们开始逐渐意识到人类与土地共同体之间具有生存论意义上的价值关联。"土地伦理改变了人类的角色,使人从土地共同体的征服者转变为共同体中的普通成员和公民。"②

利奥波德倡导的"土地伦理"呼吁从伦理道德上约束和限制土地破坏行为,这在一定程度上激发了人们善待土地共同体、保护土地共同体的生态责任感。它是对人们外在的道德要求和内心上自律和自省的一种精神力量,它旨在引导世人以生态审美的视角去审视人类与土地是一个共同体的一次质的飞跃,为人们合理、平等、科学对待土地、对待自然开启了另一种方式。库柏在《皮袜子故事集》中呈现出的土地遭到毁损是需要全球人共同反思的一个生态问题。在实践层面上,印第安人传统的自然价值观和土地伦理智慧如果能够真正融入现代文明的生活之中,引导人们构建人类与土地和谐共生的未来提供一种思维模式,那么它必将引领人们朝着与自然环境的和谐发展步调一致的方向去实施科学而合理的土地保护行动。

北美大陆多样纷呈且复杂的地理环境造就了印第安人古老而独特的文化、礼仪和宗教信仰,这是他们认识和表征客观世界的主要方式。印第安人认为动物是自身早期的祖先、守护者和精神导师。在北美印第安人的部落中,广泛存

---

① Leopold, A., *A Sand County Almanac with Essays on Conservation from Round River*, New York: Ballantine, 1970, p.217.
② Leopold, A., *A Sand County Almanac with Essays on Conservation from Round River*, New York: Ballantine, 1970, p.240.

在的图腾崇拜文化反映了他们崇拜动物和追溯祖先的思想,这也是凝聚部落生命力和活力的一种有效、生动的方式。在自然界还处在混沌蒙昧阶段,印第安人把对大自然的崇拜真正融入生活中。他们怀着对大自然的敬畏之心,将动物的生命与人类的生命等同视之,为此,他们只捕猎满足自身生存需要的数量。在《土著科学:相互依存的自然律法》(Native Science: Natural Laws of Interdependence)一书中,作者格雷戈里·卡杰特(Gregory Cajete)认为:"印第安人凭着一种动态和兼容的态度去认识动物的自然世界。因而,人类、动物与灵性现实之间的区分并不大。"①印第安人坚信山川有情、动物有灵,并与人类形成在灵性上牢不可破的关联。动物之于他们不是征服的对象,而是最亲密的朋友,因而,他们捕杀动物的时候会愧疚。美洲印第安人的居住地原本是一处未被现代文明入侵的纯净、充满诗意的独特之地。他们生活在丛林深处,自觉遵循自然法则。他们与掠夺自然资源、滥用自然资源、破坏自然环境的白人拓荒者和殖民者形成了鲜明的对比。他们潜意识里遵循着一种生态整体主义和敬畏生命的伦理观。他们热爱自然的同时也敬畏着自然中的生命,保持着与自然中的其他生命和谐相处,自觉维护整个自然生态系统始终处于和谐、稳定的状态。他们看待自然的理念犹如圣人,体现了一种遵循生态伦理人文情怀。"皮袜子"虽然是白人,却能够融入印第安人的生活世界,深受自然精神的启发和教益。他唯一阅读过的书或者唯一喜欢阅读的书就是"在雄伟的森林里,在宽阔的湖面上,在潺潺的河流里,在蓝天的空间里,在风吹日晒,暴风雨和地球上其他一切光辉的奇迹里,上帝向一切自然生命打开的书。"②充满自然智慧的书是"皮袜子"的精神获得安宁的良药,大自然的一切在他眼里都是美丽、迷人的。"树梢上的微风轻轻歌唱,清澈晶莹的天然泉水流过潺潺的山涧,这是大自然中最悦耳的声音。"③他的一生几乎都在荒野中度过,死后回归荒野。在《拓荒者》的故事中,"皮袜子"的环保意识展现得最为淋漓尽致。当"皮袜子"看到白人拓荒者射杀北美鸽子时,他异常愤怒。他认为,如果一个人想吃鸽子肉也是可以的,因为人类和自然界的其他生物一样,有权满足自己的进食欲望。然而,射杀了20只鸽子却只食用了1只,那实在是既浪费又可耻了。当他想吃鸽子肉时,他会到树林里,直到找到他想要的"那一只",把那只鸽子从树上射下来,而努力

---

① Cajete, G., *Native Science: Natural Laws of Interdependence*, Santa Fe, NM: Clear Light Publishers, 2000, p.54.
② Cooper, J. F., *The Deerslayer*, New York: Bantam Books, 1982, p.317.
③ Cooper, J. F., *The Deerslayer*, New York: Bantam Books, 1982, p.144.

做到不伤害其他鸟类的羽毛。他认为,有可能 100 只鸟儿栖息在同一棵树上。在某种程度上,"皮袜子"是一位真正的生态环境保护主义者。他本身是一名猎人,但只在必要的时候捕杀野生动物,也从不过量捕杀。"皮袜子"天生的环保意识契合了美国环境伦理学家罗尔斯顿的观点。那就是,如果人类能够遵循自然规律,保护自然环境,也能够合理捕杀和食用动物,这并不意味着不尊重生命。库柏在人类如何对待自身和周围其他生命的道德规范上寄予了哲学上的思考。在库柏看来,文明社会的大多数人,如,白人拓荒者、欧洲殖民者、来自世界各地的水手们等,都认为自己是自然界的主人。在企图征服和统治自然的观念支配之下,再加上物欲膨胀的催化,他们已经远离了自然,站在了自然的对立面而不自知。人类与自然之间的紧张对立关系完全是由人类的活动和行为造成的。面对人类与自然关系的恶化,库柏描绘了"印第安人"和"皮袜子"的形象表达了一种理想的生态伦理观,预示人们应该正视人类中心主义的错误,停止对自然的掠夺和破坏,敬畏生命、敬畏自然,重建人类与自然的和谐。然而,人类自诩为大自然的主人,为了满足自己的时尚、娱乐、口腹之欲等边际利益,竟然使得一个物种因人类的自私与贪婪的物欲而灭绝。从最后一只渡渡鸟被制成标本,有多少野生动物葬送在人类自己的手上。人们总是先捕杀,再反思,反思之后又是捕杀,从来不愿意去考虑捕杀野生动物会带来怎样的后果。甚至也不愿意去考虑人类自身生存的可持续发展问题。非人类种群多样性的消失以及生态系统稳定持久性被破坏的背后呈现出来的是人类对待自然恶的本质。

生态危机部分是由人类自身的欲望而引起的,因而,不可忽视其人性上的根源。它也不单单是因为工业文明推动的科学技术的发展或科学管理滞后而产生的问题,更是一个伦理问题、哲学问题和信仰问题。环境伦理涉及人类与自然环境之间关系的道德原则、道德标准以及行为规范,其中包含了两个决定性概念:一是伦理行为概念,为了协调人类与自然的关系,它必须扩大到对生命和自然界本身的关心;二是道德权利概念,它必须赋予生命和自然界按照生态规律永续存在的权利。上千年以来,人类中心主义价值观一直主导着人类文明的发展进程,这种价值观直接改变人类与自然的原生关系,它在改善人类生活环境和提升人类生活质量方面曾经发挥过决定性作用。然而,这种价值观在西方逐渐走向极端,充斥着人是万物的尺度和人类利益至上的论调。在这种观念的支配之下,征服和开发自然一度成为社会的主流话语。自然资源被过度利用和肆意浪费,自然环境受到严重的破坏。此外,也给动物种群带来了深重的灾难。各类动物制品极大地满足着人类的物质欲望,如北美早期发展史上著名的毛皮贸易,极大地满足了欧洲国家追求时尚的需求,但却导致北美大陆的海狸、野牛等野生动物濒临灭绝。人类中心主义者认为,人类是大自然的价值主体,非人类动物只是为人类而存在的,它们只有工具价值。其核心观念是"除了人类,其他动物是不具有生态道德权利。"①人类对动物道德权利的界定割裂了自我与动物之间相互依存的内在关系。这种带有强烈人类中心主义色彩的人类与动物之间的关系不但没有被质疑,而且伴随着人类迈入工业文明时代一直延续至今。印第安人把动物看作是充满灵性智慧和人性关怀的生命体。白人殖民者滥杀野生动物的意识背后在一定程度上折射出人类中心主义的根深蒂固。某些野生动物种群的灭绝是一个沉重的话题,因为造成野生动物的灭绝大部分原因是人类的不当行为引发的。专事于研究西方文化的美国学者兰迪·玛拉穆德(Randy Malamud)阐释了西方文化对诗歌中动物形象建构的影响。在《诗化动物与动物精神》(*Poetic Animals and Animal Souls*)一书中,他认为:"对西方文化中,从人类与动物对立的关系来说,印第安部落文化中的动物精神是对其的一种拓展式的修正。"②印第安文化中所反映的动物精神不仅体现了人类与动物之间的一种生态审美伦理关系,而且还赋予了动物在自然中的主体性地位。为了生存的基本需求,印第安人准许恭敬地捕杀和食用动物,但不索求过度,始终如一地恪守向自然获取但不贪求的猎人信条。四季的鲜明对比掌管生活的步伐,生命遵循自然法则而运行,对于如何有效地维持自然生态的平衡,印第安人有着自己的一番理解。美国评论家哈格·洛夫(Eugene C. Hargrove)曾经评价:"西方文明不但没有很好地把第安部落的传统渔猎文化保存下来,反而发展起一种为娱乐而非为食物捕杀野生动物的传统。在这一传统的庇护下,猎人大可以没有任何罪恶感地从捕杀野生动物的狩猎中获取快乐。"③相比之下,西方文明与印第安文明在对待动物的态度上显然是截然相反的。库柏在小说中多方面展示了印第安人善待动物与敬畏生命的伦理观,体现了对人类与自然关系的人文主义情怀。库柏也在警示世人,人类只有负起生态伦理责任,转变以人类为中心的价值观和生活方式,认同自然万物的价值,才有希望挽救野生动物濒临灭绝的状态。

---

① Singer, P., *Animal Liberation*, 2nd ed, New York: Random House, 1990, p.138.
② Malamud, R., *Poetic Animals and Animal Souls*, New York: Palgrave Macmillan, 2003, p.2.
③ Hargrove, E.C., *Foundations of Environmental Ethics*, New Jersey: Prentice Hall Inc., 1989, p.143.

库柏小说中关注肆意砍伐森林,捕杀野生动物以及战争毁坏荒野的状况,思考人类与土地、人类与动物的关系、人类在自然中的位置。这种思考并非一味提倡印第安部落本土的认知体系,更多的是从生态道德的维度去反思当时的人们掠夺自然、浪费自然资源的行为。人类作为自然界唯一的道德主体,不仅应该从合乎道德的角度考虑人与人的关系问题,而且更要从合乎道德的角度考虑人与自然的关系问题,旨在于唤醒人们去重新审视如何秉承一种生态伦理的观念善待自然。这不仅对自然环境的改善而且对地球上一切人类生命和非人类生命的生存和可持续发展都具有根本性的意义。库柏的小说为后人传递了印第安部落中深植于族人心中的人与土地、人与动物和谐共生的意识以及人与自然万物相互联结的意识,这是库柏小说中所蕴含的生态伦理智慧。这种智慧汇集了一种饱含人文情怀内涵的批评、一种富有社会批判精神的批评以及一种能够充分彰显生态道德和生态责任的批评。

二、麦尔维尔的生态伦理思想

麦尔维尔的作品多涉及海洋题材而被誉为"海洋作家"。麦尔维尔宏大的海洋史诗小说《白鲸》出版之初并没有引起读者和评论家太多的关注,直到20世纪20年代,《白鲸》的文学价值才被美国文学界重新发现。《白鲸》因对海上航行和纷繁复杂的捕鲸生活的细致和精彩的描述而被誉为捕鲸业的百科全书。剑桥文学史评价《白鲸》是世界文学史上最伟大的海洋传奇之一,从此它被公认为是一部经典的海洋史诗。麦尔维尔以水手以实玛利的视角,描述了19世纪捕鲸者迷人而传奇的海洋冒险生活,同时给世人呈现了一个人与巨鲸抗争的冒险故事,是人类征服海洋过程中的一个缩影。在这部小说中,象征和寓言的表现手法贯穿小说始终,"自然"一词出现了40多次,表达了麦尔维尔对人类与海洋关系以及海洋生态的关注。在巨大的鲸油需求催生美国捕鲸业的黄金时代,"裴廓德号"捕鲸船船长亚哈已经纵横海上从事捕鲸业40年,是船上水手崇拜的偶像。在一次航行中,亚哈遇到了一条史无前例的白色抹香鲸,名为"白鲸"。凶残的白鲸莫·比迪克咬断了他的左腿。因此,他满怀复仇之念,一心想追捕这条白鲸,竟至失去理性,变成一个独断独行的偏热症狂。此后,亚哈开始了带领船员在茫茫大海中追逐白鲸的冒险之旅。其他船员猎杀鲸鱼是为了获取利益,而亚哈船长猎杀鲸鱼是为了复仇。他的捕鲸船追踪白鲸的足迹兜遍了好望角、合恩角、挪威大涡流等地球上最为荒僻和边远的角落,经历辗转,克服了不少困难,终于与白鲸莫比·迪克遭遇。经过三天追踪,亚哈用鱼叉击中白鲸,但船被顽强狡猾的白鲸撞破,亚哈被鱼叉上的绳子缠住,带入海中,全船人落海,只有水手以实玛利一人得救,其他船员和船长亚哈都被汹涌的海水吞没了。

这是一部以捕鲸业为基础、融合生态因素的史诗,因此这绝不是一个单纯的人与白鲸搏斗的故事。工业革命的到来不仅颠覆了人类的生活,也伤害了海洋深处最大的哺乳动物鲸鱼。鲸油作为灯油或制作工业机械设备的润滑油的用途,使鲸鱼一度成为人类掠夺的对象。在物欲的驱使下,在鲸油高利润的诱惑下,一批批来自世界各地的热血青年,包括白人、黑人等,义无反顾地踏上了冒险的捕鲸之旅。他们带着美国梦的理想加入了捕鲸业队伍,相信可以通过辛勤劳动而实现美国梦。以实玛利水手观察海洋、白鲸以及来自不同种族的船员,以实玛利进一步丰富了自己对海洋的探索,也加深了对人性的理解。以实玛利对海洋学深感兴趣,喜欢探索变幻莫测的海洋,渐渐对大自然的代表海洋充满敬畏。在捕鲸之旅中,他不忘思考人类如何面对自然、人类与自然力的博弈问题。

《白鲸》中对海洋的描写突出强调了自然万物有其内在的价值,海洋具有非工具性价值。海洋资源是指海洋生态环境中可以被人类利用的物质和能量以及与海洋开发有关的海洋空间,海洋成为人类生存和发展的重要依托。麦尔维尔赞美海洋,强调了海洋的内在价值而不只是工具性价值。此种观点符合罗尔斯顿所主张的"自然内在价值论"。小说开始,故事讲述者以实玛利认为大海是未受人类文明污染的纯净之地,海洋生命的多彩绚丽能够带给人心灵上的慰藉。以实玛利执意出海要当一名水手,想去见识那变幻莫测的海洋世界。他说过,每当心情不好,忧郁不乐时,他就想还是赶紧出海为妙。小说中水手斯蒂尔基尔特虽是位内陆人,却出生在茫茫大海之上,是茫茫大海抚育了他。在他看来,海洋既是一所学校又是可以为人类提供精神的疗养所。海洋的纯净、美丽和包容的属性使他心情愉悦。水手斯蒂尔基尔特告诉其船员,古代波斯人把海洋奉为神明不是没有道理的,其原因正是海洋那宽广的胸怀能够带给人类以庇护之福。海洋也是南塔科特人繁衍生息的地方,他们把海洋视为自己的生存家园。他们往复精心耕耘海洋,世代在浩渺无穷的海洋上生活繁衍。同时,营造着自己的精神家园,彰显着生存的意义和生命的价值。他们对海洋的深情和热爱体现了麦尔维尔心目中海洋自身具有的内在价值,而非工具性价值。麦尔维尔描写的一望无际的海洋不只是人类实践生产活动的场所或环境,而是与人类生存密切相连的生命共同体,这其实类似于利奥波德大地伦理学中所说的一种"生物共同体"或"大地共同体",那意味着只有对其他生物伙伴产生一种同胞感,人类才能安全地栖居于大地上。在利奥波德他看来,以前的伦理学只以人类自身的利益为中心,没有形成涉及大地关系的道德观。大地只是被人类占有的工具性财产。面对大地时,人类只想拥有利用土地获取物质利益的特权而不想对土地采用任何的保护措施,恣意改造土地资源,破坏土地生态而不愿考虑可能导致的后果。随着科技的进一步推广,种种狭隘的自然观念引发了连绵不断的生态危机,恶化了人类自身的生存环境。为了重建人与自然的和谐共生,道德观念就必须向大地延伸,建立全新的生命伦理学。从大地伦理学诞生的时刻起,横亘在人类和自然之间的藩篱被拆除,道德的范围扩展到所有生命领域,人们开始追求跨物种间的更大范围的正义,越来越尊重非人类生命和整个生物群落体系。反观美国在20世纪之前的那段疯狂的捕鲸历史,不难发现美国人狭隘的自然观,只考虑自身的经济利益,忽略其他动物的内在价值以及肆意剥夺它们在生物圈中的生存权利。人类社会发展至今,经济上取得了巨大的成就,然而在很大程度上,人类所创造的农业文明和工业文明皆是有意或无意地以牺牲自然环境为代价而获得经济上的繁荣。作为大地的一部分,海洋并不是人类的私有领地,更不是某人的私有财产,而是地球上众多生命的共同家园。海洋里生活着各种各样的生物,海洋里的生物种类要比陆地上更加丰富一些,鱼儿在其中游弋,飞鸟掠过洋面,它们的生命因海洋生态的稳定而世代繁衍,生生不息。随着人类入侵海洋,一而再,再而三地对海洋生物进行毫无节制的捕捞和破坏,和谐、稳定和完整的海洋家园不复存在,人类肆意、残忍的行为导致海洋物种消失的悲剧持续上演。由于物种和物种之间的生物链是相互依存和相互联系的,因此,这种损失最终会影响人类自身的生存和发展,这将是怎样一种悲哀!

麦尔维尔对海洋世界寄托了一种既亲切又敬畏的情感。海洋是自然环境的有机组成部分,是《白鲸》故事发生的背景,麦尔维尔一生热爱海洋,他把海洋描绘成一个纯净、宁静和充满生机的世界,表达了对海洋神秘力量的敬畏。陆地上枯燥、沉闷、无望的生活使得以实玛利心生厌倦,他坚信海洋是一个能给人类带来活力和希望之地。他热爱海洋充满的野性之美,更是勇于去追寻这种美,去体验一种新的生活。于是,他便义无反顾地踏上捕鲸船。如他所说:"为了那美好的劳作和船头甲板上纯净的空气。"[①]航行中,以实玛利呼吸着来自波涛汹涌大海的纯净空气,他站在甲板上、桅杆上,始终眺望和观察着浩瀚洋面和

---

① [美]麦尔维尔:《白鲸》,曹庸,译,上海:上海译文出版社,1982年,第2页。

鲸类动物的动态,同时详细地记录了平静的洋面上经常有诸多意想不到的危险,因为深邃的海水中危机四伏:"想想这片阴险的海洋,它最可怕的生物是如何在水中游动,大多是看不见的,欺骗地躲在最可爱的蓝天下。"①海洋世界对以实玛利来说既是陌生的,也是充满着恐怖的,然而,他热爱海洋之美,同时也敬畏海洋之力。鲸鱼具有硕大无比的身躯,是地球上最大的动物,象征着海洋世界所具有的一种神秘力量。对于漆黑的深海而言,鲸类种群的存在对人类无疑是一份极其贵重的礼物,它们对海洋生态系统的和谐、稳定和完整发挥着不可或缺的作用。亚哈对白鲸持有成见,他认为,白鲸是自然界中"邪恶"的象征,是人类的对立面。

作为"裴廓德号"捕鲸船的船长,亚哈则深陷于人类无所不能的意识模式和意识掌控之中。由于长年的海上生活,他从一个年轻时会在森林里迷路的年轻人,变成了一个坚定执着、无所畏惧、人人敬畏的船长。第一次见到大白鲸时,"水手们第一次见到白鲸时都异常惊讶。这条白鲸实在是太不寻常了,它的大小是普通白鲸的两倍多!远望过去,硕大的白鲸犹如一座漂浮在汪洋之中巨大的移动冰山,水手因恐惧而不敢直视白鲸。有的水手开始退缩,甚至想劝服船长回头,不要盲目迎战白鲸。然而,令人出乎意料的是,面对硕大的白鲸,老船长亚哈竟然毫无畏惧,还亲自迅速地登上了瞭望塔,全力而淡定指挥船员向白鲸方向前进。"②在与白鲸迎战的第一次回合中,白鲸像是一艘巨大的双桅帆船直接撞上了船员们,让船员们一时无法反应过来。白鲸竟然用尾巴猛地扫了他们一下,他们步履蹒跚站立不稳。白鲸意为下马威的动作竟然让船上所有的水手们都惊慌失措,只有老船长亚哈尤其镇定冷静,怒视着白鲸的一举一动。他大声喊道:"快速拉起帆,向白鲸方向前进!"③在水手与白鲸第二次较量回合中,"水手们手中的鱼叉嗖嗖嗖地飞了出去,并'噗噗噗'地也投中了白鲸的身体。显然,此时的白鲸一定是疼痛不已。只见它奋力地挣扎着、翻滚着身体,而且把船只的绳索给缠绕在一起,像是要把大船给掀入海底。这时,老船长亚哈果断、镇定地命令水手尽快把绳索割断,这样才能摆脱了白鲸的牵制,看起来白鲸会立马变得被动了。"④在接下来的人与鲸的搏斗中,"白鲸上下翻滚,巨浪接连降落在船上。此刻,大船上的小船已被白鲸愤怒的身体撞得粉碎。船上水手更是

---

① [美]麦尔维尔:《白鲸》,曹庸,译,上海:上海译文出版社,1982年,第32页。
② [美]麦尔维尔:《白鲸》,曹庸,译,上海:上海译文出版社,1982年,第293页。
③ [美]麦尔维尔:《白鲸》,曹庸,译,上海:上海译文出版社,1982年,第296页。
④ [美]麦尔维尔:《白鲸》,曹庸,译,上海:上海译文出版社,1982年,第365页。

无计可施,他们只能在甲板上东奔西撞,场面变得混乱不堪。有的水手发出了绝望的求救声,此起彼伏的叫声、呻吟声和海鸟刺耳的叫声相互呼应。老船长亚哈仍在勇敢、顽强、毫不留情地与愤怒的白鲸搏斗着。"①亚哈征服白鲸和大自然的野心无限膨胀,他是制造海洋生态灾难的罪魁祸首,同时他也毫不顾及船上水手的生命。他的极端个人主义是人类中心主义的集中体现。亚哈葬身海底的结局显示了人类中心主义在大自然强大威力面前的彻底失败。"裴廓德号"捕鲸船是当时美国掠夺自然资源导致早期资本主义迅速扩张的缩影,反映了美国工业文明的高度发展给自然和海洋生态带来的肆意破坏。亚哈船长捕鲸,原本也是想从鲸鱼身上获取鲸脂、鲸油等高价值的自然资源,满足工业发展和日常生活的需要而获取经济利益的欲望。人类征服大自然的欲望势不可挡,从陆地到海洋,他们欲望的魔爪到处伸展,肆意掠夺自然资源。科学技术的发展和工业文明的推进,促使人类以日益增长的自信征服自然。"裴廓德号"捕鲸船是人类社会的一个缩影,船员的行为面临着人类与自然的博弈。自然界是由一切生物及其生存环境构成的平衡、和谐、不可分割的统一生态系统。如果生态系统中的一个环节遭到破坏,整个系统就会通过系统来调节和维持自身的生态平衡。

水手以实玛利怀着对大海无比的向往和对自由的渴望,迫不及待地登上"裴廓德号"捕鲸船离开大海,希望从大海中寻找到能够鼓舞精神的某种力量。他敬畏海洋的浩瀚与不可预测,潜心研究鲸类学,花费大量精力搜集有关鲸鱼的知识,对鲸鱼与人类的密切关系进行了深入的解读,试图解开白鲸的智慧与神秘。如小说中所言,捕鲸船是他的耶鲁大学和哈佛大学,他能够不断从探险中获得感悟。以实玛利对鲸目动物的观察和研究,是他敬畏自然和理解自然的体现,也反映了麦尔维尔对人类与自然关系的逐步探索。

与亚哈对白鲸的看法相反,以实玛利则认为,白鲸并不是邪恶的化身,它象征着自然万物中一种壮丽的自然之美。他高度评价白鲸,认为幼鲸、雌鲸和雄鲸都拥有人性。他将鲸类动物人性化,它们不再是纯粹的动物而是可以被称为夫妻、母子的家人。小说中,以实玛利赋予鲸类动物以人类的美德,寄予了对鲸类动物的仁爱和敬畏,他不愿看到美不胜收的海洋生物受到人类不忍卒睹的伤害。此外,通过对可爱鲸类动物的探索和研究,以实玛利详细介绍了鲸鱼的种类、构造以及生理特征,在研究过程中,他充分感受到鲸类动物强大的生命力,

---

① [美]麦尔维尔:《白鲸》,曹庸,译,上海:上海译文出版社,1982年,第475页。

处处流露出对鲸类动物的喜爱之情。爱护动物也是人类的一种美德,他发出了人类应该向鲸类动物学习的感叹。他评价道:"鲸鱼身上有无穷无尽的奥秘,每一个奥秘都是一个奇迹。"①在赞美鲸类动物之时,以实玛利突然感觉到自身的渺小,发现了人类的渺小。"我越来越发现,与大鲸鱼相比,我是那么的软弱无能,无能的人类却在捕杀大鲸鱼。"②显然,作为一名年轻的水手和海洋探险家,以实玛利对自然的认知在短时间之内发生了极大的变化。在他眼里,猎杀如此可爱的鲸类生灵是愚蠢和残忍的,更是不人道的。他更是如此评价:"除非你承认鲸鱼的价值,否则你实际上只是一个心胸狭窄的人。"③贪婪的人们究竟什么时候能够放下手中的捕鲸叉呢?以实玛利对鲸类动物的认知也正是当代生态批评家所倡导的生态伦理理念,即自然界的一切生命都没有高低贵贱之分,万物都有自己存在的内在价值和生存的权利,人类应该以平等的眼光去看待所有的生命。澳大利亚生态思想家约翰·帕斯莫尔认为:"人与自然的关系应受到道德的支配,生态环境的破坏主要原因在于极其贪婪和目光短浅。"④ 纳什也指出:"人类不应该只关心人类自己,生态中心主义伦理学要求人们,把其自身的道德关怀从只关心人类社会扩展到自然界,包括动物界。"⑤当一个人把每一个生命视为与自己的生命同等重要的时候,他才是一个真正有道德的人。人类不是大自然的主宰者,只是它的管理者和维护者。只有当我们用平等的眼光去看待所有的生命,给予它们以同样的尊重和平等的对待,大自然才会在我们面前呈现出无限生机和活力。对此,罗尔斯顿认为:"自然的价值在于能使生态系统更加丰富、美丽、多样、和谐和复杂。"⑥只有对所有的生命常怀尊重和敬畏之心,我们才会感受到生命的神圣与高贵。以实玛利希望人类能够与鲸类动物之间建立起一种平等和谐的关系,然而,这种和谐的可能往往被人类的无知和贪欲破坏了。工业文明的发展一度激发了人们疯狂捕杀海洋生物,以获取更大的经济利益的欲望,这种欲望势不可挡。

---

① [美]麦尔维尔:《白鲸》,曹庸,译,上海:上海译文出版社,1982年,第223页。
② [美]麦尔维尔:《白鲸》,曹庸,译,上海:上海译文出版社,1982年,第229页。
③ [美]麦尔维尔:《白鲸》,曹庸,译,上海:上海译文出版社,1982年,第322页。
④ Passmore, J. A., *Man's Responsibility for Nature*, *Ecological Problems and Western Traditions*, New York: Charles Scrihner's Sons, 1974, p.186.
⑤ Nash, R. F., *The Rights of Nature*: *A History of Environmental Ethics*, Madison: University of Wisconsin Press, 1989, p.173.
⑥ Rolston, H., *Environmental Ethics*: *Duties to and Value in the Natural World*, Philadephia: Temple University Press, 1988, p.221.

在工业文明时代开启之前,人类对海洋的认识极为有限。海洋作为人类经济、科技、文化等的重要空间,对人类社会发展产生的影响深刻,对于人类文明进步的推动发挥出重要的作用。随着现代工业文明的推进,海洋的主体价值逐渐被唤起,它的深不可测象征着人类未知的领域,哪儿充满了神秘和威力。有时洋面看似平静,但洋面下暗流涌动,这是一种自然之美。海洋充满了暗示,显示了生活于其中的生物神圣不可侵犯的地位。它以一种让人恐惧与神圣并存的狂野气息挑战和警示19世纪的人们反思"人定胜天"的乐观与自信。它给人类试图征服海洋的信念蒙上了悲剧性的阴影。海洋是鲸鱼和其他海洋生物繁衍生息的家园,白鲸是鲸类动物之王,也是海洋中超自然的生物。在小说中,麦尔维尔非常详细描述了捕鲸业的历史,介绍了鲸类学的知识,包括鲸鱼的种类、鲸类身体各部位的结构和形状,也生动地再现了捕鲸的细节和捕鲸的血腥场面。白鲸代表着大自然的力量,它的神秘超越了人类的认知极限。亚哈复仇计划的失败宣告了白鲸的不可侵犯和大自然的不可战胜,亚哈失去理性将自己引向了毁灭,这是大自然对人类恶的行为的警告。白鲸的白色纯净无瑕。它在海中翻滚,勇于挑战人类捕鲸船,让人肃然起敬。"有时,成百上千头的白鲸会结成群体,聚集在一起,数量庞大,让人以为它们似乎是多个国家聚在一起,以鲜血宣誓,互相帮助,互相保卫。"[①]白鲸有着高度的群居性和智慧,他们所形成的个体间联系极为紧密的群体让以实玛利不禁为之赞叹。此外,以实玛利还分享了捕鲸经历。在一次捕猎大型鲸鱼的过程中,群中最外层的鲸鱼被神射手射中,拼命挣扎。当它们激烈碰撞时,鲸群会形成一个巨大的包围圈,将幼小的鲸鱼团团围住在中间。标枪扎进鲸鱼体内,当水手们拉起捕鲸绳时,竟然意外发现,被刺鲸鱼的脐带与捕鲸绳缠绕扭结在一起。捕鲸绳的一端是人,另一端是它的幼鲸。以实玛利从这场血腥残酷的人与鲸的搏斗之中见证了海洋之王无尽的灵性与柔情。他在观察时发现,在一群抹香鲸中,雄鲸是雌鲸的追随者,总是游在雌鲸的身后。在紧急情况下,它们会聚集在一起,紧密掩护雌鲸。"人类呀!你应该把白鲸当作你的榜样!因此,人类需要像上帝一样对海洋生物充满敬畏。"[②]鲸鱼之间的博爱与和谐关系为人类树立了榜样。大自然也是它们的家园,也受自然法则的支配。它们也具有生命的内在价值,是自然界中平等的成员,不是人类眼中具有纯粹工具价值的对象。为了满足对鲸油的需求,人类将

---

① [美]麦尔维尔:《白鲸》,曹庸,译,上海:上海译文出版社,1982年,第534页。
② [美]麦尔维尔:《白鲸》,曹庸,译,上海:上海译文出版社,1982年,第546页。

海洋视为鲸鱼的屠宰场,与鲸鱼打交道的唯一目的就是获取经济利益。人类中心主义支配下的掠夺自然资源的活动显然破坏了海洋生态系统的和谐、稳定与平衡,必将导致人类与鲸、人类与自然关系的紧张和生态伦理的失衡。在漫长的捕鲸航程中,以实玛利被白鲸的智慧和仁爱所震撼,这激发了他从生态学和伦理学的视角去审视人类对鲸类动物血腥捕杀的行为。以实玛利摆脱人类中心主义的藩篱,超越了人类对自然法则的认知。他基于自然规律本质的探求,反思人类践踏和掠夺海洋自然资源的行为,试图纠正了人类对海洋环境认知的偏差,从而真正做到敬畏海洋生命。这是引导他自觉地从虚无主义转向敬畏海洋的重要因素。

  以实玛利初到船上时,对老船长亚哈充满敬意。亚哈天性里具有顽强的斗志和勇往直前的进取心,他对太阳和海流的运动规律了如指掌,他白天观察,晚上再详细地研究海洋地图,对各个不同海域的潮流流向都深谙于心。此外,他准能准确地判断出鲸群大规模出现的季节和海域。亚哈为了顺利完成航程而尽心尽力,为此甚至还几次放弃了与妻儿团聚的机会。他虽是一名硬汉,毕竟也有人性温情的一面,有时,他会愣愣地立在岸边,眼望归家的方向,此时的他一定是在想念远方的妻儿。19世纪的美国处于一个张扬经济利益至上思想的时代,亚哈追逐经济利益的热情和务实肯干的精神无疑暗合了当时美国社会的主流价值观。亚哈的形象赢得了以实玛利最初的崇拜。以实玛利希望在海上寻回生命的活力,因为他想摆脱陆地上的烦躁和压抑。初来乍到,他很满足捕鲸事业给他带来的与陆地不一样的兴奋和愉悦。以实玛利最初受到强烈的好奇心的诱惑以及刚开始捕鲸业给自己带来的成就感,他感受到自己恢复了前所未有的生命活力。然而,在航行中,在他逐步观察研究鲸类动物,了解船上形形色色的水手之后,他逐渐意识到亚哈行为的偏执。亚哈对待鲸类动物的理念极大触动以实玛利的内心世界,他进而开始思考人与鲸各自存在的价值,也使他对以亚哈为首的捕鲸水手的行为产生了怀疑。捕鲸船上的各种捕鲸工具和利器激发了以实玛利敬畏海洋、敬畏生命的意识,人与鲸的较量纯粹就是一场残酷的生死搏斗。船员利用鲸油来照明,同时在灯光下分割鲸的脂肪,还要吃掉鲸的肉。鲸鱼的身体被水手们用一个巨大的钩子牢牢地钩住,随之,再用一个大滑轮将它高高地吊起。水手们围着绞盘,使劲地扭着,大声粗鲁地唱着歌。他们在鲸鱼身上钻了几个洞,然后抓住引线,直到鲸鱼的身体被完全剥开为止。小说中写道:"虽然当时被黑暗包裹着,但其他人贪婪、疯狂、可怕的面孔却能清晰地看到,一半隐藏在浓烟中,一半隐藏在大火中。"①显然,以实玛利被人类发明的捕鲸工具所震撼,被文明和智慧的力量所惊叹。此时的他已无法感受到捕鲸业带来的快乐,也不再是那位只为远离陆地的烦恼而急切登船当水手的小伙子了。最终,以实玛利识破了亚哈的贪婪、自私、扭曲和残暴的实质,他开始质疑文明人所追求的价值和信仰。亚哈施加于白鲸身上的复仇心态反映了美国狂热时代的人们所崇拜那种不羁和冒险的精神,这种精神宣扬理性至上、自我意志高于一切的理念。小说中,麦尔维尔为亚哈安排的悲剧体现了他对人类急功近利和无视自然而精神上无所皈依的忧虑。人类贪婪的物质欲望给海洋生态带来了灾难。以实玛利眼中的亚哈船长的形象的转变似乎说明这样一个事实:文明人定期上教堂,心中信仰和崇拜上帝,实则是用来掩盖他们内心追逐物质利益带来的骚动、不安和阴暗。

以实玛利从陆地生活转到海洋生活,试图去寻求一种治愈内心压抑和信仰缺失的良药。捕鲸航程让他见证了人类对海洋鲸类动物的肆意捕杀和掠夺,也让他逐渐意识到人类与自然对立的可怕后果。浩瀚神秘的海洋引导他认识到大自然力量的不可战胜和人类的渺小,教会他敬畏海洋中的鲸类动物和海洋所代表的自然。在白鲸对待幼鲸、雄鲸护卫雌鲸的柔情力量的感召下,他深刻体会到自然生命的神圣,肯定自然界所有生命存在的价值和权利。在整个追捕白鲸的航程中,以实玛利一直以客观和冷静的立场去看待自然万物甚至自己身边的人。他无法理解老船长亚哈陷入对白鲸疯狂追捕的狂热之中而失去理性的背后根源,而是认真去探索人类与自然和谐相处的方式。他敬畏自然、敬畏白鲸,成为这场灾难唯一的幸存者。

人与自然万物共同构成完整的生态系统,维持着平衡,维持着生态圈中各种生命丰富性和完整性,大自然是人类精神的家园。利奥波德的《沙乡年鉴》和罗尔斯顿的《哲学走向荒野》都对自然的价值进行了重新审视和探索。在《沙乡年鉴》一书中,利奥波德从生态学视角重新审视自然有机体,阐述了人类与土地是一个生态共同体,彼此相互依存,都是生态圈的一个组成部分。罗尔斯顿将目光投向旷野,以其真知灼见引导人类正确评价自身所生活的自然家园。《白鲸》中呈现出两种截然不同的对待自然的态度。亚哈站在自然的对立面,以实玛利敬畏自然,前者遭到自然的报复而葬身海底,后者幸存下来。人类应该重新评估自己在自然中的位置,重新建立与自然平等对话的生态诉求。麦尔维尔

---

① [美]麦尔维尔:《白鲸》,曹庸,译,上海:上海译文出版社,1982年,第346页。

创作《白鲸》一书反映了他看待自然理念的转变,摈弃人类中心主义的倾向。在小说《泰比》中的萌芽摇摆状态开始向逐渐清晰的生态理念过渡。麦尔维尔的生态理念也同样体现在《比利·巴德》这部小说中,揭示了化学工业品给自然环境带来的污染,人类的生存环境受到了威胁。显然,这部小说反映了人类对化学工业品入侵人类生活的忧虑以及在现代工业文明中人类该如何处理好与自然和谐共处的生态意识。麦尔维尔生活在 19 世纪,当时的生态危机已经显现,麦尔维尔深刻意识到人类工业文明给自然环境带来的种种伤害,他通过作品表达了自己的生态忧患意识。虽然当时的生态危机尚处于初期,但其作品为人类对自然的肆意掠夺和破坏敲响了警钟。

由于人类对鲸类动物无情和大规模的杀戮,导致鲸类种群数量不断减少。对此,麦尔维尔对人类残忍捕杀鲸类动物的行为无疑表达了控诉和忧虑。这种复杂的情感在对"裴廓德号"捕鲸船水手捕杀第一条鲸鱼的场景描绘中得以集中体现。当鲸鱼被标枪刺伤,在血海中奄奄一息,呈现出痛苦不堪的样子时,小说中,"痛得打滚""令人震惊""真可怜""痛得打滚"等一系列形象性的字眼描述了鲸鱼受伤之后所承受的种种痛苦。来自文明社会的"野蛮人"为了攫取经济上的利益而不择手段,上演着一幕幕掠夺海洋资源的大屠杀。虽然自然界中的所有生命都会经历生死,但并不是所有生命都有能力意识到生死意味着什么,能够有意识并理解死亡是一件需要高度智慧的事情。而动物显然是不具备过高的智慧可以意识到自己将要被杀死的处境,但动物的确会因为即将死亡而悲伤和害怕。如杀牛的时候,牛会像人类一样悲伤而流泪,那是因为牛面临屠杀的时候受到了惊吓,肌肉紧绷压迫到泪腺时而流泪。对生存的渴望是一种生命形式得以代代延续的基础,而生存是与死亡相对应的,所以只有惧怕死亡,才会去做出奋力求生的努力。草原上角马根本不会明白死亡代表了永远的沉寂,但是生存的本能使它对死亡有着一种天性的恐惧,所以,当它在面对强敌狮子的时候,它就会奋力逃脱,争取求生的机会。也正是因为如此,角马这个物种才能够代代相传存活下来。为了保证物种的延续,对死亡的恐惧早就已经写进了生命的基因之中。从总体上来说,一种生物如果缺乏对死亡的恐惧,那么这个物种是很难延续下去的。麦尔维尔确信,动物和人类一样,害怕死亡,同样具有感知痛苦的能力。

二百多年前,康德在《实践理性批判》中写道:"有两样东西人们越是经常地、坚持不懈地思考它们,就越是会使自己的内心充满了历久弥新的、与日俱增的惊奇和敬畏。这两样东西就是头顶的星空和心中的道德律。"①康德认为,他提出了道德不是以符合个人或他人的幸福为准则的,而是绝对的,即人心中存在一种永恒不变、普遍适用的道德律。此外,道德应该符合正义,而不是以满足个人幸福为准则。人们可以感受自由意志和生命繁衍生生不息的可贵,具有美德的人终将可以得到最大的幸福。康德对道德与生命、与幸福内在关联的哲学阐述与人道主义者史怀哲的敬畏生命伦理原则的出发点具有一致性。仅仅以满足个人幸福为准则去毁灭生命,损害生命,阻碍生命发展,就是恶的行为,是一种不道德的行为,更是不符合正义的行为。人类对于动物采取什么样的态度取决于人类社会当时所规约的道德观,而非事实上动物间是否有着本质的不同。动物界中老虎捕食猪、鹿、羚羊、水牛等并不考虑它们是否痛苦,但这个事实并不能作为支持人类也可以无须考虑动物的痛苦对它们进行肆意捕杀。理由是,道德准则毕竟只存在于人类社会中,在动物世界中并不存在。人类在生物圈的生命共同体中应担负起的生态伦理责任的最根本原则是不让生命痛苦,不恶意破坏、干扰和毁灭其他生命体的存在。人类作为道德关怀的主体,必须平等地考虑所有生命个体的道德利益。因此,每一个人在面临伤害到生命的时刻,都必须判断一下,这是否是基于生活必需而不可避免。生命迹象蓬勃旺盛源于生物的多样性,而生物的单一性也是导致生命难以存在或者兴旺的直接原因。对此,史怀泽明确指出:"人类不管以何种方式导致某些种群的灭绝,都是阻断了生命长河的奔流,因为被杀死的不是动物个体,而是整个生命形式。"②人与自然是一个生命共同体在于地球上的自然万物是一个普遍联系的有机整体,一个万物结合在一起的生命共同体网络。善待地球就要善待生命,善待生物圈的生命多样性,包括遗传多样性、物种多样性等。美国著名的物理学家弗利特乔夫·卡普拉(Fritjof Capra)是著名物理学家、生态哲学家,也是积极倡导生态素养教育的行动者。他提出了关于生命的网络关系的新见解,在《生命之网》(*The Web of Life: A New Understanding of Living Systems*)一书中,他认为:"生命的本质就是一个网络。所有的生命形式,无论是动物、植物、微生物,也无论是生命个体、物种、群落,都是由网络组成的。人类共同体的健康生存也必须依赖于全球生态系统这个最大的生命网络的可持续性。"③在卡普拉的生态

---

① [德]康德:《实践理性批判》,邓晓芒,译,北京:人民出版社,2003年,第220页。
② [法]史怀泽:《敬畏生命》,陈泽环,译,上海:上海社会科学院出版社,2003年,第386页。
③ Capra, F., *The Web of Life: A New Understanding of Living Systems*, New York: Randon House, 1990, p.223.

视野下,各种生命、群落、健康和社会系统(包括经济)都是活着的、流动的、发展的、开发的生命系统,保持着动态平衡。因此,某种意义上,敬畏生命的伦理是一个关乎人类生存和可持续发展的终极问题,并非只是纯理论的陈述,这需要人们从意识转变为自觉的实际行动。

在《白鲸》中,麦尔维尔将捕鲸活动中最重要、最残忍的一幕呈现给世人,寄予了对人类捕杀野生动物的行为充满的憎恨和谴责。这种情感基调贯穿了整部小说的始终,极大激发了人们对捕鲸者残忍行为的深恶痛绝。鲸类动物受到大量杀戮是西方资本主义在促进工业发展和贸易交流幌子下的破坏自然的掠夺性行为。1712年,一位捕鲸手在深海捕杀了一条抹香鲸,掀开了北美捕鲸史新的一页。幸运的是,鲸鱼没有被灭绝,如今我们还能看到这种庞然大物在海洋中邀游。只是鲸类动物这个物种得以存续下来的原因不是人类发现了要与海洋生物和谐共存的良心,而是因为人类发现了石油。《白鲸》故事中亚哈船长是人类妄图征服海洋世界的典型代表,也是人类中心主义的追随者。他有着征服大自然的狂热、偏执的欲望,他把大自然看成供人类随意取用的原料仓库,明显无视自然界非人类生命存在的价值和意义。小说中这样描述亚哈的心态:"他被自己消灭白鲸的想法迷住了,脑子里满是复仇的疯狂念头,差点病了。"① 麦尔维尔早在19世纪就意识到人类对海洋领域的入侵和破坏,并肆无忌惮地掠夺海洋生灵的行为将受到大自然的惩罚,他以海洋为题材而创作的系列小说试图引发世人对海洋生态的关注。他通过以实玛利参与的捕鲸之旅的经历向世人传达保护鲸类动物的重要性。小说中,"裴廓德号"捕鲸船在捕鲸过程中遇到了一群老弱病残的鲸鱼,当船员无意中看到母鲸喂食幼小鲸鱼时的情景,他们个个感到无比惊讶。"这些小家伙一边吸着妈妈身体的湿气,一边享受着天伦之乐的温暖。"② 那温馨的一幕抚慰、软化、震撼着捕鲸者的心灵。水手魁魁格指着远处问道:"谁一下子把两条鲸鱼绑起来了,一大一小?这是谁干的?斯巴达克看过之后也禁不住哭了。"③ 在那场与鲸群你死我活的搏斗中,斯巴达克等水手遵从了自己的内心,放走了那些幼小的生灵。麦尔维尔的想法与当代的禁渔期和休渔期做法极为类似,前瞻性地为人类的可持续发展指明了正确的道路。麦尔维尔不仅对鲸类动物的生存表现出极大的关注,也将这种关注延伸到其他动物身上。在《白鲸》中,麦尔维尔也以痛心的口吻描述了野牛的锐减:"三

---

① [美]麦尔维尔:《白鲸》,曹庸,译,上海:上海译文出版社,1982年,第128页。
② [美]麦尔维尔:《白鲸》,曹庸,译,上海:上海译文出版社,1982年,第281页。
③ [美]麦尔维尔:《白鲸》,曹庸,译,上海:上海译文出版社,1982年,第281页。

四十年前,伊利诺伊州和密苏里州的草原上到处都是大群野牛。现在,人们在那个区域找不到自己的一只角或一只蹄。这一切都是人类利欲熏心的刀枪导致了野牛种群的迅速灭绝。"①人类起源于大自然,人类社会像是演变成原始丛林,现代人像野兽一样追逐自己眼中的猎物。麦尔维尔关注着鲸类动物和野牛数量锐减的同时,反观人类肆意掠夺自然资源的现实走向。

麦尔维尔表达了对海洋力量的敬畏和对鲸类动物受到残忍捕杀的痛惜。他通过批判以亚哈为代表的人类中心主义者的典型,倡导保护海洋生物的生态伦理观。通过亚哈的毁灭和以实玛利的幸存这样两种不同结局的对照,麦尔维尔更为鲜明地表达了在对待人类与自然关系上的生态伦理取向。那就是,尊重自然和保护自然、敬畏一切非人类生命是人类解决当前生态危机的唯一途径,这种理念无疑具有超前的警示性意义。保护自然环境不仅是为了人类更好的生存,也是为了非人类生命更好的生存。在生存权问题上,人类并不凌驾于其他生命形式之上,人类与非人类生命应该是一种平等的、和谐的关系。人类作为生物圈最高级的生物,并不能凌驾于其他生物之上,而应以人道主义精神去关怀生物圈中其他生物。在承认人类利益的同时又肯定生物圈中其他生物的内在价值,只有这样,才能实现整个生物圈的和谐、稳定和繁荣以及人类的可持续发展。

生态伦理批评视野下的《白鲸》无疑是一部引导人们敬畏和善待海洋生灵的生态审视和反思的作品。麦尔维尔前瞻性地揭示了人类如果仅仅以自我利益和短期利益为中心,无视自然界中的非人类生命和自然法则,那么,人类最终会受到自然神力的无情报复。当然,这种自然之力既不是西方基督教眼中所谓的无处不在、无所不能的上帝,也不是超验主义者所认为的能够穿透自然万物的无处不在、无所不能的"超灵",它实际上是一种渗透在大自然中的自然之力量,那是由不同物种之间生命的相互依存和相互作用凝聚而成的一种巨大的自然力量。在地球生物圈中,鲸类动物只是其中的一个物种,它们的生命和人类的生命一样伟大、神圣,它们同样代表着自然法则之优胜劣汰、适者生存的力量。小说中以实玛利水手经历了一场生死劫难后,对自然生命的内在价值有了新的认识。他怀着敬畏自然和敬畏海洋生灵的情怀向世人讲述了这段惊心动魄的人与鲸搏斗的故事。亚哈船长企图捕杀白鲸,显示了人类盲目、狂妄和缺乏生态伦理道德的一面,结果自身受到了大自然的惩罚而葬身海底。小说体现

---

① [美]麦尔维尔:《白鲸》,曹庸,译,上海:上海译文出版社,1982年,第437页。

了麦尔维尔对海洋生态危机的高度关注,同时也是对人类缺乏海洋生态意识的关注。以实玛利从一名热衷于从事海洋捕鲸业的小伙子转变为敬畏海洋生命以及倡导与自然和谐共处的赞同者和支持者。无疑,捕鲸航行的经历赋予他对自然法则的认知远远超越了他在陆地上所能领悟到的宗教教义。

麦尔维尔生活在一个科学理性至上的年代,随着这个时代科学技术的飞速发展,科学与理性等价值观开始深入人心,人们片面地认为大自然可以被征服和利用。从此,人类开始肆无忌惮地掠夺自然资源,人类与自然和谐相处的状态被自身的贪婪和盲目行为所破坏。在那些捕鲸的日子里,麦尔维尔经历过大大小小海洋冒险的灾难,这些都真实地反映在他的海洋小说中。同时,过度捕杀鲸类动物也给海洋带来了生态灾难。综观人类文明发展史,人类狂妄、盲目征服自然的过程中,虽然取得了一些暂时性的胜利,殊不知人类的野心勃勃和妄自尊大有时会是徒劳的,甚至会受到大自然无情的报复而付出巨大的代价。在小说中,麦尔维尔详尽地描述了捕鲸者的海上生活。充满无畏冒险精神的捕鲸者过着原始人般的简朴生活,无助地徘徊在茫茫大海中。他们手持远古长矛,一次次冒着生命危险追捕凶猛的鲸鱼。在与海洋、鲸鱼抗争的过程中,无数捕鲸者往往以船毁人亡告终,但为了生存,捕鲸者别无选择。这些捕鲸者编写了一个个充满英雄主义色彩以及通常又带有悲剧色彩的壮丽故事,在美国捕鲸史上留下了不可磨灭的印记。当麦尔维尔曾经作为一名普通的捕鲸者漂泊在茫茫大海上时,现实生活中种种充满挑战而又触目惊心的经历在他心中激起了情感的波澜,并由此开始思考人与自然的关系问题。怀着一份自然责任感和社会使命感,他试图通过创作《白鲸》这部小说去唤醒人们重新认识人与自然的关系、人与海洋关系的意识。这也是他创作《白鲸》这部小说的强烈意图,给人类以狂妄、盲目的行为对待大自然敲响了警钟。自然的法则和威力远远超乎人类能力所能掌控的范围之内,妄图征服自然最终只会招致自身的毁灭。人类应该尊重自然、敬畏自然、善待自然,才能真正实现"诗意地栖居"。

第三节 朗费罗的生态伦理意识

生态伦理的最高理想是实现保护自然资源,恢复生态平衡,最终实现人类的可持续发展。在大自然面前,人类就像个孩子。人类要做的是顺应自然,而不是征服和支配自然。无论人类的科学技术再发达,创造出更伟大、更辉煌的文明,人类生存的根基永远是大自然。人类应该以一颗敬畏之心去对待自然,对待自然界中的其他生命体。利奥波德在《沙乡年鉴》一书中提出,人类要"像山一样思考",也就是在大自然面前,需要谦逊地学会换位思考。因为人类与自然万物是一个相互依存的生命共同体。朗费罗一生创作了诸多与鸟类相关的诗歌,英国"诗歌之父"乔叟的《禽鸟议会》是一首寓言求爱诗,朗费罗模拟乔叟,采取拟人化手法创作了《基灵沃思的鸟儿》一诗,清新淡雅,笔调明快。与乔叟的诗歌不同的是,朗费罗阐述了人类要与自然和谐相处的生态哲学观,体现了朗费罗敬畏生命的生态伦理意识。《基灵沃思的鸟儿》是一首 30 节 240 行的长诗,读来耐人寻味,且引人反思。基灵沃思小镇人口稀少,铿鸟、画眉鸟、知更鸟等候鸟都会在春天回到镇上。由于小镇农民的短视,他们不仅诅咒所有的鸟类尽快灭绝,而且决定立即召开小镇会议,悬赏缉捕那些候鸟。治安官来了,牧师也来了,他们相互直视。夏天到阿迪朗达克山上猎杀野鹿倒是成了他们的特殊嗜好和一项热衷的娱乐。就在这会儿,他们正走在田野小路上,还挥舞着拐杖扫除路边的百合花。学校校长来了,教会执事也来了,他们聚集在会议厅,讨论处决鸟类的问题,揭露鸟类的"罪行"。只有校长为鸟儿辩护,说他们受苦的时候,是鸟儿鸣叫歌唱安慰他们。诗歌部分内容这样描写:

基灵沃思的鸟儿①

松树林子里,从那碧绿的树梢,
天一亮,就响起画眉欢快的颂歌,
榆树上有黄莺;还有聒噪的铿鸟,
边吃边叫唤,腔调像异邦来客;
蓝色知更鸟,在最高枝上摇呀摇,
酣唱的音波把邻近地区都浸没;

你们说鸟儿是小偷、强盗;其实
它们像卫士,把你们农田看守;
是它们使庄稼免遭上百种损失,

---

① [美]朗费罗:《朗费罗诗选》,杨德豫,译,北京:外语教学与研究出版社,2020 年,第 229—238 页。

是它们赶走麦地里暗藏的敌寇；

想想吧：我历来教育你们的孩子
要温和，要怜惜弱者，要敬畏生命——
只要是生命，强也好，弱也好，它总是
全能的上帝赐予的一线光明；

满脑子只想着牛排牛肉的粗汉
不相信那一套温文尔雅的名堂。
鸟儿们横遭判决；大会还决定：
谁交来乌鸦脑袋，就发给奖金。

随后，在果园、田野，在山顶、树林，
可怖的大规模屠杀悍然开始；
鸟儿们掉下来，死去，胸染血痕；
暴行像连珠排炮，无休无止；

夏天来了，鸟儿们都已死光；
天气像烧红的煤炭，土地烧成灰；
一座座果园把无数毛虫喂养；
成群的昆虫爬动着，贪吃着美味，

基灵沃思的秋天来了，这时节
再也见不到往年的壮丽景象：
见不到火舌般漫天飞舞的红叶。

The Birds of Killingworth

The thrush that carols at the dawn of day
From the green steeples of the piny wood;
The oriole in the elm, the noisy jay,
Jargoning like a foreigner at his food;

The bluebird balanced on some topmost spray,
Flooding with melody the neighborhood,

You call them thieves and pillagers, but know,
They are the winged wanders of your farms,
Who from the cornfield drive the insidious foe,
And from your harvest keep a hundred harms.

How can I teach you children gentleness,
And mercy to the weak, and reverence
For life, which in its weakness or excess,
Is stll a gleam of God's omnipotence.

Men have no faith in fine-spun sentiment
Who put their trust in bullocks and in beeves,
The birds were doomed, and as the record shows,
A bounty offered for the heads of crows.

And so the dreadful massacre began
O'er field and orchards, and o'er woodland crests,
The ceaseless fusillade of terror ran,
Dead fell the birds with blood-stains on their breasts.

The summer came and all the birds were dead.
The days were like hot coals; the very ground
Was burned to ashes; in the orchards fed
Myriads of caterpillars, and around.

That year in Killingworth the Autumn came
Without the light of his majestic look,
The wonder of the falling tongues of flame.

诗歌中,朗费罗告诫人们要爱护鸟类和善待鸟类,敬畏非人类生命。人类只有转变对鸟类的态度,才能打开人类看待周围世界的视野,让人类真正理解人类自身在这个自然界中所处的位置。鸟类是人类赖以生存的自然生态系统的重要组成部分,是人类生活中不可缺少的朋友,是自然界赐予人类社会的宝贵资源。保护鸟类,使其在维持生态平衡中发挥重要的作用,有利于物种的保护。不同的物种之间存在着联系和转换,这如同圆环一样,分不出始终和次序,形成了自然万物之间的联系性。如果一种生物灭绝,就会导致某些生态链断裂,进而牵连它所在的食物链的生物以及周围的环境。近年来,鸟类的消失速度越来越快,已引起世界各国鸟类学专家的极大关注。近二三百年来,由于工业革命带来的影响,物种灭绝的速度大大加快了,生态链遭受到破坏,鸟类这个曾经庞大的家族渐渐开始衰败,有些种类已濒临灭绝甚至已经灭绝了,而这也将危及人类自身的生存。鸟类是农林害虫的天敌,有不少种类完全或部分以昆虫为食,是消灭森林害虫,保护农田的"卫士",在维护大自然生态平衡方面"功绩卓著"。与人类共同生活在地球生物圈的鸟类有近万种。从现存的陆地最大的鸟鸵鸟到最小的蜂鸟;从极地的企鹅到热带丛林中的鹦鹉,她们在用各自独特的方式展示自身美丽的同时,也以其婉转轻灵的歌声、绚丽多彩的羽色装点着人类的生活,使大自然充满生机。抬头仰望鸟儿的飞翔总能激起我们人类无尽的遐想。然而,当在我们抬头仰望的目光里再也搜寻不到鸟儿或轻盈或矫健的身影,侧耳聆听的有声世界中越来越难以追踪到呢喃或高亢嘹亮的歌声时,我们是否意识到,在人类有意或不经意间滥杀鸟类、肆意捕捉鸟类的行为已然犯下了无法挽回的严重错误。也许某一天的清晨醒来,将再也无法听到来自大自然的悦耳清脆的鸟鸣声,人类会发现陪伴着我们的只有人类自身制造的种种噪音和在陆地上游走的自身孤独的影子。果真如此的话,那么人类生存的状况将会是多么的荒蛮凄凉!

关爱鸟类,尊重和善待这大自然的精灵,听听它们悦耳的鸣叫声,看着它们千姿百态的身姿,想着它们天真的眼神,它们就像是创造大自然和谐再和谐的使者。凡此等等都说明鸟类对于人类的物质文明和精神文明都是不可或缺的。切实保护鸟类资源,对于保护生物种群多样性、维持生态平衡、美化净化人类生存环境都具有重要的意义,因此,保护鸟类是人类当下刻不容缓的义务和责任。对此,不同领域的研究者提出了一些前所未有的理念,呼吁人类正确对待动物,他们成了动物保护的支持者和宣扬者。他们看待人类与动物关系的立场极大地促进了人们对动物道德地位的肯定以及动物伦理思想的产生。英国法理学家、哲学家、经济学家杰里米·边沁(Jeremy Bentham)是最早提出将动物纳入人类的道德共同体中的第一人。在《道德与立法原理导论》(*Introduction to Principles of Morals and Legislation*)一书中,他谴责了人类违反了大自然的规律,对自然界实施了暴虐统治:"可能有一天,其余动物生灵终会获得除非暴君使然就决不可能不给它们的那些权利。"①之后由进化论所激发起的知识剧变也极大提升了人们的动物权利意识。美国早期环保运动的领袖缪尔在穿越佛罗里达州荒野的旅程、置身于千姿百态的植物群落时,领悟到:基督教宣称的植物不如人类那般永恒,容易腐烂,没有灵魂,那其实正是我们还没有深刻理解的某些东西。缪尔认为:"进化的知识足以使文明人转变对非人类物种的态度,从而建立新的伦理学,修正人类对待一切动物的行为已成为必然。"②缪尔认为,自然万物的存在并非为了人类之需,而是为了万物本身。他阐释道:"在我们看来,鳄鱼凶猛残忍,但在上帝看来却是美丽的。我们人类是多么自私狭隘,同情心中也充满着自以为是!而对其他物种的生存权利视而不见!"③缪尔反对以人类中心主义思想去界定非人类生命的价值和权利,支持当今被普遍接受的"生物中心主义的生态观"。

20世纪中期,人类见证了工业文明产生的巨大生产力的同时也被其所带来的生态危机所困扰。正是在这个历史阶段,非人类中心主义的思想开始萌芽进而逐渐发展。史怀泽在《伦理与文明》中提出了著名的敬畏生命伦理原则。他对伦理学重新加以界定,其核心是人类对世界及其遇到的所有生命的态度问题。他认为,生命是神圣的,人类应该将道德伦理的适用范围和道德关怀的对象延伸至所有的动物和植物身上:"保持生命、促进生命,使生命获得最高层次的发展,这是善的本质;毁灭生命,损害生命,阻碍生命的发展,这是恶的本质。只有当人认为所有生命,包括人的生命和一切生物的生命都是神圣的时候,它才是伦理的。"④敬畏生命伦理原则的出发点是由生命的神圣性所唤起的敬畏之心,开创了动物伦理的先河。随后,美国著名伦理学家、世界动物保护运动的倡

---

① Bentham, J., *Introduction to Principles of Morals and Legislation*, New York: Dover Publications, 2012, p.263.
② Muir, J., *Wild Animal and American Environmental Ethic*, Tucson: University of Axizona, 1991, p.38.
③ Muir, J., *Wild Animal and American Environmental Ethic*, Tucson: University of Axizona, 1991, p.43.
④ [法]史怀泽:《敬畏生命》,陈泽环,译,上海:上海社会科学院出版社,2003年,第102页。

导者彼得·辛格一直与环境组织合作，致力于保护环境和改善动物生存环境。辛格关于动物解放的观点集中体现在《动物解放》一书中。他把"物种歧视"（speciesism）与种族歧视和性别歧视联系起来，提出反对"物种歧视"的伦理主张："平等作为一个道德理念要求我们必须同样给予动物的利益同等分量的重视。"①辛格在伦理学的高度上对动物的道德地位进行了论证，提出要从人类思想根源深处放弃对动物的虐待，消除"物种歧视"。由此揭开了善待动物的新篇章，掀起了现代西方动物解放运动的高潮。

自然界中的所有生命都有其存在的权利，人类只是大自然中的一员而绝不是大自然的主人。利奥波德在《沙乡年鉴》中阐述了土地伦理的核心思想："当人类的行为有助于保护生物群落的和谐、稳定和美丽时，它就是对的；当它走向反面时，它就是错的。"②基灵沃思小镇的居民处死了候鸟，自然生态很快就失去了平衡，就会导致严重的连锁性的自然灾害。生态平衡的最明显表现就是系统中的物种数量和种群规模相对平稳。生态系统失衡后，整片田野、山林成为害虫的天地，农作物、林木无法顺利生长。秋季到来时，农夫没有任何收成，也没有了红叶漫天飞舞的景色。候鸟在大自然中要吃掉大量的虫子。候鸟被消灭了，天敌没有了，虫子就会大量繁殖起来，导致虫灾暴发，引起农田绝收和林木无法顺利生长的惨痛后果。生态平衡是大自然经过了长时间才建立起来的动态平衡。一旦受到破坏，有些平衡就无法重建了，带来的恶果可能是靠人力难以弥补的。人类要尊重生态平衡，帮助维护这个平衡，绝不要轻易去干预大自然，导致生态平衡被打破。鸟类的生命和人类的生命一样伟大而神圣，伤害它们就是在伤害人类自身，自然的利益与人类自身的利益在本质上是高度统一的。在《基灵沃思的鸟儿》的结尾，朗费罗直接告诫人们，人和鸟是生存于同一个自然界，当人类打破了自然的生态平衡，终究会受到大自然的报复。人类应与周围的自然万物保持和谐相处，敬畏自然、敬畏生命，人类自身的生存才能如期变得美好。朗费罗从人道主义出发，认为动物具有感受痛苦和快乐的精神能力，因此，它们也理应受到人类的善待与爱护。人们大规模残忍地屠杀鸟类给它们所造成的痛苦是人类对自然中其他生命权利的野蛮侵犯，是人类违背了生态道德，直接侵犯了它们的生存权利。敬畏生命的生态伦理观是朗费罗诗歌所表达的重要内容。人类作为自然万物之灵需要学会尊重自然、爱护自然、敬畏

---

① Singer, P., *Animal Liberation*, 2nd ed, New York: Random House, 1990, p.203.
② Leopold, A., *A Sand County Almanac with Essays on Conservation from Round River*, New York: Ballantine, 1970, p.204.

生命，更要承认自然中其他生命的价值和生存权利。人类的浮躁和人性，肆意、野蛮地捕杀野生动物，违背生态伦理的行为只能把自身推向毁灭的深渊。敬畏生命是人类对待自然最基本的道德，自然万物都是自由自在生长着的，它们彼此之间都是平等与和谐的。对此，我们需要达成一个基本共识：人是自然万物生灵中的一员，人与自然万物生灵息息相关、紧密联系，人无法脱离自然万物而独立存在。人类不是自然万物的主宰，只是万物生灵中的一种。人类与自然万物生灵共存于宇宙之中，相互依存，共同进化，只有善待万物生灵，才能与万物生灵和谐地同存于宇宙中，才能让人类的智慧在宇宙中生生不息。人立天地之间，就应该对宇宙的变化负有责任，因为人有着这样的认识，才会意识到自身的责任。人类应该维护大自然的秩序和面貌，做有利于万物生灵在自然界共同演进的事情，开发人类自身智慧，帮助自身回归自然。不管是多么高级的科学技术都只是用来作为让自身回归自然的工具或方法，而不能用于破坏自然，损害自然万物生灵，人类并没有凌驾于其他生命主体之上的绝对权力。候鸟欢快的鸣叫声的内涵是在警告人们不要破坏生态环境，否则必将自食其果。候鸟的鸣叫声告诫人类要与自然万物平等相处，更要和谐相处。倡导尊崇自然、爱护鸟类意味着人类对自然的一种文明觉醒，体现了人们对自然态度的极大改变，是社会文明进步的标志。那鸟儿的鸣叫声中饱含着生命的意义和生态价值。《基灵沃思的鸟儿》阐述了敬畏自然、敬畏生命，与自然万物平等相处的道理。朗费罗在阐述这一哲理时，没有冗长的说教，而是借对候鸟的鸣叫声以及捕杀候鸟给人类自身带来的恶果的思考将这一生态伦理观念形象地表达出来。

  朗费罗诗歌中关注大自然的状况，在他的笔下，卑微小生物的生命也堪为重要的演义，它们同样具有生存权利，它们的生命过程有自己的价值，它们的生命同样神圣而华彩。美国专门研究动物权利理论的哲学家汤姆·雷根（Tom Regan）一生致力于动物权利哲学，为动物解放带来深远得影响，影响了一代又一代愿意为动物权利发声的人。在《动物权利研究》一文中，他提到动物也具有情感和感知的能力，不应当被当成纯粹的物品："今天的我认为显然正确的是：你无法因为他人受益而为践踏动物权利辩护。"[①]那么，动物的"权利"究竟是什么呢？雷根认为，"动物权利"不只是一个哲学概念，它属于萌芽之中的社会正义运动。他把"动物权利"提升到"社会正义"的高度来认识，世界上所有生物的

[①] Regan, T., *The Case for Animal Rights*, San Francisco, CA: California University Press, 1985, p.23.

生命都应该是平等并被予以尊重的。边沁在论述动物时曾说,为什么我们要去捕杀它们,有什么理由吗?我没有找到任何理由。边沁从功利主义伦理思想中找到理论依据,从而证明动物拥有道德地位,人类对动物负有直接的道德义务,人所拥有的权利动物也拥有。而按照德国哲学家康德的看法,人类对动物的责任实际上就是为了自身。在《伦理学演讲录》中,康德指出,我们有对动物的责任,因为这样我们能够培养对于人类的相应的责任。这句话揭示出人类与动物之间关系的实质。人类应该珍惜和尊重自然中的一切动物。朗费罗在《基灵沃思的鸟儿》等诗歌中字里行间都映射出这样的思想,尽管这种思想未形成体系,但他已充分认识到珍惜和尊重自然中的一切动物的意义和价值。当然,人类也应持着同样的理念珍惜和尊重自然中的植物。对待大自然的态度,仍然能够检验人们对生态伦理的认识是否达到应该达到的高度。朗费罗以旷达胸怀理解大自然并抒写出充满人文情怀和具有生态伦理意蕴的诗歌,体现出对大自然理性的思考和独特的生存体悟,寄予着人类应与自然万物和谐一体的理念,至今仍然富有积极的借鉴价值。

第三节 大地伦理思想的阐释

沃尔特·惠特曼是美国浪漫主义文学史上重要的自然诗人和人文主义者。惠特曼童年时期生活在乡村,与大自然有着较为密切的接触,对大自然产生了一种与生俱来的亲切感。成年之后,惠特曼因为工作而游走在不同的地方,与大自然的自由接触使他开阔了对自然的认识和视野。此外,惠特曼所处时代的美国主流文化对他的自然观产生了一定的影响。这些因素逐渐催生出惠特曼较为成熟的生态理念。

《草叶集》(Leaves of Grass)是惠特曼浪漫主义诗集的代表作,是美国自由体诗歌的开山之作,同时也是生态文学公认的诠释文本。1855 年,《草叶集》第一版问世,共收录诗歌 12 首,最后出第 9 版时共收录诗歌 383 首,选材广泛,内容丰富。其中最长的一首诗为《自我之歌》,共 1336 诗行,这首诗的内容几乎包括了作者毕生的主要思想,是作者最重要的诗歌之一。惠特曼认为,自然万物并不是无生命的,自然万物和人类的生命都具有不朽的神性,彰显出无限的生命力,焕发出无限的生机与活力。自然生命现象成为惠特曼创作视野中的对象和最独特的存在。惠特曼对自然万物的赞美本身就包含着对其内在价值的重视和讴歌,这构成了他赞美自然万物的终极目的。他充分肯定了自然万物的主体性价值,以大自然作为诗歌创作的主体,向人们展示了人类远非自然界万物的中心,而犹如是茫茫荒野中的一棵不起眼的小草。德国哲学家康德认为:"我们不是在寻求自然规律,而是在存在于我们的感性和理性中的经验可能性的条件中寻求自然。"①康德强调,大自然中事物的神秘性和不可知性成为人类认识它们的边界,彰显出人类认知自然的有限性。然而,这并不是贬低或否定人类的认知能力。相反,大自然中的事物留给人类永无止境探索的希望,而这种希望总是提醒人类,自然世界并不完全是人类所已知的那般面貌,在人类所生活的自然世界中还有其他不可预测的可能性。基于此,人类应该以超越的眼光不断去开拓新的领域,不懈地探索新的可能。康德将人类的理性提升到能够为自然立法的高度。相较之下,惠特曼的生态理想与康德的人为自然立法的言说有着一脉相承之处。惠特曼认为,人类应该回归自然,接受自然对人类精神的洗礼,并从神秘的大自然中不断地获取生存的智慧。人类与自然万物是相通的,人类要始终保持一颗与自然和谐相处的心,并以敬畏之心对待自然才是唯一正确的选择。

《草叶集》语言朴实粗犷,创造出独具一格的自由体,近于口语,节奏鲜明,书名取自于本诗集中的一句话:"哪里有土,哪里有水,哪里便会长出草。"②在地球上,草是最普通的、最顽强的、最有生命力、最富于冒险的生命体。茂盛的草叶象征着永恒地焕发着生机活力的大自然。对草叶的讴歌饱含着惠特曼对大自然生命的礼赞和对大千世界平凡生活的热爱和尊崇。他从大自然中发现了平凡中的美丽、普通中的神圣,采用普通的自然物作为审美对象以反思自然,使自然之美更具有普遍的意义,使平凡的生活具有了草叶般的审美特质。诗歌中,惠特曼这样歌颂草叶:"它是上帝的手帕,是故意丢下的芬芳的礼物和纪念品。"③优美的意象描绘出草叶既平凡又伟大,它要"邀请我的灵魂一起,我弯下腰悠闲地观察夏天的每一片草叶。"④草叶无惧风雨,生生不息的形象犹如人类世代相传的生命一样,高贵而神圣。草叶本身就是大自然的重要组成部分,草叶构成了大自然的绿色和底色,是一种生命生生不息的色彩,是生态系统中的

---

① [德]康德:《未来形而上学导论》,庞景仁,译,北京:商务印书馆,1978年,第92页。
② Whitman, W., *Leaves of Grass*, London: Alma Classics, 2019, p.1.
③ Whitman, W., *Leaves of Grass*, London: Alma Classics, 2019, p.37.
④ Whitman, W., *Leaves of Grass*, London: Alma Classics, 2019, p.38.

生产者,通过光合作用制造有机物,为自己和其他生物提供有机物,并维持碳氧平衡等。显然,草叶对生物圈物质循环和能量流动以及生物圈维持自我稳定状态发挥着不可替代的作用。因而,草叶就有了生态学的意蕴,寄予了惠特曼的生态理想,即融入平凡的自然生活,建立人类与自然的调适关系。这深刻体现在他在《从茫茫的人海中》("Out of the Rolling Ocean the Crowd")一诗中所阐述的看法,"浩渺的宇宙,万物的凝合,尽善尽美!"①

拥有无限生机的草叶与土地密不可分,"土地"是惠特曼的《草叶集》中被反复赞美的客体。只有理解惠特曼诗歌中"土地"所表达的基本意义和深层象征意蕴,才能理解人类与自然关系的文化命题具有深刻的哲学意义。惠特曼对"土地"的解读为21世纪的人们打开了一扇重构人类与土地关系的新窗口。无论是中国文化还是西方文化,土地都是人类赖以生存和延续的基础,是生命之根,是生命力之源,是可持续发展的最重要的组成部分。早在原始先民时期,人们就在利用土地的过程中形成了共同的文化认知模式和价值观念。经历了几千年的历史传承和文化积淀,土地逐渐转化为一种对精神的依托,在人类的灵魂深处,发展为一种永恒的土地情结,那是一种代代相传的无数同类经验在某一种族全体成员心理上的沉淀物,形成了集体无意识。它作为一种典型的群体心理现象无处不在,并一直在默默而深刻地影响着社会。根据瑞士著名的心理学家卡尔·古斯塔夫·荣格(Carl Gustav Jung)在"集体无意识理论"中所解释的原型理论,"原型是一种自古以来就存在的普遍形象,它作为一个种族的记忆被保存下来,使得每一个个体都获得了一系列的形象和模式。"②在人类几千年文明的传承和积淀中,在对土地的情感表征和文化认知上,没有比土地更好的方式把土地比作母亲。也就是说,土地就像母亲赋予孩子生命一样,是人类生命生生不息的根源。此外,人类与土地的关系是紧密相连的,土地是人类生活的重要元素之一。在《奉献》一诗中,惠特曼写道:"当我继续歌唱,与地球的土壤、树木、微风和汹涌的海水一起时,我可以快乐地歌唱,一直到永远。"③在大地上生长的植物和生活的动物是惠特曼歌唱的理由和依据,因为,承载自然万物的"大地"成了惠特曼歌唱的动力。惠特曼带着手脚上的泥土和草叶,带着汗珠和露水,从码头、田野、矿山、街市走来,放开嗓门,以一种原始的活力述说美国本土野性辽阔的自然风光,描述自然万物的规律、它们的创造力和丰富性以及

---

① Whitman, W., *Leaves of Grass*, London: Alma Classics, 2019, p.109.
② [瑞]荣格:《荣格文集》,周朗、石小竹,译,北京:国际文化出版公司,2011年,第167页。
③ Whitman, W., *Leaves of Grass*, London: Alma Classics, 2019, p.123.

普通百姓的平凡生活的伟大。诗歌所表达的主题寓意在于希望、活力、坚韧、平凡中的伟大、质朴中的深刻。在《自我之歌》("Song of Myself")一诗中,惠特曼写道:"我猜那一定是我意图的旗帜,由代表希望的绿松石物质组成。"①惠特曼认为,一棵小草不亚于宇宙中行星的运动,有土有水的地方,宽处窄处都有小草的身影。它们落地就能生根、发芽,给大自然增添了一份不可缺少的生机和活力。他把土壤和土地作为一种庄严美好的审美对象,体现了土地在惠特曼心目中的重要地位。惠特曼将自己的精神融于大自然,融于孕育人类生命和自然中其他生命的广袤土地,形成了对"土地"的热爱和敬畏之心,也就自然地成为抒写土地伦理不羁的歌者。他这样表达对土地的深厚感情:"我将我自己遗赠给泥土,然后再从我所爱的草叶中生长出来。假使你要再见到我,就请在你的鞋底下寻找吧。"②土地之所以值得热爱和敬畏,是因为它的"神圣性",也是因为它的"伟大",因此,人类更应该对土地心存敬畏。大自然养育了包括人类在内的所有生命体,土地就像一位伟大的母亲养育着一代又一代的孩子。因此,人类要以感恩之心、敬畏之心对待土地,对待自己的家园。

《自我之歌》是《草叶集》中非常具有影响力的一首诗,他写道:"焕发清新气息妖娆的大地,微笑吧,有着静谧丛林的大地,有着夕阳的大地,有着云雾缭绕山丘的大地。刚刚捕捉到淡淡的蓝色明月的辉光,有着闪耀着各种光彩山川的大地,有着因我而更加灿烂清澈的灰蒙蒙云朵的大地,开满苹果花的大地,没有距离(意思是再远也不低于)大地微笑吧,你的爱人现在已经来了。"③惠特曼以"情人"的名义与地球联系在一起,抒写地球在不同时期的各种妖娆姿态。当地球呈现出美的姿态之时,人类生活于地球上的生活也就自然而然地美了,这体现了"土地"与人类生命和非人类生命之间内在密不可分的联系。因而,大地承载着丰富而深刻的生物圈中所有生命生存命题的内涵。人类共享一个共同的地球,生活在地球上的人类应该如何面对自然,如何对待自身与土地的关系?如何与土地和谐共存?对此,惠特曼认为:"每个人都是不可避免的,每个人都有权利分享地球永恒的意义,每个人都和大地上的任何生命同样神圣。"④惠特曼有着直观的关于人与自然或者与土地的认识,因而,能够揭示出其中所蕴含的人类如德国哲学家海德格尔提出的"诗意地栖居在大地上"的哲学意味。海

---

① Whitman, W., *Leaves of Grass*, London: Alma Classics, 2019, p.167.
② Whitman, W., *Leaves of Grass*, London: Alma Classics, 2019, p.100.
③ Whitman, W., *Leaves of Grass*, London: Alma Classics, 2019, p.69.
④ Whitman, W., *Leaves of Grass*, London: Alma Classics, 2019, p.176.

德格尔从解读荷尔德林的诗歌中表达自己对人类生存的思考,他也许早就预见到人类只有那样,才能更好地生存与发展,这是对人类与大地内在联系最为朴素的判断。而"大地"作为人类诗意地生活之根基所承载的深层意蕴是指人类依附于土地而产生的一种情感和认知。惠特曼深刻地表达了对土地意义和内在价值的一种形而上学的深刻理解,反映了人类与土地的内在关联关系和一种因土地而生成的生态伦理情怀。土地是神圣的,土地是无私的,生活在土地上的人类该如何敬畏它?人类要从自然中、从土地和万物的生存状态中、从生命本体意义的追问和触摸中,不断调整和改善与土地的关系。

惠特曼诗歌表达了对土地的热爱,描绘了北美大地上四季景色的变幻,一个季节追随着另一个季节的步伐。如冬天的稻谷、缓缓西下的夕阳、雾气弥漫的山脉、明暗变化的星星等,这些都体现了惠特曼对自然细致的观察。此外,他的诗歌也隐含了对人类过度和盲目行为的批判。生态危机爆发之后给人类自身的生存和发展造成了难以想象的威胁。此时,人们已经认识到人类的盲目与狂妄的行为给局部的自然环境甚至整个生态系统带来了灾难性甚至毁灭性的后果。惠特曼作为一位关注自然和关注普通民众生活的伟大诗人,他强烈反对人类中心主义的行为,把人看成是自然界唯一具有内在价值的事物,这样,人类必然地构成一切价值的尺度,自然界其他事物只具有工具价值。他认为,人类不是一切价值的源泉,人类只是大自然生态整体中的一部分,需要将自己纳入更大的生态整体中才能客观的认识自身存在的意义和价值。因而,人类绝不能凌驾于自然万物之上,人类自身永远只是大自然中的一个成员。在《自然、民主与道德》一诗中,惠特曼写道:"民主与自然的关系最为密切,它只有与自然发生相关时才能充满阳光。睿智和德行就像艺术一样离不开大自然美的滋养。"①在他看来,如果一个人没有基于对大自然的尊重,那么,他根本就无法成为一个有道德的人。此外,惠特曼也视自然法则为评判文学艺术作品的法则。他认为:"我最终会使用很多人称之为第一前提的自然来检验文学艺术。自然真的可以代表一切,它是规律、标记和证明的最高结果。我幻想着大海和阳光、高山和森林能够发挥它们的精神来评判我们的作品。"②在长期的社会实践中,自然与人类结成了亲密的伙伴,自然美成为人类审美的关注对象。惠特曼以平等的眼光看待自然,蕴含在自然中的精神与人类的精神世界是可以相通的。此外,他认

---

① Whitman, W., *Leaves of Grass*, London: Alma Classics, 2019, p.53.
② Whitman, W., *Leaves of Grass*, London: Alma Classics, 2019, p.83.

为,动物是与人类平等的拥有同样生存权利和生命价值的伙伴。他写道:"这只高贵典雅的小鸟现在正蹲在一棵老树的树枝上,高高地弯下身子向水里猛扑下去。它仿佛在看着我做笔记,我几乎幻想它认识我。"①诗歌中赞颂的是人与自然、人与动物之间和谐相融的场景,完全没有了人类中心主义的影子。惠特曼的自然观既是对西方哲学所倡导的人类与自然是主客二分学说的有力的批判,也是对自然价值工具化认知倾向的强烈谴责。惠特曼认为:"陆地、海洋、动物、鸟儿、天空、星星、树木、山川都不是渺小的自然物。生活中,人们对诗人创作的期待不仅仅是指出那些无言的自然物所具有的美丽和尊严。此外,它还能够指明自然万物与人类灵魂之间的通道。因此,我们必须要做的是爱地球、爱太阳、爱动物和鄙视金钱。"②对于人本侵犯自然,物欲腐蚀心灵的社会状况,惠特曼告诫人们,自然万物是一个统一体,自然万物的存在有其合理性。在对待人类与自然的关系上的言行要高度一致,在处理人与自然的关系时,不应绝对化人的主体性。要立足自然整体主义理念,在精神纯美与世俗需求之间建立平衡关系,实现人类自身与自然的和谐相处。人与自然万物共存于同一个地球之中,又是一个相互依存的生态共同体,那么人作为万物之灵,就有责任和义务协调、关照人与自然万物、宇宙之间的关系。

惠特曼的诗歌以自然为主角,将自然视为人类的伙伴而不是人类支配或征服的对象,人类只是大自然中的一员而不是大自然的主人。他的自然观和大地伦理的观点在欧美生态文学中占有重要地位,他的诗歌完美地表现了非人类环境对人类自身生存的重要性和意义,而且表明了人类文明的历史是隐含在自然发展的历史之中。人类利益并不能被视为自然界中唯一的正当利益,人类对环境所负的生态责任决定了人类的伦理道德上的高度。惠特曼的自然思想与利奥波德的"大地伦理学"是一致的,即一切自然事物的存在都应以维护生态共同体的和谐、稳定和完整为最高标准。惠特曼的诗歌清新自然,具有浓郁的泥土气息,赋予了自然万物神性的光辉和意义。自然万物不再是一种纯粹物质性的客观存在而是一种具有生命价值的主体,因而,大自然是能够实现与人类精神世界的沟通交流以及生态伦理情感上的对接。

---

① Whitman,W.,*Leaves of Grass*,London:Alma Classics,2019,p.193.
② Whitman,W.,*Leaves of Grass*,London:Alma Classics,2019,p.235.

第四节　科技文明的伦理反思

一、人与自然"存在巨链"伦理关系的思考

爱伦·坡为19世纪美国浪漫主义诗人、小说家和文学评论家。他提倡"为艺术而艺术",宣扬唯美主义和神秘主义,在恐怖小说、侦探小说、科幻小说等领域都具有开拓性的成就。他一生共创作了70多篇短篇小说,包括《黑猫》("The Black Cat")、《莫格街谋杀案》("The Murders in the Rue Morgue")等。文学创作理论包括《写作的哲学》(The Philosophy of Composition)、《诗歌原理》(The Poetic Principle)。其中的《莫格街谋杀案》被公认为最早的侦探小说。爱伦·坡在《金甲虫》("The Gold-Bug")、《被盗窃的信件》("The Purloined Letter")等五部小说作品中,塑造了五种推理小说模式,开辟了推理小说的先河,被誉为"侦探小说的开山鼻祖"。爱伦·坡的推理小说对随后的侦探小说的崛起发挥了极大的推动作用,使得侦探小说这一文学类型风靡全球。

人类已经进入现代工业文明阶段,这是社会发展的必然。同时也带来了两大危机。一是人类需求的增长导致了对自然环境的进一步破坏,人与自然的和谐关系因此变得日益严峻;二是经济的高度发达给人们的物质生活带来极度的丰富,人们开始沉迷于物质的欲望之中而无法自拔,出现了"人为物所役"的极端状态。从而游离了作为个体的人的形而上学的本质,人因此丧失了主体性,失去了人生信仰和精神上的归宿。爱伦·坡在作品中描绘了自然与人的精神世界的紧密相连的真理。自然是人类精神最真实的外在表征,人类应该反思自身的行为,防止自身在精神上的迷失和异化。爱伦·坡认为,自然万物都具有生命和情感,人可以与自然交流,人与自然万物之间相互影响,呈现出一种互惠互利的关系。他如此描述:"一切无机物都是有情的,都表现出情感的痕迹。不仅仅是植物和动物,还有黑暗的山谷、灰色的岩、清澈的溪流、生机勃勃的森林和高耸的山峰,他们共同构成了一个具有活力和感知的巨大整体。"①此外,爱伦·

---

① [美]坡:《爱伦·坡集》,倪乐、曹明伦,译,北京:生活·读书·新知三联书店,1995年,第1033页。

坡认为:"人类的情感和思想也可以穿透自然界中的所有事物并进行传递。那些看似无生命的、纯粹的存在物也在用人类看待它们的方式注视着人类。"①人类的生存和发展离不开大自然这个统一的生态整体。人类在蒙昧时期和自然有着天然的和谐,自然是令人敬畏的存在,人类顺应自然,限制自己的行为不能触及和超越自然的局限,这恰恰暗示了人类与自然关系的真谛。人类如何看待自然,其实质在于人类如何看待自身在自然宇宙中的位置。自从人类从农业社会进入工业文明社会以来,人类对待自然的方式就被人类中心主义的观念所裹挟。在科学主义的理性支配下,人类衡量自然事物价值的出发点和依据被设定为对人类的利益上。人类虽然有"同理心",但首先还是狭隘地把自身的利益凌驾于自然万物之上。从第一次工业革命兴起至19世纪的一百多年里,美国的科学技术有了相当程度的发展。人们相信,科学的进步必定会提高人类福祉的神话。爱伦·坡生活在一个西方世界第一次科技变革已取得成效,第二次科技变革正在酝酿的时代。当时的人们陷入了对科学技术的狂热和盲目崇拜之中,整个社会沉浸在积极进取,探索未知世界的氛围中。

《我发现了》(*Eureka*)一书是爱伦·坡文学生涯中的巅峰之作,被后世誉为"美国天书",它是一部科学和诗歌结合的散文诗作。文中主要描述了他对宇宙和生命的思考,汇集天文学、逻辑学、神学、美学为一体,既是"一篇关于物质和精神之宇宙的随笔",又是"一首散文诗"。在文学与科学的意义上来说,它都是不能被轻视的。爱伦·坡在《我发现了》的序言中自豪地宣称:"我书中所言皆为真理——所以它不可能消亡——即使它今天因遭践踏而消亡,有朝一日它也会'复活并永生'。"②一百年后,爱伦·坡的宣言果然得到了"复活"。哈罗德·布鲁姆(Harold Bloom)、约翰·欧文(John Owen)、丹尼尔·霍夫曼(Daniel Hoffmann)为首的一批美国著名文学评论家对此书给予了高度的评价。布鲁姆如此评价:"就文学价值而言,《我发现了》比他的诗歌的价值要大得多。"③此外,20世纪80年代后,随着天体物理学的发展,科学家认为,爱伦·坡的《我发现了》所"发现"的实际上阐述的是关于宇宙的诞生和消亡原理,其中的假说与"大爆炸""热寂说"等当代理论不谋而合,这证明了爱伦·坡的宇宙观所具有的远见。爱伦·坡在《我发现了》的开篇宣布要与读者一道探讨一个最严肃、最广

---

① [美]坡:《爱伦·坡集》,倪乐、曹明伦,译,北京:生活·读书·新知三联书店,1995年,第1034页。
② [美]坡:《我发现了》,曹明伦,译,长沙:湖南文艺出版社,2016年,第1页。
③ [美]坡:《我发现了》,曹明伦,译,长沙:湖南文艺出版社,2016年,第4页。

博、最艰深和最庄重的问题,"我决意要谈谈自然科学、形而上学和数学——谈谈物理及精神的宇宙,谈谈它的本质、起源、创造、现状及其命运。"①他对"宇宙"做了界定,"它指人类想象力所能及达的浩瀚空间,包括所有能被想象存在于这个空间范围的万事万物,无论其存在形式是精神的还是物质的。"②爱伦·坡认为,天文学意义上的"物质宇宙"为"星系宇宙"。他的宇宙观念除了物质宇宙,还包括了精神宇宙。爱伦·坡在书中讨论了当时众多的科学范畴,所描述的宇宙通过振动实现自身的不断更新,慢慢形成四季变幻的自然规律,宇宙中每个独立运行的个体存在于广阔的平行空间中。宇宙中一个个连贯的宏观场景所展示的玄妙和生机让人叹服。宇宙太宏大了,到底还有多少人类未知的事物,那实在是无法想象的,人类最好还是保持一颗对浩瀚宇宙的敬畏之心。此外,爱伦·坡认为,在宇宙昼夜轮回中,有形的和无形的事物自行整合为一个整体,个体之间既相互排斥又相互联系。宇宙非静止不动、一成不变的,而是处于不断运动和演变的过程和状态之中。为了适应宇宙的不断运动和进化,人类也处于"存在巨链"的进化之中,即人类的存在离不开自然万物。人类只是宇宙中的一分子,与自然万物形成共存共生的"存在巨链"。虽然《我发现了》一书的大部分内容都集中论证天文学、物理学等方面的科学理论。而事实上,该书的真正价值是隐藏在这些科学理论背后的核心观点,如宇宙的起源与本质、人类与宇宙的统一性、生命的永恒循环等,这是爱伦·坡毕生对科学进行哲学思考的结果。在《我发现了》的结尾,他写道:"一切都是生命、生命、生命中的生命、大生命中的小生命,一切都在存在巨链之中。"③人类到底能否突破宇宙屏障而彻底解开宇宙的奥妙?科学探索将是永无止境,爱伦·坡暗示了宇宙的神奇与浩瀚,生活于其中的人类是渺小的。康德提出了"人的理性的有限性"的思想,即,人类不应超越自身的理性边界、不应忘记自身的有限性、不应贪图"存在巨链"中的更高层次的存在,人类应该正确认识自身在自然宇宙中的位置。

在爱伦·坡的时代,工业革命一路高歌猛进,几十年的工业化发展基础令其负面影响开始暴露出来。大城市的繁荣加速了社会结构的转型,城市人口加速膨胀,逐渐取代了乡村。在这个过程中,蓬勃兴起的资产阶级不仅意味着阶级结构正发生着变化,也预示了金钱在社会生活的各个领域变得越来越重要。金钱正在成为城市声色犬马生活的最终保障,成为城市神话构成的隐秘基础。

---

① [美]坡:《我发现了》,曹明伦,译,长沙:湖南文艺出版社,2016年,第2页。
② [美]坡:《我发现了》,曹明伦,译,长沙:湖南文艺出版社,2016年,第2页。
③ [美]坡:《我发现了》,曹明伦,译,长沙:湖南文艺出版社,2016年,第221页。

城市化生活带给人们生活方式冲击的同时,也成为大多数人赖以生存的家园。在这种生活背景下,一种带有浪漫遐想的现代城市文学开始兴起。爱伦·坡融合了浪漫色彩和哥特式风格的侦探小说就是这样一种文学新形式。城市成为爱伦·坡多数小说创作的背景和最擅长也最常用的主题。从他的侦探推理小说中,可以看到他笔下的大都市繁华喧嚣而光怪陆离。爱伦·坡一生大部分时间都在各大城市之间辗转,这开拓了他的眼界,同时加深了他对城市的印象。爱伦·坡抛却功利之心,曾经从城市的一处游荡到另一处,成为"都市的漫步者"。他从人生的羁绊和社会的束缚中解放自我,敏锐地观察着街道上过往路人,从中寻找启示,并将其表现在自己的侦探小说中。用路人的故事逃避自身孤独的威胁,逃避自身内心的精神困境。爱伦·坡侦探小说中的人物饱受"空虚恐惧"之苦,这是当时年代的一种典型情绪,前工业社会价值体系的崩坍给个体带来的生存的迷失感和困惑感。在工业化和城市化的演变中,侦探小说的诞生就像是在画板上做了一次强调时代性的思考。19世纪的巴黎为世界艺术的中心,人口已过千万,充满了繁华的律动和喧嚣,一派繁荣景象,发达的交通,浪漫的街道景色,都成为这座城市标志化的特征。人口众多、流动多变、喧嚣繁华、魅力四射的巴黎大都会环境隐含着许多不稳定因素,构成了爱伦·坡笔下推理小说系列的核心部分,从《莫格街谋杀案》中破旧不堪、狭窄肮脏的巴黎老街,到《玛丽·罗杰神秘案件》("The Mystery of Marie Roget")中藏污纳垢、恶棍横行的巴黎郊外,再到《被盗窃的信件》里大臣府邸旁川流不息的人群、骚乱不断的巴黎市区,故事的背景都设定在巴黎,巴黎是爱伦·坡笔下众多罪恶发生的繁殖地也是犯罪分子的庇护所。巴黎城市面貌状况因爱伦·坡的推理小说而变得更加清晰可辨。《人群中的人》("The Man of the Crowd")中展现的是工业化带来的商业繁荣时期的伦敦,伴随着社会发展所带来的环境污染和破坏,充斥着物质喧闹和灵魂空虚的强烈对比。爱伦·坡小说的背景从一座城市人群的喧嚣中隐退,转向另一城市,始终保持着那份批判性精神。

除了城市化主题,与工业化革命相关的科技也是爱伦·坡探讨的话题,在爱伦·坡的小说中,约五分之一小说主题与科幻有关,在科幻小说创作上颇有造诣。诞生于19世纪的科幻小说是欧洲工业文明崛起之后特殊的文化现象之一。人类文明迈入19世纪之后,全面进入了以科学技术革命为主导的时代。科学技术所带来的巨大生产力给人类生活带来了令人目不暇接的改变。科技水平的高低直接决定了人与人、国与国之间的此消彼长。所以,一切关注人类未来命运的文艺题材都不可避免地要表现未来的科学技术,而这种表现,正是科幻小说。科幻小说在爱伦·坡笔下得到了诠释,它主要表现在对"变革"的独特理解。而"变革"正是后世科幻小说最为显著的特征,糅合了科学事实和预见性的浪漫想象的成分,富有创新,充满魅力。爱伦·坡的科幻小说无意评价科学技术给人类社会带来的实用性价值。然而,他能够深刻地认识到往昔田园般的生活方式已远去,科学技术正在以不可阻挡之势侵入人们的生活。小说中,爱伦·坡谈及了科学技术给人们生活方式带来的改变以及给传统文化带来的挑战,同时,他也不忘寻找摆脱因社会的剧变给人们带来困境的途径。爱伦·坡对科学技术的应用是矛盾和质疑的,它惧怕科学技术给人类带来不可预测的冒险与负面。《汉斯·普法尔历险记》("The Unparalleled Adventure of One Hans Pfaall")是爱伦·坡的作品中最具代表性的科幻作品。这部亦真亦幻的小说情节跌宕起伏,引人入胜,叙述了一位穷困潦倒的荷兰人汉斯·普法尔计划逃离被失业、困顿和债务缠绕的现实生活,乘热气球飞到月球上去开启新的生活。在冒险历程中,普法尔随身携带能够在稀薄的空气中保护自己的装备,其中的科学理论极为详尽,使作品达到了幻想与科学二者的完美平衡。《瓶中手稿》("MS. Found in a Bottle")是一部怪异的海洋历险记。小说中,爱伦·坡描述了一艘在大海与风暴的咆哮、呼号、轰鸣声中下沉的船只,阐述了尝试新事物的巨大风险。地球空洞理论是《瓶中手稿》这篇幻想(科幻)小说的理论基础,小说中叙述者在帆船布上信手涂鸦出"发现"(Discovery)字样是在隐喻西姆斯的科幻小说《西姆佐尼亚:发现之旅》(*Syrnzoni: A Voyage of Discovery*);小说结尾部分的描写"急速地陷入漩涡之中"就是基于这个理论。爱伦坡的唯一一部长篇小说《亚瑟·戈登·皮姆的故事》(*The Narrative of Arthur Gordon Pym*)也用到了这个理论。

与同时代的霍桑一样,爱伦·坡对人类生命不可避免地陷入科技困境表达了忧虑。在他的科幻小说《瓦尔德马先生病例之真相》("The Facts in the Case of M. Valdemar")中的瓦尔德马也如同霍桑科学小说《胎记》中的女主人公乔治亚娜(Georgian)一样成为科学实验的牺牲品。人类在科学幌子下的理性的偏执欲望如同脱缰的野马无情地践踏了人类生命的尊严。这种忧虑与思索在爱伦·坡的一些诗歌中也有所体现。

爱伦·坡在诗歌中进一步探讨了现代工业文明和理性给人类带来的精神生态的危机,这种精神危机折射出一种死亡、虚无、失落和病态的时代状况。他在诗歌中描写的对象是隔离的、虚幻的,基调是苦闷而压抑的。诗歌中死亡意象的运用恰恰暗含了现代工业文明的发展给人类带来的精神生态的危机。人类成为强大的机器的奴隶,重复着机械般的生活,同时,内心是彷徨无助的。爱伦·坡诗歌中呈现的城市和人已经异化了。喧嚣忙碌的城市生活,夺取了大多数人的自由时间,日复一日,年复一年机械地重复着城市生活是紧张的、碎片式的而又使人孤独迷茫,人们希望找寻一个能够使自己心灵可以栖息的地方。机械化生产方式打破了原有的田园生活方式,人们直接远离了自然,远离了土地,也摧毁了传统价值观念。爱伦·坡的具有自传性质的小说《人群中的人》的主题是孤独。小说没有构思精巧的情节设置,而是用典型的风格对穿梭于伦敦大街小巷的形形色色的人群做了细致的描写,展现了一个另类的世界。他发挥了创作侦探小说时的敏锐观察力,一一描绘了出现在"我"视野里的职员、骗子以及其他三教九流之人。在这个世界里,低阶职员拾上流社会之牙慧,附庸风雅,高级职员举止间尽显体面人的矫揉造作,骗子拥有因酗酒而显得麻木的脸庞、迷蒙的眼睛和苍白的嘴唇,还有酒鬼、苦力和卖艺人等。每个人都在竭力扮演自己的社会角色,在意识里希望将自己与外在世界完全隔离。然而,他们陷入了抗拒孤独但又永远无法打破孤独的轮回,成为真正的行尸走肉。小说的主人公是一个已经步入暮年的老人,他的神情中所包含着的谨慎、贪婪、紧张、恐惧和绝望的状态成为各种人生经历的集合体。老人用强硬的姿态挤开路上遇到的每一个人,在人群之中他内心充满担忧和恐惧,对所有未知的事情怀有与生俱来的敌意。19世纪的爱伦·坡以他远瞻性的视野和犀利独到的眼光,用最简洁和最真实的文字刻画出城市中人群的超然、理性、孤独、自私、冷漠、虚无的内心世界,揭示了人群中的人的悲哀实质是来源于无法承受的孤独。旨在呈现出人类在现代工业文明笼罩之下精神世界被扭曲和异化这一社会现象存在的现实。

爱伦·坡意图凭借小说《人群中的人》中的一批孤独者形象唤起世人对人类自身生存状态的重视,也表达了对工业发展给人类精神世界带来的困境和危机的深刻焦虑以及寄予的人文关怀。在现代性价值体系看来,人类之外的自然界只具有满足人类需要和实现人类幸福的工具价值,人类只要凭借科学技术进步,就能实现无限经济增长,最终达到自由、平等和民主的资产阶级的理想王国。但是,一方面,现代性价值体系所说的"人类利益",本质上只不过是资本的利益;另一方面,现代性价值体系把发展等于经济增长,简单化了人类幸福的丰富内容,它所追求的无限经济增长是以不考虑自然资源的限制为前提的。上述缺陷使得以现代性价值体系为指导的资本主义现代化实践没有给人带来所期待的自由和幸福,相反,它不仅造成了个人主义、利己主义、享乐主义的价值观和唯科学主义的盛行,而且造成了人与人、人与自然关系的异化和日益严重的生态危机。启蒙理性的"祛魅"走向了它的反面,即从摆脱对自然和宗教的束缚走向了商品拜物教崇拜。西方现代化实践的结果是工具理性的现代化和生产效率的提高,但也是"物的价值"的上升和"人的价值"的下降。如何正确建构人类与自然的和谐关系,恢复科学和价值的关联,保障科学技术运用的正确方向,成为人们反复探讨的问题。对这一问题的探讨,又是一个对自然"返魅"的过程。爱伦·坡也不乏努力为现代人生存危机找寻救赎的途径,呼吁人们应该重回自然、重建人与自然最原初的平衡与和谐的关系。自然是人类生存的基础,人类曾经诗意地栖居在大地上。然而,18世纪之后,人与自然的和谐关系逐渐丧失,而且走向恶化的状态。科学技术的发展和工业革命的兴起深刻地影响着现代人的生存方式。马克思曾经指出,科学是一种在历史上起推动作用的、革命的力量。追求科学,就是追求进步和文明,这已经成为普世世界观。然而,随着科学的不断进步,人类改造自然的技术能力不断增强,人类征服、控制和改造自然的欲望便不断膨胀。英国历史学家汤因比说过,科学取代了传统的宗教,成为现代人的新宗教。然而,科学作为一种文化,也并非完美无缺,它在传播福音的同时,也不自觉地扮演着魔鬼。对科学技术进步的乐观,对物质增长的探求,使人类社会陷入种种困境,如环境污染、能源危机、战争威胁等,这些问题不断地向世人敲响了警钟。现代人盲目崇拜科技的状态,割裂了自身与自然的联系,从自然整体中脱离开来,把自然对象化,站到自然的对立面。显然,人类在对象化自然的同时,自身也被对象化,表现为人格分裂和异化,人在意识世界里不再是一个完整、和谐、统一的个体,长此以往,使人类社会文明和进步受到了重重挑战。人们不禁发出"科学技术是福还是祸,人类的诗意地栖居之地究竟何时重返"的疑问。爱伦·坡的短篇小说表现了现代人因脱离了自然而呈现精神分裂和人格异化的存在状态,敏锐地洞察和预见到现代人的精神生态危机,向社会道出了警示,极具前瞻性的意义。

爱伦·坡对当时科学的发展持谨慎和质疑的态度,他从不盲目相信它的力量。作为科学爱好者,爱伦坡对科学理性有着不同的理解,正是这种认知影响了他的科幻作品的创作。他在继承西方哥特式小说离奇的情节、紧张的悬念、真挚的情感、神秘的案件、神秘的氛围等元素的同时,还有机地融入了大量新兴的科学元素。在十四行诗《致科学》("Sonnet—To Science")中,爱伦·坡探讨了科学的发展与改变自然世界的关系这一主题。

十四行诗:致科学①

科学呵！在你那个时代,老人的好女儿,
你用你的眼睛改变世界。
你这兀鹰！灰暗的现实,已经铸下了你的翅膀。
但为什么还要啄食诗人的心呢？
他为什么爱你或者钦佩你？
虽然他能乘风破浪,
你从不让他流浪,
到那充满宝藏的苍白空间去寻找吧。
但你把月神从天车上拉下来了？
但是你把山仙赶出了森林。
逼她躲在幸运星上？
但你把温柔的女神从水中赶走了,
把精灵们赶出了绿茵场,也从
梧桐驱散了我夏日的梦想？

Sonnet—To Science

Science! True daughter of Old Time thou art!
Who alterest all things with thy peering eyes.
Why preyest thou thus upon the poet's heart,
Vulture, whose wings are dull realities?
How should he love thee? Or how deem thee wise?
Who wouldst not leave him in his wandering
To seek for treasure in the jeweled skies,
Albeit he soared with an undaunted wing?
Hast thou not dragged Diana from her car?
And driven the Hamadryad from the wood.
To seek a shelter in some happier star?"

---

① [美]坡:《爱伦·坡诗选》,曹明伦,译,北京:外语教学与研究出版社,2014年,第67页。

> Hast thou not torn the Naiad from her flood"
> The Elfin from the green grass, and from me.
> The summer dream beneath the tamarind tree?

诗歌中,科学技术创造的价值和影响被比喻为"时间老人的忠实女儿(true daughter)"和"啄食诗人心灵的兀鹰(vulture)"两种相互对立矛盾的意象;爱伦·坡提出了反问:一个诗人如何能够喜欢、尊敬并融入科学呢? 他指责科学破坏了一些如关于月神(Diana)和树神(Hamadryad)等的美丽神话;最后,总结对偶句表达了爱伦·坡自己的悲叹,意在指责科学夺去了他的美好幻想。在人类社会文化中,"女儿"代表着未来的母亲,使人类生生不息,象征着温顺和爱,这是推动人类社会不断向前发展的一种力量。这一比喻手法暗示了爱伦·坡对科学进步的赞誉。"兀鹰"象征残酷的摧毁和死亡,尤其在西方社会文化中,它代表着一种对人类具有破坏性的邪恶力量。借助"兀鹰"的意象阐述了科学发展破坏并摧毁了大自然以及泯灭他创作灵感的现实,他因此发出悲叹,暗含了科学的发展已与人文存在着矛盾。人类通过科学技术改造地大自然,使得地球面貌千疮百孔,人类原本美好和谐的生存环境正在逐渐消失,这是科技发展带来的最直接的也是最显眼的后果。显然,一方面,爱伦·坡见证了科技的飞速发展及其创造的奇迹,钦佩人类征服自然和改造自然的巨大力量;另一方面,爱伦·坡揭示了科技的发展给自然和人类生活带来的负面影响,初步表明了青年时代的爱伦·坡对科学技术和人类文明发展之间关系的思考。

在纯对话小说《莫诺斯与尤拉的对话》("The Colloquy Monos and Una, by Harry Clarke")中,爱伦坡对科学发展的未来是困惑和质疑的,这同样是一个值得当代人去思考的问题。爱伦·坡对科学的看法通过莫诺斯与尤拉的对话中亦表现得淋漓尽致。在对话的开头,莫诺斯和他的妻子就在讨论"再生"的话题。死后重生的莫诺斯对人类社会的困境看得一清二楚。他忧心地告诉尤拉:"冒着浓烟的大城市成千上万地出现。绿叶在高炉的热浪前瑟瑟退缩。大自然美丽的容颜遭到毁伤,就像遭受了一场可恶瘟疫的蹂躏。"①莫诺斯认为,地球被科技弄得伤痕累累。所有这一切,都是资本家疯狂追逐物质利益的结果。人们成了强烈物欲的俘虏,他们忽视了精神的追求,产生了道德的空白,于是自食苦

---

① [美]坡:《莫诺斯与尤拉的对话》,曹明伦,译,http://www.360doc.com/content/16/1013/00/34510163_597997053.shtml,访问日期:2020年3月24日。

果,对西方世界对经济无限增长的癖好做出了批判。如莫诺斯在对话中所言:"我们人类是因为情趣的堕落而为自己挖掘了死亡的陷阱"。① 这部纯对话小说表达了对人与自然关系异化的深切担忧。与此同时,这部小说表达了对人类与自然关系美好的期盼,寄予了对人类社会重现美好未来的人文关怀。他通过莫诺斯之口传达了自己对未来的看法:那时候地球将重新披上绿装,重新有其乐园般的山坡和溪流,最终重新成为适合人类居住的地方,适合已被死亡净化过的人类。爱伦·坡预测,人类在遭受了自然的报复之后一定会幡然醒悟,会停止对自然的伤害。经过一段时间的保护和修复,人类与自然的关系会重新变得和谐,地球将重新适合人类居住。

在悬疑小说《催眠启示录》("Mesmeric Revelation")中,爱伦·坡暗示了自己的世界观和生命观,阐述了对宇宙与上帝、物质与精神以及生存与死亡的看法。故事中的叙述者"我"是一位长期习惯于对凡柯克先生进行催眠的医生。几个月来,凡柯克先生的身体一直受到患有晚期肺结核痨疾的折磨,这种慢性疾病会给病人造成的身体上的痛苦和精神上的焦虑,大部分时间一直都因"我"的催眠术而得到减轻。同时,"我"与被催眠者凡柯克先生展开了一系列关于宇宙与上帝、物质与精神、生存与死亡话题的探讨。整个讨论和思辨的过程使"我"预感到人类对宇宙和谐平衡的破坏,这预示着死亡将要来临的危险。此外,"我"也意识到人类需要通过死亡而获得重生,爱伦·坡描写"我"与被催眠者凡柯克先生之间的讨论和思辨的过程意在引导人类回归自然。当代世界科技成果转化快速增长,围绕抢占科技制高点的竞争也在世界范围内悄然展开。科学技术已经逐渐侵入到经济、社会、文化等各个领域,成为推动社会生产力发展最活跃的因素。然而,但科技成果的应用也给人类赖以生存的环境带来潜在的威胁。人类原有的田园般的诗意栖居方式被彻底破坏,人类开始陷入生态危机。

爱伦·坡在一百多年之前就预示了这场危机,甚至试图探索解决危机的途径。爱伦·坡指出:"人类需要找到一个理想的生存环境。"②他认为,理想的生活环境只有在大自然中才能找到。爱伦·坡心中理想的生存状态是人生活于自然中,并与自然和谐相处的状态。无疑,爱伦·坡是肯定了回归自然的深刻

---

① [美]坡:《莫诺斯与尤拉的对话》,曹明伦,译,http://www.360doc.com/content/16/1013/00/34510163_597997053.shtml,访问日期:2020 年 3 月 24 日。
② [美]坡:《爱伦·坡集》,倪乐、曹明伦,译,北京:生活·读书·新知三联书店,1995 年,第 949 页。

意义,他认为,自然为人类提供的家园的大门永远是敞开的,人类应该认识到,自己既不是自然界的主人,也不是自然界的仆人。大自然可以陶冶人类的情操,影响和塑造人类的心灵。人类需要参与自然美的创造,需要接受自然美的培养和影响,从而不断丰富和提升自己的精神层次。为此,他热情呼吁:"回归美,回归自然,回归生活。"[①]爱伦·坡的小说,如《仙女岛》("The Island of the Fay")、《阿恩海姆乐园》("The Domain of Arnheim")、《兰多的小屋》("Landor's Cottage")等,都描写了自然之美,赞叹自然之美,寻求和创造自然之美,主张重建人类与自然的和谐相处。他认为:"重建人与自然的和谐关系可以帮助人们摆脱功利主义的束缚,避免普通的烦恼和忧虑,恢复人类原本真正的自由和幸福。"[②]人类不仅是物质性的存在,而且主要是精神性的存在。人类与自然的和谐一方面是利于人类更好的生存和发展,另一方面是更利于人类能够构建一个美好的精神家园。

爱伦·坡的推理小说、恐怖小说和科幻小说题材大多怪诞,远离现实生活。大部分人物的内心世界是黑暗、焦虑、变态、孤独、疏离,这引起了人们更有效、更强烈的共鸣。此外,小说中精湛的心理分析技巧无疑使人们对精神危机的印象更加深刻。《梅岑格施泰因》("Metzengerstein")、《瓶中手稿》、《莫雷娜》("Morena")、《丽姬娅》("Ligeia")、《厄舍古屋的倒塌》("The Fall of the House of Usher")、《红死魔的假面具》("The Masque of the Red Death")、《陷坑与钟摆》("The Pit and the Pendulum")、《泄密的心》("The Tell-Tale Heart")、《黑猫》等小说中的人物内心世界皆呈现出难以逾越的障碍。爱伦·坡采用非理性、无意识、梦幻般的创作手法,直接面对那些在精神世界里挣扎的个体,呈现他们陷入无奈、迷离、恍惚、疯狂、绝望的状态,反映了人被湮灭的社会现实,一种浓厚的人文情怀贯穿其中,引起世人的关注。爱伦·坡早在一百多年前就预见到了现代社会存在的弊病。小说中人物的悲剧揭示了19世纪之后现代人精神危机的综合征。人类征服自然的能力确实大大增强了,但却沦为物质生活的奴隶。在物质至上的现代文明社会,人们陷入无止境追求物质和功利的泥潭,窒息了人的道德、情感和精神。自然价值观和世界观上的认识论缺陷,人们逐渐远离了自然。19世纪初,几乎90%的美国人口居住在农村地区,从事农业。

---

① [美]坡:《爱伦·坡集》,倪乐、曹明伦,译,北京:生活·读书·新知三联书店,1995年,第515页。
② [美]坡:《爱伦·坡集》,倪乐、曹明伦,译,北京:生活·读书·新知三联书店,1995年,第958页。

1890年后,工业革命使美国城市的交通更加便利,在这之后的20年间,美国居住在城市地区的人口增加到5000万人以上。美国城市化历程让更多人远离了自然,生活越来越技术化,生产方式越来越机械化。生活在城市里的人们思维越来越抽象,人们沉醉于物质的满足,而对人生、社会的情感以及对人类命运的责任感逐渐淡薄退化,个体陷入孤独、疏离和无望的状态。这种状态是一种信仰上的失落和情感的枯萎。因为脱离了自然性的生活,人便无法保持"我是人"的气节。弗洛姆在《人心:善恶天性》(*The Heart of Man: Its Genius for Good and Evil*)一书中认为:"现在,人与其他动物的不同就在于人与自然的疏离。人远离了自然,就脱离了自然原本赋予人类的和谐,属于人类新的和谐还远远未建立。此时的人类就会产生一种其他动物所没有的疏离感和孤独感。这是隐藏在人性深处的毁灭之源,也是创造力的源泉。"[1]由现代工业文明推动的城市化进程带给人们的是想通过努力获得逐渐丧失的"主体意识",这种伤口只能依靠大自然的精神力量得以抚慰和愈合。生活在城市中的人们最终会渴望回归自然,以寻求一个赋予人类根基的精神家园。

爱伦·坡信仰古希腊以来的古典美与和谐美的原则,希望在古典美和谐美的文化中找到人类的精神寄托。他的美学思想是以神圣美为核心的,这种美是一种超脱于现实的彼岸之美,意在抗衡现实中的邪恶。在《埃莱奥诺拉》("Eleonora")中,爱伦·坡营造了一个梦幻般的天堂,"我"和表妹埃莱奥·诺拉在美丽的五彩谷过着远离城市尘嚣的美好生活,心灵美与自然美融为一体。在《阿恩海姆乐园》("The Domain of Arnheim")中,主人公埃里森阐述了自己对幸福的看法,提出了创造幸福的四个必需条件:活在自然中;获得一个女人忠诚的爱情;远离世俗的生活以及去创造一种源自自然之美。爱伦·坡认为,人类与自然的和谐融合应该置于实现幸福四个条件之首。因为,生活在自然之中是幸福的,自然是人类得以幸福的源泉。在《阿恩海姆乐园》中,海洋之美体现了爱伦·坡对自然的独特的理解。人性的丑陋与卑劣与海洋的纯净与美丽形成鲜明的对比。海洋之美反衬出世俗社会中存在的丑陋与卑劣的行为。美不胜收的海洋也会给人类带来不忍卒睹的伤害,神秘、野性的海洋世界美丽而残酷。人类与海洋在面对面抗争之时,人类会深感和承认自身的渺小,也会更加深刻地理解人类与自然之间错综复杂的关系。海洋浩渺无限,纯净雄浑的一面,它

---

[1] Fromm, E., *The Heart of Man: Its Genius for Good and Evil*, New York: Harper Collins, 1971, p.57.

象征一个未被工业文明侵入的世界,多数人会对大海产生一种精神上的向往。在《南塔克特的亚瑟·戈登·皮姆的叙述》("The Narrative of A Gordon Pym of Nantucket")中的开篇,爱伦·坡就直接表达了人类快乐的源泉源自对自然风光深入的思考。接着,"我"谈到了自然、宇宙甚至上帝,推论自然中的一切存在物都属于"圣灵",即存在于自然中的无处不在和无所不能的"上帝"。人类极易傲慢自大而导致无视自然,科学技术的进步、唯物主义的诞生和经济的发展是人类犯下这种错误的三大直接诱因,也直接冲击了宗教信仰。人们开始转向拜物教(fetishism)而不再信仰宗教。虽然仍然会有一些人信仰宗教,一些地方也仍然会举办宗教仪式。然而,那大多是出于对风俗习惯的尊重和坚持,人们不再出于信仰的原始状态而信仰宗教了。人们的社会生活必将随着经济的发展而发生变化,人的个体心理结构也必然随之发生变化。爱伦·坡的作品的主题既探究了源自"小我"的生命体验,也折射出"大我"的时代风貌和时代精神。因此,纵观爱伦·坡的作品中的自我、唯美、死亡的主题,其实质上是对生命本原存在、基本意义以及最高价值的一种终极关怀。

在人类的起源问题上,恩格斯认为:"生命是整个自然界的一个结果。"①人类的生存和发展离不开自然,人类绝不是自然之外的人。人类的存在和发展与自然界的存在和发展是一致的。人类自产生以来,就一直向大自然索取资源。人类早期,由于干预自然的规模较小,能力有限,对自然的负面破坏并不明显。随着现代科学技术和信息科学技术的到来,人类干预自然的能力越来越强大。现代社会物质财富的迅速增长是人类向大自然肆意索取资源的产物,而随之而来的是人类对自身生存环境的破坏和污染,大自然的生态平衡被破坏了,生态危机便接踵而至。生态危机折射出人类与自然关系的危机以及人类与自然关系的不和谐。人类对资源无节制的攫取和利用,对植物的砍伐烧毁,对物种的捕捞破坏,最终破坏了完整的自然链,导致人类自身生存的危机。因此,这不仅仅是一个认识问题,更是一个社会问题。爱伦·坡认为,人类应该承担对大自然的守护责任,这也是人类存在的意义之一,人类应该像其他物种一样在大自然中发挥自己的作用。如果人类傲慢顽固地想要继续征服自然,只为显示人类自身无所不能的力量,那么,人类与自然就永远无法和谐相处。工业文明兴起之前,农业文明延续了几千年,那是人类与自然的和谐关系登上巅峰的时代。

---

① [德]马克思、恩格斯:《马克思恩格斯选集(第二卷)》,中共中央编译局,译,北京:人民出版社,1995年,第35页。

19世纪之后,在科技理性的催化下,人类变得极其自负、盲目和狂妄,笃信依靠科技文明就能够迅速征服自然和改造自然。在人类中心主义思想的支配之下,人类与自然和谐相融的状态很快丧失了。尤其,在物质至上和消费主义大行其道的狂热年代,人类对自然的掠夺行为愈演愈烈。人类征服自然和利用自然的盲目性最终导致了各种自然灾害,这是生态危机的根源之一,它直接毁坏了地球这个人类赖以生存的家园。人类在与自然的关系中摆正自身的位置以及正确发挥自身的作用已成为生态伦理学的一个重要命题。摒弃"人类中心主义"的错误观念,遵循自然规律,爱护自然,善待自然,尽可能预测当前行为对未来的长远影响。人类不能再盲目沉浸于"万物主宰"的神话中,要深化人与自然不可分离的科学认知,要学会从生态伦理角度协调人与自然关系。

二、霍桑的科技伦理观

霍桑的短篇小说集中揭示了一些具有一定科学理性的知识分子所犯下的科学之恶和人性之恶。霍桑将"疯狂的科学家"所犯的罪行定义为"理智之罪"。对此,一些评论认为,霍桑的思想是保守的,对科技的巨大力量抱有矛盾心理,反映出对科学合理性的怀疑,否定了科技力量对人类文明发展的贡献。随着科学技术在发展过程中的负面效应的凸显,霍桑的作品在21世纪的当下看来,比在他所处的时代甚至更具有意义,理由是他的小说蕴含着惊人的前瞻性。这种前瞻性是指霍桑对于一味追求征服自然的科学给人类带来危害的警告。如果从生态伦理的视角来重新审视霍桑的作品的另一个侧面,可以感受到他的一些作品——如《通天铁路》("The Celestial Railroad")、《胎记》("The Birthmark")、《拉帕齐尼的女儿》("Rappaccini's Daughter")等——都蕴含着深刻的生态伦理意识。通过科幻象征主题的表达,霍桑揭示了人类如果盲目利用科学技术最终会打破人类与自然原本和谐的状态。科学的盲目利用必将会引起人类与自然新的二元对立,霍桑意在引发人们思考科学发展对人类与自然和谐关系的冲击问题。由于科学技术的发展,不仅社会生产方式发生了巨大的变革,而且人们的生活方式也发生了变革。科学技术对人们生活方式的四个基本要素,即生活主体、生活资料、生活时间和生活空间产生直接或间接的影响,人类因此失去了曾经能够充分感受到的自由感和归属感。人们的精神世界开始面临异化的危机,这是威胁人类自身生存稳定性的不可忽略的问题。霍桑创作了系列反映"理性之罪"为主题的小说反映了对探索这类危机根源所做出的努力。霍桑的数篇作品都关注了科学所引发的道德意义,预见了科学之恶,并提醒世人要予以重视,希望人们能够重新审视自然及其与自然内在联系的文化系统,这也是生态批评所关注的人类与自然关系的一个现实。人类与自然始终是一个统一的生态整体,人类必须承担保护自然的生态责任和义务,不断纠正人类中心主义对自然的支配和征服所造成的持续性甚至无法扭转的破坏。霍桑的小说审视和批判了人类对科技理性的盲目信仰和无限扩张所带来的对自然的掠夺和破坏以及对人类自身的生存所构成的威胁。霍桑时代没有第二个作家像他那样集中围绕"科学理性"主题进行创作。《胎记》中的科学家埃尔默、《拉帕齐尼的女儿》中的拉帕奇尼博士和《通天铁路》中的带路人畅捷先生三位主人公是狂热崇拜科学理性的代表。他们幻想通过利用科学技术的力量征服自然和改造自然,然而,他们最终在对科学威力的无限追求中毁掉了现实世界的美好。

蒸汽机的发明和使用标志着人类进入了工业社会,人类由以往对自然的依赖演变为对自然的征服。科学技术成为人类征服自然和利用自然锐利的武器,极大地增强了人类面对大自然的自信心,人们的思维开始被科技理性所支配。科技能够改变一切的思想使得科学的工具理性被过分张扬。科技理性冲昏了人们的头脑,深刻地影响了人们对待大自然的态度,从此改变了人们的生活方式。小说《胎记》被认为是对"现代科技的控诉",开篇写道:"当电和其他自然界的奥秘刚刚被发现时,似乎所有进入陌生世界的途径都被打开了。热爱科学的人并不少见,对科学的忠诚和专注甚至可以胜过爱。优秀的智力、想象力、精神乃至情感都能从各种科学探索中找到合适的养料。这些探索,正如一些有献身精神的人所认为的那样,可以发挥智慧的创造力,作为科学家创造一个新的世界。"[1]霍桑描述了当时人们对科技理性的狂热和崇拜。

《胎记》中的主人公艾尔默(Aylmer)是18世纪后期的一位科学家,是一位精通自然哲学各学科的名人。在探索科学奥秘的精神感召下,"艾尔默全身心地投入到科学研究中,任何其他激情都无法使他放弃追求。即使是他对妻子的爱,也只有与他对科学的热爱交织在一起,将科学的力量与自身的力量连接起来,才会更加强烈。"[2]为了探索大自然的奥秘,艾尔默终日在实验室里废寝忘食地进行各种实验。霍桑不惜运用了大量的笔墨详细描述了他对大自然的种种探索以及成败得失。他探究过云层和矿藏的奥秘、火山爆发的原因以及大自然

---

[1] Hawthorne, N., *Hawthorne's Short Stories*, New York: Vintage Books, 2011, p.46.
[2] Hawthorne, N., *Hawthorne's Short Stories*, New York: Vintage Books, 2011, p.232.

孕育人类的奥秘,他试图将大自然的神秘面纱一层层解开。艾尔默的妻子乔治亚娜已经很漂亮了,他却仍然无法容忍她脸上的胎记,总认为这是大自然的瑕疵,是大自然给人类打上的未知印记,在他眼里,"这个胎记象征着罪恶、悲伤、腐朽和死亡"①。为此,他变得越来越不安和焦虑,越来越被想要发明一种药物来彻底消灭它的欲望所控制。虽然胎记是人体上的致命瑕疵,但它是与生俱来的,无法消除。但不管如何,艾尔默相信科学可以提供无穷无尽的可能。艾尔默坚定认为:"对科学的追求将在强大的智慧阶梯上一步一步地攀登,自然哲学家们最终是那个掌握宇宙创造力的秘密。"②经过不懈的研究,艾尔默终于研制出了一种药水。乔治亚娜喝下药水后,虽然脸上的胎记褪去,但她的生命也随着胎记的消失而逝去。

显然,艾尔默以崇高的科学事业的名义掩盖了他内心膨胀的欲望,那就是实现利用科学征服自然,显然是包括人类在内的自然中的一切。借助科学使人类拥有一个更加美好的未来,这是一个充满善意的逻辑。科学构想可以天马行空,然而一旦牵涉人类自身生命安全或者社会伦理时,那么,科学的利用就意味着存在着巨大潜在的未知风险。由于"理性之罪"所引发的悲剧,霍桑表达了对盲目利用和追求科学知识给人类带来了自身的毁灭的理解和警示,希望科学的发展应在尊崇人文的基础上去追求科学的最终旨归,寄予了自己对自然宇宙的人文关怀和生态关怀。法国当代著名思想家埃德加·莫兰(Edgar Morin)认为:"技术控制了现代人,人的认识论已经技术化了。"③在某种程度上,科学追求客观性,排斥主体性。于是,科学的发展的路径与人类自身的生存之道就产生了裂痕。艾尔默科学实验的悲剧在于破坏了自然生态系统的内在平衡,因为人类也是自然的一员。根据科学研究,胎记是一种血管瘤,其形成因素包括两个方面。一种是基因,基因是遗传物质在下一代与下一代之间传递的基本单位。它通过繁殖将遗传信息传递给下一代;二是环境,环境污染导致人们的生存和发展的空间持续恶化,蔬菜农药,鸡鸭鱼的生长激素等等化学制品可能会使尚在孕育中的胚胎发生基因变异,从而引起各种胎记。如果胎记处理不当,就会恶性转化为黑色素瘤,从而危及人体生命。从基因遗传的角度来说,在人体上形成的胎记也是人类生命自身的一部分。小说中的科学家艾尔默学识渊博,曾

---

① Hawthorne, N., *Hawthorne's Short Stories*, New York: Vintage Books, 2011, p.235.
② Hawthorne, N., *Hawthorne's Short Stories*, New York: Vintage Books, 2011, p.327.
③ [法]莫兰:《复杂思想:自觉的科学》,陈一壮,译,北京:北京大学出版社,2001年,第37页。

创造过一系列奇迹,但最终还是被一个小小的胎记击败了。乔治亚娜在使用艾尔默研发的药液祛除胎记的过程中,她的脸色越来越苍白,身体越来越虚弱。面对妻子行将离开人世时,艾尔默想到的不是如何拯救妻子,而是"不错过一丝细节地将妻子绯红的面颊,气若游丝的呼吸,眼睑微弱的颤动,躺在那儿没有任何知觉的情况记录下来。"①他心中始终秉持着科学家从事研究时的科学态度,坚信科学能够解开自然中的一切奥秘,试图用科学技术的方法去改变乔治亚娜原本自然的容貌。科学研究已经消除了其作为人的一切因素,他妄想创造出科学力量的奇迹,展示作为自然主体的人类对作为人类客体的自然的一种"绝对力量",这正是霍桑所否定和批判的。对此,霍桑清晰地表达看法:"我们伟大的造物之母允许我们去破坏,却很少允许我们去修复,就像一个小心翼翼的专利权从不允许我们去创造一样。"②科学的进步和发展扩大了人类对自然认知的广度和深度,科学技术的发展在于帮助人类向自然获得利益的同时也减少了对自然的恐惧。传统的"敬畏自然"的自然观在科学技术面前受到了挑战,"敬畏自然"的心理正在被科技的力量所淡化。对此,霍桑认为自然需要人类的尊重,不允许随意改造,倡导人们要约束改造自然的行为。

与《胎记》相比,《拉帕齐尼的女儿》更加鲜明地表达了霍桑的科技文明的伦理思想。拉帕齐尼博士是医生,是药物学家,也是父亲。他在追求科学知识的过程中态度严谨、一丝不苟。然而,"比起人类,他更关心科学,他对人的兴趣只是因为人可以是某种新实验的对象"③。拉帕齐尼在对科技的狂热追求和滥用过程中更加肆无忌惮地践踏着科技文明的伦理道德。在私家花园里从事着各种实验,他本人形容枯槁,身体状况也显现在退化中,这表明一味崇尚科技理性不仅会给自然带来伤害,也会间接给人类自身带来伤害,使人类丧失了诸多美好的天性。他为了达到发明一种新药的目的,实现自己的科学梦想,在实验中,甚至在确定植物的毒性将对人体产生负面的影响的情况下,他依然不惜将女儿贝阿特丽丝(Beatrice)置于"弥漫毒气"的花园里充当实验品,让她只在这个与世隔绝、长满毒草的花园里生活,以便能够最大限度地追求科学实验。鸟、老鼠和蝴蝶都被花园里的花草的芳香毒死。实验的结果最终夺走了他女儿的生命。在他的认知里,自己的女儿也只是科学实验的一个对象而已,而科学成果才是

---

① Hawthorne, N., *Hawthorne's Short Stories*, New York: Vintage Books, 2011, p.367.
② Hawthorne, N., *Hawthorne's Short Stories*, New York: Vintage Books, 2011, p.387.
③ Hawthorne, N., *The Complete Novels and Selected Tales of Nathaniel Hawthorne*, New York: The Modern Library, 1937, p.893.

他的"精神之子"和"心智之子"。"他关心科学远远胜过关心人类,他的病人只是作为某种新实验的对象,唯有如此,才会使他感兴趣。为了要在他积累起来的知识大山上再增加一小粒芥末籽,他会牺牲人类的生命——其他人的生命和他自己的生命,或者不管什么对他最为宝贵的东西。人之常情已经不能阻止她父亲以那样可怕的方式把自己的孩子作为科学狂热的牺牲品。如果要给他一个公正的评价,他就像一个把自己的心放在蒸馏器里蒸馏过的人那样,是个真正的科学家。"[①]征服自然和科学万能是拉帕齐尼追逐的目标,他妄想通过超常发挥自己的主体性和能动性去改造自然,他对科学的狂热完全违背了自然界的运行法则。

在小说《伊桑·布兰德》("Ethan Brand")中,霍桑解释:"理智之罪凌驾于人类的最基本的情感之上,凌驾于对上帝的敬重之上,为满足其强烈的目的甚至不惜牺牲一切。"[②]无视科技文明的伦理使拉帕齐尼异化为一名极端的科学家。霍桑让人们审视内心,审视人类漠视科技文明的伦理即使最终控制大自然之后的可怕后果。显然,霍桑在告诫世人,盲目崇尚科学而罔顾其他生命的"科学至上主义"的观念的实质是一种伪科学,最终的结果只能是错误地把科学引向伤害自然以及人类自身的一种异己力量。在一个有机、有生命、与人类本身有千丝万缕联系的宇宙世界里,大自然和人类一样拥有一种神性的美,自然万物比例适度协调、内在关联、运行有序。正是因为大自然充满着那种神秘的美,人类的生存和发展得以延续才成为了可能。人类通过一代又一代科学上的努力,不断认识自然、探索自然、开发自然、征服自然并取得了举世瞩目的业绩,展现在人类面前应该是一条隐约可见的未来之路和一幅更加美好和积极的生存图景。然而,取而代之的是,科学带来的是一个被祛魅的自然,自然失去了生命,失去了灵魂,变成了一个机械理性化的世界,变成了伤害人类自身的工具。霍桑对盲目利用科学技术的力量去改造自然的行为是质疑和否定的。科学技术创造了一个个奇迹,人类福利因此而达到了改善,但科学技术也给大自然带来了一次次的破坏,也使得人类愈来愈丧失对大自然整体利益的关怀。通过两个涉及科技理性给人类生命带来破坏的故事,霍桑阐述了科学家试图征服和改造自然而不负责任滥用科学技术必然会导致无法想象的后果。科学家的关注应该是人类长远的福祉,那些以牺牲人类的生命为代价去追求所谓科学发展的

---

① Hawthorne, N., *The Complete Novels and Selected Tales of Nathaniel Hawthorne*, New York: The Modern Library, 1937, p.1048.

② Hawthorne, N., *Hawthorne's Short Stories*, New York: Vintage Books, 2011, p.67.

人,无疑是让人永远唾弃的科学怪兽。

这两部完成于 19 世纪初的短篇小说反映了霍桑的科技文明伦理思想,同时,也悲叹科学理性对人类良知的腐蚀性影响。警示世人千万不要盲目发展科学而无视自然的法则和力量。在霍桑看来,这些失去人文精神的"科学人"潜心思考的问题只停留在科学理论的层面,只是着迷于抽象的定律,根本无法把对科学的研究置于社会整体利益和自然整体利益的框架之中,脱离和违背自然宇宙的运行法则的科学研究终归只是缺乏人文理性的科学。埃尔默拉帕奇尼两位科学家在科学主义的旗帜之下,自然原本的意义被异化、遮蔽了,自然丧失了它内在的意义。"自然万物"沦落为自然物的个体形式上的集合,人类与自然的关系被分离对立,自然逐渐被祛魅,成为人类理性可以透彻研究的对象。那种由古希腊人坚持不懈探求的隐藏于自然万物内部并作为支配自然万物生生不息的原始力量之"自然"不见了。自然万物只能按照科学技术的设定存在、变化和发展,原本的自然被科学技术打上了"人化自然"的深刻烙印。这种"人化自然"注定会给人类自身和生态环境带来更大的伤害。

霍桑的另一小说《通天铁路》("The Celestial Railroad")的故事框架是效仿英国 17 世纪著名作家约翰·班扬(John Bunyan)的小说《天路历程》(*The Pilgrim's Progress*)的故事情节。故事中的"我"这个人物讲述了像《天路历程》中的主人公基督徒克里斯蒂安一样梦见一路上去朝圣旅行的故事。"我"前往朝圣的方式是乘坐火车,坐上了从"毁灭城"(City of Destruction)通往"天城"(Celestial City)的火车,完全不像基督徒那样徒步旅行。在朝圣旅程的过程中,小说深刻审视了人类的文化。那是一个充满理性的世界,人们对改造自然的能力充满信心,可以充分展示了自己的主观能动性。小说中的背景"通天铁路"当时在美国康科德市已开通,普通人为此而兴奋不已。在《通天铁路》中,霍桑不仅对物质主义进行了探索,同时也对社会发展进程中伴随的问题进行了反思,那就是,人与自然的逐渐分离。小说通过对两位主人公徒步朝圣者和以畅捷先生为代表的一些现代人所形成的对照,隐含着一个值得令人深思的问题:通往人类与自然和谐共处的"天城"之路能否实现?霍桑对人与自然关系的探索与 20 世纪兴起的生态批评理论的深层意蕴不谋而合。畅捷先生为铁路公司董事及主要股东,他熟悉一些现代术语,如,法律、政策、统计等科目知识。他作为同行的引路人,随行的人来自社会各阶层的上流社会。他们的言谈举止和衣着打扮无不体现着时代的时尚与进步。畅捷先生认为,"地狱"是个虚幻的地方,是不存在的,从科学上说,它只是一个陨石坑。足以说明他的思想境界里充满的是对现代科学知识的认知和印象。面对"死城"外那令人实在难以忍受的臭气熏天的著名泥潭，畅捷先生坚信："就像在泥潭上架起一座便桥一样，本来可以不费吹灰之力就把它改造成一片坚实的土地。"①显然，畅捷先生认为，人类的主观能动性是无所不能的，人的主体意识可以完全决定身边自然景观的改造。小说中，旅客可以坐上方便快捷的列车，不再像当年基督徒那样肩上挑着重担，孤身一人艰难地一步一步地行进。他们可以携带行李快速到达目的地，轻松享受机械文明带来的便利。"难山"那道此前一直阻碍人们交通运输的坎也被科技攻克了。"一条隧道直穿越雄伟壮丽的石头山心脏地带，高耸的拱门和宽敞的双轨如此壮观坚实，成为筑路者和铁路公司永远的碑。"②科技的力量使曾经难以改造的高山和深谷变成了平坦的道路。火山口附近蓬勃发展的铁路钢铁生产基地也是人类发挥科学智慧的有力体现。这些科技进步反过来又极大促进了人类的自我意识和主体意识的爆发甚至膨胀。因此，畅捷先生坚信生活中的一切问题都可以通过科技这一利器获得解决和施加控制。充分发挥科技力量，也同样能够实现"天城"这座集贸易、经济、科技等方面的繁荣之城的梦想。"通天铁路"的缩影是霍桑时代美国社会科技飞速发展的真实写照，呈现了人类一次又一次征服自然，给人们的生活带来更多便利、速度和繁荣的事实。人类主体意识的增强与认识自然和改造自然的能力密切相关。随着认识自然和改造自然的能力的增强，人类在大自然面前不但不会反思自身盲目、妄自尊大的一面，反而，更愿意展示出自身的绝对力量。畅捷先生内心充满着"人定胜天"的自信，认为人类原本就是支配统治自然的主人。事实上，人类在大自然面前真正是渺小的存在，人类应该真正认识和恰当把握自身在自然界中的价值和地位。

　　人类生活的环境主要是指自然环境和社会环境。随着人类文明的不断推进，人们的主观生产生活实践不仅使自然界发生根本性的变化，而且在自然界的因果链中注入了人类的目的性因素和人类的要求。当人类征服自然、控制自然和改造自然的欲望不断膨胀时，自然环境就深深地打上了人类活动的烙印。人们不再被大山和深谷所阻隔，似乎畅通无阻，可以更自由地生活。然而，人们在享受现代文明带来的幸福和自由的同时，也失去了人的根本自由和幸福。因

---

① ［美］皮尔斯编：《霍桑集：故事与小品》，姚乃强，等译，北京：生活·读书·新知三联书店，1997年，第945页。
② ［美］皮尔斯编：《霍桑集：故事与小品》，姚乃强，等译，北京：生活·读书·新知三联书店，1997年，第948页。

为,人本身处处都要被自己的自我意识和主观能动性的创造所左右。同时,人类的活动,如,自然资源的过度利用、工业污染、城市化、消费主义等,对环境的影响已经超越了整个自然界可以承受的范围,以让人无法忽视的方式向每个人发出了警告。人类凌驾于自然之上,自然成为满目疮痍的自然,成为被人类"工具理性"压迫和改造的自然。在通往"天城"的旅途上,之前人与自然和谐相处的画面已被人类的活动所留下的乌烟瘴气的景象打破了,绿树成荫、鸟语花香的家园不复存在。繁华的"毁灭城"外广阔的泥潭里充斥着不断膨胀的人口排放的各种垃圾,"即使把地球上所有的下水道和臭水都排放到那里,也不会那么刺眼鼻。"①如此描述纵然过于夸张,可那儿的自然环境显然也是不复往日了。"通天铁路"上的火车机车一边冒着浓浓的黑烟,一边发出刺耳的哐当声,这使得整条大路弥漫着污浊的空气和刺耳的噪音。山谷入口处的钢铁厂看上去也是阴沉沉的,空气中弥漫着工厂持续不断散发出来的毒气,那环境让人麻木迟钝。每到一站,列车都会发出悠长的刺耳的声音,尤其是列车到达终点站的那一时刻,发出的最后一声刺耳的长音令人发怵,人们似乎会从那悠长的声音中听到哭泣声、嚎叫声、雷声、魔鬼或疯子的笑声。"它制造了一种地狱般的噪音,不仅扰乱了幼发拉底河居民的安宁,而且把噪音直送到了天门。"②整座"毁灭城"被烟雾和毒气包围,阳光无法穿透,沿途不得不挂上四排蒸汽灯,但灯光刺眼,仿佛列车轨道两侧都筑起了两道防火墙。然而,蒸汽灯又给人们带来了不适。霍桑采用现实主义手法对通天铁路沿途的场景进行了描绘,让人真切感受到人类对自然的改造活动是如何破坏了自然环境,也越来越意识到自然环境对人类生存的重要性。此外,霍桑进一步描绘了生活在被污染的自然环境中的人的健康状态。"图像似的表情带着各自罪恶或邪恶的印记,透过光幕怒视着我们,伸出又大又脏的手,仿佛要阻止我们前进。"③这是由于人的心理受到外界环境的刺激而产生的一种反应。"那些人不外乎都长着毫无吸引力的外貌,皮肤被烟雾熏得黝黑,畸形的身体,奇怪的脚,眼睛里闪烁着暗红色的光芒,仿佛他们的内心总是有把火在燃烧。另一件怪事令人惊讶,在炉子前干活的人,给列

---

① [美]皮尔斯编:《霍桑集:故事与小品》,姚乃强,等译,北京:生活·读书·新知三联书店,1997年,第876页。
② [美]皮尔斯编:《霍桑集:故事与小品》,姚乃强,等译,北京:生活·读书·新知三联书店,1997年,第564页。
③ [美]皮尔斯编:《霍桑集:故事与小品》,姚乃强,等译,北京:生活·读书·新知三联书店,1997年,第565页。

车添加燃料时,每次大口呼吸时,口鼻都会喷出烟来。"① 显然,自然环境的危机也给人类的生存带来了不可避免的威胁。表面上的喧嚣熙攘、发达的"毁灭城"却呈现出令人触目惊心的环境危机以及人的生存危机百态。这样的描绘极具现实批判意义,霍桑关注人类社会,更关注导致危机的根源。工业文明和科技理性的盲目发展和对自然的利用改造是自然环境遭到污染和破坏的根源。人类与自然的关系从农业时代的和谐状态转向工业时代的二元对立状态,使人类丧失了原本美好的生存家园。人类中心主义最终导致人类与自然渐行渐远,科学技术的滥用是将人类的生存引向"天城"还是"地狱"?

在近代科技革命兴起之初,马克思和恩格斯就已洞察出了科学技术可能产生的弊端。他们对科学技术的作用给予了这样的评价:"科学是一本打开了的关于人的本质力量的书。"② 并把科学技术看作是"历史的有力的杠杆,是最高意义上的革命力量"。③ 同时,他们也深刻地指出了科学对现实社会产生的毋庸置疑的负面影响。"科学技术的胜利似乎是以社会道德的败坏为代价换来的。随着人类愈益控制自然,个人似乎愈益成为他人的奴隶或自身卑劣行为的奴隶。"④ 科技极大地推动了生产力的巨大进步,极大改善了人类的物质文明程度。但是,科技的发展直接破坏了自然环境,人类与自然被置于尖锐对立的矛盾关系中。反之,人类的生活方式、生产方式、经济和文化制度也会将决定着人类对自然的影响程度。小说《通天铁路》描绘了一个一切以人类为中心、以人类的眼前利益为标尺的社会,这样的社会显然是过度消耗自然资源,是对自然的巧取豪夺和无尽的宰割。"毁灭城"外布满的是臭气熏天的垃圾池。此外,"通天铁路"一路上跃入眼帘的科技理性改造自然的胜利景象,这些描绘形象地展示了人类是如何热衷于便捷和功利的生活。人们只看到经济快速发展带来的眼前利益的一面,而不愿意去认识自然,不愿意去关注环境污染、人类生存危机等一系列伴随而来的问题。

"名利城"喧嚣的商业活动折射出人们狭隘的"人类中心主义"的价值观。

---

① [美]皮尔斯编:《霍桑集:故事与小品》,姚乃强,等译,北京:生活·读书·新知三联书店,1997年,第567页。
② [德]马克思、恩格斯:《马克思恩格斯选集(第四十二卷)》,中共中央编译局,译,北京:人民出版社,第127页。
③ [德]马克思、恩格斯:《马克思恩格斯选集(第二卷)》,中共中央编译局,译,北京:人民出版社,1995年,第78页。
④ [德]马克思、恩格斯:《马克思恩格斯选集(第十二卷)》,中共中央编译局,译,北京:人民出版社,1965年,第4页。

显然,人们已经偏爱喧嚣、商业化的"名利城"而不是"天城",因为在"天城"的生活是热闹、舒适和便利。这样的生活方式已经成为社会的主流选择。它以直接的、间接的、经济的和非经济的方式侵入人们日常生活的各个角落,甚至渗透到人们的意识形态之中。在"名利城"里,一切有形无形的东西,如,知识、个人品德、良知等,也都沦为了有价值的商品。这些东西可以通过数字计算和控制,可以批量生产和销售,有一种机器甚至也可以成批地创造个人道德。"它是由形形色色以实现优良品德为宗旨的众多社团来支持实现的。每个人只需将自己与这台机器连上,将自己那份美德加入公司共同的股份,公司的董事长与经理们自会努力经营,将累积的道德股份再妥加利用而创造利益。"①霍桑通过寓言式的描写反映了当时社会功利主义思想的盛行。生活中的各种形态和领域都可以被功利化了,通过营销的手段就可以获得利益。"王子、总统、诗人、将军、艺术家、演员、慈善家等各行各业的人们都乐于在名利场摆摊经营。"②在这样一个充满着理性的工业化社会中,人类的内在价值和情感在资本、利润和功利面前可以被忽视,人类的精神世界被这一切所污染、更是被支配,这一定程度上加剧了对自然环境的破坏。

霍桑认为,崇高、庄严只有在自然中才可以寻得,这无疑是对自己所处的那个年代的逃离和批驳。"名利之城"彰显的商业形象隐含着霍桑对人类中心主义、功利主义、工业化文明和科学至上主义的多层面批判,同时也暗示着人类与自然相互依存、和谐相处的状态已不复存在。烟雾、毒气、刺眼的蒸汽灯、噪音象征人类与自然关系不和谐的因素。同时,霍桑塑造了两位坚持传统方式的朝圣者,与畅捷先生等一批现代人对"名利成"的顶礼膜拜形成了鲜明的对照。他们宁愿舍弃方便快捷的列车也要坚持采用步行的方式前往朝圣,同时,他们对一路上被科技改造的景观更是不屑一顾,也是无法接受。他们更不会被名利场里热闹喧嚣的商业气息所感染和诱惑,而是始终奉行简单、勤勉、不贪婪的生活信念。他们的精神世界纯洁善良、行为上尽可能亲近自然,保持着与自然的规律协调一致的生活方式。在霍桑看来,这种努力保持与自然和谐相处的生活才是一种真正自由幸福的生活。在通往"天城"的路途上,他们更是勇于面对来自推崇现代科技的现代人的嘲讽,坚持言行一致而获得精神上的欣慰和满足。他

---

① [美]皮尔斯编:《霍桑集:故事与小品》,姚乃强,等译,北京:生活·读书·新知三联书店,1997年,第573页。
② [美]皮尔斯编:《霍桑集:故事与小品》,姚乃强,等译,北京:生活·读书·新知三联书店,1997年,第575页。

们对现代人的朝圣方式感到悲哀,他们真心实意地教育了"我",引导"我"最终到达了"天城"。"天成"是一副什么样的图景呢?小说虽然没有直接描写它,但描写了与"天城"相邻的幼发拉底河,这道河流从伊甸之地流淌出来并滋润果园。"这里气候宜人,清风拂面,让人神清气爽。银色的喷泉在阳光的照耀下晶莹剔透,头顶上长着繁茂翠绿的枝叶,枝头上挂满了甜美的鲜果,这是来自'天城'果园嫁接而来的树种。"①伊甸园般幸福美好的生活环境比喻人类与自然和谐的关系。小说中那两位徒步朝圣者的生活方式和思想观念代表着引导人类能够通向"天城"的自然价值观,它蕴含着人类能够重建人与自然和谐关系的一种希望,蕴含着霍桑纯朴的自然生态意识:人类中心主义促使人们的功利思想越来越严重,对自然的掠夺和破坏也越来越严重,这是人类与自然和谐关系丧失的根本原因。

挪威著名的哲学家阿恩·纳斯(Arne Naess)创立了现代环境伦理学新理论"深生态学"(Deep Ecology),这是当代西方环境主义思潮中最具革命性和挑战性的生态哲学。突破了生态学(Shallow Ecology)的认识局限,对所面临的环境事务提出深层的问题并寻求深层的答案。"深生态学"不仅是西方众多环境伦理学思潮中一种最令人瞩目的新思想,而且已成为当代西方环境运动中起先导作用的环境价值理念。纳斯探究现代化进程中对地球生态环境所受到的破坏,这已成为新时代环境危机直接激发人类需要深刻思考的一个新问题。探讨环境危机的根源包括社会文化根源是引领人类去解决环境问题的一个正确途径。美国建设性后现代思想家、过程哲学家大卫·雷·格里芬(David Ray Griffin)也指出:"我们必须温和地走过这个世界,只使用我们必须使用的东西,必须为我们的邻居和子孙后代维持平衡的生态,只有在一个平衡的整体生态系统中,我们才能获得较好的生存。"②《通天铁路》的故事隐喻性地呈现了伴随着工业文明和科学技术的理性发展而出现的生态环境污染,人类美好家园的丧失的现实。人类文明开创了一个新时代的"人类世界",这是一个由人类主导的地质时代。在这个时代,一个又一个工业化成就和科技的奇迹确实展示了人类非凡的创新能力,然而,奇迹的接连发生却为人类付出了巨大的环境代价,这是人类赖以生存的自然美的褪色。此外,人类生活本身不仅失去了大自然带来的自然乐趣,身心健康也遭受了极大的威胁。各种威胁人类健康的病毒的出现和传

---

① [美]皮尔斯编:《霍桑集:故事与小品》,姚乃强,等译,北京:生活·读书·新知三联书店,1997年,第597页。
② [美]格里芬:《后现代精神》,王成兵,译,北京:中央编译出版社,2012年,第216页。

播无疑给人类自身的生存和发展带来了巨大的挑战。

小说《通天铁路》以寓言故事的方式警示世人：缺乏人文主义的工业化文明和狂热的消费主义，只会把人类的未来引向"地狱"而不是"天城"。科学技术的发展和进步对人类文明具有双重的效应。一方面，它使人类逐渐摆脱了单纯依赖自然馈赠的被动生活方式，促成了人类文明的繁荣和进步，极大地提高人们的生活质量和生活便利，人们也逐步进入以科学技术为主导的生活时代；另一方面，科学技术的负效应也逐渐朝着背离人类探索科学初心的方向发展，被人认为是环境问题和生态危机的罪魁祸首，给人类的生存带来了巨大的威胁，形成了科技压倒伦理道德的局面，迫使人们再次重新审视人类文明的发展方向。由此，在人类发展历程中扮演着重要角色的科学技术成为众矢之的。纵观当前科技发展负效应而引发的全球性生态危机，可以说霍桑对科学技术的发展与环境关系的洞察是前瞻性的，其思想显示出其深刻的当代意义。全球生态危机是当代人面临的共同问题。霍桑在小说中传达的自然环境意识对现代人正确处理人与自然的关系仍有借鉴意义。尤其是霍桑对自然环境问题的触及，使他的思想远远超越了同时代的其他作家。任何事物都有它的两面性，人们习惯于思考其正面效应，却往往忽略了其潜在的负面效应。科学技术不仅是第一生产力，也是一把双刃剑。科技本身不会导致环境污染，但人类对科技的不恰当使用，则会对生态环境造成甚至无法弥补的破坏。人类必须反思科学技术与自然的关系、与人类自身生存的关系，在工业文明向生态文明过渡的今天，引导科学技术的发展为人类带来福音而不是灾难。

霍桑小说《胎记》中的科学家艾尔默和《拉帕齐尼的女儿》中的医生拉帕齐尼试图通过科学知识来控制他人。霍桑对人与人之间的控制与被控制的描述与布克金的观点不谋而合，即生态问题首先是一个社会问题，即作为社会个体的人与人之间、人与周围环境之间的关系问题。霍桑把自然花园设为小说《拉帕齐尼的女儿》故事发生的一个主要背景，通过对主人公与花园之间纠葛关系的揭示，塑造了拉帕齐尼博士在追求科学知识的过程中的偏执而狂妄、自负、不可救药的形象，引发了人们对科学与人类关系的思考以及导致生态问题和环境问题的社会文化根源的思考。绿色哲学家默里·布克金（Murray Bookchin）主要从事社会生态学和环境政治理论领域的研究，他指出："几乎所有现存的生态问题都源于根深蒂固的社会问题。"[①] 在哲学层面上，布克金强调人与自然间的

---

① Bookchin, M., *Social Ecology and Communalism*, Oakland: AK Press, 2007, p.139.

复杂关系,并主张将对这种复杂关系的尊重作为社会建构的基础。与此同时,布克金明确主张,人类作为自然界长期演进的智力结果或体现,理应在自然界的未来上升性发展过程中扮演一个主动性的角色。布克金强调了人类对自然界永恒的责任。人类曾经妄想主宰自然的思想源于人类妄想实现对他者的统治和支配意识,人对自然界的认识本质上与人对自身以及他人的认识是高度一致的。当时的霍桑就已经洞察到科学与人类的伦理关系问题,这是生态问题中呈现出来的一个新的社会文化问题,那就是人类对自然的统治源于人类妄想对他者以及对社会的控制。

在《拉帕齐尼的女儿》中,年轻男子乔凡尼(Giovanni Guasconti)离开家乡那不勒斯,来到意大利的北部城市帕多瓦求,学习巴格里奥尼教授的医学课程。他所租住的房子与拉帕齐尼博士的神秘的大花园相邻。乔凡尼曾从房间的窗户里看见过拉帕齐尼博士的美丽女儿贝阿特丽丝,乔凡尼爱上了她。乔凡尼的大学教授博朗尼曾向他说起过神秘的拉帕齐尼医生。教授告诉乔凡尼:"拉帕齐尼医生是一个伟大的科学家,然而,他也很危险。拉帕齐尼极为关注科学实验而甚少关心他人。他用花园里的花卉植物研制出许多可怕的毒药。"①博朗尼教授警示乔凡尼一定要远离拉帕齐尼医生和他的女儿。因为,贝阿特丽丝还是婴儿的时候,拉帕齐尼医生就把毒药给他女儿吃,现在毒药渗入到她的血液里和呼吸里。乔凡尼对博朗尼教授的警告心生疑虑,他依然保持每天在花园里与贝阿特丽丝约会。他最终没有逃过中毒的结果,他的脸色变得越来越苍白,呼出的口气也具有毒性,蜘蛛和花园里飞舞的昆虫接触了乔万尼吹出的口气而纷纷落地死亡。贝阿特丽丝终于明白,那是她父亲的科学实验对他们实施的实验计划。拉帕齐尼对女儿说道:"我的女儿,在这个世界上你不会再感到孤单,在你最喜欢的紫色花丛里摘一朵给乔万尼,现在,这花不会伤害到他了。我的科学实验以及你的爱使他成了不同寻常的人。"②当贝阿特丽丝质问父亲为什么对自己的孩子下毒手时,拉帕齐尼医生却惊讶地看着女儿说道:"你到底在说什么,我的女儿?你拥有的力量别的女人都没有,你用你的呼吸就可以打败你最强的敌人,难道你愿意做一个弱女子吗?"③拉帕齐尼博士特意建造的大花园从事科学实验,妄图想要控制他人和整个世界。人与人之间的主导关系决定了人在自然中的主体地位,大自然运行的法则不容破坏,一旦被破坏,等待人类的将

---

① Hawthorne, N., *Hawthorne's Short Stories*, New York: Vintage Books, 2011, p.31.
② Hawthorne, N., *Hawthorne's Short Stories*, New York: Vintage Books, 2011, p.167.
③ Hawthorne, N., *Hawthorne's Short Stories*, New York: Vintage Books, 2011, p.187.

是一场悲剧。最终,住在花园里的比阿特丽斯因身体被花卉的毒素入侵太多部位,最终倒地身亡,进入花园里经常和比阿特丽斯约会的乔瓦尼也中毒严重。

拉帕齐尼以爱的名义,凭着科技能够解开大自然的一切奥秘的信念,希望自己能够赋予女儿某种"非凡的、超自然的能力"。此外,当他发现女儿和乔瓦尼相爱时,他也滋生出通过女儿来达到控制乔瓦尼的意念,这是拉帕齐尼博士精神世界的异化,也是社会生态的异化。拉帕齐尼博士试图追求人与人之间的统治者地位,想实现控制他人的欲望却把自己推向了大自然的对立面,最终只能接受大自然法则的审判。拉帕齐尼博士以一副征服者的姿态漠视人类与自然内在利益上的统一性,把大自然置于人类的对立面,也就失去了与大自然和谐相处的可能。如果人类不能正确处理人与人之间的社会关系,人类也不可能构建一个和谐健全的社会。如果人类做不到从根本上打破妄图征服自然的人类中心主义,那么人与自然、人与他人、人与社会就永远不可能实现和谐。人类的生存除了离不开健康自然环境也同样离不开健全的社会环境,其归根结底是由人类与自然有着密不可分的内在关系决定的。贝阿特丽丝在断气之前对父亲说道:"我倒情愿被人爱,不是让人怕(I would have been loved, not feared)。"①霍桑表达了对解决人与人、人与社会关系的深刻反思。

对此,布克金表示:"事实上,技术需要作为一个整体来看待。就技术与其他方面的关系而言,技能、仪器和原材料与社会中的理性、伦理和制度方面都在不同程度上相互关联着,它们有机结合在一起构成了一个统一的整体而实现合理的运行。"②显然,布克金认为,生态问题和环境问题的不能完全归咎于科学的发展与进步,一个生态文明的社会并不是要完全抛弃已经取得的科学技术成果,而是要基于生态伦理的视角来重新给科学技术的发展拟定一个正确的人文方向。霍桑在小说中对科学的评判则是以科学发展的背后给自然环境以及给作为社会中的个体以及社会带来的影响为准则,不断表达了他的忧患和反思:科学是什么?人类应该如何利用科学?科学究竟会给人类社会带来什么样的影响?这其实也反映了当时一些人文学者对科学伦理的忧患和困惑。小说中,拉帕齐尼博士在医学上取得了巨大成就也获得了自己的竞争对手巴格里奥尼教授对他的科学成就表示的钦佩。然而,拉帕齐尼博士由于在科学与人类的伦理关系问题上丧失了一个正确的认识,最终,科学带给他人和社会的只是一场

---

① Hawthorne, N., *Hawthorne's Short Stories*, New York: Vintage Books, 2011, p.203.
② Bookchin, M., *Social Ecology and Communalism*, Oakland: AK Press, 2007, p.173.

毁灭性的悲剧而不是福音。拉帕齐尼博士对科学的盲目信仰是助长其欲望膨胀的催化剂,他眼中的科学扼制了人性中善的一面。他的科学主义思想偏离了正确的轨道,只能将科学推向人类与自然对立、人与人以及人与社会对立的两极,为种种生态危机埋下了隐患。人类的生存与周围的自然环境息息相关;自然生态直接或间接地反映了人的精神生态,也反过来影响人的精神生态和生存状态。自然、人、社会构成了一个复合生态系统,自然生态与精神生态以及社会生态密切相关。人类发展不能与自然对立,而应该融入自然。海德格尔认为,现代性最根本的特征是无家可归,意味着我们不仅早已与家疏离,而且还没有意识到与家疏离。在环境层面,海德格尔强调的是诗意地栖居,栖居意味着一种归属感,其对立面是无家可归。我们栖居的地方不仅是人类美好的家园,而且也是人类美好的精神家园。人类的命运与自然之间的关系是息息相关的,它们辩证地构建起一个共同的命运。如果人类越来越疏离了自然,站在自然的对立面,那么,人类将最终得为自己的行为付出惨痛的代价。人类真正的智慧在于尊重大地,回归自然,取法自然。同样,人与人之间的对立以及人与社会之间对立同样会给人类社会以及自身带来种种弊病和伤害。

随着科学技术的不断进步,现代工业化日益推进,地球生态环境在日益恶化,自然环境污染越来越严重,这种状况也给人类自身的健康带来了极大的危害。此时,人们不得不回过头来审视自己已经走过的发展道路,保护环境已成为全球人们共同的关注。其中重要的是,人类应该考虑追求科技和经济的快速发展是否与环境保护同步。霍桑的短篇小说《通天铁路》(1852)从篇名到内容都有着深刻的寓意。当时美国康科德市开通了铁路,多数市民认为这是交通的一大进步。对此,爱默生也表达了这样的观点:"为了社会更高的发展目的,一些有才能的人可以把这项商业发明应用得更为广泛一些。"[①]爱默生肯定了科学技术发展给人们生活带来的便捷,霍桑则表达了现代工业文明的步步推进给人类的生活世界带来异化倾向的忧虑。人类既不应以自身利益为中心来实现对自然资源的无休止掠夺,也不应以主观审美趣味随意改造自然,而应在尊重自然环境的存在价值基础上,遵守自然生态规律来规划生产活动。人类在自然环境面前应该保持谦卑恭敬的姿态,以感恩自然界馈赠衣食的心态来面对自然。这种要求是精神反思性的,也应是道德律令式的。生态危机的出现,很大程度

[①] Mellow, J. R., *Nathaniel Hawthorne in His Times*, Baltimore, MD: Johns Hopkins University Press, 1998, p.43.

上就是人类对自然资源、自然环境毫无敬畏之心,肆意攫取、过度开发与改造。《通天铁路》故事讲述了人类盲目发展交通业从而破坏了自身赖以生存的自然环境的现实。霍桑生态平衡的生态观念无疑在当下依然具有很强的现实针对性。由于铁路的开通,人们失去了原生美好的家园,使自身的生活置于一种日趋恶化的环境之中。故事给世人留下了一个思考:何为真正通达"天城"之路?基于这个问题,霍桑在小说中着重描写和比较了两位主人公,一是传统虔诚的徒步朝圣者,二是现代工业社会的代表畅捷先生。通过他们二者不同的言谈举止,暗含着符合自然运行规律的文化和生活方式才是和谐的、才是鸟语花香的"天城"之路。霍桑在人类与自然关系的伦理理念与当今生态伦理批评的深层意蕴有着诸多相似之处。世界古代史上伟大的哲学家、科学家和教育家亚里士多德(Aristotle)在《形而上学》(*Metaphysics*)一书中开篇就提到,人类是具有理性的动物,正是人类所特有的理性反思的能力才把自己和自然界中的其他成员区分开来。亚里士多德的说法实际上阐明了具有理性反思能力是人类的本质特征。在人类与自然的关系中,西方人以人作为主体,在实践中改造自然,不断深化对自然科学的认识,又凭着这种认识去加深实践。因而,西方人眼中的大自然是一个个具体的事物。他们坚信改造自然界是科技文明的一个基本概念,认为科技可以解决一切问题,鼓励人们能够以其特有的科技力量去改造自然,可以以自身的利益为中心决定自然界中一切资源的开发和利用。在一个狂热崇拜科学理性的社会中,人人可以充分发挥自身的主观能动性。但事实上,人类只是庞大生物圈中的一个物种。因此,人类也必须遵守自然界的一切自然规律和自然秩序,人类应该去适应和协调自身与自然的关系,应该批判性反思自身行为与自然的关系。"如果只是按照人类自身的利益去改造自然界,那么只会导致人类与自然的二元对立,这种对立必定造成生态失衡。那么,产生的后果不仅会危及自然界中非人类生命的生存,也将不可避免会危及人类自身的存。"[1]

小说中,畅捷先生是铁路公司的董事和大股东,无疑是现代文明和科技发展的代表人物,他作为讲述人的引路人。一路上结伴的人群熙熙攘攘、热闹非凡,人群中有来自社会各界的知名人士。他们从着装到言谈举止无一不体现着时髦和时代的进步。人们一路上目光所及的物品也呈现了人类理性和科学技

---

[1] Naess, A., "The Shallow and the deep long-Range Ecological Movement: A Summary," *Inquiry*, 1973, Vol. 16, No. 4, pp.95-100.

术改造自然胜利的光辉。由于火车的便捷和快捷,乘客就不再像往日的朝圣者那样肩挑重担而步履艰难。如今,火车能够运载着人们的行李而快速地完成了朝圣旅程。曾经的"难山"也能被如今人类的科技理性所战胜,也不再是人们旅程中的一个障碍了。一条隧道直穿过那壮丽雄奇的石头山的中心地带,火车高耸的拱门和宽敞的双轨道在太阳的照射之下显得格外结实和庄严。科技的力量能够轻易地把英国作家约翰·班扬生活时代不可逾越的崇山峻岭和峡谷夷平了坦荡的通途。位于火山口附近的铁路钢铁生产基地的运营也是人类理性战胜自然的一个有力的体现。科学技术的进步反过来又极大地膨胀和强化了人类的自我意识和主体意识,表现出人类主体对自然客体的绝对力量,这是人类曾经用绝对理性的眼光重新审视自身在宇宙自然中位置的结果。

以畅捷先生为代表的现代人显然坚信自己是自然界的主人,心中充满着"人定胜天"的豪气。他们俨然坚信一切问题都可以用科学方法和科学手段去解决和征服。在他们看来,科技理性是引领人们走向"天城"的合理有效的途径,像"名利之城"里具有那般繁荣的贸易、经济、科技之城就是"天城"。人们妄想通过科学理性来改造和支配自然,然而,人们狂妄的行为已盲目地将自然边缘化和他者化,把人类自身置于自然的对立面,这是非常危险的。在通往"天城"的旅途上,除了人们活动留下的乌烟瘴气,往日大自然一片鸟语花香,绿树成荫,安静祥和的景象不复存在了,反而呈现在人们面前的是一处处破败荒凉。人类违背大自然的后果是破坏了自然景观之美、自然动态之美和天籁之美。"在人口繁荣的'死亡之城'之外的巨大的泥潭里堆满了由不断膨胀的人口所制造的生活和工业垃圾,这一切挤压着地球,严重污染和恶化了那里的自然环境。即使大地上所有的下水道和臭水都排放在那里,也不会显得那么的不堪入目、刺眼刺鼻。"① 开动的火车与烟火相伴,发出刺耳的声音,是一路上空气污染和噪音的源头。火车和司机都几乎包裹在烟雾中,一路上不断地向行人喷发着浓烈的烟雾,冒出的滚烫的水蒸气也把火车裹挟其中。"火车司机坐在车头上,浑身被浓烟包围着,浓烟从车头坚硬的肚皮上冒出,极像是从司机自己的嘴巴和肚子上冒出。同时,火车尖利刺耳的哨声宛如万千幽灵撕心裂肺般齐声发出的呼喊声。"② 火车经过之处整条道路都充斥着毒气,整座死城都弥漫着易燃

---

① [美]皮尔斯编:《霍桑集:故事与小品》,姚乃强,等译,北京:生活·读书·新知三联书店,1997年,第945页。
② [美]皮尔斯编:《霍桑集:故事与小品》,姚乃强,等译,北京:生活·读书·新知三联书店,1997年,第951页。

的硫磺。山谷入口处的钢铁生产基地显得阴沉黑暗,长期置身于有毒气体中的人变得麻木而迟钝。而在峡谷之中,漆黑洞穴两侧的灯光十分刺眼,仿佛在道路两侧筑起了两道防火墙,产生了严重的光污染。峡谷尽头的景观也令人惧怕,因为,那里住着一个被人称为"大名超验主义者"怪物,这巨人为日耳曼血统。"至于他的身材、相貌、体质以及性格,不论他本人还是任何别人都始终无法形容,而这就是该大恶棍最主要的特点。当火车驶过洞口时,我们匆匆瞥见他,那样子颇像个不成比例的怪物,但更像一团迷雾。他在我们后面高声呐喊,但说的话古里古怪,不知所云。我们也不知该高兴还是该害怕。"[1]霍桑采用审美意象形象化地展现了人类盲目改造自然如何恶化了生态环境,并危及和伤害了生活在其中的人。火车的快捷给人们的生活带来了便利,人们远行时不用再肩挑行李,承受重负,但一种更为可怕的、无形的重负落在了人们的身上和心上。那是从视觉、声音、触觉、嗅觉等多方面袭来的重负,这种种重负逐步改变着人类的整个生存环境,对此,人们似乎对自己的生存环境无从选择更是无法抗拒。从世界范围内环境问题已经危及人类健康和动植物正常生长的报道中可以推断出,霍桑对当时恶化的自然环境与人类生存关系的描述并不仅仅是出自个人的怪诞想象。

《通天铁路》中触目惊心的场景描绘蕴含着深意,人们对工业文明和科技理性的过度盲目崇拜带来的是生态环境的污染和恶化,随之而来的是人类美好家园的丧失。最终,人类与自然对立的后果是生态灾难的不期而来。人类以一种统治者的姿态凌驾于自然之上,掠夺自然资源和破坏自然环境,把自己推向自然的对立面。在《通天铁路》中,现代科技的狂热应用给人们带来的不是"天城"之福而是"地狱"之灾。现代科技的盲目发展无形中不断地推动人类走向生产和消费的极度纵欲的漩涡之中,这是破坏自然环境的一只无形的大手,它给人类带来的是通往毁灭的深渊而不是充满光明的"天城"。

在《通天铁路》中,霍桑试图揭示的是如同畅捷先生那类狂热的科技理性主义的信徒,他们是真正的人类中心主义勃兴的推波助澜者,是推动破坏人类自身赖以生存的自然环境的不可忽视的罪魁祸首。小说《通天铁路》的蕴含广泛而深刻,它批判人类工业文明、批判科学理性主义、批判人类对自然的破坏以及表达了对人类与自然关系的哲学思考,它的创作体现了自然取向的价值观。显

---

[1] [美]皮尔斯编:《霍桑集:故事与小品》,姚乃强,等译,北京:生活·读书·新知三联书店,1997年,第954页。

然,威胁人类生存和发展的不是自然本身,而是日益失控的现代科技理性。在某种程度上,科技的发展是建立在破坏自然秩序的基础之上的。如果揭开被科技理性蒙蔽的心智,那么,人类将会看到比科学技术所塑造的那种冷冰抽象的世界更加美好的自然世界。现代科学技术的局限性和潜在的不可避免的危害性暴露之后,人类应该重新审视新保守主义对理性主义的批判和反思中的合理性的一面。人类与自然的对立是人类中心主义观念造成的人类与自然关系中最直接的、不和谐的和最明显的对抗。当人类与自然主客二分的观念被渗透到经济、文化等领域时,所导致的恶果是不言而喻的。小说中对喧嚣的商业生活的描述意在说明人类与自然主客二分的观念已经渗透到人们的日常生活体验中。因而,这样的描述也是人类与社会、人类与自身、人类与自然对立所导致的主客二分对抗的一种隐喻性表达。部分人已适应了喧嚣的商业生活,已沉迷其中的"幸福"而不想再前往"天城"了。凡此种种,无不说明浓厚的商业文化气息正日益以直接的、经济的和非经济的方式向社会生活的各个边缘区域和角落扩张,甚至完全渗透到个人体验形式、人类的生产方式以及生活方式之中。此外,自然生态系统的失衡也不可避免地给人类的精神生态带来了伤害,因为人类一旦离开自然,精神就会枯萎。

在工业化社会中,人变成了如马尔库塞所阐述的"单向度的人"。马尔库塞认为,现代工业化社会科学技术的进步给人们提供的自由选择越多,给人的种种强制也就越多,这种社会造就了只有物质生活,没有精神生活,没有创造性的麻木不仁的单面人。人类为了满足自身不断膨胀的欲望,把征服自然和对自然资源的开发利用和蹂躏掠夺推向了一个新的高度,导致生态危机更加严重以及人类精神的边缘化将更加深刻。《通天铁路》故事寄予对人类中心主义、工业化文明以及科学理性的一种批判性反思,它也警示人类应与所处的自然相互依存、和谐共处。生态危机在一个很重要的意义上是由于现代西方文化对人类理性的过度推崇。如 DDT 于 1874 年首次合成,1939 年才被瑞士化学家保罗·赫尔曼·穆勒(Paul Hermann Müller)发掘出来,该产品几乎对所有的昆虫都非常有效。20 世纪 40 至 50 年代,DDT 的使用范围迅速得到了扩大,在疟疾、痢疾等疾病的治疗方面大显身手,救治了很多生命,而且还带来了农作物的增产。此后,DDT 被广泛用于杀虫,控制疟疾和伤寒。但在 20 世纪 60 年代之后,科学家们发现 DDT 在环境中非常难降解,并可在动物脂肪内蓄积,DDT 进入食物链,是导致一些食肉和食鱼的鸟接近灭绝的主要原因。DDT 的危害也逐渐显露出来:第一,昆虫体内产生了强大的耐药性,导致用量大幅度增加;第二,稳定高效曾被认为是优秀杀虫剂的一个特征,而正是这种特征导致农药残留,残留的农药进入生物体内逐渐富集后浓度增加产生毒性,结果是包括人在内的食物链动植物又受到了污染,大量动植物因此死亡,人类本身的健康也受到了极大的损害。DDT 在技术上是一个成功,但在生态伦理上却是一个明显的失败。使用过程中看似微不足道的剂量,却能因生物的累积效应和食物链作用而放大万倍。忽视生态系统中不同种群之间的相互联系和相互作用,必然会导致灾难性的后果。《通天铁路》故事中描述的一路上弥漫的毒气、刺眼的光线以及刺耳的噪音,甚至人们自身由内而外所发生的变异,都是人类无视自然规律和自然秩序而随意改造带来的后果。真正的"天成"之路终究需要基于人类与自然和谐共生的基础上才能造就出来。

20 世纪是科学技术发展突飞猛进的世纪,人类在本世纪所取得的科技成就和创造的物质财富超越了以往任何一个时代。科学技术被认为是推动经济和社会持续发展的决定性因素,它将改变并将继续改变世界的面貌。这其中有一些为科技界所公认的重大成就。发达的科技探索领域已经可以到达宇宙遥远的区域,将在人类历史上永远闪耀着夺目的光辉,这标志着人类社会进入了更高的文明阶段。但每个人都在经历着不断推进的科技技术所引发的种种环境问题。英国学者乔纳森·贝特(Jonathan Bate)在生态批评专著《大地之歌》(*The Song of the Earth*)中写道:"公元第三个千年才刚刚开始,但大自然早已进入危机时代。人类不得不正视全球变暖、冰川和永久冻土融化、海平面上升和降雨模式发生变化的威胁。此外,海洋过度捕捞、沙漠迅速蔓延、森林覆盖率急剧下降、淡水资源严重短缺、物种加速灭绝的现象也同样在威胁着人类的生存和发展。我们生活在一个无法逃脱有毒废物、酸雨和各种有害化学物质的世界。城市空气中夹杂着二氧化氮、二氧化硫、苯和二氧化碳。"[①]为何会出现如此的环境危机?显然,它与人类膨胀的科学理性对大自然肆无忌惮的掠夺和伤害息息相关,人类对于自身遭受到的生存危机负有不可推卸的责任。

小说《通天铁路》将类似此种追问推向更深层次,人类的生活方式、生产方式和经济文化制度都会决定着人类对待自然的方式和道德。霍桑对以人类利益为中心的观念、以人类自身的眼前利益为原则的观念进行了深刻的批判,那也是对人类处理与自然的关系中失去生态责任和生态道德行为的批判。人类

---

① Bate,J.,*The Song of the Earth*,Cambridge,MA:Harvard University Press,2000,p.32.

过度改造自然、过度消耗自然资源,导致了"死亡之城"外是臭气熏天的垃圾池、铁路沿线充满着的科技理性的胜利品及其伴随而来的其他的环境污染问题。这些都生动地揭示了人们是如何热衷于便捷和功利的生活,人们只看到经济快速发展带来的眼前利益而忽视了自然资源的消耗、环境污染、人类生存危机等一系列问题。生态环境的恶化与人类的生存方式、对自然的认知、价值观念、社会文明取向等密切相关。

霍桑从生态的视角表达了对人类在科技发展过程中导致对自然环境恶化的深切关注。他隐喻性地呼吁人们重新认识自然、认识自身的生存方式,纠正一切以人类为中心的观念导致的处理人与自然关系上的偏差,这与当代的生态伦理智慧具有相同的指向性,与当代主张对自然的认知与敬畏自然的生态伦理观是统一的。格里芬指出:"生态运动的兴起使我们进一步意识到,所有的事物都是互相联系的,我们应当和总体环境保持某种和谐。"①他认为,现代世界公民的驱动力是支配和征服自然,持着一种以人为中心的发展观;而生态主义的后现代思想则呼吁后代的公民应该把自己培养为"具有生态意识人",从而为重新合理构建人类与自然的和谐创造可能。对此,格里芬进一步指出:"在这种意识中,自然万物的价值都将受到重视和尊重,我们必须轻轻地走过这个世界,仅仅使用我们必须使用的东西,为我们的邻居和后代保持生态的平衡,这些意识将成为常识。"②格里芬直视人类贪婪和剥夺之下所面临的生态危机的威胁,不仅阐述了它的性质和严重性,还警示世人要采取行动以解决生态危机的紧迫性。格里芬指出,让生态系统复归良性循环的轨道既取决于科学技术的改进,也取决于人类道德意识的增强。同样,罗尔斯顿在《哲学走向荒野》中阐明:"人类的一切价值都建立在与环境的联系之上,环境是人类一切价值的基础和支柱。"③罗尔斯顿所倡导的是一种非人类中心主义的环境伦理观,地球生态系统是支撑人类生存和发展的根基,理性的人类必须考虑如何对待自然。人类与自然在整体利益上是高度统一又对立的,这种对立既是绝对的也是相对的。人类绝不是大自然的主宰,更不能凭着狭隘的人类中心主义观念去改造自然和利用自然。

---

① Griffin, D. R., *Unprecedented: Can Civilization Survive the CO_2 Crisis*, Atlanta, GA: Clarity Press Inc., 2014, p.245.

② Griffin, D. R., *Unprecedented: Can Civilization Survive the CO_2 Crisis*, Atlanta, GA: Clarity Press Inc., 2014, p.267.

③ Rolston, H., *Philosophy Gone Wild: Essays in Environmental Ethics*, 2nd ed, New York: Prometheus Books, 1989, p.78.

当下,在对待自然的态度上,人类不能把自身利益作为唯一的出发点和动力。人类只有通过合理利用自然和改造自然才能保持人类的生存和可持续发展,才能有效地维护自然整体生态系统的和谐、稳定与完整。为此,人类要树立互惠共生的生态伦理观,重建人类与自然和谐有序的关系。

霍桑的小说对人类与自然、人类与科学理性的关系表现出高度的关注,对盲目追求科学理性而导致的悲剧性后果进行了批判和前瞻性的警示,他的理念呈现出鲜明的生态伦理色彩。

第五节　超验主义自然观之生态伦理意蕴

散文集《论自然》是爱默生的第一部重要哲学著作,最初发表于1836年。《论自然》全书由《前言》和《自然》等8章组成,它汇集超验主义思想之大成,享有新英格兰超验主义宣言的美称。《论自然》的出版给美国思想界带来一股清风,一扫机械唯物主义看待自然的方式。爱默生的生态整体主义自然观颠覆了基督教反自然的传统,强调通过直觉和顿悟实现人类与自然的融合,开启了一种崭新的生态整体主义思维方式,把自然本质归因于生命共同体,从自然共同体的高度上去构建人类与自然平等和谐的关系。《论自然》体现了爱默生的人类与自然和谐的最高理想,成为美国自然文学的"精神宝库"。沃斯特教授作出如此评价:"爱默生提出了一种人类与自然环境之间的关系,至少在新英格兰地区可能相当权威。这种关系甚至可以说是浪漫主义生态思想一个重要特征。"[1]

在《论自然》的开篇,爱默生热情呼吁:"为什么我们不能和宇宙建立直接的联系呢?为什么我们不能创作出依靠直觉而不是依靠传统的诗歌和哲学呢?"[2]爱默生呼吁人们要以一个以独立的、全新的眼光看待自然。1840年,爱默生担任超验主义刊物《日晷》的主编,探讨神学、哲学和社会学问题,进一步宣扬超验主义思想。《论自然》发表于1836年,那时美国建国还不到一百年,在文化上,美国仍然未能摆脱欧洲文明母体的影响。爱默生的欧洲之行促使自己摆脱了唯一神教的影响,尤其是抛弃了加尔文主义奉行上帝为中心的思想,积极地吸

---

[1] Worster, D., *Nature Economy: A History of Ecological Ideas*, Cambridge: Cambridge University Press, 1994, p.102.

[2] [美]爱默生:《爱默生随笔全集》,蒲隆,译,北京:国际文化出版公司,2006年,第2页。

收了康德超越论和欧洲浪漫主义的理论。当时的美国,人们倾向于将财富视为衡量一个人是否成功的主要标志,社会上盛行物质至上思想。同时,科学的进步使人们更加坚信征服自然的能力,大自然成为了科学理性肆意改造的对象,人们不再对大自然存有敬畏之心,这进一步恶化了人类与自然的和谐关系。爱默生以自然为切入点,在不同领域里为人们宣扬了超验主义思想,提出崇尚直觉,反对理性和权威,强调人类有能力凭直觉直接认识真理。爱默生认为,新的土地、新的人需要新的理念,新兴的美国应该摆脱欧洲大陆传统文化、思想和以上帝为中心的清教徒信条的束缚,摆脱宗教神权的束缚,反对教会的精神禁锢和宗教极端主义给人们带来的恐惧,解放人们的思想,而解放的关键点是必须重新认识自然的价值。自然不是人们疯狂攫取能够带来物质财富的自然,仅仅具有工具价值的自然,它还能够帮助人类在精神层面上得以提升,最终使人类获得新生的自然,从而实现了与自然关系的和谐。自然反映了人类精神的不同的形式和状态。自然和人类的灵魂同出于普遍精神的创造。大自然是一个统一的生态整体,其根源在于创造大自然的普遍精神是统一的。把自然精神化使爱默生的超验主义思想和欧洲浪漫主义者的自然观具有一致性,二者都认为大自然可以给人类的精神世界产生有益的影响,如,诗人可以从自然中汲取创作的灵感,忧伤的人可以在自然中得到治疗。对此,爱默生写道:"大自然包围着我们,大自然中旺盛的生命力包围着我们,注入了我们的身体。它热情地邀请我们,以它给予我们的力量,我们要顺应大自然的节奏。"[①]显然,在爱默生看来,人类和自然并不是可以分离出来的,而是可以相互连接的、并且可以融合的统一体,因此,人类可以用自己的眼睛和经验去理解自然。

在《论超灵性》一文中,为了表达自然界神秘的统一性,爱默生提出了"超灵"(oversoul)的概念,称神秘力量为"超灵性"。在他看来,自然是人们看到的客观物质世界,它是"超灵"的外衣,自然界的一切都是精神的象征。每个人的头脑都有一种与"超灵"沟通的内在能力,即直觉。爱默生强调精神至上,主张追求以真善美为绝对顶点的精神价值。而接近自然和感受自然,使人的灵魂与自然和谐相处的浪漫主义思想则是实现精神价值的途径。爱默生善于通过描写自然界中伟大的、无限的、人类无法控制的事物来表达对真理的敬畏和崇拜,如浩瀚的星空唤起了人们的敬畏和崇高感。爱默生认为,水里的一切、石头里的一切、气候和季节的变迁等自然界中的一切都值得人类的敬仰。自然景物总

---

① [美]爱默生:《爱默生随笔全集》,蒲隆,译,北京:国际文化出版公司,2006年,第71页。

会给人类留下熟悉而亲切的印迹,自然永不会呈现出恶意可憎的容颜。大智慧者不会因穷尽自然的底蕴而失去对它的好奇之心。自然之于智慧的心灵绝非玩具、花朵、动物、群山等都会折射着智者思维的灵光。人类通过与自然的交流认识真理和获得真理。如果一个人热爱自然,他的内在感官和外在感官总是紧密联系在一起的。他与天地的接触必然会成为其生活中不可缺少的一部分。自然是人类精神的化身,具有丰富的内在意蕴。当一个人置身于大自然之中时,他总会感受到与大自然在一起时的喜悦,即使他是悲伤的、沮丧的。爱默生认为,美源于自然,自然界能让人感知到美,如日月星辰、高山流水、花草树木等,但那只是原生物质表象之美。更高意义上的美是精神上的,即自然之美与人类审美的统一。也就是来自自然的美能够陶冶人类的情操,使人类的精神世界得以净化,人格得以提升,人们对于自然的审美与人格的道德修养是非常契合的,自然之美与人的精神和人格有很多相通之处。当人远离喧闹噪杂的闹区,来到幽静的山野间,欣赏周围的优美景色,沐浴着柔和的阳光,聆听水流的清澈声响,呼吸着富含负离子的新鲜空气,使人赏心悦目,令人惬意舒心,从而减轻精神的压力。在返璞归真中,物质的欲望被淡化,精神世界得到净化,这是人类与自然在精神层面上的契合。在发现自然美的过程中,人们感受到了来自大自然的奇妙吸引力,这种契合的妙处只有热爱自然和崇尚自然的人才能领悟得到。这是一种对于精神栖息地和归宿的追寻与向往,也是一种寻求真善美,从而获得自我的提升的过程。

爱默生质疑英国哲学家约翰·洛克(John Locke)认为的人类所有的思想和观念都来自或反映了人类的感官经验。洛克认为感官只能认识事物的表象,而不能告诉我们事物的本质。爱默生肯定了新柏拉图主义(Neo-Platonism)[①]的观点,认为世界(包括灵魂和自然)是精神性对最高的普遍存在的反映,因而都是精神性的。在《论自然》中,爱默生论述了自然对人类的功用。大自然固然可以给人类提供物质享受,即发挥物用价值的一面。但是这只是大自然的最低级的作用,它更高的意义是在精神方面。爱默生赞同大自然的物用价值造就了生生不息的人类。但当人类受到一些外在欲望,如金钱、名利、权力等的欲望不利影响时,就会失去以最原始的方式与自然沟通的能力。美国进入工业化、商品化社会之后,自然的物用价值被过度放大,物质主义大行其道,不断强化着物

---

① 古希腊文化末期最重要的哲学流派,对西方中世纪中的基督教神学产生了重大影响。该流派主要基于柏拉图的学说,但在许多地方进行了新的诠释。

质财富和物质利益对于人生的价值和意义。这样使人们逐渐远离了自然,忘记了人类自身与大自然保持和谐关系的最根本意义。其结果将是不可想象的,这如同罗尔斯顿的看法,"如果我们相信自然除了为我们所用就没有什么价值,那么,我们就会很容易将自己的意志强加于自然。其结果是没有什么能阻挡我们征服自然的欲望,也没有什么能要求我们去关注超越人类利益的事情。"[1]在爱默生生活的年代,生态伦理观念尚未系统化。然而,他深刻意识到,随着自然科学的每一个划时代的发展和工业化文明的推进,大自然受到了前所未有的破坏以及带给人类自身生存的不利影响。

爱默生颠覆了基督教反自然的传统,以超验主义自然观重新看待自然。他将自然万物的本质归于生命共同体,从自然共同体的高度建立起人类与自然平等和谐的关系。在《论自然》中,爱默生对自然的物质价值有着清醒的认识,他肯定了人类的主体性地位。尤其是,他认为真正的土地所有者应该了解土地及其用途,了解人类的创造能力,也必须深刻地了解如何经营土地,有效地平衡供求关系以更好地实现自然的价值。因此,人类可以依靠自己的智慧,充分利用自然物并对其进行重建或重组。对此,爱默生称赞:"人类依靠蒸汽的作用,在船只的锅炉中携带二三十股大风,实现了希腊神话中'风神口袋'的功能。蒸汽火车带着人类穿过城镇、村庄和森林,就像鹰一样横穿整个天空。"[2]大自然的物质价值正是由于人类的智慧而爆发出无穷无尽的力量和可能。爱默生在赞叹人类改造自然的巨大潜力的同时,也看到了自然本身蕴藏的巨大力量,而这种力量并不因人类意志的改变而发生完全的改变。他认为:"自然界存在的资源,如,星、云、雨、水、火、石头、动物、植物等,以及自然事物之间的形态变化,能量和气候的变化,四季的变迁,强风播种种子,太阳蒸发海水,季风把水汽吹向田野,地球另一边的冰山在这一边制造降雨,雨水灌溉植物,植物又反哺动物,如此循环往复下去。"[3]这种自我循环使得自然自身的生态系统得以完整地生存、运转和延续,也造就了自然生命的生生不息。爱默生所处的时代正是美国工业文明兴盛的时代,美国的农村面积被不断扩大的城市蚕食,土地资源因而也被

---

[1] Rolston, H., *Philosophy Gone Wild: Essays in Environmental Ethics*, 2nd ed, New York: Prometheus Books, 1989, p.135.
[2] [美]波尔泰:《爱默生集:论文与讲演录》,赵一凡,等译,北京:生活·读书·新知三联书店,1993年,第23页。
[3] [美]波尔泰:《爱默生集:论文与讲演录》,赵一凡,等译,北京:生活·读书·新知三联书店,1993年,第86页。

利用和改造得遍体鳞伤,人们和土地的关系只是一种纯粹的经济关系。自然物对人类发挥着物用价值,然而,人类并没有必须履行对自然物进行保护的意识。爱默生凭着敏锐的目光保持着对自然环境变化的关注。他认为:"自然万物通过彼此之间的精心构造为人类服务,使人类能够享受大自然的恩赐。但是,人类需要为维护大自然的良好秩序而工作,履行大自然管理者的责任和使命。"①爱默生对自然的看法与海德格尔的主张有着相似之处。海德格尔也曾一再强调人类应该保护那块他从中获取食物并在其上从事建设的土地。他认为:"人类并不是自然的主人,人类是自然的托管人,这就如同原初意义上的农夫的技能并不是对土地的一种挑衅,而是一种捐献(播种),一种接受(收获),一种年复一年的保管员的职责一样。"②自然通过无穷无尽的自我循环哺育了人类,人们应该重新审视大自然的物用价值,必须履行对大自然的保护责任。从这方面而言,爱默生对自然的物用价值和人类对自然责任的界定与现代生态伦理学有着诸多契合之处。

浪漫主义作家亲近和融入自然,从自然中挖掘素材,获取创作灵感,赋以自然世界以生命和精神,表达对自然力量和神秘的尊重和敬畏。爱默生欣赏的自然是树林、小溪、晨风、晚霞,而不是荒凉、野性、没有人类涉足的,甚至对人类的生存有着威胁的自然,他把乡野世界看作一种无所不包的积极力量。为此,他倡导人们要回归自然、亲近自然,接受自然对人心智有益的影响。如果说爱默生早期对自然的态度还停留在感性层面,那么他与英国浪漫主义诗人华兹华斯、柯勒律治的交往经历则进一步使他坚定了对自然生态的信仰,进一步升华了他对自然的感悟,并逐渐形成了超验主义的自然观。爱默生散文中自然的道德价值体现在自然美德对人类的诗意启蒙。他认为:"大自然之于人类心灵的影响至关重要。"③自然界运行的规律通过人类与自然的交流实现了相通,大自然总是默默地地教给人类以道德上的教诲。渔民们从海洋里的礁石中学到了坚忍不拔的品质,蔚蓝的天空教会人们拥有宁静辽阔的胸怀。即使从动物的行为中,人们也能学到仁爱、善良、团结和奋斗,世间万物都呼应着一种道德感染力和力量,让置身其中的人的心灵不断受到滋润,不断获得精神上的感悟。如果人们融入自然,与自然和谐共处,自然深邃的奥秘必然会让人类不断获得诗

---

① [美]波尔泰:《爱默生集:论文与讲演录》,赵一凡,等译,北京:生活·读书·新知三联书店,1993年,第54页。
② [英]斯坦纳:《海德格尔》,李河、刘继,译,杭州:浙江大学出版社,2012年,第186页。
③ [英]斯坦纳:《海德格尔》,李河、刘继,译,杭州:浙江大学出版社,2012年,第64页。

意的美好感受和心灵的愉悦。这种愉悦是无可名状的,它给人们以心灵的充溢和伟大感。因此,人们必然会用睿智的眼光解读自然的文本。那就是,人们会以自然之美为参照,以自然为师,以自然之德为训诫,自始至终保持着对自然的一份敬畏感和诗意融合感,激发自身自觉地树立起一种尊重自然、顺应自然和保护自然的生态责任,以不断建设美好的家园为目标。现代生态伦理思想的基本出发点是对自然价值的关注。爱默生提倡,人们应该对大自然应该怀有敬畏感和诗意的融合感,这成为他一生致力于探讨的社会问题,也是构成超验主义思想中蕴含的生态伦理思想最核心的部分。

科学技术的进步使自然世界发生了日新月异的变化。爱默生由衷地敬佩人类的智慧和无所不能的机器带来的丰厚财富。然而,19世纪工业革命的喧嚣也给自然和人类社会生活带来了负面影响。他这样评价:"人们使用机器却迎来了污染,不要过度使用科学技术,它有缺陷。"①显然,在爱默生看来,自然科学的蓬勃发展与人类的自然本性是相悖的。对此,爱默生在游历欧洲之后撰写的《英国人的特性》一文中表达了自己的担忧。"人们发现机器已经阉割了使用机器的人,人类的实践能力在机器的使用中衰退了。"②爱默生认为,一旦自然科学家忽视维系人类与自然关系的和谐,那么科学就没有任何意义。工业化文明使工人沦为了机器的奴隶,科学反作用力破坏了人类精神上的完善。同时,在自然科学的指导下,在社会文化价值取向复杂多变的时代,人们在坚守基本社会伦理道德的意识上也将会逐渐弱化。对此,爱默生在《论自然》中阐述:"自然万物的不同生命形态的存在满足了人类精神世界对不同形式美的渴望和美的实现,我把这称之为人类存在终极的追求目标。至于人类的精神为什么需要追求美,不用任何理由和解释。"③作为一位浪漫超验主义作家,爱默生洞察到工业文明也给人的精神世界带来了负面影响,基于此,他将关于自然价值的诗意思考延伸到人类精神世界的健康与和谐理念的层面上,反对盲目遵从传统,反对纯粹的模仿。爱默生以一种崭新的眼光看待自然,有助于唤起人们对融入自然的情感,给思想文化界带来了一股清新之风。爱默生将自然精神化、道德化和神圣化,目的在于塑造具有独立人格的人和完美的人。显然,这与片面强调自然

---

① [美]波尔泰:《爱默生集:论文与讲演录》,赵一凡,等译,北京:生活·读书·新知三联书店,1993年,第136页。
② [美]爱默生:《英国人的特性》,张其贵,等译,北京:中国社会科学出版社,2008年,第157页。
③ [美]爱默生:《爱默生随笔全集》,蒲隆,译,北京:国际文化出版公司,2006年,第78页。

万物存在的目的要服从于人类的物质利益的人类中心主义思想大相径庭。爱默生在继承和反叛欧洲传统文化，观察和想象自然，关注人类精神世界的基础上，且在美国工业化、城市化的特定时期和物质力量日益强大的基础上，萌发了诗意的生态伦理思想，显示了他前瞻性的时代感。他既为自然的物质价值争取权利，又对人类与自然的诗意融合进行生态视野下的审视，并引导人们认识塑造人类精神世界的健康与和谐的重要性。西方生态伦理思想经历了一个漫长的发展过程，爱默生把关于自然价值的思考延伸到人类精神世界的健康与和谐理念的层面上是这一发展过程中不可或缺的一环。

第六节　生态中心主义生态伦理观的思考

沃斯特曾作出如此评价："梭罗是我们这个时代基调的自然哲学家，也是一位活跃的野生动物生态学家，他的思想大大超越了时代。他的作品可以找到一种最重要的对地球的浪漫立场和情感。梭罗的自然观对现代生态运动的颠覆性实践主义具有突出的精神源泉和引领作用。"[1]梭罗对融入自然的生活有着深刻的体验，在瓦尔登湖畔的独居生活期间，梭罗详细记录了自己对自然的感悟和对人类与自然关系的反思，倡导人们回归自然、融入自然和培养生态环境意识。《瓦尔登湖》集生态思想之大成，是梭罗基于自己林中生活的经历而创作的一部自然主义文学杰作，被公认为生态伦理学直接而重要的思想来源之一。该书也被美国著名生态批评家布伊尔誉为"绿色圣经"。此外，他的《康科德河和梅里马克河上一周》《缅因森林》《科德角》《森林乔木的演替》《种子的传播》等作品同样体现了对生态环境的密切关注和思考。劳伦斯·布伊尔是梭罗研究专家，他如此评价梭罗："梭罗向人们展示了一种人类之外的存在，一种超越任何人类成员的存在，揭示了自然界中所有生命相互联系的伟大意义。"[2]梭罗质疑人类中心主义思想，他认为是大自然孕育了人类等各种生物，人类不能脱离其

---

[1] Worster, D., *Nature Economy: A History of Ecological Ideas*, Cambridge: Cambridge University Press, 1994, p.178.

[2] Buell, L., *The Environmental Imagination: Thoreau Nature Writing and The Formation of American Culture*, Cambridge, MA: Harvard University Press, 1995, p.46.

他生物而存在,因此其他生物都是与人类平等的生命。他批判了工业文明社会中人类远离了自然,站在了自然的对立面,试图唤醒人们尊重自然和敬畏自然的意识。梭罗从哲学角度阐释了人类与自然和谐相处的新内涵,他的非人类中心主义的生态中心主义伦理观开拓了现代人看待自然万物的新视野。

梭罗以一种生态整体主义自然观看待人类与自然的关系,认为人类与自然是一个生态整体和生命共同体。人类与自然万物生活在一个相互联系、相互依存、和谐共存以及共同发展的地球生物圈中。他的生态整体主义自然观具有整体和谐、人类与自然万物平等的生态伦理意识。大自然是由非生物因子的物质和生物因子的物质两大部分组成。非生物因子的物质包括阳光、空气、岩石、矿物、土壤、河流、湖泊、湿地、海洋等,组成了岩石圈、大气圈和水圈。生物因子的物质包括植物、动物和微生物,系统相互关联和相互依存构成了更大的生态整体为生物圈。梭罗把大自然比喻为人类的母亲,它孕育了自然万物,让所有生命繁衍生息。人类和自然万物都是天地的产物,任何生命个体都与整体相联系,最终共同构成了一个同根同源的生命整体。可见,自然界从生物个体到生物圈,可以看作各个层次的生命系统。如爱默生认为:"一片树叶、一滴水、一粒沙都与自然整体相连,呈现出自然整体的完美。每一个个体都是一个小宇宙,都忠实地体现了自然世界的相似性。"[①]在人类与自然的关系上,梭罗把人类看作是大自然的居民,甚至是大自然本身的一个组成部分。他认为,人类不是大自然的主人,而只是像非人类生命形式一样是大自然的一员。人类并不比大自然中的其他生命高贵多少,人类与自然万物是平等的,自然不属于人类,但人类属于自然。梭罗批判人类物质欲望的膨胀而导致人们只考虑自身的眼前利益而不考虑人类赖以生存的生态整体利益的行为。物质欲望的膨胀遮蔽了人类生命的星光,一个人如果把自身的利益放在至高无上的位置,怎能成为为人类社会的进步和发展而献身的大师呢?梭罗把只为自己利益而不关爱其他形式的生命的人所进行的活动称为绝望的生命。梭罗发出灵魂拷问,责问人们从自身利益出发,打断了生命端到端的链条,这不是让自身陷入绝望状态,那是什么呢?

梭罗从生态整体主义立场出发看待自然的方式体现了一种敬畏生命的生态伦理观。"生命"一词是指包括人类、动物以及植物在内的一切生命现象,地

---

① [美]波尔泰:《爱默生集:论文与讲演录》,赵一凡,等译,北京:生活·读书·新知三联书店,1993年,第134页。

球上所有的生命都值得人类的敬畏。敬畏生命的伦理否定了生命的高级与低级、有价值与无价值之分。怀着生存和提升生命的意志去珍视生命,体现了人类天性中善的一方面。人类应该将道德伦理的适用范围和道德关怀的对象扩大到一切动植物范围。"维持生命、促进生命,使生命达到最高发展,才是善的本质。摧残生命、损害生命,阻碍生命的发展,这是恶的本质。只有当人们认为包括人的生命和所有自然界中其他生命都是神圣之时,才是合乎伦理的。"①"敬畏生命"是人类自古以来就已确立的对待生命的意识和态度。人类应以同情、怜悯的伦理之心,仁慈、平等地对待一切自然生命,而不是以高高在上的姿态对待其他自然生命的存在,这是人类在发展过程中善待自然应有的智慧。

破坏自然环境和滥食野生动物的行为已让人类付出了巨大的代价,人类不可避免地遭受到大自然的报复。面临自然环境恶化的现实,人类必须痛定思痛、幡然警醒,致力于强化人类对自然万物的敬畏。敬畏生命的伦理是指社会要求人们在面对具有必然性、神圣性对象时必须心存敬畏和行有所止的伦理规范。图腾文化的萌生是人类有了敬畏以及相应禁忌的一种重要标志。原始部落因为信仰某种自然物等,便信奉相应的图腾作为本部落的徽号或象征。特定的图腾虽然不是原始部落敬畏的唯一对象,但它却是最神圣不可侵犯的对象。其背后隐含的是原始部落人对大自然的崇拜和敬畏。人类社会开始步入文明时代,然而,在漫长的原始社会中所形成的敬畏伦理并没有被人们否定和抛弃,而是获得了传承和弘扬。如,在中国传统文化中,"人类要敬畏、尊崇天道自然"的敬畏伦理一直得以延续。而自近代开始,工业革命、市场经济和现代科技汇集成为一股巨大的力量,大自然被征服和祛魅,人类成为自然万物的主宰,越来越陶醉于对大自然的征服而欢欣雀跃。人类似乎在与大自然的对立中赢得了先机,然而,无数沉痛的教训昭示人类要学会与自然和谐相处。人类处于食物链的顶端,整个食物链的任何一个环节出现断链都将会使人类的生存和发展难以为继。自然界中存在的生物都是这个食物链中的一个环节,人类如果伤害了其他生物,必然会被它们反噬。因而,人类与自然万物原本就是一个生命共同体,整个生态系统是人类生存的根基和家园。如果人类对大自然的利用和开发为所欲为,环境恶化产生的后果将最终危及人类自身的生存和发展。每次大自然对人类的报复就是大自然对人类最醒目的警示。自然万物之庞大、幽深又神秘,人类对自然法则注定是难以完全把握的。人类不能因为自身变得较为强大

---

① [法]史怀泽:《敬畏生命》,陈泽环,译,上海:上海社会科学院出版社,2003年,第102页。

而可以在改造自然和利用自然方面无所顾忌,对待自然必须遵循心存敬畏和行有所止的生态伦理规范。尊重和维护自然万物存在的地位和权利、尊重和遵循自然万物共同的和各自的规律以及敬畏和爱护自然界中其他生命应是构成敬畏生命的基本要求。

1915年,史怀泽提出了"敬畏生命"(reverence for life)的思想。他指出,人的生存取决于其他生命与整个自然的和谐,否定了生命的价值序列,从而将人的伦理关怀从人延伸到所有生物和整个自然,肯定了自然界中所有生命的平等地位。"敬畏生命"把生命的整体性作为思想的逻辑起点。史怀泽进一步指出:"善是保存生命和促进生命的行为,它帮助可发展的生命实现其最高的存在价值。恶就是毁灭生命、伤害生命以及压制生命发展的行为。"①"敬畏生命"关于善恶理论拓展了伦理学内涵和范围,更重要的是,它动摇了几千年来占主导地位的人类中心主义,强调了自然界中所有生命共同构成了一个生态整体,并且共同使这个生态整体能够发挥它的终极价值和意义。同时,它也隐含了人类没有权利随意伤害自然界中的其他生命形式,因为,它们也有不被人类伤害的权利。在一定意义上,它们与人类具有同等的生存权利。然而,现代工业文明的发展和人类中心主义使人类无视自然法则,人类自诩为自然主宰者而凌驾于自然之上,征服自然一度成为主流意识,违背了敬畏生命的伦理。梭罗的自然观推崇的是一种非人类中心主义的生态中心主义(ecocentrism)的理念。他主张,自然万物都有自己的生存的权利和存在的价值,极力反对自然万物没有内在价值,只具有工具价值的观点。他更是反对根据人类自身的需求利益来判断自然万物的内在价值。他认为,每一种生命形态都有生存和发展的权利,它们都值得人类的尊重和敬畏。梭罗曾宣称:"生命是神圣的,能正确认识这一点的人宁愿保留生命,也不愿去毁灭生命。我为豆子和草丰收的价值而欢欣鼓舞。我没有收获豆子的果实。它不是为了啮齿类动物而生长的吗?我们岂不应当因那败坏的草收割而欢喜吗?因为其中的虫子是飞鸟的食物。"②梭罗表达了自然万物之间相互依存、不可或缺的生态整体主义思想。人类与自然的和谐是构建和谐、稳定和完整的生态系统重要的一环。此外,实现人类与动物的和谐相处也是人类与自然和谐相处的一个重要前提。人类敬畏自然的意识并不是自然而然地形成,需要社会教化和个人修养,这就需要诸多的社会力量的参与,调整协

---

① [法]史怀泽:《敬畏生命》,陈泽环,译,上海:上海社会科学院出版社,2003年,第132页。
② Thoreau, H. D., *Walden*, Oxford: Oxford University Press, 2008, p.178.

作去构建一个共同的认知体系。

梭罗敬畏自然,敬畏生命,善待动物,严厉谴责贪婪的人类肆意猎杀野生动物的可耻行为,导致了无助的动物没能逃过人为的一场场劫难。梭罗对动物的生存权利无法受到保障寄了密切的关注。对于狩猎,梭罗写道:"对于那些沉迷于狩猎的青少年来说,在经历了童年无忧无虑的生活之后,没有人会随便去杀死任何生物,因为任何生物都有和人一样具有生存的权利。兔子被追捕跑到最后,会像个孩子一样大叫。"①梭罗希望通过野生动物被猎杀的场景描写旨在于呼吁人们进行更深层次的思考,帮助人们理解大自然中所有生命存在的意义和价值。

梭罗极力反对以科学研究的名义杀害其他生物,19世纪40年代,他和哥哥约翰有时会用枪支射击鸟儿来鉴别鸟类。但在20世纪50年代,梭罗自责写道:"为了过上和平而和谐的生活,人类必须与宇宙融合。有意而不必要地对任何生物施加哪怕是最小的伤害都应该被谴责。"②伤害或是杀掉其他生命,人类不但征服不了它们,反而会受到大自然的惩罚,有时候也意味着在毁灭自己。即使人类有时候占尽了优势的地位,人类也不允许是为所欲为的。为此,梭罗认为,那些以科学研究的名义残害其他生命的行为,决定那种行为发生之前要相当谨慎,而且要加以反思。因此,梭罗建议,应该设置在自然状态之下去开展对鸟类的研究和实地观察,采用捕捉它们的做法作为研究途径则是一种最低级的方法。梭罗坚决捍卫自然万物的生存权利和肯定它们的生命价值,认为禽兽的生命与人类的生命一样同样值得我们的守护与尊重。然而,人类的生存是现实的,人会遇到与其他生命形式的冲突,或因自身生存需要而不得不伤害某些生命的时候,此时我们该如何遵循"敬畏生命伦理"的理念呢?对此问题,史怀泽作出阐释:"虽然这种行为有时是不可避免的,但必须要有一种自责感。如果人类认为自己有权利毁灭其他生命,那么,总有一天人类会走到毁灭与自己相似的生命或自我毁灭的地步。显然,这种自责行为是对"敬畏一切生命"原则的一种妥协,也是源自人内心深处的一种自觉。敬畏生命的根本目的在于培养人类的道德观和道德意识,这是实现人类朝着不断完善自身目标的出发点。"③谈到生命价值,大多数人只愿意承认人的生命的价值,而忽视甚至否定非人类生命的生命价值。梭罗指出:"如果人们能够筹集到足够的资金来表示对树木和

---

① Thoreau, H. D., *Walden*, Oxford: Oxford University Press, 2008, p.156.
② Thoreau, H. D., *Walden*, Oxford: Oxford University Press, 2008, p.297.
③ [法]史怀泽:《敬畏生命》,陈泽环,译,上海:上海社会科学院出版社,2003年,第252页。

石头的真正尊重,那就意味着人类的重生。"①这是梭罗对人类不合理对待自然中非人类生命的直接提醒。数不清的全球性或区域性自然灾害是大自然对人类错误行为的报复,也是警示。

德国哲学家黑格尔曾经指出:"当人类为自己战胜自然而欢呼时,也是自然界惩罚人类的开始。"②这句话的警示性在于人类每一次破坏自然都将面临自然的惩罚。自然法则和规律是客观存在的,完全不以人类的意志为转移。为了解决环境污染、生态系统退化等环境问题,人类必须正确认识人类与自然的关系,树立尊重自然、敬畏自然和保护自然的生态文明理念,人类该是时候摆正自己在自然界中的正确位置。人类必须改善与自然的不和谐关系,停止对自然施加破坏性行为,爱护自然和敬畏自然是每个人都应具有的生态责任。鉴于此,简单生活方式下的生态责任就变得尤为重要。因为,"地球上的资源可以满足人类的生存需要,却无法满足人类不断膨胀的欲望。"③自然界中的各种生物都有自己的内在价值和生存权利,所以,人类不应该随意去亵渎其他生命形式的尊严和存在价值。

在《缅因森林》中,梭罗写道:"所有生命都是活着比死了好。人类、麋鹿、松树都一样,所有的生命都是值得珍惜的。如果能真正懂得这一点,宁可珍爱生命,也不愿去摧毁生命。"④梭罗赞颂了秋天树木的绚丽色彩,也对被忽视的小草倾注了更多的感情,梭罗把"生命共同体"的理念真正融入于自己的生活中以及创作中。在梭罗看来,纵然不同的植物群落也不应有价值序列的区别。对此,他写道:"这两种草(胡须草和黄高粱)生长在干燥多沙的田野和山上各处。更不用说它们会遵循天道开放美丽的花朵了。两种草的茎都能呈现出紫色的色调,这有助于宣告植物在一年间的成熟。也许我更同情它们,因为它们受到农民的鄙视,只依赖于贫瘠的、被忽视的土壤而生存。"⑤生活中的人们很少真正理解生命的宝贵。于是,人们往往在不经意间,有意地伤害甚至剥夺了其他生命形式的生存权利。如果人类不再醉心于过多的物欲,也就不会存在为了满足物

---

① Thoreau, H. D., *Walden*, Oxford: Oxford University Press, 2008, p.120.
② 邓晓芒:《黑格尔辩证法讲演录》,北京:北京大学出版社,2005年,第204页。
③ Marshall, P., *Nature's Web: An Exploration of Ecological Thinking*, New York: Simon & Schuster Ltd., 1992, p.71.
④ Thoreau, H. D., *The Maine Woods*, Princeton, NJ: Princeton University Press, 2004, p.95.
⑤ Thoreau, H. D., *The Natural History Essay*, ed, Robert Sattlemeyer, Salt Lake: Peregrine Smith, 1980, p.157.

质欲望产生那么多骇人听闻的行为。在对待植物方面,梭罗认为,人类也同样没有权力将狗尾草等植物连根拔起而破坏了它们的百草园。在天气干燥的季节里,梭罗会定期给予蓝莓、樱桃树、荨麻、红松和紫罗兰等植物浇水,那是因为他担心花草树木会缺水枯萎而失去生命。在天气寒冷的冬季里,即使鼹鼠要吃掉自己种植的三分之一的土豆,对此,梭罗也为它们拥有一个地窖和所需的食物而能够安全度过一个寒冷的冬季而欣慰。梭罗就像敬畏自己的生命一样去敬畏自然中每一种生命的存在,对非人类生命形式的尊重和敬畏也使得梭罗充分体验到了自然界中其他生命的价值和意义。梭罗也因此将道德关怀的范围从人类范围扩大到地球生态圈中的其他一切生物,摒弃了以人类利益至上的人类中心主义自然观,重构了一种基于人类与自然和谐共生为最终目标的生态中心主义伦理观。在梭罗看来,珍视自然界中其他生命形式就是珍视人类自身的生存。在地球的生物链中,各种生命共生共存,更是息息相关。如果我们随意地践踏地球上的生命就是在破坏人类自身赖以生存的生态环境,最终受伤害的无疑是人类自身。衰落和死亡的现象总是比崛起和新生容易,所以,人类要珍惜大自然给予自己获得生存和发展的馈赠。尊重和敬畏自然中的各种生命形式、平等对待自然万物的理念集中体现了梭罗的生态中心主义伦理观的核心思想。

19世纪中叶,美国社会迈入了一个经济蓬勃发展的时期。人类中心主义支配了社会生活的各个领域,人类社会发展的过程是一个不断改变自然生态系统的过程。在人们高唱征服自然、改造自然以及利用自然的论调中,生态环境不断恶化。这种以损害整个生态系统的和谐、稳定和完整为代价的发展,打破了人类与自然的密切关系,同时也给人类自身的生存带来了灾难。梭罗还强烈谴责工业化对自然之美和人类诗意生存环境的破坏。他痛恨和批判火车和铁路为代表的工业化给自然环境带来的破坏。他把火车比喻为一匹巨大的魔鬼铁马,张牙舞爪地闯入静谧的瓦尔登湖。村庄变成了靶子,被箭一般的铁路击中。火车如铁马般轰鸣,使山谷回响。它的脚步震动了大地,它的鼻孔喷出火焰和黑烟。村庄原本宁静温馨的环境由此被破坏了。对此,梭罗发出谴责:"这恶魔般的铁马,震动人耳鼓膜的声音,全镇都听到了。它用肮脏的脚步,把沸泉的水弄得乌云密布,正是它吞噬了瓦尔登湖岸边的森林。"[①]显然,生活在瓦尔登湖的梭罗切身感受到工业化进程对自然环境的巨大破坏。面对被破坏的大自然,他

[①] Thoreau, H. D., *Walden*, Oxford: Oxford University Press, 2008, p.57.

发出感叹:"当我第一次在瓦尔登湖上划船时,它完全被茂密高大的松树和橡树包围着。然而,自从我离开湖岸后,伐木工人就把湖岸的树林砍伐了。从此之后,再也不可能长年徘徊在林中的南路,再也不可能偶尔从这样一片林中看到湖水了。如果我的缪斯沉默了,她可以原谅森林被砍伐的事,那我们怎能指望鸟儿歌唱呢?"①梭罗不禁为自然环境遭受到破坏而深感愤慨,这是一个人类极需反思的问题。在康科德,唯一存活的一棵朴树被一位邻居砍了,对此,梭罗痛心地声称:"如果虐待儿童的人要受到起诉,那么破坏大自然容貌的人也应该受到起诉。"②梭罗虽然没有系统阐述大自然的权利,但他极力批判和谴责人类滥用自然资源、破坏自然环境的不当行为,这使他成为后来的新环境主义的先驱者。梭罗早年酷爱钓鱼,但他后来放弃了这一爱好。他发现:"每次钓鱼,我总觉得自尊心降低了。"③梭罗强调人类应该遵循正确对待自然的行为准则。他说道:"要保证一个人与自然的关系必须接近于一种人际关系,我无法想象任何生命都是真实的生命,除非人们与自然建立起某种温柔的关系。"④这种"温柔的关系"是为了提醒人们要消除对自然万物不必要的暴力。梭罗曾经只是为了得到栗子而用石头击打栗子树,对此,他曾经自责自己不当的行为。他说道:"林木养活我们,对给我们遮荫的林木施加不必要的伤害,不仅是粗暴的而且是犯罪的行为。"⑤他认为:"古老的树木是人类的父母,亦可能是人类父母的父母,树木供给我们食物,为我们遮阳,让它们遭受到不必要的痛苦真是罪过。"⑥大自然的生物圈一直在因循着一种动态平衡,它的变化时刻提醒着人类需要克制自己的无限欲望。每一个自然人都属于大自然的一成员,优胜劣汰作为大自然的生存法则,人即被涵盖其中。人类需要相互依存,需要顺应和遵循群体生存法则,但现实中的每一个个体也仍然需要处于优胜劣汰的竞争状态之中,这是自然的法则,是天道,是天理。梭罗一直坚持人类生活的更高法则。因此,对他来说,维护自然生态系统的和谐、稳定和完整以及其野性有时是一件比道德规范更有约束力的事情,这就是他所致力于探讨的"人类更高的法律"。他反对把自然万物的价值简单归结为经济价值和物用价值,坚决反对人类为了自身的利益而过度

---

① Thoreau, H. D., *Walden*, Oxford: Oxford University Press, 2008, p.129.
② Thoreau, H. D., *Walden*, Oxford: Oxford University Press, 2008, p.137.
③ Thoreau, H. D., *Walden*, Oxford: Oxford University Press, 2008, p.167.
④ Thoreau, H. D., *Walden*, Oxford: Oxford University Press, 2008, p.118.
⑤ Thoreau, H. D., *Walden*, Oxford: Oxford University Press, 2008, p.156.
⑥ Thoreau, H. D., *Walden*, Oxford: Oxford University Press, 2008, p.126.

利用自然资源和无视自然的整体生态,因为,他认定那只会最终伤害人类自身。

在《瓦尔登湖》的"室内暖气"一节中,梭罗写道:"我希望我们的农妇能感受到自己砍伐一片森林时的那种恐慌,就像古罗马人砍伐一片神圣的森林或稀稀拉拉地砍伐树木时的那种恐慌。太阳照进来了,因为他们认为这些森林是属于某些神的。"[1]事实上,梭罗呼吁荒野的价值实际上是为了维护一种人类与自然和谐相处的生存状态。他希望在人类居住的自然世界中,其他动植物也有生存的空间,他曾主张在人类居住的地方需要建造花园的提议就足以说明了这一点。在梭罗看来,大自然孕育了人类,是人类的母亲,人类是大自然不可分割的一部分。人类绝不是大自然的主人,而是大自然的孩子,人类应该与大自然建立起一种"温柔的人际关系"。因此,在梭罗眼中,人类没有权利为了自己的利益而随意改造大自然的原貌。

在《瓦尔登湖》的"豆子之地"一章中,他认为,把土地当作自己财产的行为无疑是人类的贪婪自私或者为了获取财产的一种非法手段。人类与土地应该保持亲密和谐共处的关系而不是占有和破坏。捕捞自然物的行为不仅破坏了自然资源和美好的环境而且助长了其贪婪的本性。贪婪的本性只能使人类精神堕落,最终导致人性沦丧。动植物和人类一样也是有生命的、有灵性的。人类应该是作为一位安静的美学家去欣赏它们,而不是作为占有者去掠夺它们。梭罗的非人类中心主义的生态中心主义遵循着一个最重要的原则,那就是,保护和尊重自然生命及其价值,促进自然生命的活力而不是破坏和扼杀。梭罗的生态伦理思想是非常明确的,即保护和促进自然生命是善的,而一切否定和损害自然生命皆是恶的。生命,无论是动物还是植物、无论是大的小的,皆是自然界能够维持生机勃勃和繁荣兴旺的源泉。

大自然的伤痕累累使梭罗看到了盲目的工业文明给人类和自然带来的恶果。工业化的过程以科技发展为依托,追求不断成长和发展。这种建立在肆意掠夺和消耗自然资源基础上的生产方式根本没有考虑自然环境的承载能力。它只是对自然无止境的开发利用,结果使人类与自然的关系趋向恶化。它不仅给自然环境带来巨大破坏而且促使人类的物质欲望不断膨胀。与之相反,人的精神世界反而更加空虚,人性逐渐走向异化。科技至上的发展观是人类中心主义进一步强化的体现,造成了人类与自然更加严峻的对立。它是人类社会远离自然,控制自然,选择反自然文化的一种恶果。它使自然环境满目疮痍,生态危

---

[1] Thoreau, H. D., *Walden*, Oxford: Oxford University Press, 2008, p.267.

机和人文危机也随之而来。对此,梭罗表达了对人类中心主义自然观的怀疑和批判。他忧虑地写道:"我们自以为聪明,自以为在地球上建立了合理的秩序而成为大自然的主宰。殊不知,我们已经抛弃了与自然和谐相处的诗意生活方式,走上了一条与自然法则相悖的发展道路。"①人类世界与自然世界的二元对立已形成,如何摒弃以人类利益为中心的单向度发展模式?如何合理适度地开发利用自然资源和改造自然,实现人类与自然的和谐共生?诸如此类的问题正在考验着人类对待大自然的智慧。当今人类生存危机和环境问题凸显的根本原因是人类无穷无尽的物质需求和欲望的膨胀。对此,梭罗批判了美国人对物质的追求和享受而致精神空虚的现实。物质主义导致人们把经济利益放在首位,以此来衡量生活的价值。过分追求物质和经济利益的人不但丧失了审美的眼光和精神的提高,甚至还失去人身自由。

正如梭罗在《瓦尔登湖》开篇中所言,得到土地的人要终生在土地上劳作,不得歇息,成为土地的奴隶。在梭罗眼中,瓦尔登湖俨然成了崇尚简朴生活,热爱自然的象征。简单的生活要把物质需求降到最低,以充足为度,目的在于减少对自然资源的需求。它不仅改变了长期以来人们对自然资源的掠夺性破坏,而且重新使人类与自然和谐共处成为可能。梭罗鼓励人们应该摒弃对物质生活的过度需求,应该转向致力于探求丰富和完善的精神世界,真正拥有一个有价值和高尚的人生。梭罗在瓦尔登湖畔通过自耕自食和简朴自然的生活实验证明了简单生活方式的可行性。在最短的时间内,梭罗花费不到 30 美元用自己的双手建造了实用的林中小木屋。他种菜、种豆、烤面包,过着粗茶淡饭,衣着朴素,每周花的钱足够维持最低需求的一种生活。这段时间,他每周只工作两天,其余时间都用来读书、思考以及与大自然进行交流。大自然既是人类的栖息地也是人类的精神家园。在《瓦尔登湖》中,梭罗以生态整体主义思想,以全新的自然观看待自然,反思人类与自然的正确关系,将瓦尔登湖描述为一个能够实现人类、植物、动物三者和谐生活之所,能够比较完美展现人类与自然和谐相处的秩序之所。人类需要学会尊重自然和爱护自然,绝不能再以牺牲自然环境为代价换来人类文明的发展。每个人都要承担起保护自然环境的生态责任,才能重建人类与自然真正和谐共生的关系。梭罗的生态整体主义思想的伦理意蕴在今天仍然具有重要的思想价值和指导意义。人类的生存离不开自然界物质资料的供养,大自然是人类生存和发展之本源,它具有内在的、强大的创

---

① Thoreau, H. D., *Walden*, Oxford: Oxford University Press, 2008, p.302.

造力,它不仅创造了适合生命存在的环境条件而且创造了包括人类在内的各种物种和维持整个生态系统的和谐、稳定和完整。人类是大自然的一部分,离不开大自然这个整体生态系统的和谐、稳定和完整。自然以其神奇力量影响着人类,使人类生命机能充盈着活力,生生不息而散发着生命之美,自然与人类的关系的状态应是一个相互渗透和和谐共生的状态。人类不仅要重视个体之间及其所构成的社会生态系统之间的和谐共生与协同发展,更要重视人类自身与整个自然生态系统之间的和谐共生与协同发展。从宏观层面来看,人类与自然和谐共生是各种和谐关系的基础,因为从人类的起源、自然属性以及生存基础来看,人类与自然生态系统之间的和谐共生与协同发展具有更基础性的意义和价值。梭罗曾经写道:"我虽不富甲天下,却拥有无数个艳阳天和夏日。"①梭罗强调与自然对话的重要性,这也是他一生秉持的生态生存的理念。梭罗以此表达了在原初的自然状态之下的人类与自然的和谐相处是源自本能的,也是快乐的。

英国哲学家伯特兰·罗素(Bertrand Russell)曾在《西方哲学史》(A History of Western Philosophy)中总结式说道:"西方人普遍相信过去曾经存在过一个快乐的自然状态,这部分归因于黄金时代的古典神话。"②梭罗归隐荒野的行为可以认为是一种真正遵循着自己内心的一种选择,他试图探索的是如何尽可能地实现如罗素所提及的那个"快乐的自然状态"。世上也有不少人希望能够远离喧嚣去寻求一片安宁的生活环境。可是,真正能放下世间琐事,远离俗世生活的人却寥寥无几。两年多时间独居在一处绝对静谧的地方,绝对自食其力生活着,恐怕西方人也是多数人做不到的。现代文明社会里,人性高贵的内核外层已落上了一层厚厚的灰尘。除掉这厚厚的灰尘,人性高贵的光芒将会重现,将会重新福泽于人类自身。人类完全可以通过生存方式以及精神层面的革新抵达一个崭新的理想社会。怀着这个信念,梭罗对林中生活进行了深入的梳理和详尽的阐释,为世人留下了璀璨的、不朽的自然主义散文集《瓦尔登湖》,书中饱含睿智而独特的哲理性思考指向了贯穿人类历史进程的一对核心矛盾,即文明与自然的冲突。瓦尔登湖之后成为梭罗追随者心中的圣地,它给梭罗提供了一个不可多得的自然环境,使他与自然建立了直接而亲近的联系,从而孕育了具有开创性的生态哲学思想。在 20 世纪环境运动兴起之后,梭罗

---

① Thoreau, H. D., *Walden*, Oxford: Oxford University Press, 2008, p.53.
② Russell, B. *A History of Western Philosophy*, New York: Simon & Schuster, 2007, p.838.

关于自然的思想获得了丰富的生态学意蕴,并且成为非人类中心环境伦理学的象征和标志。

在《瓦尔登湖》中,梭罗对自然万物的抒发饱含着别样的温情,人类与自然呈现着天然的和谐与默契,梭罗融入自然的关键在于把自然万物设定为具有和人类亲缘性的一种关系的存在。梭罗林中的小屋周围长满花草、松柏、核桃树和灌木丛,常年呈现出一派生机勃勃的景象。每天清晨,梭罗便静坐在木屋前,聆听百鸟欢唱,观赏雄鹰盘旋、水貂捕蛙。这些景象构成了自然生命生生不息的状貌,它们尽情地张扬着活力,自由而美好,梭罗尽收眼底。他写道:"我居住在这人迹罕至的森林里,从不感觉寂寞,也丝毫没有承受到寂寞的压迫和负担。"① 显然,如果人能够摆脱外在利欲的掌控,融入自然,人的身心自然是轻松的,灵魂自然是敞亮的,精神必然是快意的和自由的。因此,将会快乐地迎接白天和黑夜,生活也会散发出像鲜花和香草般的芬芳,更充满活力、更璀璨、更不朽,这就是一个人的生活真正处于快乐的自然状态。在梭罗心中,自然万物是有生命的,也是有人格的。林中的动物无疑成为梭罗融入自然、与自然和谐相处的见证者。梭罗认为:"动物的最重要的部分当然是它的灵魂,它的生机勃勃的精神,而当时大多数书籍都把动物当成无生命的物质现象来论述,全都忽视了这一点。"② 梭罗描述了诸多关于松鼠、美洲鹟、知更鸟、野兔、松鸡、狐狸、潜水鸟和田鼠等动物的行为表现。梭罗每天都会目睹林中这些成员粉墨登场为自己奉献才艺,梭罗对花草树木和禽兽都建立了情谊。他这样描述自己在林中的生活,"在我的同胞们看来,这完全是游手好闲。但是,如果用飞鸟和繁花的标准来审视我的生活,我觉得,我是没有一点儿缺点的。"③ 工业文明造就的繁华都市使人的精神世界丧失了安详和宁静,人们就会产生一种追求更高层次精神生活的本能。同时,人的内心也会产生另一种追求亲近自然、回归肆意自持的田园生活的本能,这是生活于喧嚣都市中的人们最美好的向往,这两种意念都值得尊重。梭罗把瓦尔登湖视为神话中的神圣的生命之源和新生活的出发点。他赞叹:"湖是自然风光中最美妙和生动的所在,湖也是大地的眼睛,看着它的人能够测出自身天性的深浅。"④ 瓦尔登湖就如是有灵性和生命的活物,它有着令人惊叹的纯洁,从而与污秽无缘又犹如是林中隐士,这又会引导着人们对待

---

① Thoreau, H. D., *Walden*, Oxford: Oxford University Press, 2008, p.118.
② Thoreau, H. D., *Walden*, Oxford: Oxford University Press, 2008, p.83.
③ Thoreau, H. D., *Walden*, Oxford: Oxford University Press, 2008, p.121.
④ Thoreau, H. D., *Walden*, Oxford: Oxford University Press, 2008, p.162.

自然教养的热爱和思考。

印第安人始终对自然万物充满着敬畏,梭罗受到他们传统文化中的大地母亲自然观、图腾崇拜和万物有灵的深深吸引。出于对印第安人古老文明所形成的生态观的敬仰,梭罗曾多次考察康科德地区的印第安人的文化历史。1846年,还在瓦尔登湖畔居住期间,梭罗第一次游览了缅因州的森林,并攀登了缅因州最高的卡塔丁山。梭罗于1853年和1857又重游了缅因森林,缅因森林那片处女般的原野与天神的花园与瓦尔登湖有着不一样的美丽和神秘,他曾呼唤要永远住在这里,永远活在这里,永远长眠在这里。几次缅因森林之行都由印第安人作向导,缅因森林之行对梭罗的自然信仰的影响是极大的。他采用真挚而朴实的文字把这几次惬意的缅因之旅的感悟记录在自然散文《缅因森林》中,让读过此书的每个人都能从中体会到尊重自然、敬畏生命和保护自然的重要性。

大自然是自足的,人类属于大自然,而大自然却不属于人类。大自然极其寂寞地繁茂生长着,它的存在并不需要人类旁观者的欣赏。梭罗深刻认识到人类对大自然的绝对依赖,这有助于使梭罗对大自然采取一种生态中心论的立场。梭罗对瓦尔登湖平静的湖面作了如此描写:"一条鱼跳跃起来,一个虫子掉落到湖上,都这样用圆涡,用美丽的线条来表达,仿佛那是泉源中的经常的喷涌。那是欢乐的震抖,还是痛苦的战栗,都无从分辨。"①这使得之后的梭罗一再感觉,只要一钓鱼,自己的自尊心就会有所降低。即便他具有钓鱼的技巧和本能,但是等他钓完了鱼,他觉得还是不钓为妥。梭罗相信,在钓鱼这件事情上的感受是大自然给他的一个微弱的暗示,那就是尊重生命和善待生命。纵然黎明的第一道光芒是微弱的,但它经过了酝酿的时间之后能够放射出万道光芒而形成绚丽的朝霞。显然,梭罗是深谙大自然给予微弱暗示背后的意义。梭罗沉醉于美国马萨诸塞州南部巴恩斯特布尔(Barnstable)县的科德角秋天迷人的景色,他由衷赞叹:"秋天的景色真像色彩绚丽的地毯,还有什么染料能与这些色彩相比呢?"②自然之美能够带给人种种心灵上的愉悦和轻快的审美体验,人类与大自然不止相互依存还是相互影响相互促进的。人类与自然的和谐正是在这个层面上实现了共生发展的过程。人类与自然的和谐共生被视为一种与现代生活有着某种对峙意义的生存状态。它不仅蕴含着更多的传统农业生活的因子,而且与复杂、多变的现代化生存状态相比,它显得更为单纯、安宁与温馨,

---

① Thoreau, H. D., *Walden*, Oxford: Oxford University Press, 2008, p.245.
② [美]梭罗:《心灵漫步科德角》,张悦,译,哈尔滨:北方文艺出版社,2009年,第201页。

更是充满活力的一种生存。尽管这种生存状态并非完美无缺,但其和谐生存的优势在现代化生存弊端的反衬下显得尤为可贵。缪尔曾经说过:"你要让阳光洒在心上而非身上;溪流穿躯而过,而非从旁流过。"①缪尔能在荒野中的怡然自乐以及与自然和谐相处的态度足以引发当下人对自身生存的反思。关注人类生存状况的梭罗也是自然生态保护的践行者,他的超验主义自然观打破了当时机械主义、功利主义自然观。他甚至认为:"自然拥有更高法则,更奇异的文明,远非人们所想。"②自然中任何一种生命的存在都蕴含着一种神秘的无处不在又无所不包的宇宙精神,这种宇宙精神的内涵便是指引人类如何与自然万物和谐共生。在《瓦尔登湖》中,我们不仅能够犹如身临其境一般置身于森林中、湖畔旁,细看潺潺流水,静听虫鸣鸟语,更是能够从梭罗这位先哲身上体会到他的个体觉醒和生命意义,它引导着人们以特有的方式与大自然亲近。和谐是人类社会发展的追求之一,和谐原则应成为现代人生活的法则,唯有如此,人类才能重新实现与自然和谐共生的理想。

人类源自自然界,依存于自然界,人类永远都是属于自然界中与其他万物平等的一个成员。在大自然面前,人类永远只是一个天真幼稚的孩童。人类无论处于文明发展的何种阶段都要维持自身的生物学生命。这个过程就如同其他物种那般不可避免地要与自然环境之间进行物质和能量的交换。当代英国生态主义思想家布赖恩·巴克斯特(Brian Baxter)在《生态主义导论》(*Ecologism: An Introduction*)一书中认为:"人类的生命支持系统既是复杂纷繁的也是有组织的有系统的一个相互联系、相互依存的生态整体。在这个生态整体中,人类的生存与福祉和作为一个物种条件的潜在改善过程也都是与成千上万的其他物种的存在和福祉相互关联的,更是密不可分的。"③巴克斯特明确阐明了人类要走向更高一级的文明和获得可持续发展的重中之重的事情就是需要正确对待和处理自身与自然生态整体的关系。人类与自然的关系绝不是人类与"他者"的关系而是需要努力去实现与自然和谐共生发展的统一关系。人类生存于自然界中的真正法则和全部意义正是在人类与自然的和谐共生与共同发展中得以诠释和体现出来的。生命的形态包括人类的生命和非人类的

---

① Muir, J., *My First Summer in the Sierra*, New York: Random House Inc., 2003, p.146.
② Thoreau, H. D., *Walden*, Oxford: Oxford University Press, 2008, p.403.
③ Baxter, B., *Ecologism: An Introduction*, Edinburgh: Edinburgh University Press, 1999, p.146.

生命。先前的文化只集中关注人类生命而忽略或无视非人类生命,这显然是文化和伦理观念还未成熟的一个体现。史怀泽提倡:"要把爱的原则扩展到一切动物,自然界里的生命没有高级和低级、富有价值和缺少价值的区分。"①这也表明,自然界中的千百万种昆虫,由于它们对维护生态系统的生态平衡同样发挥着应有的内在价值。因而,它们对人类、对生物圈有着重要的、间接的功用。史怀泽敬畏生命伦理学的支点是保护、促进与完善所有的生命。由此,人类的"亲属"范围扩大了,人类必须像敬畏自己的生命意志一样敬畏所有的生命意志。基于此,史怀泽认为:"一切使人作为行动的生物就与宇宙万物建立了精神关系。"②罗尔斯顿认为:"人类对所有的非人类生命个体以及生态系统负有直接的道德义务,因为,它们都在促进与完善其他生命发挥着独立的内在价值,因而,它们也理应获得道德关怀的资格。"③罗尔斯顿的伦理学基础是建立在一个非常坚定的信念之上,大自然不只需要被尊重,更是需要被当成一份神圣的恩赐来尊崇。利奥波德认为,伦理学的演变对于自然保护至关重要。他的"伦理学延伸"是生态学的新事物。他指出:"一个事物,只有在它有助于保持和促进生物共同体的双向互助式和谐、稳定和美丽的时候,才是正确的;否则,它就是错误的。"④要实现真正的可持续性,就必须要有一种认识自然的内在价值的整体世界观。显然,对于人类与自然关系,罗尔斯顿和利奥波德都主张人类对自然应采取一种生态伦理的态度。相较之下,这一思想早在梭罗的《瓦尔登湖》中就有了充分的体现。

　　梭罗从生态整体主义的观念重新看待自然和人类自身。他认为:"一切动植物的生命都不过是寄生在大地之上。人类不是自然界的中心,而是和万物一样,只是大自然所有生命中的一分子,平等的一员。人类与自然万物之间是相互依存的关系,自然界像是一个宇宙血缘家庭。"⑤因而,他认为:"假如没有兔子和鹧鸪,一个田野能称为田野吗? 它们与大自然同色彩、同性质,和树叶,又和土地是最亲密的联盟,它们彼此之间是联盟关系。见到兔子和鹧鸪跑掉的时

---

① [法]史怀泽:《敬畏生命》,陈泽环,译,上海:上海社会科学院出版社,2003年,第69页。
② [法]史怀泽:《敬畏生命》,陈泽环,译,上海:上海社会科学院出版社,2003年,第71页。
③ Rolston, H., *Philosophy Gone Wild: Essays in Environmental Ethics*, 2nd ed, New York: Prometheus Books, 1989, p.35.
④ Leopold, A., *A Sand County Almanac with Essays on Conservation from Round River*, New York: Ballantine, 1970, p.121.
⑤ Thoreau, H. D., *Walden*, Oxford: Oxford University Press, 2008, p.378.

候,你不会认为它们是禽兽,它们是大自然的一部分。"① 梭罗在瓦尔登湖畔居住期间,麝鼠是他的兄弟,臭鼬是一个慢腾腾的"人",斑鸠是他的同时代人和他的邻居,植物是和他住在一起的"居民",星星也是"他的亲密伙伴"。梭罗自己与它们组成了"生命共同体"。每个物种都是大自然维持平衡的不可或缺的重要角色,它们共同组成了复杂的共生关系。梭罗以生态整体主义的眼光看待自然,体现出对自然中每个成员的尊重,正如罗尔斯顿所认为的,"我们不是要对自然采取什么行动,而是要对它进行沉思。是让自己纳入自然的秩序之中,而不是将自然纳入我们的秩序之中"②。梭罗把人与自然的相互依存和互惠共生关系视为一个"生命共同体"。显然,这种观点是对人类与自然关系认识的一个进步。梭罗的看法如马克思曾经所阐述的看法,即社会是人同自然界完成了本质上的统一,才是自然界的真正复活。人与自然关系的历史演变是一个从和谐状态到失衡,再到新的和谐状态的螺旋式上升的过程。人类不当的行为是造成自身与自然之间的疏远、紧张与敌对关系的渊源。停止对大自然肆意的破坏,敬畏自然万物,捍卫大自然中不同生物物种的生存权利、保持生物种群之间的平衡以及大自然的原始性应该是人类不断追求人类与自然和谐的共同的价值取向。此外,生态文化价值取向应该在于始终保持人类与自然之间的相互关系处于一种全面、和谐、协调、可持续的发展状态,这些方面是人类重返与自然的和谐共生状态之真理。梭罗进一步解释道:"人并非孤立存世,人类有赖于其他生命与自然的和谐共生,人类的生命与其他任何生命是内在不可分割的关系。"③ 梭罗提倡人们利用自然资源的同时又需要善待自然。人类具有利用自然、改造自然的力量和自由,然而,这种力量和自由并非可以不顾及对自然的伤害而成为一种肆意妄为的无限制行为。实际上,人类以怎么样的程度上爱护自然、善待自然,自然也将以怎么样的程度上施惠于人类,人类与自然唇齿相依。人类走向文明的过程其实也就是人类爱护自然,自然施惠于人类的过程。爱护自然意味着环境保护意识显得十分关键,那就是人类要对自己的行为所带来的后果负责。人类自视为大自然的主人,所谓"主人",就是一个需要对自己的行为担负责任的人。若是对大自然不负起应有的生态责任,不考虑自身的行为对大自然可能造成的后果,那么,人类又有什么资格担当大自然的主人呢?

---

① Thoreau, H. D., *Walden*, Oxford: Oxford University Press, 2008, p.254.
② Rolston, H., *Philosophy Gone Wild: Essays in Environmental Ethics*, 2nd ed, New York: Prometheus Books, 1989, p.69.
③ Thoreau, H. D., *Walden*, *Oxford*: Oxford University Press, 2008, p.113.

卡森经过四年时间，调查了使用化学杀虫剂对自然环境造成的危害之后，于1962年出版了《寂静的春天》一书，卡森阐述了农药对自然环境的污染，用生态学的原理分析了这些化学杀虫剂对人类赖以生存的生态系统带来的种种危害。她慨叹："春天到了，可是听不到鸟儿的欢唱，看不到鱼儿的雀跃。一切声音都没有了，只有一片寂静覆盖着田野、树林和沼泽，这就是我们生活的家园明天的寓言。"①《寂静的春天》是一部警示录，它旨在呼吁：人乃是万物之灵，人类在处理自然界中其他生物的关系时，应该致力于人类自身与自然野性的和谐共荣，这应该成为人类行为一个不容置疑的信念。对人类来说，最难以恪守的就在于对非人类生命的尊重与敬畏。或者说，人类最残酷、最无情之处就在于对动植物无节制的杀戮和利用。20世纪期间，虽然西方文明开始肯定了人类的价值，但又陷入了否定其他生命的生存权利。无数的野生动物遭到肆意的捕杀，是因为它们的毛皮可以被利用制作满足人类物欲的虚荣品，很多动物因此成为濒危的种群。同时，植物也难逃厄运，无数的森林被肆意砍伐，成为工业原料，树木仅仅被当作"木材"的观念来理解。人类这一系列的盲目狂妄行为，最终破坏了生态系统，直到生态系统被大规模破坏。人类遭受到了生态危机之后，才开始关注大自然中其他生命的价值，动物保护和环境保护主义也就是在这个背景下兴起。如果不是生态危机问题一个接着一个到来而直接威胁到了人类自身的生存和可持续发展，恐怕人类也难有些许的醒悟。梭罗敬畏生命、敬畏自然的理念不只停留在其作品中的文字，更在于他付出的行动。他在瓦尔登湖畔林中生活期间，与野生动物亲密无间，痛惜林木被肆意砍伐所受到的破坏。他敬畏自然、敬畏生命的意识无不体现出人类与自然万物的灵犀相通与命运的统一性，一切自然生命具有生存权利的生态伦理理念。梭罗提倡的"生命共同体"理念融合了人类的道德体验、仁爱精神乃至自然审美中那份"和谐共生的意识"，真正深化了人们对保护自然重要性的认识。《瓦尔登湖》一书产生的背景象征着一个时代里正在逐渐觉醒的环境保护意识。

梭罗心中更是充满了对大自然的感恩。他说道："是什么药物使我们如此健康、安详和满足的呢？并非你我的曾祖父，而是我们大自然曾祖母的宇宙的蔬菜和植物的营养，它自己也因此而永远年轻。"②人类生存于自然中，在大地上栖居，精心耕耘着土地，无非是希望土地里的植物能长出丰硕的果实。爱护和

---

① Carson, R., *Silent Spring*, Boston: Houghton Mifflin Harcourt, 2002, p.2.
② Thoreau, H. D., *Walden*, Oxford: Oxford University Press, 2008, p.345.

敬畏自然万物应该是获得人类对自身尽情赞许的一种美德和情怀。沃斯特指出:"浪漫主义自然观的核心之处,是后来形成的一种生态学的观点,强调对自然界中生命的相互依存与整体性概念的探求。浪漫主义对这种整体论思想的渴望是难以言表的。"①人类对大自然的生态责任是从人类与自然共存中得到发展与延续的。人类就像是从工业文明世界中闯入自然界的莽夫,应该被教会正确对待自然生命的方式。自然万物滋养了人类,就意味着内在地规定了人类与大自然之间必然存在着一种直接的伦理道德关系,人类对自然万物道义上的生态责任成为一个不言而喻的哲学问题。在此方面,古希腊人认为,大自然是神圣的,它是人类生存的根基,人类是大自然灵魂中的一部分。基于这种认识,古希腊人铸就了一种独具一格的心灵上的自觉行为,那就是敬畏自然的道德态度和顺应自然而生活的道德行为。处于蒙昧时期的先辈敬畏自然,恪守自然道德,而现代人却藐视自然,违背自然道德,用种种手段恣意地掠夺自然资源与征服自然,这无疑是导致生态危机发生的一个重要原因。

自然观是人类生存方式的最直接反映,两者始终是相互作用相互影响的。因而,就此意义而言,人类如何在自然中生存,就会如何对待自然。梭罗提倡的人类和自然是一个"生命共同体"以及和谐共生的生态理念揭示了自然整体和人类个体之间存在的一种辩证关系。自然包括人类生命、非人类生命体,以及空气、水、土地、岩石、森林、植被等的有机整体,一起构成一个生机勃勃的宇宙生命共同体,而且这个生命共同体生生不息,不断演化,不断产生出新的生命体。此外,人类与大自然是一种共生关系,伤害自然生态系统最终会伤及人类自身。维护生态系统的整体和谐共生是构建人类与自然生命共同体的逻辑必然。人类不应该是大自然的掠夺者、征服者和破坏者,人类只能是自然的合作者,维护天地生生之德的承继者。善待万物,尊重生命,合理利用自然资源,建立一种与自然生态系统相协调的生态文明体系是文明继续发展的必然要求。在实践层面,人类在"生命共同体"中原本以征服者的角色就是要转变为"生命共同体"中的平等的一员。梭罗倡导的"敬畏自然"的生存理念消解颠覆了传统意义上的人类中心主义,也由此确证了人类应该具有的善待自然的意识、敬畏自然的精神及和谐共生的理念。当代美国经济学家丹尼斯·米都斯(Dennis L. Meadows)在《增长的极限》("The Limits to Growth")一文中指出:"地球资源

---

① Worster, D., *Nature Economy: A History of Ecological Ideas*, Cambridge: Cambridge University Press, 1994, p.103.

是有限的，人类活动超越了地球的承受能力，其后果是使人类与自然的矛盾不断尖锐与激化，越来越无法解决。"①人们陶醉于经济高增长的工业化模式，倡导的是征服自然的方式，遵循传统的工业化生产模式，田园生活方式无法继续了。生态危机带来的各种问题的相继出现给人类的生存和发展蒙上了阴影，这种变化给人类的生产、生活和健康造成了极大的负面的影响，人类面临的风险上升了。梭罗开始致力于思考人类与自然关系中不和谐的一面，如过度砍伐森林导致动物的生存空间受到挤压或失去生存空间，工业化的推进损耗大量自然资源的同时向自然界排放有毒气体和固体垃圾，污染空气和土壤，危害人类生存质量等。

在《瓦尔登湖》中，梭罗揭示了人们毫无限度地利用自然资源的社会现实。他指责："缅因森林的木材包括松木、云杉木、雪松被大量砍伐输送到城市，它们曾经是摇曳在熊、麋鹿和驯鹿的栖息地之上。"②对于森林所遭受的厄运，梭罗愤然写道："仅仅因为文明人的出现，几乎改变了森林的本性。"③梭罗认为，人们狂热掠夺森林等自然资源的侵扰声，既扰乱了人们安宁的生活，也搅乱了人心。曾经僻静的乡镇上空中响彻的不再是鸣禽银铃般的声音了，而是装满货物的火车发出的刺耳汽笛声。曾经长满印第安山头的黑莓果都被采光了，所有草地长满的蔓越橘也都被采摘输送到城里了。澄净的瓦尔登湖也难逃厄运，一月份，天气很冷的时候，湖面的冰又厚实又坚硬，村子里深谋远虑的乡绅就会带着雇工直奔这儿挖取冰块，为炎热的夏日准备冷饮。他已经积攒下 50 万美元了，他还想让自己的钱财膨胀一倍甚至几倍。人类对自然资源的过度掠夺与消耗甚至浪费最终留给大自然的是满目疮痍，人类赖以生存的自然环境正在被人类自己的双手所破坏。对此，梭罗无奈地写道："就在严冬，人们剥去了瓦尔登湖的唯一的外套，不，那是瓦尔登湖唯一的一层皮。"④对于物质欲望不断膨胀的人类，庇佑与养育生灵的森林不再是森林，只是一座巨大的木材仓库。瓦尔登湖也不再是美丽的湖，而是一个巨大的蓄水池和储冰池。梭罗这样评价："他们榨干了湖边的土地。如果愿意，他们还可以抽光湖水，他们可以抽干湖水出售湖底的淤泥。如果可以获利，他们可以把风景甚至把上帝都拿到市场出卖。"⑤梭

---

① Meadows, D. L., *Limits to Growth*, Universe Books, 1974, p.187.
② Thoreau, H. D., *Walden*, Oxford: Oxford University Press, 2008, p.259.
③ Thoreau, H. D., *Walden*, Oxford: Oxford University Press, 2008, p.262.
④ Thoreau, H. D., *Walden*, Oxford: Oxford University Press, 2008, p.279.
⑤ Thoreau, H. D., *Walden*, Oxford: Oxford University Press, 2008, p.281.

罗直指人们对自然资源的占有欲和掠夺。

英国生态思想家彼得·马歇尔(Peter Marshall)认为："地球上的资源可以满足人类的生存需求,但却无法满足人类不断膨胀的欲望。"①人类无止境追求奢侈的物质生活方式和满足特殊的口欲,这超出了大自然的承受能力和违背了大自然的内在法则,人类终将会陷入"温暖黑暗的漩涡"之中。梭罗看到了工业文明给自然环境带来的戕害的现状,他痛心地将其比喻为从美妙的夜空中摘去了最亮的星星,从一首优雅的诗歌中删除了最动人的词句,从一曲庄严的交响乐中抽掉了最悦耳的篇章。美国著名的哲学家费雷德里克·费雷(Frederick Ferré)指出："世界的形象既不是一个有待挖掘的资源库,也不是一个避之不及的荒原,而是一个有待照料、关心、收获和爱护的大花园。"②当下。人类进入了与自然高度互动的时代,生态环境与人们的生活息息相关,人类应该在维护生态链的各个环节的和谐、稳定和完整的基础上进行合理开发自然和利用自然资源。如果人类为了眼前的利益而不惜牺牲长远的利益,实施掠夺式地开发和利用自然资源,那只能导致自然生态的严重破坏和环境的持续恶化,长此以往,人类将自毁家园。因此,当代人应该清醒认识到在利用自然之时同时也应该履行保护自然环境的责任。

19世纪上半叶,美国正处于由农业时代向工业时代转型的初始阶段。随着工业化的推进,美国经济快速发展,蓬勃发展的工业和商业造成了当时的拜金主义思想和享乐主义思想在社会中占绝对主导地位。同时,也刺激着人们对财富的追逐趋于无限,人们把获取更多的物质财富,过上更好的物质生活当作生活的唯一目标。人们为了达到聚敛财富可以不顾一切、疯狂、贪婪、过度索取有限的自然资源。大面积的原始森林随之消失,机器的轰鸣声随处可闻,鸟儿的歌声却难以寻觅。人们无限制地向大自然索取,使得整个自然生态受到了前所未有的破坏,人类自身的生存环境也因此恶化。梭罗在瓦尔登湖畔的实践有一个贯穿始终的主张,那就是回归自然。他指出,我们大多数人都被各种物质需求所困,失去了精神追求,过着物欲的生活,这样的情形今天依然存在,并且愈发严重。许多人的精神活动过于局限,只关心物质生活和感官享受。梭罗也把

---

① Marshall, P., *Nature's Web：Rethinking Our Place on Earth*, New York：Routledge, 2017, p.175.
② [美]费雷:《宗教世界的形成与后现代科学》,载格里芬编:《后现代科学:科学魅力的再现》,马季方,译,北京:中央编译出版社,2004年,第121页。

目光转向人的精神世界深处。他尖锐地指出："人们在静静地过着一种绝望的生活。"①无疑,在早期农业社会向现代工业文明转变的过程中,人们原本宁静的生活逐渐充满着喧哗与躁动,这种演变把人们拖进了一种被工业化生活所压迫的困境中,使得人们对生活倍感迷茫,也看不清未来的出路。人类自从农业社会迈入现代工业文明社会后似乎就走上一条价值观荒谬的道路,使得现代人深刻感受到一种从未有过的孤独、焦虑以及不安全感。事实证明,现代人过分地追求无穷多样性的物质生活从而大量、无节制消耗自然资源不仅使自身远离了自然母体,也因此在不自觉中失去了快乐与自由生活的本源。梭罗是一个有社会责任感的批评家,他揭示出社会问题和时代的弊端,指出人们正将自己的生活变得越来越复杂化,最终会导致生命的衰微。

在《缅因森林》中,梭罗呼吁人们要诗意地对待自然。他说道："几乎没有过什么人来到森林里观察松树是怎么生活、生长、发芽的,怎样将其常青的手臂伸向光明？看看它如何完美生长的成功。大部分人都只满足于看到松树变成宽大的木板,被运送到交易市场上,并认为那才是真正的成功。"②在梭罗看来,人类的发展绝不是囿于在物质财富方面越来越多地占有,而是在精神生活方面过得越来越充实和丰富,是人格的提升,是在与自然越来越和谐的同时实现人与人之间关系越来越和谐状态。梭罗走进缅因森林,为的是追寻生存的生态性意义,他是有目的地探索人生,探索人生的更高法则。法国启蒙思想家卢梭认为,只要热衷于追逐物质生活越来越舒适和奢侈,人的精神世界就一定不可能获得完善和提高。同样,梭罗并不是厌恶或企图逃避现实的文明世界,他批判的是现代人物化思想(reification)的严重性,倡导的是一种与之对立的精神完整性(spiritual integrity)。在《经济篇》一文中,梭罗描述了自己开始过起一种自给自足的生活,并叙述了自己与农夫、邻人的交往。他直接批判了富人们奢侈无度、浪费荒淫的生活。他指出："生活中的大多数奢侈品,大多数所谓的能给人带来生活舒适的东西,不仅没有必要,而且那些东西只会大大阻碍人类文明的进步。"③对现代科技文明带给人们物质上的享受,梭罗并不是完全否定它,他只是批评世人没有利用好它而弄巧成拙(improved means unimproved ends)。梭罗对社会弊病的揭示并非仅仅在于批判,而更在于指导。同时,梭罗也负责任

---

① Thoreau, H. D., *Walden*, Oxford: Oxford University Press, 2008, p.357.
② Marshall, P., *Nature's Web: An Exploration of Ecological Thinking*, New York: Simon&Schuster Ltd., 1992, p.132.
③ Thoreau, H. D., *Walden*, Oxford: Oxford University Press, 2008, p.265.

地指出解决问题的方法。客观世界和人类社会是复杂的,但知识能够使我们能够选择一种正确的生活方式,而且有足够的勇气摒弃其他多余的东西。梭罗试图通过自己的林中生活经历,告诉世人不要被纷繁复杂的物质生活所迷惑,从而失去了生活的方向和意义。他以智者的高瞻远瞩向世人揭示:"人类应当采取简单、简单、再简单些生活方式。"①梭罗认为,假如人们能过宇宙法则规定的简朴生活,那么,内心就不会被那么多的焦虑所扰乱。显然,梭罗对工业文明带来的喧嚣社会对人性的潜在侵蚀深怀忧虑。在《我生活的地方;我为何生活》("Where I Lived, and What I Lived for")一文中,梭罗表明:"我到林中去,因为,我希望谨慎的生活只需面对生活的基本事实。"②在日常饮食方面,梭罗遵循一种原始的生产劳动方式,尝试全凭一双手劳作所得去延续自己的生活。他这样总结自己的荒野生存之道:人生存的必需品应该主要考虑食物、住所、衣服和燃料这四大类。如果再配上几件工具,如一把刀、一柄斧头、一把铁锹和一辆手推车等,就可以过日子了。对于好学之士,添加一盏灯、一些文具,再加上几本书,便是一种奢侈和舒适了。梭罗坚定放弃几乎世人所追求的一切包括财富和名利,隐逸在瓦尔登湖畔,目的在于找寻生活的更高法则和真正要义。生活在原始的生态环境中,梭罗积极地掌握大自然教给人类的那些最基本、最深刻的生命真谛和生态智慧。他想要通过自己的亲身经历告诉世人,人类生存必需的东西并没有我们想象中那么多,多余的财富只能买到多余的东西。梭罗所提倡的简单生活是一种超越人类智慧的理念。面对森林被肆意砍伐和自然环境被破坏的现实,梭罗尖锐地指出,现代工业文明和自然之间的矛盾根本上就是人类不断滋生出来的欲望所制造的。他指出:"我要谈的是我们所处的环境,从整个世界到这个小镇(康科德),特别是我们赖以生存的自然环境,它意味着什么?难道只能任其恶化吗?难道就没有改善的可吗?"③梭罗认为:"只有在荒野中才能保护这个世界"④自然环境恶化的危机和野生动物被肆意捕杀而致一些物种濒临灭绝边缘的现实就足以证明,梭罗的预言是具有前瞻性的。他提倡的外在简单内在丰富的生活并不是要回到原始社会,而是要告诫人们摆脱无限制的各种需求和物质欲望的必要性。在梭罗看来,文明与进步的主要标志是精神生活的极大丰富,这体现梭罗对人类物质生活和精神生活的双重探索。梭罗为生活

---

① Thoreau, H. D., *Walden*, Oxford: Oxford University Press, 2008, p.273.
② Thoreau, H. D., *Walden*, Oxford: Oxford University Press, 2008, p.92.
③ Thoreau, H. D., *Walden*, Oxford: Oxford University Press, 2008, p.183.
④ Thoreau, H. D., *Walden*, Oxford: Oxford University Press, 2008, p.436.

在现代文明中的人们提供了选择一种亲近自然、更为美好生活和更为智慧生活的宝贵启示。他所践行和提倡的简朴生活无非是为了节制自然资源的消耗,其目的指向是保护自然环境和实现人类自身更好的生存和发展,彰显出梭罗明晰的生态伦理观。

海德格尔把人类与自然相处的最高和谐状态定义为"人充满劳绩,但还要诗意地栖居于大地上"。强调人类应该在生存的层面上去思考并尊重自然,应该是自然的守护者。"诗意栖居"意味着一种人类从属于大地,被大地接纳的归属感,并具有与大自然和谐共存的感觉。若不是,人类便是失去家园了。梭罗把自己的生活境界设置在那种常人无法理解的状态,那就是不为物质享受所困,追求一种更高尚的精神生活,真正实践着诗意地生存。在这一点上,梭罗倡导的降低资源消耗的节制性生存理念以及物质生活的简单化和精神生活的丰富化正是一种理想的生态生存方式,提醒世人到底什么才是真正的文明。这与海德格尔的诗意地栖居思想有了诸多的融合与回归。生态危机是人类共同面临的一场灾难,如生物种群减少、资源匮乏、气候暖化、疾病蔓延等。当下,人们应该根本上改变对工业文明所造就的物质主义、享乐主义、消费主义的信仰旨趣。当代人应该借鉴和效仿农业文明时代尊崇亲近自然和爱护环境为信仰的生活方式,自觉规约自身对物质生活的欲望,遵循梭罗所倡导的一种降低自然资源消耗的限制性生存方式。人类的生存方式由于征服自然的能力的日益增强而逐渐摆脱了前工业文明时代自然化生存状态,导致对自然环境的破坏和对自然资源的过度开发、不合理利用和浪费的加剧。人类逐渐远离了自然,人类自身的生存风险也加大了。当下的人们无法重回传统农业社会的自然化生存方式,那么,又该如何去解决正在面临的一系列生态危机呢?

梭罗从寻求人类和自然万物"生命共同体"的和谐生存方式、敬畏自然的生存方式、降低自然资源消耗的生存方式三个层面阐述了非人类中心主义的生态中心主义伦理观念的价值和意义,重新铸就一种工业文明时代的生态人文精神,这极其有利于唤醒人们的生态保护意识。而当代社会正处于从工业文明转向生态文明的转折期,遵循梭罗所倡导的非人类中心主义的生态中心主义伦理观念无疑是当代人的必然选择和最佳选择。

第四章 美国浪漫主义文学对环境保护的影响

第一节 环境观念的转变

从1640年至1840年,这两百年的时间里,西方社会已经进入开始采用机器、在工业和农业中应用化学产品、行驶轮船、通行铁路、应用电报以及整片整片陆地开垦的时代。工业革命造就了巨大的工业生产力,工业化国家用大量而丰富的工业品来换取其他地区的农产品和原料。英国率先成为"世界工厂",随后其他欧美工业国也开始分享英国这一世界贸易中心的地位。交通运输的改进和通讯技术的发明使世界各地之间的贸易更加快捷。铁路和港口成为世界贸易的动脉。随着工业革命进程的加快,科学技术广泛地应用于经济领域,生产力获得极大的提高,这样进一步促进了资本的流通和科学技术的应用,工业革命创造了超越过去任何一个时代生产力的总和。科学技术走进生产领域和人们的生活领域,给社会创造了巨大的财富,给人们的生活带来了极大的便利。工业革命不仅造就了人类社会的大转型,改变了整个世界,也给大自然造成了巨大的伤害,给人类的生存和发展带来了巨大的威胁,使人类面临日益严峻的生存环境问题。人类需要重新审视自身与自然如何相处?

对于人们曾经过分陶醉于征服自然界的胜利而受到大自然的报复,恩格斯列举了美索不达米亚平原和小亚细亚地区的居民为得到耕地毁灭森林,土地由于失去水分而成为不毛之地;阿尔卑斯山的意大利人砍光山北坡的森林,导致山泉枯竭,雨季洪水倾泻到平原上。恩格斯指出:"我们每走一步都要记住,我们决不像征服者统治异族人那样支配自然界,决不像站在自然界之外的人似的去支配自然界。相反,我们连同我们的肉、血和头脑都是属于自然界和存在于自然界之中的;我们对自然界的整个支配作用,就在于我们比其他一切生物强大,能够认识和正确运用自然规律。"①人类对自然环境的伤害终究会危及人类自身,人类与自然的和谐共生要更多体现在人类与自然和谐相处上。保护自然环境、构建绿色生态文明体系才是人类生存和可持续发展之道。

自然观表达的是人类对自然界的本源、发展规律和变化的认识,这种认识决定着人类某一理论与思想体系的性质、特点和发展方向。自然观也是人类在改造自然的历史过程中所形成的对大自然的本质和人的关系的认识,这种认识对人类认识自然、改造自然形成重要的影响。自然观会随着人类文明的发展和人类认识自然和改造自然能力的不断增强而发生变化。因而,来自不同民族、不同文化的人们的自然观会有所不同。人类历史上形成了顺应自然和征服自然两种不同的倾向的自然观。总体而言,中国文化比较重视人与自然的和谐,遵循天人合一和道法自然的自然观,体现了中国文化极其重视人类与自然互为依存的关系。西方文化中"主客二分"的思想最早产生于柏拉图哲学,柏拉图把客体和主体对立地确立起来,在此基础上建立起知识论。从古希腊开始,西方人对于宇宙的基本看法就是"主客二分",他们用二元对立的方法对宇宙间的事物进行主客划分,把物质和精神、主观和客观等截然分开,注重内在的差别和对立,进行非此即彼的推理判断。现代西方哲学的核心观念是:人类是自然世界中的主体,非人类的一切自然物皆为客体。人的主体性或自由体现为对自然世界的认识和对非人类存在物的控制和征服。强调征服自然、战胜自然,认为人类是可以驾驭自然的,人类与自然是对立的,人类只有战胜自然才能获得更好的生存。西方古代自然观崇尚的征服自然、战胜自然的思想对西方科学的发展和工业革命、文艺复兴的出现也曾发挥过巨大的推动作用。其中,工业革命对社会经济的发展的影响力为最大,因此,人类征服改造自然的能力也越来越强,人们的生产生活方式得到了前所未有的改变,同时,由于过度索取和利用自然,自然遭受到严重的破坏。虽然西方文化中也有涉及认识自然的生态智慧,然而,随着西方工业文明的发展和推进,人类与自然对立的自然观逐渐在西方文化中占据主导地位。这种人类与自然对立的观念逐渐演变成为人类中心主义自然观。人类认识自然、改造自然的能力被盲目夸大了。人们无视自然与人类的相互依存关系,极力宣传人类能够征服自然和支配自然的信念。

西方哲学家一直关注的是人类本身的未来,这是一个永恒的哲学命题;再

---

① [德]马克思、恩格斯:《马克思恩格斯选集(第二十六卷)》,中共中央编译局,译,北京:人民出版社,2014年,第769页。

就是自然,他们以研究自然作为开拓进一步认识这个世界的一个通道。早在17世纪,法国哲学家勒内·笛卡尔(Rene Descartes)已经概括了传统形而上学思维方式的本质是主观同客观的二元对立。他指出,人类应成为自然的主人和统治者。这种自然观带来的直接后果就是生态危机出现并且日益加剧。地球生物圈现已被人类违背自然规律的生产和活动所伤害和破坏。生态危机已是当今全球不可回避的挑战。在推进经济发展的同时,人类运用各种科技手段,希望能够解决当下所面临的生态危机和环境问题。然而由于科技手段本身存在着局限性,效果却并不令人满意。于是,人类开始探索其他途径,希望能够找到解决环境问题的有效路径。其中,从人类自身寻找根源似乎是一条比较理想的途径。随着生态伦理观的逐渐嬗变,出现了"道德主体"(moral agent)的概念。"道德主体"指的是具有自我意识,能够进行道德认知、能够进行推理并形成自我判断、能够进行道德选择与实施道德行为且承担道德责任的道德行为体。美国哲学家保罗·泰勒(Paul Tailor)致力于生物中心主义自然观的研究,他阐明道德主体的必备条件要满足以下五点:"第一,判断道德上正确或者错误的能力;第二,权衡赞成或者反对某些选择的道德理据的能力;第三,依据权衡的结果做出决策的能力;第四,具有实现对已做出决策所需的意志和能力;第五,为那些未能履行义务的行为做出合理解释的能力。"[1]根据泰勒对道德主体的界定,只有具有理性思维能力的人类才具有道德主体地位;只有理性的人才有能力进行道德推理;只有理性的人才有道德行为;只有理性的人才有道德责任感。生物圈的不和谐、不稳定和不完整对人类自身的生存和发展将构成巨大的威胁。人类作为地球生物圈的成员,在自然界具有道德主体地位,理应以生态伦理的理念传承善待地球生物圈的精神,并负有道德责任感去探究伤害生物圈的根源,找出解决生态环境问题最切实可行的路径。特别是要发现人类活动如何依赖于环境,反之,这些活动又如何影响和伤害自然环境的缘由。尊重自然、善待自然是体现人类保护自然环境的一份生态道德和生态责任,这也是确保人类与自然能否和谐共处和可持续发展的关键。

当第一批欧洲殖民者踏上北美大陆生活时,他们移植了欧洲大陆传统的文化和生活方式。此外,他们还坚持着欧洲人关于自然荒野的成见。那些欧洲传统的文化遗产不仅左右了他们最初对待荒野的反应,在美国文化历史中也留下

---

[1] Tailor, P., *Respect of Nature: A Theory of Environmental Ethics*, Princeton: Princeton University Press, 1986, p.14.

了恒久的一笔。相较于当时刚刚成立的美利坚合众国,欧洲文明发展程度无疑较高。在欧洲殖民者眼里,北美大陆是一片未开化的处女地和蛮荒之地,是现代文明的对立面。对于初来乍到的白人移民来说,北美大陆的荒野环境给他们的生存带来了难以抵御的挑战和威胁,荒野自然而然地成为移民想要征服的对象。从殖民地时代到美国独立之后很长的一段时间里,来自欧洲移民的使命便是开发和利用荒野自然,把自然荒野之地开发为象征着现代文明的农业种植园、工厂以及城市。与此同时,移民铸就和恪守的"拓荒精神"形成美国早期文化中的重要的构成因素。随着工业文明的推进和欧洲浪漫主义思潮的传播,美国人对于荒野自然的态度也随之发生了转折性的变化。与欧洲大陆相比,北美大陆的历史文化和文学艺术领域的成就明显显得单薄和微不足道。唯一能够让人感到自豪和充满希望的是北美大陆拥有着广袤的土地和蕴含着无数可能性的荒野自然。

浪漫主义作家在作品中表达了对大自然的前所未有的热爱与尊重,不仅解构了传统观念中荒野自然作为"恶的象征"的形象,而且还赋予其美学和精神上的重要价值,使其成为文学、艺术、思想的源泉。在美国文学史中,19至20世纪的自然文学具有重要地位,这也反映了美国人对于自然荒野认知的转变。壮美的荒野景观逐渐被塑造成美国民族自豪感和认同感的重要来源。进入19世纪之后,美国人的环境观念从征服荒野到保护荒野的转变,而造成这种转变的因素涉及多个方面。工业化推广、城市化加速和西部大开发造成了自然资源的破坏和生态环境的恶化,尤其是自工业革命以来,经济增长是以在自然环境方面所付出的极大代价为前提的,这已经引起了当时一些具有环境保护意识人士的关注和反思。美国浪漫主义文学在倡导热爱自然和倡导重塑人类与自然的和谐关系方面发挥了积极的作用。从19世纪末开始,美国人的环境观念发生了转折性的变化,这为早期自然资源保护运动的兴起发挥了决定性的作用。带着人类中心主义自然观的欧洲人来到幅员辽阔、自然景观各异的北美大陆之后,虽然他们也衍生出一套新的自然环境观念,但在本质上仍是对自然资源的贪欲和对保护自然环境的漠视。他们的信念就是为了确保自身的最大利益以及生存和发展,这就必须通过征服自然和利用自然的途径才能实现,这种信念带有浓厚的人类中心主义色彩。此外,北美广袤的荒野蕴含着无限的可能,因而塑造了人们盲目乐观、勇于开拓进取的荒野精神。在人类中心主义为主导的自然观和开拓精神的双重影响之下,美国在工业化进程中形成了分裂对立的人类与自然的二元关系,导致了严重的自然资源浪费、环境恶化和各种生态问题。

在西方文化中,除了对自然采取征服和统治态度的自然观占据主导地位外,还一直存在着远方不远的阿卡狄亚传统。阿卡狄亚传统来自古希腊,古希腊罗马神话传说和文学作品中充满了对大自然的赞美。阿卡狄亚人崇尚自然和亲近自然的友好态度一直被延续至今。古希腊哲学圣贤们一直提倡人们要勇于追求理性的荣光,这在一定程度上阻碍了生态自然观和生态审美观的进一步发展。进入中世纪之后,西方基督教社会逐渐摒弃了古希腊罗马文化中关于人类对待大自然的许多积极成分,宣扬人类与自然的二元对立的观点,提倡人类中心主义思想。主宰自然和征服自然的观念曾经一度成为西方社会人们对待自然的主流意识。阿卡狄亚人赞美和热爱自然的传统并没有随着人类文明的发展而完全丧失,著名的意大利圣徒阿西西的弗朗西斯将它完美地传承了下来。弗朗西斯还指出了太阳力量的伟大以及与天地万物包括人类之间的联系,表达了一种有别于西方主流意识形态中关于人类与自然之间关系的思想。17至18世纪欧洲启蒙运动时期,人们普遍崇拜科学理性主义,人们开始用独立思考来决定事情的是非,反对宗教神学,用科学证明事实,科学理性开始在人的意识形态中占了优势地位,它极大改变了人们传统的自然观。但理性主义盛行也给人们带来了对科技本质的片面理解和对人文关怀的漠视,物欲充斥着人们的精神世界,信仰被染上功利主义的色彩,西方社会在信仰上出现了一定程度的思想危机。浪漫主义推崇人类的情感、想象和意志,反对把人类的理性与感性割裂。它指出仅靠理性不足以规范人的行为和维护社会的秩序与和谐,必须由承载着道德规范的传统思想与习俗来制约人的欲望和冲动。此外,浪漫主义运动的宗旨是追求无限和永恒,呼唤人们回归自然,返回人类的自然本性。它完美地继承了西方文化中的阿卡狄亚传统,汲取了其中蕴含的热爱自然、崇尚自然的精华理念。浪漫主义的特点是对过去历史的批判和对大自然的尊重。它把自然界看作一个统一的整体而不是一个原子机械装置,强调源自自然界的捉摸不定的灵感而不是启蒙思想家所信奉的理性至上主义。对此,美国当代社会生态学家的代表人物詹姆斯·奥康纳(James O'Connor)指出:"浪漫主义核心思想隐含着强烈的人类与自然和谐统一、相互依存的情感。"[①]诸多欧洲浪漫主义作家,如英国诗人拜伦等,都曾经游历过北美大陆,考察过北美西部的荒野和大草原。他们书写的以自然为主题的浪漫主义作品后来成为改变自然环境观

---

① [美]奥康纳:《自然的理由:生态学马克思主义研究》,唐正东、臧佩洪,译,南京:南京大学出版社,2003年,第35页。

念的第一手素材。

　　美国浪漫主义作家汲取了欧洲浪漫主义传统中的精华内容,他们成为美国早期赞美自然之美和爱护自然的启蒙者。美国著名的浪漫主义作家,如弗瑞诺、库柏、欧文、布莱恩特、麦尔维尔、爱默生、惠特曼、梭罗等,都是崇尚自然和热情讴歌自然的作家。他们的作品描绘了苍茫的森林、辽阔的草原、无边的大海,表达了对大自然的热爱和自豪,其中贯穿着一种善意的和富于同情心的人道主义的温情。爱默生的《论自然》和托马斯·科尔(Thomas Cole)的《美国风景散论》,率先为美国自然文学的思想和内涵奠定了基础,梭罗和惠特曼以其充满旷野气息的文学作品,显示了美国文学评论家马西森(F. O. Matthiessen)所说的"真实的辉煌"。与此同时,托马斯·科尔所创办的美国哈德逊河画派,则以画面的形式再现了爱默生、梭罗和惠特曼等人用文字所表达的思想。"以大自然为画布"的画家和"旷野作家"携手展示出一道迷人的自然与心灵的风景,形成了一种基于旷野来共创新大陆文化的独特时尚和氛围。这种时尚与氛围便是如今盛行于美国文坛的自然文学生长的土壤。自然文学笔下的对象不是人,而是自然万物。由于文学描写对象的变化,随之而来体现在作品中的则是对大自然的崇尚与赞美、对精神的追求与向往、对物欲的鄙视与唾弃。自然文学的创作意图无非是以文学的形式唤起人们与生态环境和谐共存的意识,强调人类与大自然进行融合与沟通的重要性和意义,并试图从中寻找一种文化与精神的出路。进入19世纪中后期,工业化文明的进一步推进伴随而来的是城市人口的急剧膨胀、城市居住环境恶化和包括传染病在内的城市化带来的各种问题开始暴露,这与工业前的空气清新和山清水秀的田园生活形成了鲜明的对比,这种对比重新激发了人们对自然之美的欣赏和渴求。人们憧憬能够逃离繁忙而喧嚣的都市生活,走进大自然,与大自然亲密接触。人们对喧嚣都市生活的厌倦一定程度上改变了美国人对自然荒野的态度和看法。于是,爱护自然和保护自然的环境保护运动应运而生,人们相继提出回归自然的倡议。爱护自然和保护自然的运动目的在于帮助人们重新认识人类与自然的内在联系,恢复对大自然的原始情感,努力在工业化社会中找回人类对大自然的信仰以及寻回自然之于人类精神上的价值和意义,最终构建城市环境与自然环境和谐相通之道。基于对阿卡狄亚传统生活的向往,环保人士开始思考如何让都市人也拥有机会享受大自然的美好,这就是之后美国城市公园的起源。1844年,美国第一位浪漫主义自然诗人布莱恩特提出"城市的绿地就是城市的肺"这一观点,建议在邻近都市的空地预留一大块土地,为纽约中央公园(Central Park)提供指导言论。纽约中央公园是美国乃至全世界最著名的城市公园,它的意义不仅在于它是全美第一个且是最大的公园,而且在于使普通市民也能获得身心愉悦的空间,总之,市民对新鲜空气、阳光以及公共活动空间的渴望得到了实现,此外,公园的建设增强了民众的生态环境保护意识,这是环境保护运动兴起之后的一个重要成就。随后,1872年,美国于中西部怀俄明州的西北角建立了黄石国家公园(Yellowstone National Park),并向西北方向延伸到爱达荷州和蒙大拿州,面积达7988平方千米,成为世界上第一个国家公园,它在1978年被列为世界自然遗产。此举开创了一种保护自然环境的体制,缪尔是这一体制最有力的实践者和推动者,对美国乃至全球的自然保护事业产生了深远的影响。美国国家公园从无到有,政府和民众对其认识不断深化,对其管理也不断完善,其功能不断开掘,已发展成为庞大的国家公园系统。可以认为,成立国家公园是美国历史上最好的决定。这对大多数生活在21世纪的人们来说,国家公园的存在似乎是天经地义的事情。然而,退回至百多年之前,这却是一个全新于人类的概念,是一次彻底的自然环境保护的创新。国家公园的诞生是基于这样一个理念:这样的自然是不该属于某些个人的,甚至不该只属于一个时代的;它属于大家,属于当下和未来的永恒。

麦尔维尔对海洋爆发的威力心存敬畏,他的作品倡导人们应该学会观察海洋和探索海洋,试图构建人类与海洋和谐相处的生态格局。为此,麦尔维尔把对海洋的认识和敬畏融进了关于航海奇遇和异域风情为主题的一系列海洋小说的创作中。19世纪中期,美国完成了在北美大陆的领土扩张,随后进一步争夺海上霸权和掠夺海洋资源。20世纪之前,美国捕鲸业的规模独冠全球,从海岸捕鲸发展至深海捕鲸,美国的捕鲸业曾经盛极一时。于是,海洋成为美国人观念中需要进一步开拓的"边疆和荒野"。在《白鲸》中,海洋生活方式和陆地生活方式形成了鲜明的对比,在陆地上,生活有时会给人带来难以承受之重,人们往往有接连不断的烦恼。而海洋世界反而像慈爱无比的母亲引导人们消解生活的烦恼,修复受伤的心灵,海洋世界也就成为陆地上生活的人们精神的避难所。前往海洋冒险也一度成为人们渴望回归精神家园的最佳的一种选择。在麦尔维尔的小说中,海洋世界呈现出无穷的魅力和威力,也充满了神秘和危险,在大海平静的外表下往往潜藏着令人敬畏和无法抵挡的力量,海洋世界永远是一个集雄壮、神秘与恐怖的矛盾体。这种对海洋双重特征的揭示无疑表明了以麦尔维尔为代表的浪漫主义作家对海洋生态领域的认识和意识获得了进一步深化。麦尔维尔以自己独立的思想观察和理解大自然中海洋这领域,积极参与美国浪漫主义文学价值体系的构建。麦尔维尔把自己海上生活和捕鲸经历融进了文学创作中,使他的海洋传奇小说充满幻想,同时又具有生活的现实性,表达了自己对自然以及人类与海洋关系既客观而又理性的思考。

美国工业化的快速发展一定程度上加深了麦尔维尔对人类与海洋关系的哲理上认识。麦尔维尔十分清楚地认识到人类在生产活动中对海洋及其海洋生物所应采取的正确做法。在《白鲸》中,捕鲸船上有来自不同地方的水手,这个群体汇集了美国社会的不同族裔,他们所构成的群体正像是美国社会的一个缩影。故事的讲述人以实玛利描述了当时水手们残忍捕杀白鲸的场景,同时呈现了水手们在捕杀白鲸过程中不同情感反应和态度,这些描写折射出当时年代美国人对待海洋鲸类野生动物狭隘和狂妄的一面,人类无视非人类生命的生存权利和存在价值是人们狭隘自然观的一面。以实玛利见证了海洋鲸类动物一度受到人类肆意伤害和掠夺的现实,也最终见证了鲸类动物所具有的巨大摧毁力。它们象征着一种不可战胜的力量,预示人类永远不是大自然的主宰者,人类只能是大自然生物圈平等的一员。捕鲸船的船长亚哈对于复仇一事信心满满,决意与白鲸进行一场生死较量,但最终船毁人亡的悲剧为那些无视海洋法则、企图征服海洋的人们敲响了警钟。亚哈的悲剧故事无疑表明了大自然的力量是坚不可摧的,人类妄图征服大自然的梦想最终只能给自身的生存和发展带来巨大的威胁。

19世纪的美国浪漫主义作家对自然的书写既有浪漫主义的想象元素又展示对社会现实、社会问题和社会文化的深层次的思考,因而,他们的作品除了具有浪漫主义特征,还不乏带有浓厚的现实主义色彩。美国浪漫主义文学不仅仅是纯粹呈现北美大陆自然神奇和壮丽的风光,同时,它们也寄予了对于人类与自然关系的深层次思考;其次,美国浪漫主义文学也在伦理道德层面上对人类与自然的关系进行了探索,预示了早期自然生态伦理思想的萌芽。人类文明进入20世纪之后,全球生态环境日益凸显,生态危机进一步恶化直接危及人类的生存和发展。在此大背景之下,人们开始关注美国浪漫主义文学在处理人类与自然关系方面的探索、思考以及警示。

法国著名的历史学家、政治家和社会学家托克维尔(Alexis de Tocqueville)以19世纪初的美国历史为根基,解释了美国社会文化和价值观的本质,也解释了为何美国能发展成熟至今天的面貌。托克维尔批评了美国人的自然观:"美国人自己从来不考虑荒野的价值,大片森林倒在斧头下才激发了他们去关注自然,但那时已经失去了大片的原始森林。他们的目标是排干沼泽、改变河流、征服自然和获取经济利益。"①美国本身就是一个从殖民地发展起来的国家,它缺乏厚重的历史。美国人如今拥有的一切就是基于一片自然荒野的土地上不断扩张而来的,功利主义在美国就成为一种被民众认可的价值观,他们从功利主义角度看待大自然的方式由来已久,即人类应该征服自然和利用自然,自然的价值仅限供于人类使用的物用价值。人类意志决定论在美国人的观念中曾经风行一时。针对这种实用主义自然观,梭罗怒斥:"湖在人们心目中只是个值钱的物品,这可能会给整个生态系统带来灾难。"②实用主义自然观在美国人生活和生产活动中根深蒂固,功利主义思想甚至于还曾经充斥于自然资源保护运动中。"为了多数人的利益,我们需要利用好脚下的每一寸土地及土地上的资源,这应是整个自然资源保护政策的基本原则。"③基于这个基本原则,美国联邦政府在自然资源利用政策上采取顺从民意和"先到先得"的森林法。这种政策的施行带来的后果是自然资源的极大浪费,也一定程度上纵容了人们对自然环境的破坏。19世纪美国狂热地开发利用森林、草原、野生动物和水资源,这是美国有史以来对自然环境最具有破坏性的一段历史。在人类中心主义自然观的支配下,自然资源的不合理利用几乎是每一个行业在发展中普遍存在的现象,给自然环境承受能力带来极大的挑战。森林是万物之本,由于大片原始森林带的消失,导致了曾经数以千万计的物种相继灭绝或濒临灭绝。森林面积的减少也带来了土壤盐碱化、水土流失等环境问题。20世纪30年代发生在美国西部大草原的沙尘暴无疑是一场严重的生态灾难,它是大自然对人类不合理开发和利用自然行为的一次报复。这场生态灾难的后果是直接促使了美国人的觉醒,最终终结了美国式的边疆开发模式。

美国浪漫主义作家除了歌颂自然之美外,也开始关注美国工业化的推进与自然环境变化之间的关系。19世纪初,法国鸟类学家、博物学家和画家约翰·詹姆士·奥杜邦(John James Audubon)的手绘《北美野鸟图谱》曾被誉为19世纪最伟大和最具影响力的作品。那时候,达尔文的生物进化学说还未创立,对于自然的理解还处于积累和描述阶段。奥杜邦的那些美轮美奂的鸟类画面很难让人不着迷,从而唤起了人们环保意识,让人意识到了"自然"的存在。在一次前往美国俄亥俄州采集研究标本的旅途中,奥杜邦见证了西进运动对原始

---

① [法]托克维尔:《论美国的民主》,董果良,译,北京:商务印书馆,1989年,第373页。
② Thoreau, H. D., *Walden*, Oxford: Oxford University Press, 2008, p.142.
③ Nash, R. F., *Wilderness and the American Mind*, 4th ed, New Haven and London: Yale University Press, 2001, p.171.

森林的破坏。他这样评价:"贪婪的锯木厂诉说着悲哀的故事,在一个世纪内,美国的森林将会荡然无存。"①1841年,美国著名历史学家和文学家弗兰西斯·弗帕克曼(Francis Parkman)为了研究半野蛮人的生活和了解未被现代工业文明破坏的原始自然之境,特地走访了美国北部的一些区域。帕克曼痛心地指出:"当哥伦布第一次到达美洲大陆时,美洲是世上最完美的地区,这儿是大自然的领地。而现在,魅力已被打破。从她那无尽的荒野中所呼吸出来的肃穆庄严的诗歌也消逝了,只有最平淡乏味的文字在此落脚。"②长久以来,人类的活动一直在改变地球的面貌。很多地貌,都因为时间流逝和人类的破坏在渐渐消失。至今天,世界上大多数人口都生活在城市里,生活在钢铁和水泥的森林里。对于大自然原本的样子,不少人都一无所知。随着人类科技的进步,越来越多的荒野之地将被卷入现代文明的浪潮中。这也就意味着,地球上原始的风貌将会越来越少。随着人类改造自然的能力会越来越强,大自然原始的"自留地"也将会越来越少。当我们人类在创造一个个文明奇迹的时候,也应该停下脚步,去看看地球本来的样子。思考我们居住的地球,未被人类文明染指的大自然有多美,这样,我们对赖以生存的地球定会心存敬畏。

在阿卡狄亚传统文化的影响之下,人们崇尚赞美自然和善待自然。他们遵循着类似当代的非人类中心主义环境伦理观。可以认为,18世纪末在欧洲发展起来的浪漫主义文化经验和思想历史传统是扎根于阿卡狄亚的自然文化之中。美国浪漫主义思潮成为美国环境观念转变中的重要的催化剂之一。美国浪漫主义作家在阿卡狄亚传统的感召之下对本土的自然环境进行了大量的抒写和讴歌。同时,美国浪漫主义作品流露出着对美国西部边疆盲目开发造成的环境破坏的现实感到的惋惜和不安。那些作品在引发美国人对自然环境问题的关注以及环境观念的转变方面发挥了积极的影响。北美大陆在欧洲殖民者入侵之前拥有广袤的原始森林和大草原。欧洲移民当初怀着重建伊甸园的梦想而远渡重洋,从而开启了在北美大陆开拓家园的历史。北美大陆具有一段特殊的殖民拓殖史,殖民时期的大部分作家都乐于把目光聚焦于北美大陆的辽阔和壮美的荒野风光并著书介绍和宣传,以吸引更多欧洲人移民北美以共同推动北美大陆的开发。因此,野兽、森林、湖泊、河流、草原、海洋等自然形象成为早期美

---

① Nash, R. F., *Wilderness and the American Mind*, 4th ed, New Haven and London: Yale University Press, 2001, p.97.

② Jacobs, W., "Francis Parkman's Oration Romance in America," *American Historical Review*, 1963, Vol. 68, No. 4, pp.696-703.

国文学中书写的主要对象,书写自然也形成了美国浪漫主义文学的一个显著的特征。美国早期殖民地文学的体裁多样,主要包含游记、信息记录和文献记载。这些文学作品大多介绍北美大陆丰富的自然资源和优越的地理环境,其主要目的是吸引更多的欧洲移民来共同开发新大陆。在欧洲浪漫主义思潮的影响下,19世纪初的美国浪漫主义作家对自然的描写与早期殖民地文学相比内容方面更加生动,思想内涵方面也更深刻。对于浪漫主义作家来说,大自然对人类的生命具有非凡的意义,他们以全新的目光重新审视和解读了周围的自然。爱默生、梭罗、惠特曼、麦尔维尔等一批美国浪漫主义作家更是反对欧洲传统文化,他们极力主张塑造美国自己的民族文化,基于此,这些浪漫主义作家形成了与以往不同的自然观。与欧洲浪漫主义作家一样,早期美国浪漫主义作家热情地赞美自然,描绘自然之美与倡导回归自然的美好。而后期的美国浪漫主义作家对自然的描写中则寄予着对人类与自然关系更深层次的思考以及由此引发的相关社会问题的关注,因而,他们的生态意识和社会责任感更为强烈。爱默生倡导的超验主义自然观鼓励人们用一种新的眼光重新看待大自然,阐述了重建人类与自然和谐关系的重要性。

爱默生认为,自然物除了物用价值,它们和人类一样都具有一种内在的精神性,这种精神性的内涵能够穿透自然万物实现与人类之间的交流。而人通过回归自然和亲近自然的方式实现了与这种精神性的交流,从而人的精神世界就会臻于完美,实现一种更高的真理就会成为一种现实。爱默生的超验主义自然观把自然看成物质与精神的统一体。从当代语境看来,爱默生的自然观对于生存于困境中的人们在物质环境和精神价值方面都有重要的启示。它深受西方浪漫主义思想及德国古典主义思想的影响,这是它产生的社会文化背景因素。当时环境问题的出现则是它产生的工业化背景因素。19世纪初,美国在政治上刚走上独立,国家把发展重心放在经济而忽视了文化,社会充斥着浓厚的物质主义气息。同时,欧洲18世纪下半叶始于英国的工业革命也在美国发生,它无疑加速了美国在工业化道路上的步伐。这也导致越来越多的都市中的人们生活于人工环境中,远离了自然环境而失去了去探寻自然之美、生命之美以及自然给予人教育的机会。同时,社会工业化生产模式使得人们脱离了类似于农业文明社会时期的那种集体感,即人与人之间相互关心、相互帮助、相互理解、相互沟通的一种关系和感情,导致人与人之间处于一种相对孤立、难以沟通的状况,这容易造成人的精神世界处于无所皈依状态,从而加速了人的精神世界的异化。"异化"的产生是一种信号,而我们要做的是倾听这种信号,思考它真正想要告诉人类社会的是什么？"异化"远不是一种心理层面的不被满足。其实，"异化"的产生更多是出于社会问题。对于人类与自然的交流，爱默生提出，自然具有精神性的一面，人可以通过回归自然和亲近自然去接受自然对人心智的有益影响，从而回归人的美好天性，从而塑造独立完美的个体。这是爱默生对当时社会上充斥的庸俗的物质主义以及工业化进程给人的精神世界带来异化问题的一种思考。

梭罗作为一位超验主义作家，他与其他浪漫主义作家一样崇尚人类与自然和谐的状态，严厉谴责了人类对大自然施加的恶意性破坏。此外，梭罗也被认为是一位注重实地考察的生态学作家，他在探索自然奥秘的同时，也不乏思考人类与自然关系的更深层次的问题。梭罗在美国思想史上第一次真正超越了人类中心主义自然观而形成了非人类中心主义的生态中心主义的自然观，在对待自然的方式上摒弃了爱默生抽象说教式的经验自然观。梭罗进入自然荒野开展实地观察，了解自然万物的发生和发展，从而形成了对自然万物的客观和具象认识。在梭罗看来，自然中的生命是与人类相似的有机体。他笔下的瓦尔登湖是活生生的存在，它和人类一样具有灵性，犹如是森林中的隐士。无论是湖中跃起的鱼儿、周围啁啾的鸟儿，还是其他形形色色的小生命，皆是大自然创造的奇迹。实地观察使梭罗更体认到自然界中各种生命形式的相互依存和相互影响的奥秘和重要性。梭罗基于一种生态整体主义的角度去观察自然世界，通过亲身的林中实验形成了生态中心主义自然观的初步思想。他这样评价："在大自然中，没有什么东西是没有价值的，甚至每一片已腐烂的树叶、树枝或树根最终都会在整体生态系统中的某个链条上继续发挥着各自应有的作用，而且最终他们都会以另一种合适的形式聚集在生态系统的混合体中。"[1]梭罗主张生态中心主义自然观，严厉批判人们违背自然法则和无视自然规律去破坏自然环境的种种行为。他曾批评那些肆无忌惮破坏自然面貌的人，他认为那些人也应该被控诉、被绳之以法，因为他们的行为与虐待儿童无异。梭罗对人类与自然关系的理解及其形成的生态中心主义自然观来源于并超越了超验主义哲学思想。

梭罗生活的时代，传统的农业社会向着工业化和城市化的轨道快速发展，大片原始森林带因被大肆砍伐而消失，大片的荒野被改造成城镇用地。梭罗对

---

[1] Torrey, B., *The Writings of Henry David Thoreau*, Vol.14, Boston: Houghton Mifflin, 1906, p.109.

经济发展而导致的自然资源被浪费、自然环境受到破坏的问题深感痛心,对此他严厉痛斥:"感谢上帝,人类还不会飞,所以,人们还无法像蹂躏地球那样去蹂躏天空。"① 环境保护所面临的困难和挑战一直是存在的,而人类的利己主义行为是其中最大的挑战之一,它是不断出现的环境问题的根源之一。人们对物质利益充满了无止境的欲望,这欲望的背后实质上是一种极端的利己主义行为,只要这种行为没有得到有效遏制的一天,那么人类对大自然的掠夺和伤害也不会有停止的一天。看到当时美国大片原始森林带逐渐消失,不乏关注环境问题的梭罗无比愤怒,他郑重呼吁"人类的价值存在于荒野中"。1858年,梭罗在《大西洋月刊》上撰文呼吁人们要真正行动起来保护马萨诸塞州每个城镇500至1000英亩的森林带。对此,梭罗质问道:"可以把一些土地赠送与哈佛大学或其他机构,那么,为什么就不能把其他的土地慷慨地划入做森林或蓝莓林的用地呢?"② 梭罗倡导保护森林和重视荒野价值的理念对美国之后的环境保护主义运动产生了深远的影响。梭罗无愧于美国文学史上第一位重要的自然阐释者和美国环境保护运动的第一位圣徒的称号。沃斯特评价道:"梭罗关于人类与自然关系的前瞻性思想远远超越了我们这个时代。他是自然思想领域的哲学家。此外,他还是一位公认的活跃在自然荒野进行不断考察和研究的野生动植物生态学家。同时,在梭罗身上还可以找到一个杰出的源头,那就是,他对现代环境保护运动的颠覆性实践主义对人们重新解读大自然无疑具有精神上的引领作用。"③

梭罗为美国环境观念的转变史矗立了一座丰碑。梭罗提出的生态整体主义和生态中心主义思想被世人认可和接受标志着美国自然环境观念的变迁,这种变迁预示着人们已经逐渐脱离了人类中心主义思想的藩篱。同时,梭罗从哲学层面去思考人类与自然的深层次的关系,为生态伦理思想的形成奠定了前提基础。美国浪漫主义文学在处理人类与自然关系方面的探索、思考以及警示直接或间接影响了之后出现如缪尔、利奥波德、罗尔斯顿、卡森、爱德华·艾比等一批生态学者和积极倡导环境保护人士。如卡森四处奔走演讲、听证、接受电视媒体的专访,提醒世人认识到生态危机和环境问题的严重性,推动环境保护向前发展。在人们陶醉于因经济发展而带来的繁荣的景象的背景之下,她呼吁

---

① Thoreau, H. D., *Walden*, Oxford: Oxford University Press, 2008, p.275.
② Myerson, J., *The Cambridge Companion to Henry David Thoreau*, Cambridge: Cambridge University Press, 1995, p.171.
③ Worster, D., *Nature Economy: A History of Ecological Ideas*, Cambridge: Cambridge University Press, 1994, p.82.

要遵循理智的发展观,要多角度、多系统地修正不合时宜的发展观;艾比进一步宣扬卡森的现代环保理念,对唯发展主义、反生态的现代文明进行了严厉的批判,倡导每一位生态作家都要为生态保护而战。他多次强调,为发展而发展是"癌细胞的意识形态"。这批环保学者都具有强烈的生态责任感,把生命都献给了生态危机的揭示和生态思想的传播。他们的研究视野不仅仅局限在对自然的描摹上,而是将批判反生态的思想文化和经济发展作为自身的责任和崇高的使命。他们为当代生态文学树立了批判、警告和救赎生态环境恶化的现实为创作主旨的典范,不少作家沿着他们开拓的领域,通过对生态危机和环境问题根源的揭示和批判,引发世人对环境恶化现实的关注,并试图探索一条改变现实的生态困境,促进重返人类与自然的和谐相处逐步成为可能。总体上,缪尔的自然保护主义思想、利奥波德的土地伦理学说、罗尔斯顿的自然价值论、卡森的现代生态环境保护思想以及爱德华·艾比的发展观不仅推动了美国生态环境保护运动的发展,更为世界的自然生态环境保护留下了宝贵的精神遗产。从某种意义上说,他们的关于人类与自然关系思想是基于梭罗自然思想的基础上的一种继承和发展。

生态中心主义理论得以不断发展和完善直至最终形成系统化的生态伦理理论,这与梭罗、缪尔、利奥波德、罗尔斯顿等一批热爱自然、关注自然环境保护、关注自然未来、关注人类命运的作家和学者的不懈探索和深厚的社会责任感是分不开的,他们是那个时代的自然环境的守护者和预言家。他们关于保护自然环境的学说在推动美国历史上资源保护主义运动的兴起以及深入发展有着千丝万缕的关系,发挥着不言而喻的作用。他们对现实存在的环境问题有着敏锐的洞察力和生态责任感,这使得他们能够超越人类中心主义思想,从更广阔的视角去审视人类与自然的内在关联。尽管他们的思想和理论主张也会因其前瞻性的因素一时无法被当时的主流社会所接受,但随着生态危机的出现和环境问题的凸显,他们的思想和行动极大程度上扭转和改变了人们曾经信仰的以"征服自然"为基调的人类中心主义自然观。可以认为,美国浪漫主义作家是阿卡狄亚传统的传承者和传播者,同时也是现代环境主义保护运动的奠基人,他们担负起构架文学与自然环境之间桥梁的使命,让人们能够在其作品中深刻感受到人与自然关系的意识以及环境问题的意识。此外,作家们隐含在作品中的对自然生态危机的忧患以及对人精神生态问题的关注都值得现代人的审视和反思。美国浪漫主义文学为生态伦理思想的萌芽以及最终形成做出了基础性的贡献。

第二节 生态伦理的关切

汤因比敦促世人要考察过去,以求获得对当今生态危机和环境问题更为深入的洞察力。汤因比对社会深刻的批判性意识和对人类未来命运积极的关注给现代人敲响了警钟,对于现代人重新树立生态伦理意识,不无借鉴价值。汤因比倡导生态道德的进步与完善以及人类对待自然行为的自觉反思,具有无可置疑的合理性。他明确指出:"宇宙全体,还有其中的万物都具有尊严性,它是这种意义上的存在。也就是说,自然界的无生物和无机物也都具有尊严性。大地、空气、水、岩石、河流、海洋,这一切都具有尊严性。如果人类侵犯了它们的尊严性,就等于是侵犯了人类本身的尊严性。"[1]在汤因比看来,由于近现代工业化快速发展和科学技术滥用,人类的历史开始从天人和谐的阶段逐渐走向了征服与控制地球生物圈的道路。地球生物圈是人类唯一的可居住之所,地球是人类的大地母亲,人类作为大地母亲养育的众多孩子之一,最根本性的职责是维持它的生态系统,使之保持稳定、和谐和完整以永远适宜人类的居住。为此,人类应该彻底性转变自然价值观念,建立起对大自然的内在敬畏,实现大地生态的拯救。

英国科学家彼得·拉塞尔(Peter Rusel)则从另一个角度论述人类与自然的关系。他明确指出了地球是一个活的有机体,并提出了生物圈应该被理所当然地被视为一个生命系统。他指出:"一种对天地万物其余部分真正的爱来自个人对于和自然宇宙其余部分同一性的体验,就会形成这样的一种认识,即在最深层次上,自我和自然世界是一体的。通过对自然世界同一性的体验,人类就会感觉到自身同一切人和一切自然物的亲密关系,就会自觉形成高度协同的世界观。如此,人类就可以扭转各种浪费自然资源的现象和破坏生态环境的行为,就能有力地促进从个人到家庭、团体、民族以及国家,以至全球的所有层次上的自主性与合作性的综合协调,促进高度协同的社会的形成,从而使全球成

---

[1] Toynbee, A. J., *Mankind and Mother Earth: A Narrative History of the World*, London: Oxford University Press, 1976, p.468.

为一个有机的整体。"①人类和自然环境的关系是当今社会发展必须直面和探讨的问题,也是人类认识自然世界的永恒命题。日新月异的科学技术在给人类带来经济的持续增长的同时,却也带来了生态危机和环境的问题,这威胁着人类自身的生存和可持续发展。例如,南极臭氧空洞的在科学界引起了巨大反响。科学家发现,南极上空的臭氧层有一个很大面积区域的臭氧量远低于正常水平。臭氧层空洞的直接危害是透过臭氧层空洞的强烈的紫外线对人和生物有杀伤作用,严重时会导致人类的皮肤癌,强烈的紫外线对地面生物的危害,还表现在破坏生物细胞内的遗传物质,如染色体、脱氧核糖核酸等,严重时会导致生物的遗传病和产生突变体。随着蒙特利尔议定书的严格执行,破坏臭氧层的气体释放趋势得到缓解,经过1994年的峰值以后,一直呈现下降趋势。根据科学家的估算,被破坏的臭氧空洞要全部恢复恐怕要到2065年才能实现。再如,由于化肥、生活污水、工业废水等大量排入海洋,为一些藻类提供了充足的养料,刺激海藻疯狂生长,加上空气污染因素,导致海洋中形成了一些"低氧区"和"缺氧区",被称为"海洋死区",根据联合国环境规划署发布的《2006全球环境展望年鉴》,海洋由于遭受污染已出现了200个"海洋死区"。在"海洋死区"不单鱼、虾、贝类无法在低氧或缺氧状态下存活,连海草也难以幸存。"海洋死区"的存在直接威胁着渔业生产,但如果风力能够将富营养化区的水冲走,"海洋死区"就可能复活。联合国环境规划署呼吁沿海国家采取措施控制陆源污染,遏止"海洋死区"持续增多的势头。

  人类对地球的破坏速度已经达到前所未有的惊人速度,千年生态系统评估机构(Millennium Ecosystem Assessment)认为,这将使自然界更加可能出现突变,导致疾病蔓延。一项历来最大规模的地球生态系统研究工作报告发现:"过去50年来,人类为了取得食物、净水、木材、纤维和燃料,对生态系统的造成的破坏速度比以往任何一个年代都要来得快,破坏面也比任何一个年代来得广,这使得生物的多样性承受着无法扭转的损失。"②人们开始认识到,解决环境污染和生态危机问题不能仅仅依靠科学技术手段,还需要把人类的环境意识提升到自觉层面,建立一种符合人性向善趋美的自然价值观,才能彻底摈弃人类中心主义的价值观,把对自然环境的伤害降到最低才能成为可能。从正确价值观

---

① [英]拉塞尔:《觉醒的地球》,王国政、刘兵、武英,译,北京:东方出版社,1991年,第161页。
② 业百科:《地球遭受人类破坏的资料》,https://www.yebaike.com/22/992356.html,访问日期:2020年12月3日。

的视角去审视自然,在人类与自然之间建立起新的环境伦理关系,这样才能够促使人们真正尊重自然、敬畏自然以及关注自然的内在价值,从而为解决危及自然以及人类生存的环境问题提供可能的途径。

美国传统的主客二分的思维界定了人的主体地位,凸显了人作为个体的主体性,自然成为与人对立的客体,使人类中心主义价值观一度随着科技的进一步发展而获得了巩固和强化,这种强调人的主体性的哲学阐述在现代社会应该被重新解构。敬畏生命的伦理学、大地伦理学、森林伦理学等绿色伦理理念以及后期的海德格尔哲学都认为人类并不是自然界的中心和自然万物存在的目的,人类仅仅是自然界的成员之一。建设性的后现代主义更多关注的是人与世界、人与自然的关系问题,主要是从科学的层面出发讨论问题。其理论核心在于否定和批判现代性,主要代表人物为小约翰·柯布(John B. Cobb, Jr.)、格里芬等。在看待人类与自然的关系上,建设性的后现代主义反对"人类中心论"。他们认为,地球是一个经过漫长时间演化而形成的有机整体,按照自然中的生态法则组合和运转,系统和子系统之间、子系统相互之间彼此依存,在价值和意义上不存在高低优劣之分,人类并非地球的中心,而只是作为地球整体生态系统中的一个子系统,与其他子系统是相互依存的关系,因此,人类是永远无法摆脱地球生态法则的支配。建设性的后现代主义旨在于重新恢复有机论的"返魅"的自然观,但绝不是简单地回归自然传统,而是致力于要在对现代性辩证否定的基础上,立足于一个更高的层次,构建一种人类与自然有机统一的后现代生态文明观。人类应该以感恩之心对待地球,包括地球中的其他生命,整个生态体系就是人类和其他自然生命共同的家园。人类与自然万物之间的关系不是占有、征服、改造与利用的关系,而是不同自然成员之间的相互依存和相互作用的关系,彼此之间也是相互促进和共同发展的关系。因此,人类作为大自然的拥有道德主体意识的主人不仅要关心自身,还要关心动物和植物等所有生命,关心生态整体,把尊重自然的事情视为一种应有的、不可推卸生态责任,扭转之前偏颇的功利性的生存方式为"诗意地栖居"的生存方式。现代环境保护主义运动的兴起促使了人们开始反思人类中心主义价值观的后果。环境保护主义运动现在已经获得世界上越来越多关注人类自身生存和发展的人们的共识和支持。

梭罗开展对自然的实地观察和体验,最终凝聚出的生态中心主义的伦理思想对世人无异于醍醐灌顶。他呼吁人们重新认识自然,树立敬畏自然、保护自然资源,反对工业化进程中那种疯狂掠夺和肆意破坏自然资源的行为,倡导生命共同体和生态中心主义的理念,这在当时无疑成为一种自然保护全新的声音。到19世纪上半叶,人们为促进社会经济快速发展,征服大自然的信心倍增,极少有人会意识到保护自然环境对自身生存和发展的迫切性和重要性。当时北美大陆早期成片的原始森林地区都留下人类大肆砍伐森林的痕迹。梭罗意识到保护森林的重要性,他认为,森林不仅是人类的家园,也是其他生命的家园。砍伐森林,破坏森林生态也是一种犯罪,那也应该受到惩罚。为此,他呼吁人们行动起来,共同保护森林,保护野生动物的栖息地。梭罗对自然的描写成为美国文学中早期生态文学的经典文本,他的自然思想对美国环境主义运动影响深远,他因此被称为"美国环境主义运动的第一圣人"。梭罗不仅是一位朴素的自然主义者,更是一位展开自然主义画卷的实践主义者。他的自然思想独树一帜,内容丰富而意义深远,承载了他对大自然全部的爱和敬畏,对人类自身生存和可持续发展的关注,他的思想表达和囊括了他无尽的浪漫主义情怀和智性的思考。他的思想犹如使人清醒而宁静的梵音,不断引发了关于人类与自然关系新理念的出现,如奥利奥波德的土地伦理学,罗尔斯顿的自然价值论,奈斯的深层生态学关于生态自我、生态平等与生态共生论,汤姆·雷根(Tom Reagan)的动物权利论,辛格的动物解放论等重要生态哲学理念等。梭罗的人类与自然关系的伦理思想都不同程度上推动了这些理念的产生。

　　美国著名社会生物学之父、哈佛大学昆虫学教授爱德华·威尔逊(Edward O. Wilson)为地球上多样性的生命物种撰写了两本著作。一本是《缤纷的生命》(The Diversity of Life),告诉我们地球生命是怎么"来"的和生命的璀璨;另外一本就是其重要的代表作《生命的未来》(The Future of Life),告诉我们生命是怎么"没"的。他通过一组组数据和大量案例展示了地球上曾经富丽多姿的生命,而如今,物种数量正在地球各个角落悄无声息地骤然衰减。造成物种灭绝速率显著增加的祸首正是"人类"这一超级危险的物种。这本书虽然没有《瓦尔登湖》那般诗意,但是可以看到,威尔逊论述了宏观的整个世界以及人类的活动是如何对自然环境一步步造成了负面影响。不同的组织对环境保护的态度以及行动上是如何改变着整个地球的自然环境。他在书中表述的美国特拉华州瓦尔登湖的景观与梭罗笔下的瓦尔登湖如出一辙。对比梭罗所描述的当年瓦尔登湖郁郁葱葱的景象和一百五十年之后的景象。威尔逊教授明确地指出:"梭罗对生物群落特征的描述将人们的视野直接引向现代生态科学领域。"① 梭罗在瓦尔登湖畔的林中开展自然研究,以自然万物为主要对象,而威尔逊的科学研究以人为出发点,因而,他的研究不可避免地会遇到一个伦理问题,即自然属于人类,永远由人类来探索管理的问题,这些也是他所关注的问题和着力探索的问题。大自然本身既保护着人类,同时又给人类施加了严峻的考验。对此,威尔逊指出:"保存大自然的野性魅力,就是保存人类生存的根基,也就是保护人类自身。"② 人类为了满足饮食、居住、交通等需求,有必要将一小部分自然荒野进行合理改造,朝着自然环境和人类的需求达到平衡的方向将之改造为经济用地。如果人类无止境的需求超出了地球的承载力,那么,地球将会失去生物圈的自然再生能力,这可能会给人类带来灭顶之灾。对此,威尔逊提出建议:"和所有人类繁杂的事务一样,抢救地球动植物的新策略也得从伦理与道德开始。"③ 威尔逊也发出呼吁,要把经济发展与自然保护列为相互促进和相互统一的目标。为此,要大力引导立场迥异的双方获得共同的价值立场,要让尽量多数人对既定的正确目标达成共识。为了人类自身的生存和可持续发展,我们要把非人类自然中最美好的部分传递给后代,不能任由自然环境恶化甚至消亡。建立和维护一个平衡的生态系统的关键之一即表现为生物物种的多样性,它是源自大自然的,不是人造的。人类的发展应始终要以维护整个生态系统的平衡为前提。那些人们可能会不屑一顾的昆虫或杂草之类的生物也都是地球生物圈中独一无二的生命体,它们对维护整个生态系统的平衡和稳定所发挥的作用同样占有一席之地,它们在大自然中存在的权利和价值都是永恒的。对于科技的发展与自然的关系,威尔逊这样阐述:"目前有两种科技力量,它们代表着不同的作用力,相互竞争。一种是摧毁生态环境的科技力量;另一种则是拯救生态环境的科技力量。如果这场竞争后者得胜,人类将会进入有史以来最佳的生存状态,而且生物多样性也大致还能保留下来。"④ 威尔逊对科技功用的阐述是清晰的,也是警示性的,足以引发世人的深思。

人类是生物圈的一部分,生物圈中其他生物也是人类文明发展和延续的一部分,是与人类一同进化而来的生物,因此,它们与人类具有天然的相生相伴的关系。持续发生的自然灾难让我们不得不反思生态问题的根源。显然,这其中存在着一个显而易见的道理,即保护生态环境就是保护人类自身。然而,另外

---

① Wilson, E. O., *The Future of Life*, Vancouver, WA: Vintage Books, 2002, p.23.
② Wilson, E. O., *The Future of Life*, Vancouver, WA: Vintage Books, 2002, p.187.
③ Wilson, E. O., *The Future of Life*, Vancouver, WA: Vintage Books, 2002, p.235.
④ Wilson, E. O., *The Future of Life*, Vancouver, WA: Vintage Books, 2002, p.231.

值得思考的两个问题是,为什么人们往往不愿意参与保护自然、善待地球的活动?为什么很少有人愿意为了大自然的利益而放弃个人的利益?事实上,我们并非没有办法,爱护自然环境的方法很多,只要从自己的身边做起,哪怕微不足道的行为同样也能为自然减少一份危害。只是因为至今还有相当一部分人还没有真正树立起保护自然环境的意识。再者,人类为什么不利用目前的科技力量来维护生态系统的平衡呢?为什么不像我们改善自身的经济生活条件一样去维护自然环境的健康呢?只是因为我们目前还极为缺少生态伦理意识,缺少生态伦理意识在一定程度上阻碍了人们去考虑上述两个问题。对此,威尔逊肯定了在三个方面发挥自身的作用和进行通力合作的重要性,即社会法律、法规的制定和法规的执行。法律、法规同时是建立在道德基础之上,要将地球环境视为一个生态整体进行保护,这也是生态思想的特性之一,即整体性、和谐性、多样性的统一。民间环保组织社会影响力不容忽视,也是环保的动力来源之一。不可否认的是,科学技术是实现维护生态系统的平衡获得较佳效果的重要途径。威尔逊在认识论上表达了对梭罗生态中心主义自然观的认可、尊重、继承与发展。梭罗通过著书立说的方式改变了世人的环境保护观念,为提高人们的环境保护意识发出了时代的最强音。"生态中心主义"第一次摆脱了人类中心主义思想的藩篱,引导世人从更为广阔的生态视野来重新审视人类与自然深层次的关系。这一思想的深刻意义在于人们第一次认识到了人类自身在自然界中的正确位置以及与其他生物和整个生态系统的伦理道德关系。梭罗站在了时代发展潮流的最前沿,唤醒了人们的自然环境意识。他通过自己的亲身实践向世人证明,维护整个生态系统的和谐、稳定与完整才是维护人类长远利益的前提和根本。生态中心主义所包含的一些理念,如自然价值论、生态整体主义、生命共同体等,对于转变人们的人类中心主义价值观,将生态伦理理论融入生态建设的实践中,进而探讨如何将生态伦理的理念与人们的生活相结合的具体途径,在最终实现有效解决当前的环境问题方面具有重要的意义。

19世纪是科学技术突飞猛进的时代,科学技术对社会经济的发展所做的贡献是毋庸置疑的。当时的人们还没有足够意识到科学技术带来的负面影响,盲目地认为科学知识是可以开拓世界和改变世界的利器,可以解决自然中的一切问题。因此,人们对征服自然表现出盲目乐观和自信的态度。然而,霍桑对此并不乐观,因为他深刻地洞察到了科学技术发展中罪恶的一面。他善于观察总结,能够辩证地认识科学技术带来的积极影响以及消极影响的两个对立的正反面。霍桑创作了一系列科学寓言小说,塑造了一些狂热的科学家形象。其中的两部具有代表性的短篇小说《拉帕奇尼的女儿》和《胎记》都探讨了一个人类与科学知识的关系和人类与自然的关系的主题。小说中的主人公对科学技术的探索表现出极大的热情，他们坚持科学技术的力量足以改变自然法则的信念，最终他们的信念都以失败告终，残忍地剥夺了无辜的生命,此时,科学知识注定成为屠杀人类生命的罪魁祸首。如果用冷静的眼光去分析，霍桑探讨这样主题的背后潜藏着一个根本动机无疑是在表明一个真理，那就是，科学技术革命会给人类带来无限的光明，但盲目利用科学技术只会危及人类自身。霍桑以这样"理性之罪"的故事对盲目追求科技发展的社会发出了深刻的警示，使人们认识到人类在自然面前是微不足道的，自然是奥妙的，充满了太多的不确定性和可能性，人类是自然之子，应该对自然法则心存敬畏。19世纪初期，美国开始工业化，而在美国内战之后，则步入成熟阶段。霍桑生活的时代美国社会极力提倡和宣扬科技理性至上的思想，美国人的信仰也从对上帝的宗教信仰转向对科学技术的信仰，19世纪的美国社会生活的方方面面也因此发生了巨大的改变。霍桑凭借敏锐的目光对美国社会变化所带来的问题进行了细致的观察，清楚地认识到人们对科技的那份沉迷和畸形热情中存在着潜在的危机。基于当时的时代背景之下，他创作的科学寓言小说无疑对不断发展的工业社会提出了这样的一个忠告：人类要热爱自然、尊重自然、反省自我和克制工业化社会引发的各种物质欲望。只有敬畏自然法则的科学发展才能真正获得理性健康的发展。如果在科学研究中违背自然法则，继续盲目、非理性地滥用科学技术，肆意而为的做法必然会走向科学的反面，必将受到大自然的惩罚。人类对科学技术的滥用是导致人类与自然和谐关系逐渐丧失的一个不可忽视的重要原因，这是人类不得不正视的事实。

美国著名的细胞生物学家巴里·康芒纳（Barry Commoner）创立了自然系统生物学，旨在研究人类与环境的关系从而揭示各种环境问题产生的根源，进而反思人类的生产生活方式与环境关系的相关问题。他认为："生态环境的失衡显然是现代科技本质带来的必然结果。"[①]他从生态学角度揭示了现代科学技术对人类生存环境的负面影响，在西方国家引起了极大的反响。美国的科技发展与环境成本的高低密切相关，当前科学技术的发展反而加剧自然环境破坏已成为一个不容忽视的生态问题。作为科学工作者只懂得科学技术本身的应用是远远不够的，关怀人类的命运应该永远是一切科学发展的目标。科学成果应

---

① Commoner, B. *The Closing Circle*, New York: Random House Inc., 1971, p.136.

该用于造福人类,而不应该成为人类的祸害。科学技术的发展直接改变了人类生存的物质条件,人类的精神世界也随之日益丰富起来,它改变了整个社会的经济生活、政治生活、社会生活等领域,从而实现了从传统农业社会向现代工业文明社会的快速转变。在这个转变的过程中,一方面,科学的力量可以为人类创造更美好的生活;另一方面,科技力量也对人类社会提出了巨大的挑战,甚至带来灾难,而自然灾难的发生正是给人类滥用科学技术带来的反作用发出了警示。例如,随着核工业的发展,核废料对自然环境和人类的健康造成的危害是相当巨大的,人类正面临着如何安全健康生存的抉择,这个问题已经摆在了人类自身的面前。由于科学技术发展给自然所带来的影响或可能产生的影响是不言而喻的。因此,正确引领科学技术的发展也成为当代人们面临的一个重大的现实问题。科学技术的发展和进步应该成为人类与自然环境和谐发展的桥梁,而绝不能让它成为人类与自然环境相互伤害的一把利器。人们对科学技术的创新和应用应该以维护人类与自然环境和谐共处为宗旨以及和谐发展为最高目标。对此,现代科学之祖的法国哲学家笛卡尔提出,人类利用科学的目的在于成为大自然的主人和管理者,因此,科学的宗旨应该在于造福人类。

现代美国资本市场的不断扩张解开了科学技术发展的链条,物质财富的增长成为衡量一切发展的标准,创造物质财富成为人们行动的指南和追求的目标。科学技术的发展和创新不再置于伦理的框架之内运作,而是以提高生产效率为目的,科学技术俨然成为社会经济发展和资本市场扩张的通行证。虽然当下每个人的正当合理的需求一般情况下都能获得满足,然而,人类的欲望却无法被填满,因为人类的欲望是无止境的,而人的生命却是有限的,以有限的生命追求无尽的欲望,又怎能得到满足呢?对于如何消解欲望的无限膨胀始终是哲学上难解的一个问题。现有的自然环境被科学技术改造了,而这一切是基于人类为了经济上的利益和物质上的欲望之上。人类消费的甚至浪费的物质资料来自然环境的无限循环,但不能回到自然环境循环中。最终,原始物质生活资料被人类消耗殆尽,因为人工物质资料过剩或者人为而没有可行的方法实施自然降解,从而中断了整个自然环境的良性循环过程,这都是人类过度消耗自然资源而破坏了自然环境的后果。美国当代社会生态学家的代表人物詹姆斯·奥康纳(James O'Connor)指出:"科学技术使一个遵循自身循环规律的自然界变得无所不能,使自然界一步步被科学技术控制,而人类自身也被科学技术的力量所打败,逐渐沦为它的附庸。"①"控制自然"这个词是人类处在理性时代企图征服自然狂妄自大的产物,当时的人们认为的"控制自然"就是希望自然能够为人类服务,为人类提供丰富的物质生活资料和便利的生活设施。鼓励科学技术应用的做法应该归因于科学启蒙时代的蒙昧。而源于理性时代的科学技术现在却被人类的眼前利益所裹挟,甚至在某些领域走在了人类的对立面,这是当下人类不得不反思的问题。

人类社会的发展日新月异,曾经的事物往往迅速消失,正如捷克小说家米兰·昆德拉(Milan Kundera)说过,人类历史发展不是一个个循环的圆,而是一条飞速向前的直线。当下,人类正朝着知识经济时代快速迈进,在知识经济时代,科学技术将成为推动社会发展的首要力量。现代科学技术的不断发展不断变革着人类的经济结构和生产方式,给人类带来了巨大的福祉,使人们的生活越来越多样化和便利化。但是,对科学的认知首先应该是一种人文意识,人类绝不能为了成为狂妄自大的"唯科技主义者"而失去了应有的理性判断。科学的弘扬和传承是一种创新的精神,倡导的是以长远的和理性的目光审视是否符合人类最大福祉的合理性。从农业时代到工业文明时代,人类对于自然界的改造越来越深入,经历了从"敬畏自然"到"人定胜天"的不同阶段,自然在人类的意识里逐渐从令人敬畏的神灵沦为了物用工具。人类的发展历程是在同大自然的斗争中由劣势逐渐走向强势的一个过程。在混沌时期,当人类受到大自然的威胁时而只能求助于超验的自然神的救赎之时,正是科学的力量使人类获得了对自然的逐步认识。工业文明走过的历程是人类征服自然的文明历程,社会生产力极大提高了,人类对自然的索取的程度亦空前加大了。然而,人们似乎完全忽略了大自然并非只有工具性的价值,大自然中的非人类生命与人类的生命是紧密联系在一起的,是高度统一的。时至今日,人类已基本上能够较为理性认识自然界发展和循环的规律,每一项科学新技术的发明也代表着人类对大自然的影响获得进一步扩大和增强。人类要认识自然和合理利用自然,那么人类的生产实践活动就不能违背自然规律之道,就应遵循从本体论到认识论再到方法论的路径去探索人类与自然的和谐共处之道。

当下我们拥有比过去任何时期都要美好和便利的生活,但是,我们也面临着比过去任何时期都要严重的生态环境问题,如全球气候暖化、臭氧层的耗

---

① [美]奥康纳:《自然的理由:生态学马克思主义研究》,唐正东、臧佩洪,译,南京:南京大学出版社,2003年,第35页。

损与破坏、生物多样性减少、酸雨蔓延、森林面积缩减、土地荒漠化、水资源污染和短缺、野生动物被肆意捕杀等现象不一而足。人类头顶的天空不再像以前那么蔚蓝了,脚下的土地也不再是一方净土了。不过,几千年在生态的自然演化中仅仅是短暂一瞬,在人类与自然的关系中,人类已处于主宰地位。当人类的行为违背自然法则,资源消耗超过大自然的承载能力,污染排放超过环境容量时,那将会导致人类与自然关系的失衡,造成人类与自然关系的不和谐。当下,倡导建设和发展生态文明的理念,既要重新认识人类与自然的正确关系,又要摆正人类自身在自然中的正确位置。同时,还要引领科学技术的正确发展,正确认识科学技术与自然的内在关联,警惕唯科学主义(scientism)的盲目性。唯科学主义往往把人类与自然对立起来,把大自然看成人类利用和改造的对象。人类现代文明是经由工业革命与科技革命的不断推进造就的,也是在不断利用自然和改造自然的过程中前进的。现代文明在给人类带来极大便利与生活质量提升的同时也给人类带来了严峻的生态危机。由于人类过度地利用自然资源和破坏自然环境来推动经济的发展和满足自身不断膨胀的物质欲望,导致人类与自然的平衡关系被打破了。当下人类与自然的关系出现了紧张和对立,大自然的整个生态系统不断受到破坏,各种环境问题便接踵而至了。在生态危机出现之后,事实证明,科学技术未必能够按照人们的期望实现拯救人类自身和整个宇宙自然。

英国剑桥罗伯特·麦克法伦院士(Robert Macfarlane)寻访了英伦三岛最后的荒野,用双足绘制几被遗忘的自然地图。麦克法伦不仅能描绘出自然的风貌和表象之下的能量与机理,也能刻画出自我与自然万物交汇时感官和内心的种种感触,人们似乎就在他一贯行文如诗的字里行间与其一道远行。他曾经说过,出色的自然文学能够激发人们萌生出新的行为形式和新的道德意识以及对于自然世界更为强烈的关切。他的行走文学三部曲之第二部《荒野之境》(The Wild Places)可以被认为是最佳示范。麦克法伦指出:"在各种方面,我们的生活都在和地点脱离关系,我们的经验抽象成没有触觉的概念了。过去从没有一个历史时期会像现在这样,抽象和非物质化到达了无所不在的地步。我们和技术世界的联系几乎是无穷尽的,尽管它带给我们那么多好处,却以我们跟世界的联系作为代价,我们在很大程度上已忘记了这个世界是什么样子的。"[①]建立

---

① [英]麦克法伦:《荒野之境》,姜向明、郭汪韬略译,上海:上海译文出版社,2015年,第203页。

人类与自然和谐共处的新文明,法律和法规、合理的科学技术手段是保护生态平衡和促进人类与自然和谐的必要措施,此外,还必须依靠社会道德的力量,它有利于人们形成对待大自然的一种坚定信仰,更有利于形成强大的社会舆论压力。为此,要建立适应生态环境保护和改善的生态伦理道德规范。生态伦理道德是人类在处理与自然关系时应该遵循的行为准则,是社会发展的必然要求。生态伦理道德的总体要求是:热爱自然、保护生态、改善环境、敬畏生命(包括人类生命和非人类生命)、合理利用以及抵制环境污染。此外,还要提倡人们学习环境保护知识和科学技术。当下,我们的任务是要将生态伦理学的思想观念变成人们的自觉行为选择,借助人类特有的道德自觉精神去协调人与自然的关系和人与自然关系背后的人与人之间的利益关系,保护自然环境,维护生态系统的动态平衡,促进人、社会、环境三者之间的协调与可持续发展。

20世纪的到来,人类社会在经济、社会、科学等方面都迈出了一大步。随着生产力的进一步发展,人类对大自然的开发利用的强度也在不断加大,显然,人类犯下了不断加大对大自然的开发、利用和改造的偏颇。环境问题呈现出与以往完全不同的性质,它上升为从根本上影响人类自身的生存和可持续发展的重大问题。全球环境正在沿着不利于人类生存和可持续发展的方向演变,震惊全球的公害事件开始出现,直接威胁着人类的生命安全,这根本原因在于发展方式和发展道路出现了偏差。经济发展陷入发展主义至上的深渊,在很大程度上以追求经济利益为发展准则。麦尔维尔、爱默生、梭罗等浪漫主义作家都敏锐地观察到这种对大自然采取占有、征服和控制的反自然的行为倾向,他们都在自己的作品中进行了深刻的揭示和批判。

在《白鲸》中,麦尔维尔对美国18世纪捕鲸业兴盛的描写,寄予了对海洋生态的关注和海洋生命的敬畏。人类追逐物质利益的触角已伸向海洋领域,亚哈船长对白鲸实施疯狂甚至近乎变态的征服,但最终与白鲸同归于尽。如此的悲剧揭示了人类对待大自然的盲目与自负的一面。利用大自然的真正智慧就在于合理利用而不是单方面无穷尽的占有,更不是狂妄式的征服,无视大自然法则终将会毁于一旦,这也是当代生态文明建设过程中必须借鉴的真正智慧。梭罗亲近自然、敬畏自然、接受和遵循自然之道。在《瓦尔登湖》中,梭罗对社会问题直言不讳地进行了揭示和批判。他明确指出,人类一直是在错误中生活和生产中度过的,因为,人类的最大错误在于把最大限度地追求物质利益作为自己生存的最高理想,生产活动的最大目标在于获取经济效益。物质利益观念充斥在人们的意识中,消费主义大行其道,物质欲望层出不穷,人们为了获取更多的物质财富而不断地消耗自然资源，这个过程使自身不断地陷入了消费主义的陷阱之中，这形成了一个死循环。面对诸多的社会问题带给自然环境的伤害，梭罗的言辞往往一针见血，直指时代发展中存在的弊病。他既是一位关注自然的浪漫主义作家，也是一位具有人文主义情怀的作家。他俨然是一位不折不扣的行动派，把探索人类与自然和谐的共生关系作为人生的使命。他不断地思考人类与自然的关系，并且用自己的行动去佐证自己的生态中心主义自然观。他毫不留情地抨击人类在创造文明的过程中却违反了生态道德的本质，指出人类文明反而使人类自身陷入无穷无尽物质欲望的深渊，这是一种可怕的堕落。在人类中心主义的支配之下，人类始终追求的文明反而成为最不理性的文明，最终会危及自身生存和发展的文明。梭罗通过自己在林中生活的亲身体验告诫世人，其实，人类真正需要的必需品不多，只是人类对奢侈品和舒适生活的欲望才是无止境的。因此，梭罗提倡，人类必须回归自然，简单、简单、再简单的生活，这应该成为鞭策自身生活方式的信条。人类应该摒弃对大自然的绝对占有，应该通过精神层面的提升真正实现生命原初的自由和美好。梭罗推崇没有人为过度修饰的自然文明，实际上是对当下工业文明转向生态文明的初步建构。梭罗坚信，最好的文明是保存荒野，在荒野中保存世界。

　　人类是生命共同体中的普遍一员，人类既需要文化气质，又需要泥土气息，两种状态的结合才能够使人类达到完美的境界。自然法则是宇宙生命存在的终极规律，动植物都是敬畏大自然的存在。清晨雄鸡打鸣，向阳花开放，鸟儿迁徙，鱼儿洄游。在大自然面前，生物像是虔诚的信徒，它们接受且遵循大自然的规律。它们顺应着大自然的进化，并在进化中尽职尽责地扮演自己在大自然生态链中应有的角色，共同发挥自身的内在价值，展现出大自然非凡而独特的魅力。如海洋中群鱼聚集成团像是拥有人类的智慧和行为，像极了人类的日常做法。非洲大草原上狮子和羚羊的生死追逐、鸟类的迁徙，它们的行为不仅让人震撼于大自然的安排，更让人震撼于它们不会如人类一般讨论和创造的生命，竟然能够那般严格地因循某种自然法则，形成一种极其壮观的生命现象。这都是大自然在其40亿年的进化中形成的神秘法则，顺应自然法则使得生命的存在成为可能。人类推动文明不断向前发展，丰富了人类的精神世界。但不得不承认，人类面对地球40亿年的浩瀚的认识只是皮毛。人类对大自然的认识，不应过多地停留在利用自然和改造自然的层面，应该更多关注了解自然本身，了解地球40亿年的演变中留下的信息。只有了解自然才能合理地利用自然，也才有可能更好地保护自然。

自然环境的不断恶化都是大自然给予人类的警示。了解自然,善待自然,这才是对大自然最大的尊重和敬畏,也是对人类自身最有力的保护。古人有着比我们对大自然更加敬畏的态度,对自然生命有着更加虔诚的信仰,这是值得继承和弘扬的一种生态文化。人类只有遵循自然的法则,才能更好地实现生存。任何企图为了自身的利益改造自然和征服自然,必然适得其反。人类被赋予比其他物种更强大的智慧和能力,不是用来征服自然的,而是用于更好地认知自然,探索自然,掌握自然的法则,总结、归纳并传播给下一代。人类的智慧永远也战胜不了自然的法则,再智慧的人类也探索不尽和完全揭开大自然的奥秘,所以,生态文明建设不能脱离自然的法则。看似强大的科技文明在不断发展和前进,但科技一旦违背了自然法则,人类终究是无法逃避承担因科技利用不当而导致的对自然环境破坏带来的恶果。当下,全球面临自然资源短缺,环境污染问题难以根除的状况,整体生态系统功能退化,这种状况给人类的生存和可持续发展带来了潜在的威胁。自然界是人类生存和发展的不可缺少的环境,人类必须通过合理的改造自然来获得自身生存所必需的各种条件。大自然能够为人类存在和发展提供不可缺少的资源,但大自然的资源并不是无限的。如果毁坏了自然环境,势必影响到人类的生存和可持续发展。如果我们能够真正做到尊重自然、顺应自然,以构建保护自然环境的生态文明的理念来正确处理人类的发展和自然发展的矛盾,认清和确定自然法则的终极地位,构建一个"人类与自然生命共同体"的可持续发展的长远方案,那么,我们就可以引领生态文明建设始终遵循一个正确的轨道推进。生态危机恰好源于人类的贪婪和自私,人类在伤害自然的同时,也伤害了人类自身。如果人类继续对自然资源进行掠夺式开发和不合理利用,如滥伐森林、垦荒种田、围湖造田、破坏生物栖息地、过度利用土地和水资源等,加速人类活动对自然生态的干扰,如此往复,那么人类恐怕就会难以修复曾经美好的家园。为了人类的生存和可持续发展,伤害自然、破坏环境的行为不该屡屡发生,必须得到有效的遏制。大自然是一个有机的生命体,人类是自然界的一员,在全球环境治理面临着前所未有的困难背景下,呼唤着人类共同的生态责任是时代的需要,更是文明进一步发展的需要。人类必须学会在爱护自然与合理利用自然之间取得最佳的平衡,必须从根本上改变破坏自然的行为和观念。中国儒家文化倡导的关于"以天地为本"的生态道德意识、"时禁"的生态伦理规范以及"休养生息"的生态修复观念都有助于实现由工业文明形态向生态文明形态的转换,具有重要的借鉴价值。

在全球范围内,近两个世纪以来人类对大自然整体生态系统的破坏致使曾经的生态繁茂景象不复存在,人类生存环境处在持续恶化之中,不少物种因此濒临灭绝。生态危机和环境问题的出现不是一个突如其来的现象,它是一个经历一定时间的积累演变而来的结果。其根本原因在于人类长期不合理对待自然,开发和利用自然,从而破坏了其他生物所属的严密的、循环的网络。对此,康芒纳明确指出:"人类在地球上的不当活动和某些失误是造成环境紊乱的第一个原因。"[1]康芒纳对环境危机的根源展开一定程度的挖掘,对生态危机和环境问题的关注从未中断。他提出,生态和环境问题关乎人类的生存大计,要从根本上解决环境危机,就是要弄清人类活动是如何制造环境危机的,也就是要弄清促使自然生态系统自我调节能力遭到破坏的外部因素,人类的思想倾向于沿着一条可以想象的有限路径发展。他从生态学角度分析了造成生态危机和环境问题的原因,并对工业科学技术进行反思与批判。他认为,人类应该平衡生态环境与经济发展的关系,实现环境效益和经济效益的双赢。此外,人类的生活是一个目标不确定的不可调和的动态过程,在这个动态过程中存在着人类欲望与自然平衡的冲突。因此,人类应该在原始欲望的支配下做出最终的生态伦理的选择。康芒纳在维护人类环境问题上有着一针见血的认识,他的生态环境思想在推动了生态伦理在生活中的实践提供了理论的支撑,为人类赖以生存的自然环境保护做出了重要的贡献。近两个世纪以来,人类对生态环境的破坏,导致曾经繁茂的诸多生态景观的消失,只能留在人类的记忆中。人类生存环境恶化,许多生物濒临灭绝,所有这些变化都是人类自身对自然的不当行为造成的灾难。由于人类过于热衷于追求眼前的物质利益和经济利益,却鲜少考虑过自身行为会对自然环境产生的破坏性后果。在这种灾难的推波助澜中,除了追求物质、经济因素外,科技更是一把双刃剑。它的快速发展既给人类带来了驱动力,也给大自然带来了破坏力。科技文明的背后曾经是人类破坏自然环境,掠夺式攫取自然资源的可怕的现实。科技盲目发展反而成为破坏自然生态环境的一种推波助澜的力量,导致整个生态系统的不断恶化,一些物种灭绝。

世界著名的未来学家、当今最具影响力的社会思想家之一的阿尔温·托夫勒(Alvin Toffler)通过对社会发展的长期考察和关注,做出了如此的描述:"可以毫不夸张地说,从来没有任何一种文明,能够创造出种种工具手段,不仅能够摧毁一个城市,而且可以毁灭整个地球;从来没有整个海洋领域面临中毒问题;从未有过开采矿山如此凶猛,挖得大地满目疮痍;从未有过让头发喷雾剂使臭

---

[1] Commoner, B. *The Closing Circle*, New York: Random House Inc., 1971, p.132.

氧层消耗殆尽;还有热污染造成对全球气候的威胁。"①托夫勒的评价对当今社会思潮有着广泛而深远的影响,而且影响力是空前的。他的思想曾经影响了20世纪90年代的许多工商业行为。显然,如今人类面临的全球性的生态环境问题与科技活动对大自然的破坏是分不开的。在科技时代,科技的不当运用成为破坏性,甚至毁灭性的力量,它是构成种种生态危机的不可忽视的根源。现在人类应该静下心来,需要求真务实地思考地球上的生态状况以及人类当前面临的危机和困境,从而引出对自身生存和未来发展的思考。面对环境资源破坏,物种灭绝的现状,这种状况该如何解决?当前,人类必须改变对自然资源不合理的开发和利用,树立从长计议的意识。既要关心眼前利益又要考虑长远利益,不仅要对当代的人负责,而且要对未来的下一代负责。珍惜每一份自然资源,每一种野生生物,保护好生态环境,把一个健康、完整的生态环境传递给下一代。在这个过程中,重要的是清除对大自然构成的破坏性力量,然后合理依靠科学技术,全力开展全球性的自然保护事业。人类不仅要谋求经济的合理发展,更需要遵循可持续发展路径。如生态学者所指出,人类所面临的最重要的任务,便是努力达到永续生命圈的目标,保持大自然的生物圈系统与人类在经济上的发展能够整合前进,切实维护和保护自然界所蕴含的生物多样性以及整个自然生态系统的和谐、稳定和完整。

人类文明的发展终将是势不可挡的,自然界又是一个符合因果律的必然世界,人类作为"自然之子"应该也必须服从这一规律。美国环境保护先驱者卡森通过不断的研究,撰文探讨环保问题,阐明加强生态环境保护的紧迫性,进一步弘扬人文思想,引领了美国以至于全世界的环境保护事业。卡森的研究成果和主要观点集中体现了人类对生态环境保护的科学性、前瞻性、和长远性思考。在卡森的所有作品中,如《海洋下面》(*Undersea*)、《在海风的吹拂下》(*Under the Sea Wind*)、《我们周围的海洋》(*The Sea Around Us*)、《海之边缘》(*The Edge of the Sea*)、《帮助孩子想象》(*Help Your Child to Wonder*)、《变换无穷的海岸》(*Our Ever-Changing Shore*)、《寂静的春天》等,都认为人类仅仅是自然的一个组成部分。然而,自然的美正在被人类的丑恶所取代,自然的世界正在变成人造的世界。

在《寂静的春天》中,卡森预言,由于滥用农药,人类可能将面临一个没有鸟

---

① Toffler, A., *The Third Wave: The Classic Study of Tomorrow*, New York: Bantam Books, 1984, p.1.

类、蜜蜂和蝴蝶的世界。对此,她提出忠告:"如果我们对宇宙中的自然奇观和自然万物关注的焦点越清晰,那么,我们就越少去破坏它们,我们必须与其他生命共享这个共同的地球。"①卡森对日新月异的环境安全和保护问题所做出的深刻反思,她敲响的环保警钟在世界各地长鸣不息。地球是人类的母亲,是生命的摇篮,是那样的美丽壮观。同苍茫宇宙相比,地球是渺小的,人类的活动范围是非常有限的。因此,地球对于人类而言是多么的珍贵,人类应该珍惜和保护地球。人类生活所需要的水资源、森林资源、生物资源、大气资源,本来是可以不断再生,可以不断为人类的生存和发展做出贡献的。科学家已经证明,至少在以地球为中心40万亿千米的范围内,没有适合人类居住的第二个星球。我们只有一个地球,如果它被破坏了,人类别无去处。如果地球上的各种资源都枯竭了,我们很难从别的地方得到补充。我们有责任保护好地球,保护地球的生态环境,让地球更好地造福人类!当今,人们正在为消除各种污染,保护生态环境,科学利用和节约资源能源而努力奋斗着。人类要摆脱目前的生态危机的困境并实现文明高级形态的顺利进化,就必须承认人类只是大自然整体中的一部分。唯有如此,才能形成一种全球范围内的高度协调一致的生态伦理观。现代人需要转变到一种真正全球思维观念上,在这种观念中,个人、社会和整个生物圈都被给予充分的重视。换言之,现代人必须从一种协同性较低的价值观转变到一种协同程度较高的价值观。最终实现由信念改变思维,思维改变心态,心态改变行动,行动改变习惯带来的美好和积极能量。因此,问题的关键是现代人应该确立一种后现代的价值观信念。在深刻把握现代工业文明的本质之后,人类需要找到一个可以审视传统生态意识的正确视角,才能真正读懂先祖世代相传的生活智慧之书。正确把握人类与自然关系的奥妙,尊重自然、敬畏生命和合理利用自然资源,达成这种共识无疑具有普遍性的意义。

人类生存在自然之中,离不开自然的供给,人类属于自然,而自然不属于人类。人类在向自然索取自然资源的过程中,必须要以自己的思想和源于思想的行动反哺自然,从而与自然建立起一种看似形而上学,实则真实的隐性联系,即当人们把自己的精神世界寄托在自然山水之上时,同时得到的将是海纳百川、气势恢宏又广阔的自然生存空间。人类不能把目光仅仅聚焦在物质利益和经济利益的得失上,忽略了人类与自然的内在的、本质上的关系。如果做不到自然资源的合理利用以及循环利用,做不到经济和自然的平衡协调发展,做不到

---

① Carson, R., *Silent Spring*, Boston: Houghton Mifflin Harcourt, 2002, p.395.

人类与自然关系的和谐,那么可持续发展都将沦为"一手种树、一手砍树"的空洞理论。当下,人类也亲身体验了自然生态系统失衡所带来的生态危机和环境问题的切肤之痛。保护环境、拯救自然的呼声已然越来越高。相信大多数人已经真正意识到了自然保护的紧迫性和重要性。在处理人类与自然的关系上,人类不是全面否定发展和利用先进的科学技术,否定不断向前推进的自然科学。我们需要呼吁人们在精神层面上实现人与自然的融合,可以通过接触自然、亲近自然,认识自然之美,了解自然万物内在价值的重要性,从而身体力行地保护自然。人类是时候走出物质主义和功利主义侵蚀精神世界的状况,让身心接近自然,回归自然,去感受自然对人类精神上的影响从而成为完人。人类与自然关系在文化层面上的意义就是不应该让自然成为人类获取物质利益和经济利益的工具。人类不能够以牺牲自然的利益而换取一时的生存和发展,应该让科学技术发挥促进自然得以良性循环利用的作用,而不是让它成为破坏自然生态系统的元凶。此外,在生态问题已经威胁到人类自身生存和发展的今天,人类自身不仅需要重新审视对自然环境和自然资源的所作所为,还需要把人类与大自然之间的关系提升到道德层面,以通过道德规范的方式有效地制约着人们对自然环境的行为。道德关怀的目标不应该只是人类生命,非人类生命的存在也应纳入道德关怀的目标之中,尊重自然万物本身所具有的存在的权利和价值,不能滥用自然资源,人类畸形的需求观念导致对大自然进行无度的攫取,那是一种深重的无知。自然的形象既不是一个有待挖掘的资源库,也不是一片让人类难以生存的荒原。生态问题出现的根本原因是人类在大自然中进行不合理的生产活动,损害和严重破坏了自然生态系统,甚至已经危及人类自身的生存和发展。因而,从微观层面上讲,要让人们意识到生态问题不仅仅是一个社会需要去解决的问题,更是需要每个人要肩负起解决生态问题的责任和义务,从理念上辩证地理解主体与客体、个人与整体的联系。生态问题与每个人都息息相关,生态问题就是人类的自身行为和错误的价值观所导致的。人们的生活方式和价值观在经济发展的浪潮中发生着潜移默化的改变,而人们并没有意识到现在的生活方式和价值观有什么不对。我们有必要在衣食住行等领域不断倡导尊重自然、爱护环境的理念,在生态文化教育中,需要不断宣传正确的自然价值观和生态伦理观,引导人们正确对待自身生存的家园。我们每个人都必须改变人类中心主义的狭隘观,加强对生态环境系统的科学认知。在处理人类与自然的关系时,转变人类总是不自觉处于主宰的位置,坚持人类与自然和谐共生的价值理念,为重建人类与自然的和谐和全球的生态环境安全贡献一份自己的力量。

这种转变其实不难,人们要做的就是在日常生活中保持对自然资源的合理利用、珍惜和敬畏自然生命。应该弘扬绿色意识,倡导绿色观念,确立绿色伦理。仿效绿色植物,取之自然,又回报自然,践行绿色环保理念,通过运用生态伦理学的基本理论对现有的生活方式和价值观念进行评析,使所倡导的绿色的生活方式和价值观念在生态伦理的指导下更加具有说服力和可操作性。这不仅有利于大自然的生态平衡,实现经济、环境和生活质量之间的相互促进与协调。反之,也会进一步增强人们对保护自然环境的生态良知和生态责任感。

结　语

　　文学家强烈的自然责任感和社会使命感不仅推动了生态文学创作的兴起及其研究的繁荣,同时也促使人们反省自身所面临的生态危机和环境问题,思考人类如何重建与自然平等共存、和谐相处的哲学问题。文学作品中的生态主题和意识必将在净化人对自然的感情,提升人类的生态责任意识,促进生态环境的优化,构建人与自然的和谐关系中发挥重要的作用。

　　美国浪漫主义作家对自然的认识和思考随着工业文明的推进而逐渐深化。他们的作品既表现出一种浪漫主义的想象又融合了对现实主义的关注,主要体现在对自然的热爱、敬畏以及对人类与自然关系的深刻思考上。他们对自然生态的认识发生重大变化的同时,也逐渐萌生了保护自然环境的生态伦理理念。进入20世纪之后,工业文明和科学技术的进步以前所未有的趋势推动了社会生产力的巨大发展,但同时,社会生产力的巨大发展是以不合理利用自然资源和自然生态环境的恶化为代价的。生态危机和环境问题严重影响着人类自身的生存和可持续发展,这些已成为全球共同关注的问题。越来越多的人认识到合理利用自然资源和保护生态环境的重要性。基于这样的背景,人们开始重新审视浪漫主义文学作品中所呈现的人类与自然的关系以及作品给予世人具有前瞻性的预警。

　　生态伦理思想的源起与自然环境的恶化和生态危机的出现是密切相关的。工业文明和科技发展对全球范围内人与自然的和谐关系带来了直接的冲击和破坏,如生物种群减少、地球变暖、北极冰川消融、森林火灾等一系列的生态问题,严重影响了整体生态系统的稳定性和为人类提供生活资料服务的能力,给人类自身的生存和可持续发展带来了严峻挑战,也给人类破坏自然的行为敲响了警钟。在处理人类与自然关系时,作为自然界唯一具有道德意识的主体的人类需要考虑如何科学处理与周围植物、动物等生态环境关系的一系列道德规范。为了改善生态环境,促进地球上所有人类生命与非人类生命的和谐共处和可持续发展,人类应该共同担负起一种生态责任,实现人类行为本身与生态伦理信仰在实践上的一致性。霍桑在小说中借助叙述者,直接表达了自己对自然的看法,那就是,自然一旦被破坏就难以修复。大自然需要得到人类的尊重,它不允许人类随意利用和改造。霍桑关于人类与自然关系的看法反映了现代生态环境伦理学的观点。罗尔斯顿认为,人类的发展和繁荣与自然生态系统和自然界其他物种多样性的稳定性密切相关,即人类的一切价值都应建立在与自然环境的联系之上,良好的自然环境是人类实现自身生存和发展的基础,也是支撑人类文明理性发展的根基。人类有足够的智慧、善意和进取心把地球变成一个适宜自身生存和发展的栖息地。因此,为了重返人类与自然的和谐相处,人类应该摒弃物欲膨胀、技术至上、人类中心主义思想,树立起一种以生态中心主义为原则的生态伦理意识。

人类与自然是一个相互渗透、相互依存、相互影响的统一的有机整体,遵循着自身的运行规律和发展规律。人类和自然物种都属于这个有机整体系统中的组成部分。在这个有机整体系统中,自然万物发挥着自身的内在价值和物用价值,共同促进着整体生态系统的良性循环。然而,人类在文明的发展进程中犯了一个最大的错误,就是高估了自身的价值,认为人类可以支配自然而忽视了人类自身所蕴含的自然属性。人类的生存质量不仅取决于生存环境,还取决于自身与其他非人类生命关系的生态平衡。梭罗在《瓦尔登湖》中倡导保护大自然,重新认识非人类生命与人类生命关联的非凡的价值和意义。人类要敬畏自然万物,非人生命同样拥有生存的权利和存在的价值,从敬畏自然万物中还原人类自身所蕴含的自然属性。这种转化归根结底是要摆正人与自然万物关系的错位。对自然生命的敬畏,对生态道德的尊重和守护,成为梭罗作品中蕴含的生态伦理观念。人类生命和非人类生命的区别在于人类有理性的,会思考,因此,人类应该理性、平等地对待非人类生命。人类应该转变因满足自身利益而创造的人为秩序,尊重原生自然秩序合理性的一面。消除人类中心主义所造成的人类在大自然面前的盲目与自负,树立生态伦理意识,像对待自己的生命一样对待自然万物,真正做到敬畏自然,敬畏生命。恢复人类与自然原本的和谐关系,回归大自然为人类营造的美好家园。在《最后的莫西干人》故事中,库柏敏锐洞察人类不合理利用自然资源、破坏自然环境的行为将对自然生态构成威胁,因此,他严厉批评了西进运动中肆意滥伐森林、肆意捕杀野生动物的行为。在《白鲸》故事中,捕鲸船上的其他水手一心希望通过捕鲸业获取物质财富,而以实玛利对鲸类动物产生了浓厚的兴趣,不忍看到鲸鱼被残忍捕杀的场面。此外,他还试图化解亚哈船长和白鲸之间的矛盾和仇恨。这些都体现了以实玛利敬畏海洋和鲸类动物的生态责任感。

自然不仅仅是物化的自然,它对人类发挥着物用价值。同时,自然也具有精神性的一面,一直影响着人类的精神世界,让身处自然中的人们感受到生存的希望和意义。人类应该站在生态整体主义的角度去看待自然万物,人类应该是自然的协调者和管理者而不是征服者和统治者。从长远看来,自然的利益与人类的利益始终是统一的、相互促进的。因此,人类必须树立起生态忧患意识和生态伦理意识,重塑生态道德观和生态责任观,深刻体悟自然中不同生命体之间的相互联系和敬畏非人类生命的重要性和意义,恢复大自然为人类构建的物质家园和精神家园。在全球面临生态危机的当下,发端于18世纪末的美国浪漫主义文学以对人类与自然关系的关注回归人们的视野,逐渐唤醒了人们的生态伦理意识。

生态伦理以尊重、敬畏和保护生态环境为核心,以可持续发展为落脚点,以促进人类与自然和谐共生为评价标准。生态伦理道德是指将生态伦理思想付诸实践的主体思想素质和精神评价机制。生态伦理道德的提出与构建是人类道德文明进步与完善的一个重要标志,是新时代人类处理环境和生态问题的新视角、新思想,是人类道德的新境界。提升人们的生态伦理道德意识来调节人类与自然之间的关系,恰恰是人类对自然心怀敬畏的必然要求。生态伦理道德体系的建构为人们重新认识人类的生命和主体地位的道德内涵带来了新的契机。自然界中的各种生命体的内在价值和生存权利是平等的,人类只有站在这个立场上,人类与自然万物之间才能实现真正和谐共生的可能。地球生物圈是一个充满活力的生命共同体,人类并不是孤独地生活在这个生物圈的大家庭中。地球上有着数以千计的物种,生存着无数的生命,那些非人类生命就像是处于恐惧和奉献中陪伴着人类。它们为人类提供氧气和高质量的生存环境,它们形成的食物链可以为人类生活提供能量,使人类得以生存繁衍。即使走到生命的尽头,它们也会变成石油和煤炭,化身成另一种形式继续为人类提供光能和热量,无止境地为人类服务。但是,人类并不关心它们的存在,因为它们缺乏智慧,缺乏与人类竞争的能力。在人类眼中,它们不是真实的生命,而是非人类的生命,纵然它们遭受到伤害,人类对此也会是不以为然,所有这些观念都已深深植入人类的潜意识中。这种潜意识逐渐演变成一种未经证实而不容置疑的观念,人类是大自然的主宰者,是凌驾于一切非人类生命之上的自然之神。这种人类中心主义支配着每个人的思维观念和行为,而这种观念给人类自身带来的后果就是妄图征服自然和改造自然,千方百计地通过科技手段从大自然中攫取自己所需所欲的一切。最终,人类对大自然施加的行为给自身带来了什么呢?实际上,人类对待自然的不当行为是在不知不觉中把自己推向了深渊。每一次生态灾难——全球气候变暖、冰川消融、森林火灾、病毒肆虐,等等——都隐含着人类对大自然犯下的罪行。面临如此的生态灾难,即使人类耗费巨资,多数也难以彻底解决自然环境走向恶化的问题。人类从来没有像今天这样面临着前所未有的严峻挑战,迫切需要采取措施保护自然环境。大自然以其神秘而强大的力量报复人类,大自然的报复使人类付出了沉重的代价。自然与人类之间具有牢不可破的内在链条,然而人类却固守人类中心主义一再突破自然所能承受的底线,盲目改造自然,肆意利用自然资源,残杀非人类生命,这一切大自然只能被动承受。生态系统一旦失去平衡,就会发生严重的连锁性后果,这将给人类自身的生存和发展的前景蒙上阴影。

虽然在农业文明时代人类已经给自然带来一定程度的破坏,但限于那时的科技能力,人类对自然的破坏还是局部的。在工业化文明兴起之前,人类还不至于把生物圈破坏到千疮百孔的地步。对此,英国历史学家汤因比认为,英国工业革命打破了生物圈力量的平衡,使人类与生物圈的关系形成了对立关系。第一次工业革命之后,人类开始逐渐成为生物圈的主宰。那些掀起工业革命的企业家的动机是利益。以利益为动机的西方国家为了追求最大限度的物质经济增长的目的,开展了系统地研究和动用科学技术,旨在全面征服大自然。至于20世纪70年代之后,人类给生物圈带来的空前的破坏性后果已经表明,人类与自然界正处于一种尖锐对抗和剧烈冲突的状态之中,生物圈遭受着人类狂妄和盲目行为的威胁之中。如果生物圈不再能够作为生命的栖身之地,人类将面临无法生存的命运,所有其他生命形式也将同样遭受这种命运。地球需要人类的保护才能更好地促进人类自身的生存和可持续发展。如果人类伤害自然的行为无法得到有效控制和遏制的话,那么,自然报复人类带来的后果将不堪设想。善待自然,还大自然茂盛的植物和自由的动物,让地球重新焕发生机和活力,就是拯救人类自己。

在生态伦理意义上,人类在生产实践活动中首先应该树立敬畏自然、敬畏生命和保护自然的意识,用一种生态的眼光重新看待人类与自然的关系。此外,自然具有精神性,人类可以与自然建立一种情感上的联系,接受自然对自身心智上的有益影响,努力把自己塑造为一个在道德上日臻完美的个体。其次,人类要真正把自身看作为自然生态整体中的一员,站在生态整体主义的高度来看待人类自身的生存和可持续发展以及自然生态系统的和谐、稳定和完整。在观念上，人类在大自然面前需要保持一份应有的敬畏感。人类与自然相处的最好方式就是需要彻底摈弃人类中心主义和唯科学主义观念，回归自然，真正消除因人类文明的发展而导致的生态危机和环境问题给人类自身的生存和可持续发展带来的威胁，让自然整体生态系统复归和谐、稳定和完整的状态。人类该是时候寻求人类与自然和谐共生的新方式和新路径，与其他生命共同和谐地共存于地球生物圈。人类还需要协调和平衡自身的发展与生态保护的关系，努力使得人类与自然中的非人类生命都获得生存和发展的空间和权利。

美国浪漫主义文学充满对工业化文明的反思和对人类与自然关系的关注，引发了人们对生态危机、环境问题以及人类自身的生存和可持续发展的关注，激发着人们对自然生态的重新认识，不断调整着人类自身对待自然的生态伦理取向和行为。美国浪漫主义文学隐含着生态审美、人文关怀、生态伦理思想的深刻内涵，有助于塑造和增强人们的生态环境保护意识，提升人们爱护自然、敬畏自然以及关注自然变化的意识，使重建人类与自然的和谐共生关系逐渐成为可能。

参考文献

Allin, C. W., *The Politics of Wilderness Preservation*, Westport, Conn.: Greenwood, 1982.

Bate, J., *The Song of the Earth*, Cambridge, MA: Harvard University Press, 2000.

Baxter, B., *Ecologism: An Introduction*, Edinburgh: Edinburgh University Press, 1999.

Bear, L. S., *My People, the Soux*, Lincoln: University of Nebraska Press, 1975.

Bentham, J., *Introduction to Principles of Morals and Legislation*, New York: Dover Publications, 2012.

Bookchin, M., *Social Ecology and Communalism*, Oakland: AK Press, 2007.

Brown, C. A., *The Achievement of American Criticism*, New York: The Ronald Press Co., 1954.

Bryant, W. C., "Letters of Traveler: Notes of Things Seen in Europe and America," http://www.gutenberg.net.Bryant, 2004, 访问日期:2023 年 11 月 14 日.

Bryant, W. C., "On Poetry in its Relation to Our Age and Country," in *Conscious Voices: The Collection of American Poems from the 17th Century to Contemporary*, ed. Albert D. Van Nostrand & Charles H. Watts, New York: The Liberal Arts Press, 1955.

Bryant, W. C., *Prose Writings of William Cullen Bryant*, 1884, New York: Russell & Russell, 1964.

Buell, L., *The Environmental Imagination: Thoreau Nature Writing and The Formation of American Culture*, Cambridge, MA: Harvard University Press, 1995.

Buell, L., *The Future of Environmental Criticism: Environmental Crisis and Literary Imagination*, London: Blackwell, 2005.

Cajete, G., *Native Science: Natural Laws of Interdependence*, Santa Fe, NM: Clear Light Publishers, 2000.

Callicott, J. B., *In Defense of the Land Ethic: Essays in Enviromental Philosophy*, Albany, NY: State University of New York Press,1989.

Capra, F., *The Web of Life: A New Understanding of Living Systems*, New York: Randon House, 1990.

Carroll, J., *Evolution and Literary Theory*, Columbia: University of Missouri Press,1995.

Carson, R., *Silent Spring*, Boston: Houghton Mifflin Harcourt, 2002.

Commoner, B. *The Closing Circle*, New York: Random House Inc., 1971.

Cooper, J. F., *The Pioneers*, New York: Washington Square Press, 1962.

Cooper, J. F., *The Pathfinder*, New York: Airmont Publishing Co, Inc., 1964.

Cooper, J. F., "Preface to the Leather-Stocking Tales," in *The American Tradition in Literature*, ed, Sculley Bradley, New York: Grosset & Dunlap Inc., 1974.

Cooper, J. F., *The Last of the Mohicans*, New York: Bantam Books, 1982.

Cooper, J. F., *The Deerslayer*, New York: Bantam Books, 1982.

Cullen, B. W., "On Poetry in its Relation to Our Age and Country," in *Conscious Voices: The Collection of American Poems from the 17th Century to Contemporary*, eds, Albert D.Van Nostrand & Charles H. Watts, New York: The Liberal Arts Press, 1955.

Emerson, R. W., "Self-reliance," in *Ralph Waldo Emerson: Selected Essays, Lectures and Poems*, ed, Robert D. Richardson Jr., New York: Bantam Books, 1990.

Emerson, R. W., *Selected Writings of Ralph Waldo Emerson*, ed, William H. Gilman, New York: New American Library, 2011.

Fromm, E., *The Art of Loving*, New York: Harper Collins, 2018.

Fromm, E., *The Heart of Man: Its Genius for Good and Evil*, New York: Harper Collins, 1971.

Fromm, E., *The Sane Society*, New York: Routledge, 2001.

Garrard, G., *Ecocriticism*, New York: Routledge, 2004.

Glotfelty, C., & H. Fromm, *The Ecocriticism Reader: Landmarks in Literary Ecology*, Athens: The University of Georgia Press, 1996.

Griffin, D. R., *Unprecedented: Can Civilization Survive the CO_2 Crisis*, Atlanta, GA: Clarity Press Inc., 2014.

Hargrove, E. C., *Foundations of Environmental Ethics*, New Jersey: Prentice Hall Inc., 1989.

Harding, W., & M. Meyer, *The New Thoreau Handbook*, New York: New York University Press, 1980.

Hart,J. D., *The Oxford Companion to American Literature*, New York:Oxford University Press,1983.

Hawthorne, N., *The Complete Novels and Selected Tales of Nathaniel Hawthorne*, New York: The Modern Library, 1937.

Hawthorne, N., *The House of the Seven Gables*, Oxford: Oxford University Press, 2009.

Hawthorne, N., *The Blithedale Romance*, Oxford: Oxford University Press, 2009.

Hawthorne, N., *Hawthorne's Short Stories*, New York: Vintage Books, 2011.

Higginson, T. W., *Henry Wadsworth Longfellow*, Createspace Independent Publishing

Platform, 2015.

Idol, J. L., & B. Jones, *Nathaniel Hawthorne: the Contemporary Reviews*, Cambridge: Cambridge University Press, 1994.

Jacobs, W., "Francis Parkman's Oration Romance in America," *American Historical Review*, 1963, Vol. 68, No. 4.

Kaul, A. K., *Hawthorne*, New Jersey: Prentice Hall Inc.,1996.

Kierkegaard, S., *Fear and Trembling*, New York: Penguin Classics, 1986.

Leopold, A., *A Sand County Almanac with Essays on Conservation from Round River*, New York: Ballantine, 1970.

Longfellow, H. W., "The Defence of Poetryin" in *The Achievement of American Criticism*, ed, Clarence Arthur Brown, New York: The Ronald Press Co., 1954.

Levin, J., "Beyond Nature: Recent Work in Ecocriticism," *Contemporary Literature*, 2002, Vol. 43, No. 1.

Malamud, R., *Poetic Animals and Animal Souls*, New York: Palgrave Macmillan, 2003.

Marsh, G. P., *Man and Nature*, New York: The Classics, 2013.

Marshall, P., *Nature's Web: An Exploration of Ecological Thinking*, New York: Simon & Schuster Ltd., 1992.

Marshall, P., *Nature's Web: Rethinking Our Place on Earth*, New York: Routledge, 2017.

McIntosh, J., *Nathaniel Hawthorne's Tales*, New York: Norton & Company Inc., 1987.

Meadows, D. L., *Limits to Growth*, Universe Books, 1974.

Meeker, J. W., *The Comedy of Survival: Studies in Literary Ecology*, New York: Scribner's, 1972.

Mellow, J. R., *Nathaniel Hawthorne in His Times*, Baltimore, MD: Johns Hopkins University Press, 1998.

Midler, R., *Reimaging Thoreau*, London: Cambridge University Press,1995.

Muir, J., *My First Summer in the Sierra*, New York: Random House Inc., 2003.

Muir, J., "The Wild Parks and Forest Reservations of the West in *Our National Parks*," in *The Writings of John Muir*, Vol. VI, ed, Maggie Mack, Boston: Houghton Mifflin Company, 1916.

Muir, J., *Wild Animal and American Environmental Ethic*, Tucson: University of Axizona,1991.

Myerson, J., *The Cambridge Companion to Henry David Thoreau*, Cambridge: Cambridge University Press, 1995.

Naess, A., "The Shallow and the deep long-Range Ecological Movement: A Summary," *Inquiry*, 1973, Vol. 16, No. 4.

Nash, R. F., *Wilderness and the American Mind*, 4th ed, New Haven and London: Yale University Press, 2001.

Nash, R. F., *The Rights of Nature: A History of Environmental Ethics*, Madison: University of Wisconsin Press, 1989.

Neihardt, J. G., *Black Elk Speaks: The Complete Edition*, Philip J. Deloria, ed, Lincoln: University of Nebraska Press, 2014.

Passmore, J. A., *Man's Responsibility for Nature, Ecological Problems and Western Traditions*, New York: Charles Scrihner's Sons, 1974.

Singer, P., *Animal Liberation*, 2nd ed, New York: Random House, 1990.

Regan, T., *The Case for Animal Rights*, San Francisco, CA: California University Press, 1985.

Rolston, H., *Environmental Ethics: Duties to and Value in the Natural World*, Philadephia: Temple University Press, 1988.

Rolston, H., *Philosophy Gone Wild: Essays in Environmental Ethics*, 2nd ed, New York: Prometheus Books, 1989.

Ronald S., & P. Cafaro, *Environmental Virtue Ethics*, New York: Bowman and Littlefield Publisher, 2005.

Russell, B., *A History of Western Philosophy*, New York: Simon & Schuster, 2007.

Rueckert, W., "Literature and Ecology: An Experiment in Ecocriticism," *Iowa Review*, 1978, Vol. 9, No. 1.

Tailor, P., *Respect of Nature: A Theory of Environmental Ethics*, Princeton: Princeton University Press, 1986.

Thoreau, H. D., *The Natural History Essay*, ed, Robert Sattlemeyer, Salt Lake: Peregrine Smith, 1980.

Thoreau, H. D., *The Maine Woods*, Princeton, NJ: Princeton University Press, 2004.

Thoreau, H. D., *Walden*, Oxford: Oxford University Press, 2008.

Toffler, A., *The Third Wave: The Classic Study of Tomorrow*, New York: Bantam Books, 1984.

Torrey, B., *The Writings of Henry David Thoreau. Vol. 14*, Boston: Houghton Mifflin, 1906.

Torrey, B., & F. H. Allen, *The Journal of Henry David Thoreau*, Vol. XIV, Salt Lake City: Gibbs M. Smith Inc., 1984.

Toynbee, A. J., *Mankind and Mother Earth: A Narrative History of the World*, London: Oxford University Press, 1976.

Volney, C. F., *A View of the Soil and Climate of the United States of America: With Supplemental Remarks upon Florida, on the French Colonies on the Mississippi and*

Ohio, and in Canada, and on the Aboriginal Tribes of America, Warszawa: Palala Press, 2015.

Whitman, W., *Leaves of Grass*, London: Alma Classics, 2019.

Wilson, E. O., *The Future of Life*, Vancouver, WA: Vintage Books, 2002.

Worster, D., *Nature Economy: A History of Ecological Ideas*, Cambridge: Cambridge University Press, 1994.

360百科：《生态伦理》，https://baike.so.com/doc/5858528-6071371.htm，访问日期：2019年3月20日。

[美]埃利奥特：《哥伦比亚美国文学史》，朱伯通，译，成都：四川辞书出版社，1994年。

[美]爱默生：《爱默生集》，赵一凡、蒲隆，等译，北京：生活·读书·新知三联书店，1993年。

[美]爱默生：《爱默生随笔全集》，蒲隆，译，北京：国际文化出版公司，2006年。

[美]爱默生：《杜鹃花》，http://www.360doc.com/content/18/0927/15/9570732_790128554.shtml，访问日期：2019年1月15日。

[美]爱默生：《英国人的特性》，张其贵，等译，北京：中国社会科学出版社，2008年。

[美]爱默生：《自然沉思录》，博凡，译，上海：上海社会科学院出版社，1993年。

[美]奥康纳：《自然的理由：生态学马克思主义研究》，唐正东、臧佩洪，译，南京：南京大学出版社，2003年。

[美]波尔泰：《爱默生集：论文与讲演录》，赵一凡，等译，北京：生活·读书·新知三联书店，1993年。

[美]布莱恩特：《致水鸟》，http://www.jnswdx.cn/srmj/1106.html，访问日期：2020年3月15日。

[美]布莱恩特：《黄香堇》，http://www.jnswdx.cn/srmj/1106.html，访问日期：2020年3月15日。

邓晓芒：《黑格尔辩证法讲演录》，北京：北京大学出版社，2005年。

[美]费雷：《宗教世界的形成与后现代科学》，载格里芬编：《后现代科学：科学魅力的再现》，马季方，译，北京：中央编译出版社，2004年。

[美]菲特、里斯：《美国经济史》，司徒淳、方秉铸，译，沈阳：辽宁人民出版社，1981年。

[美]弗洛姆：《占有还是生存》，关山，译，北京：生活·读书·新知三联书店，1988年。

[美]弗瑞诺：《野忍冬花》，https://www.kekeshici.com/shige/waiguoshige/38711.html，访问日期：2020年4月9日。

[美]格里芬：《后现代精神》，王成兵，译，北京：中央编译出版社，2012年。

[德]海德格尔：《林中路》，孙周兴，译，重庆：西南师范大学出版社，1997年。

侯文蕙：《美国环境史观的演变》，《美国研究》1987年第3期。

黄杲忻：《美国抒情诗选》，上海：上海译文出版社，1992年。

[美]霍桑:《红字》,苏福忠,译,上海:上海译文出版社,2011年。
[美]加达默尔:《真理与方法(上卷)》,洪汉鼎,译,上海:上海译文出版社,1999年。
[美]卡莱尔:《卡莱尔、爱默生通信集(1832—1874)》,李静滢、纪云霞,译,桂林:广西师范大学出版社,2008年。
[德]康德:《未来形而上学导论》,庞景仁,译,北京:商务印书馆,1978年。
[德]康德:《实践理性批判》,邓晓芒,译,北京:人民出版社,2003年。
[英]拉塞尔:《觉醒的地球》,王国政、刘兵、武英,译,北京:东方出版社,1991年。
[美]朗费罗:《朗费罗诗选》,杨德豫,译,北京:外语教学与研究出版社,2013年。
[美]朗费罗:《朗费罗诗选》,杨德豫,译,北京:外语教学与研究出版社,2020年。
刘绪贻、杨生茂:《美国通史》,北京:人民出版社,2008年。
鲁枢元:《生态文艺学》,西安:陕西人民出版社,2000年。
鲁枢元:《生态批评的空间》,上海:华东师范大学出版社,2006年。
[法]卢梭:《卢梭全集》,李平沤,等译,北京:商务印书馆,2012年。
[德]马克思、恩格斯:《马克思恩格斯选集(第二卷)》,中共中央编译局,译,北京:人民出版社,1995年。
[德]马克思、恩格斯:《马克思恩格斯选集(第四卷)》,中共中央编译局,译,北京:人民出版社,1995年。
[德]马克思、恩格斯:《马克思恩格斯选集(第十二卷)》,中共中央编译局,译,北京:人民出版社,1965年。
[德]马克思、恩格斯:《马克思恩格斯选集(第二十六卷)》,中共中央编译局,译,北京:人民出版社,2014年。
[德]马克思、恩格斯:《马克思恩格斯选集(第四十二卷)》,中共中央编译局,译,北京:人民出版社,1979年。
[美]麦尔维尔:《泰比》,马慧琴、舒程,译,北京:文化艺术出版社,2006年。
[美]麦尔维尔:《白鲸》,曹庸,译,上海:上海译文出版社,1982年。
[英]麦克法伦:《荒野之境》,姜向明、郭汪韬,略译,上海:上海译文出版社,2015年。
[法]莫兰:《复杂思想:自觉的科学》,陈一壮,译,北京:北京大学出版社,2001年。
[美]莫里森、康马杰、洛伊希滕堡:《美利坚共和国的成长(上卷)》,南开大学历史系美国史研究室,译,天津:天津人民出版社,1980年。
[法]莫诺:《偶然性和必然性》,上海外国自然科学哲学著作编译组,译,上海:上海人民出版社,1977年。
[美]欧文:《见闻札记》,刘跃荣,译,桂林:广西师范大学出版社,2003年。
[美]欧文:《欧文随笔》,王勋、纪飞,等译,北京:清华大学出版社,2012年。
彭锋:《完美的自然》,北京:北京大学出版社,2005年。
[美]皮尔斯编:《霍桑集:故事与小品》,姚乃强,等译,北京:生活·读书·新知三联书店,

1997年。

[美]坡:《爱伦·坡集》,倪乐、曹明伦,译,北京:生活·读书·新知三联书店,1995年。

[美]坡:《爱伦·坡诗选》,曹明伦,译,北京:外语教学与研究出版社,2014年。

[美]坡:《莫诺斯与尤拉的对话》,曹明伦,译,http://www.360doc.com/content/16/1013/00/34510163_597997053.shtml,访问日期:2020年3月24日。

[美]坡:《我发现了》,曹明伦,译,长沙:湖南文艺出版社,2016年。

钱满素:《爱默生和中国:对个人主义的反思》,北京:生活·读书·新知三联书店,1996年。

[瑞]荣格:《荣格文集》,周朗、石小竹,译,北京:国际文化出版公司,2011年。

[法]史怀泽:《敬畏生命》,陈泽环,译,上海:上海社会科学院出版社,2003年。

[美]斯图尔特:《霍桑传》,赵庆庆,译,上海:东方出版中心,1999年。

[英]斯坦纳:《海德格尔》,李河、刘继,译,杭州:浙江大学出版社,2012年。

[美]斯皮勒:《美国文学的周期》,王长荣,译,上海:上海外语教育出版社,1990年。

孙正聿:《人的精神家园》,南京:江苏人民出版社,2014年。

[美]梭罗:《心灵漫步科德角》,张悦,译,哈尔滨:北方文艺出版社,2009年。

[法]托克维尔:《论美国的民主》,董果良,译,北京:商务印书馆,1989年。

[美]西雅图:《这片土地是神圣的》,https://yuwen.chazidian.com/kewendetail1184/,访问日期:2020年6月12日。

[美]威尔肯斯、帕杰特:《基督教与西方思想(卷二)》,刘平,译,北京:北京大学出版社,2005年。

王诺:《欧美生态批评》,上海:学林出版社,2008年。

[美]韦洛克:《创建荒野:印第安人的迁徙与美国国家公园》,史红帅,译,《中国历史地理论丛》2009年第4期。

杨彩霞:《20世纪美国文学与圣经传统》,北京:中国人民大学出版社,2007年。

业百科:《地球遭受人类破坏的资料》,https://www.yebaike.com/22/992356.html,访问日期:2020年12月3日。

余谋昌:《惩罚中的醒悟:走向生态伦理》,广州:广东教育出版社,1995年。

朱光潜:《西方美学史》,第2版,北京:人民文学出版社,1979年。

朱新福:《美国文学上荒野描写的生态意义述略》,《外国语文》2009年第3期。